长篇小说

LIU SHUI DE BING

长篇小说

流水的兵

王爱兵 著

中国文史出版社

第 一 章

新兵朱镜如穿上刚发的新军装后，着实被镜子里的自己吓了一跳：宽大的军装内罩着厚厚的棉衣，套在身上臃肿而又笨重。加上在武装部理的几乎是光头的发型，使原先的精明消失殆尽，取而代之的是一副灰头灰脑的样子。朱镜如的心情一下子又跌入了低谷，很是沮丧地对站在一边的父亲说："你们为什么非要我穿上这身军装？为什么非要我去当兵？"

朱镜如嘴里嘟囔着，却没有指望自己的父亲回答什么。他知道自己去当兵，也许是这个年代唯一的出路了。这一年，朱镜如高中毕业，高考失利。没有选择复读，因为父母对他的学业不抱希望：朱镜如当年的高考仅仅考了二百四十分，甚至没有通过学校组织的高考资格测试。学校之所以特许他参加了高考，是因为当年解放军保定飞行学院在湛山市招生，朱镜如报考了保定飞行学院。那时，飞行员招生时体质测试条件苛刻，层层筛选后，只有朱镜如和同学孙振甫通过了县、市、省多级体检及体质测试。由于符合飞行员体质要求的学生很少，文化录取分数就降低很多，于是朱镜如就有了考上飞行学院的可能。当然，朱镜如没有考够三百分，否则他的未来，也许会是另一种轨迹。同学孙振甫以三百一十分的成绩被保定飞行学院录取，毕业后就被授予了上尉军衔，成为中国人民解放军的一名飞行员。而朱镜如，只能对所有关心他的人炫耀：我虽然没考入飞行学院，但至少证明了我的体质是最好的两人之一。

也只有这一点能炫耀的了。

朱镜如否认自己学习不好是因为没有天分，他更愿意认为是因体育生身份耽误了学习。那时候校长尹建堂就经常这样形容朱镜如们："你们运动员就是四肢发达、头脑简单。"朱镜如们义愤填膺，但也没有办法，他们只限于把气愤填在自己的肚子里消化，因为他们最终没有找到反驳的理由，整个田径队的队员学习都很差，高考几乎全军覆没，所以，只得认了。

于是，在父母的安排下，虽然朱镜如不愿意，但还是当了兵。屈服，是他当时无奈的选择。再说，在潜意识里，朱镜如觉得人一生中适当地屈服不见得是不明智的事，人就是要及时修正自己的固执与无知，适应潮流，才能少走弯路。那个青涩的年龄，那个混沌的年代，人们对自己的未来，总是感觉一片渺茫。

于是，在二十多年前的那个冬天，朱镜如和一百多个懵懂青年，坐着密不透风的运兵车，从老家县城出发，来到山东即墨这个几乎是中国最东端的地方，开始了如火如荼、酸甜苦辣的军旅生涯。

二十多年，似乎是很漫长的一段时间，但真的要说起那年那月，又觉得是昨天才发生的事，以至于同年入伍战友的一次大聚会上，大家在忆往昔峥嵘岁月稠之余，无不感慨：时间怎么会这么快？但实际上，真的是二十多年了。岁月，并没有淡化那段摸爬滚打的记忆，反而，让每一个细节都变得越来越清晰，无论你退伍后的事业多么辉煌，无论你的生活多么不堪，那段激情燃烧的记忆，都一直存放在大脑深处最容易读取信息的那段硬盘扇面上。

县城烟草公司大仓库的地面上，铺了一层麦秸，不知是不是专门为这批新兵准备的。入伍的新兵提前一夜就被武装部集结，列队坐在大仓库的麦秸上面。仓库里灯火通明，每个新兵都穿着笨拙的不合身的军装，戴着火车头帽子，表情木讷。朱镜如看到自己的三哥走到新兵的队伍前面，在寻找自己的身影，于是站起来走出队列来到三哥跟前。但新兵一模一样的穿着，使三哥朱镜锋竟然没有看到挡在面前的朱镜如，还嫌朱镜如挡住了视线，把朱镜如推开，往朱镜如身后找。朱镜如再挡在三哥面前，三哥再把朱镜如推开，直到朱镜如喊了一声，他三哥才反应过来。

列队集合时，朱镜如和高中同学蓝俊峰、乔无忌坐在一起。蓝俊峰中等个子，身体稍胖，也是高考失利，前途无望，才选择了入伍这条路。乔无忌是蓝俊峰的邻村老乡，个子不高，皮肤黑黝黝的，像是刚从煤矿里采煤回来的矿工。乔无忌上了一年高中后就辍学在家，后外出打过工，但没什么发展又回了家。入伍前，看到武装部公布的入伍名单后，喜出望外的蓝俊峰和乔无忌一起找到朱镜如，三人在朱镜如二哥的饭店里一起吃了饭以示庆祝。朱镜如的父亲是县政府机关的一名干部，朱镜如特意从家里拿出父亲珍藏的好酒。几杯酒下肚，三个人便豪情万丈，希望到部队后尽量分在一起，也好相互有个照应，干出一番名堂。

送别新兵的亲友们都像朱镜如的三哥一样站在队伍的外围，对于这群入伍的新兵来说，离开家人，必定是一个重要的转折点。

再见了，我的亲人；再见了，我的家乡！

在漫长的等待后，入伍新兵在12月17日的凌晨坐上了大巴车。出发前，朱镜如又看到偷偷送他的小师妹在车窗外抹着眼泪。小师妹名叫诗梦，也混在送行人群中在烟草仓库待了半夜，不敢让朱镜如的家人看到。12月的天气已经很冷，四面透气的烟草仓库丝毫阻挡不住刺骨的寒风，小师妹把自己裹在单薄的外套里，一直蜷坐在仓库的一角，让朱镜如感动。想着都到了分别的最后一刻了，以后不知会怎样，也许再也没有了缘分，总要有点儿送别的仪式感吧！于是朱镜如不再顾忌送别人群的目光，从车窗探出身，把小师妹拉近，在她头发上轻轻地吻了一下。那一年张学友的《吻别》还没有在大陆流行，所以在那一刻朱镜如想起的是徐志摩的诗《再别康桥》："我挥一挥衣袖，不带走一片云彩。"于是，在大巴车开动后，他也潇洒地朝着越来越远的小师妹挥了挥手，然后，低下头，开始思索人生。

再见了，我青涩的回忆；再见了，爱着我的姑娘！

大巴车在湛山市火车站停下，新兵换乘了运兵的火车。经过几十个小时的颠簸，其间还多次换乘和等待，途经漯河、郑州、徐州、济南，终于在一个凌晨，到达了青岛市蓝村火车站，并被赶鸭子似的赶下了火车。在带兵干部的指挥下，又分批乘坐十几辆解放141型军用汽车，在黑暗中前行。

朱镜如和其他新兵一样，并不知道自己会去向哪里，不知道以后会怎样。就像他们那时的人生，没有岔路口可以选择，没有方向，没有信仰，更没有人生的说明书。这一百多号人中，有很少一部分是像朱镜如、蓝俊峰这样高考失利的，更多的是像乔无忌一样没完成学业，甚至还有连初中都没有毕业就辍学务农的，还有不少家人管教不了在派出所几进几出的。朱镜如不知道其他新兵的心理，但他感觉那时的自己，只是一粒飘浮着的浮尘，一片水中漂浮的枯叶，一颗被人操纵的棋子，无法把握一切，只能随波逐流，做着无规则的布朗运动。

实际上，这种感觉是对的，人生，的确是在随波逐流。奋斗，虽然可以让你的人生在某个基础上更进一步，但，你永远左右不了这个世界，只能被这个世界所左右。或者说，你无法改变环境，而环境可以造就一个人。

车队在一个干净整洁、灯火通明的营院里停下，这里是二十六军高射炮兵旅的旅部所在地——留村营房。后来朱镜如也很羡慕在旅部下车的新兵们，他们分在了和旅机关在一起的四营、五营，那里条件好得多，机会也多很多。就像现实中一样，有些人一出生就是在金窝里；还有些人，出生就必须承受饥寒交迫，你无法决定一切。

新兵们下车，列队。旅司令部军务科长孙灿庆拿着花名册，开始随机点名。这看似平常的点名，决定着新兵的去向，甚至决定了新兵的未来。

五十多个被点到名的新兵出列，在军务科长孙灿庆的北侧列队等待。乔无忌听到叫自己的名字，也赶快出列到了北侧队伍中。但一直到点名结束，却没有听到叫朱镜如和蓝俊峰的名字，于是又趁着天黑，偷偷从北侧队伍溜出，回到原来队列中站到蓝俊峰旁边，却被点名的军务科长看到，问："那个新兵你跑回去干什么？"乔无忌反应敏捷，说："报告！我刚才听错了！没叫我的名字！"军务科长问："你叫什么？"乔无忌心里紧张，但还是用尽可能正常的声音撒了个谎："我叫蓝俊峰！"军务科长又打着手电看了看名单，没再说什么。

车辆在星光下一字排开，排列得整齐非常，朱镜如还来不及欣赏，就又被赶上了军车，和六十多个没点到名的新兵分乘三辆军车一起驶离了这个大院。只是，随着车辆的行进，原先平坦的公路消失了，进入了崎岖起伏的砂石山路。在翻过了无数的山头沟壑后，黎明的一道曙光在天际出现，映入眼帘的是一片破旧不堪、荒芜败落的营区：清一色的砖瓦结构房屋，大部分门窗都已破损。沙土质的营区路面坑坑洼洼，不时露出几块尖尖的石头绊一下你的脚。路两侧干枯了的杂草没有清除，让人倍感萧条。

我的天！这难道就是我憧憬的军营？朱镜如不禁倒吸一口凉气。

在下车时，朱镜如才发现只有一辆军车到达了这个营房，另两辆军车不知什么时候驶离了来时的路线。朱镜如不知道的是，另两辆军车载着四十多个新兵到即墨店集镇方向去了，那里有高炮旅的两个五七炮营。

队伍中已经有人开始哭泣了，朱镜如对身边明显傻了眼的乔无忌说："怎么会是这样一个兔子不拉屎的地方！"想起之前在旅部下来的那批兵，他们简直是在人间的天堂。

朱镜如知道，他的新兵生涯开始了。

第 二 章

天亮时分，二十几个新兵背着背包，歪歪扭扭地站在营房中间那条高低不平的沙土路上。这里，是新兵三连的驻地，上庄营房。

朱镜如站在这二十几个人中，两眼无神地望着东方的那一道鱼肚白，不知道部队生活会给他的未来带来什么样的命运。

在营房中心路南端，远远地站着一个干部模样的军人，是新兵三连的连长徐军福，他穿着很笔挺的军服，站着很标准的军姿。他穿的是军官的夏常服，那时部队营级以上的校官都能发放马裤呢布料的冬常服，非常笔挺帅气，而营级以下军官还没有发放，穿的是和战士一样的涤卡面料，宽大臃肿。穿夏常服显得更精神，所以，部分干部还是喜欢在冬季刚刚到来时继续穿着夏常服。

又是列队、点名、分兵，二十多个湛山籍的新兵被分在新兵三连的九个班中。朱镜如听到徐军福念到自己的名字，分在了新兵七班。蓝俊峰和乔无忌分别分到了新兵八班和新兵九班。三人竟然能分在一个新兵排，乔无忌心情好了许多，冲着朱镜如和蓝俊峰挤了挤本来就不大的眼睛。

这时，朱镜如遇到了大连籍的新兵景远征。

景远征比朱镜如早几天到部队，新兵班长来领兵，他也屁颠屁颠地过来帮新兵拿背包。带新兵到宿舍后，他又过来教新兵叠被子，自己虽然叠不好，但教得还算有模有样。

新兵的第一天，没有训练，新兵班长让新兵们学学叠被、写写家信。班长让新兵们记下了部队的通信地址。朱镜如给他的小师妹诗梦发了一封信。小师妹和朱镜如同在学校的田径队，练的是长跑专业，比朱镜如低一届，第二年要参加高考。朱镜如的信件内容很简短，告诉她对部队的第一印象，也表达了自己对人生的困惑，希望她不要像自己一样不好好上学，连大学都考不上。最后不忘加上一句：你学习紧张，我不再多打扰你。这是在为不给她回信埋下伏笔。小师妹收到朱镜如的信，知道了部队的地址后，给朱镜如的来信就保持在每周两封的频率，但朱镜如一封也不再回。

班长亲自为新兵们再次理了头发，那时候还是手动的理发剪，理的头型也更短，基本就是光头。理完发后，班长找来了热水，让新兵洗洗头。这是新兵连中朱镜如唯一用热水的一次，从那天以后，整个新兵连新兵都是用冰水洗脸洗头。

朱镜如也基本熟悉了一个车皮拉过来的其他新兵：孙茗山、华宝森、李志阳、王春阳、赵广跃等。

当天晚上，班长让先到的几个新兵并排坐在宿舍，为他们讲解入伍后的小常识。新兵七班长范红渠，河南口音，高高的个子，看起来很严肃的样子。

范红渠先做了自我介绍，说自己是1989年入伍的河南周口籍兵，希望新兵连期间全班能够在团结的氛围下共同提高，圆满完成军事训练和政治教育任务。然后对所在的部队做了简单介绍。

新兵三连所在的上庄营房，位于即墨市东南方向，是一个偏远而又贫瘠的山坳。这里其实是高炮旅三营的驻地，新兵三连只是临时组建的单位，由三营各连抽调干部骨干，组织对新兵的训练，新兵连结束后再和新兵一起回到各自连队。三营的新晋营长盛建堂入伍时就在这里服役，曾对老兵们讲过上庄营房的历史：在1985年大裁军之前，上庄营房是七十八师二三三团的驻地。那时的七十八师师部在留村，下辖三个步兵团、一个炮兵团。二三二团驻地在段村，二三三团驻地在上庄，二三四团驻地在马山，炮兵团驻地在店集。百万大裁军后七十八步兵师撤销，在七十八师的基础上重新整编组建了二十六集团军高射炮兵旅。高炮旅辖五个营，旅部设在留村营房；一营、二营装备五七高炮，驻扎在店集营房；三营装备三七高炮，驻扎在上庄，盛建堂刚整编到高炮旅时在上庄六连任连长；四营、五营也装备三七炮，与旅部一起驻扎在留村营房。

由于上庄营房是从一个团的驻地变成一个炮营的驻地，因此营房内大多数房屋被闲置，越发显得凌乱。老旧的营房基础设施都不具备，营区内道路、球场都是沙土地面，班排宿舍门窗已经没有了玻璃，千疮百孔。新兵到之前，新兵班长临时用塑料薄膜钉住几乎腐朽了的木窗，好让战士们能抵挡住刺骨的寒风。营房三面环山，东面临海。

其实这个临海的"临"字也是班长们故意模糊概念的，这个"临"，恐怕也要"临"出几公里远的距离。

范红渠又让每个新兵也简单做了自我介绍。

看到新兵歪歪扭扭的坐姿，范红渠说："同志们，咱们班的兵还没有到齐，但你们要提前进入状态，给后到的新兵做好榜样。部队不同于地方，入伍后无论做什么都是有规矩的。平时要站如松，坐如钟。今天晚上，先教会大家带马扎时怎么坐下、起立。"

景远征用他略显稚气的东北口音问："班长，坐下这么简单的事还要教吗？"

初来乍到，人地生疏，新兵都很小心，不敢多说话。而景远征却与众不同，围着班长像个孩子似的，眯着带笑的眼睛问这问那叨叨个不停，不知是早到几天的原因还是天生话痨。

范红渠看了他一眼，说："对，在部队，任何一项动作都不能随意，比如我们取放马扎。下面，大家带马扎起立，看我的动作，左手握马扎，将马扎夹在左腋下，身体呈立正姿势。"

新兵按照班长范红渠的动作提起马扎站了起来。

和河南部队使用小方凳不一样，高炮旅给每个新兵标配的是小马扎，不用时可以合上，减少占地空间。

范红渠瞥了一眼动作迟缓的景远征，继续说："在部队，携带马扎坐下时需要四步，口令也是四个，分别是准备马扎、放、好、坐下！下面，我边讲解边示范，大家按我的要求做。"

看大家都站好夹好马扎后，范红渠继续讲："第一步，当听到'准备马扎'的口令后，左手迅速将马扎移到胸前，马扎面向上，然后右手取捷径握住马扎一端，两手协同用力，将马扎打开，此时要有'嘭'的一声，声音要整齐，眼睛要看向前方。"

新兵们照着做了一遍，响起噼噼啪啪杂乱的声音。景远征觉得这僵硬的动作挺好玩，两手开合着马扎，嘭嘭个不停。

"停！"范红渠斜了一眼景远征，继续讲道，"我接着往下讲。第二步，当听到'放'的口令后，左手将展开的马扎经身体的左侧，右旋，把马扎放置在两脚跟后方，此时两腿要挺直，两眼看脚尖。保持这个动作不动。大家体会一下!"

新兵们又弯着腰吭吭哧哧地把马扎放到脚后,杂乱无章,范红渠也未多纠正。

"第三步,当听到'好'的口令后,迅速起立,身体呈立正姿势。这一步比较简单,但是要整齐。"

这一步,新兵们做得还算整齐。但是景远征觉得这动作实在滑稽,正努力地闭着嘴,让自己不笑出来。

"第四步,听到'坐下'的口令后,迅速屈腿,坐在马扎上,此时不得低头看马扎。坐下后两眼向前平视,上体正直,不得前倾,两手掌向下,放置在两膝盖上!"

景远征坐下后,两眼也不敢乱看,只是用余光瞟着班长,忍不住说:"班长,你说这简简单单的坐下怎么就这么复杂,坐下的时候还不能看马扎,万一坐在地上怎么办?"

"那就坐在地上,如果屁股没有摔两半,就等着班长去把你屁股踢两半!"范红渠瞪了景远征一眼。

景远征吐了吐舌头。

"下面是起立,起立同样要整齐,分三步完成,口令是'起立、收马扎、好!',其动作要领是,当听到'起立'的口令后,不带马扎迅速起立;当听到'收马扎'的口令后,身体半面向左弯腰,左手将马扎靠在两脚跟部;听到'好'的口令后,携马扎起立,恢复到携马扎时的立正动作。"

"班长班长!这部队是不是什么都要规定啊?都不嫌麻烦吗?"景远征还是忍不住问。

"对,什么都规定,可以规定到你的脚指头,你很快就会知道的。"班长又环视大家一下,说,"以上动作,大家听清楚没有?"

大家一齐说:"听清楚了!"

"好,下面,听我口令,跟着我的动作,我们一起练习几遍!"说完,范红渠也拿着马扎,对自己下着口令并进行示范,"准备马扎、放、好、坐下……"

练了十几遍,多少有些整齐了,范红渠才让大家停止训练,说:"带马扎的坐下起立先训练到这里,这是我们集会、训练时的日常动作,是日常养成的一个重要体现,大家闲暇时间自己多体会。"

新兵们听班长这样说，以为这枯燥的训练就要告一段落，不由得松了一口气。

但范红渠显然没有这样的打算，继续说道："下面的时间自由结合练习叠被子。前两天到的新兵已经叠了几天了，还是像面包一样，不像样子。要知道，出门看队列，进屋看内务，这些都是你们的脸面。被子叠得松松垮垮，队列走得歪歪扭扭，别人一看就是窝囊兵。叠被子是要下大功夫的，没事使劲压压，叠得多了，才能叠出豆腐块的效果。"

朱镜如看着范红渠的军被，早就洗得发黄，但是叠得很方正。被子上方还叠有一个大衣，同样的，大衣也叠得很方正。只是大衣破旧得多，没有了应有的军绿色，几乎洗成了白色。有一次朱镜如想看看班长是怎么叠的被子大衣，打开班长的大衣后，突然看到上面有很多凝固已久的血迹，很是疑惑，就问班长怎么回事。班长说部队经费紧张，没有发大衣，那些大衣都是战场上运回来的，他们挑些好的洗洗用。只是大衣都洗得发白了，那血迹却怎么也洗不去。

这让朱镜如感到很震撼，心想怎么会有这样的事。1985 年，济南军区二十六集团军高炮旅组建时，济南军区的二十六军、六十七军的部分部队还在越南战场上轮战，据说六十七军一九九师的伤亡还很惨重。这两个军战斗了一年后才换防，这些鲜血，自然是战士在战场上流的鲜血。

朱镜如近距离地感受到了战争的残酷。

两天后，新兵班又分来三个山东德州籍的新兵，加上三个大连的、两个河南的，八个新兵就到齐了。

这一年度兵中，大连、德州的都是城市兵，有的还带着工资入伍，或者退伍后就有工作，很有优越感。而湛山市来的大多数是农村兵，文化程度又不高，所以很被大连兵和德州兵看不起，这是朱镜如后来才感受到的。

第 三 章

部队这个大熔炉，的确有这样的魔力，能让一群乌合之众迅速进入角色。在这个环境下，每个新兵都小心翼翼，生怕跟不上步伐，生怕被班长责骂。多少年后，战友们之所以更怀念新兵连的生活，那是因为在那个艰苦的岁月，每个人不仅仅是外在的改变，更多的是思想和习惯的冲击。从新兵训练的那一刻起，你就要丢掉所有个性的东西，达到一个无我的境界，方能融入这个集体。这蜕变的过程对于每个新兵是痛苦的，但记忆，会是深刻的！

新兵全部到齐后，新兵连的节奏变得紧张起来。

列队，向右转，齐步走……即便是两个人，即便所有人还不太会走队列。

新兵到齐后的第二天早上，刚刚五点，朱镜如还在梦乡时，就被新兵宿舍里叮叮咣咣的声音惊醒了，那是八班的几个新兵起床叠被子、打扫卫生。八班和七班同在一个大宿舍住，所以他们的一举一动都在七班长范红渠的眼皮底下，两个班长也总是有意无意在较劲。但是在早上起床时间的要求上，范红渠似乎不舍得让自己的新兵提前整整一个小时就起来，所以也不是太着急地催促。朱镜如他们也就只管赖在床上，装着什么也听不到。

不过这黎明前的幸福总是那么短暂，很快范红渠也开始喊了："七班的，快起床快起床！你们没听到八班都起床半个小时了吗？"

听到班长叫声，朱镜如马上直起身。其他战士也是等着班长这句话，呈争先恐后的样子起床，木制的上下铺被晃得吱吱呀呀的。睡上铺的直接把被子往地上一扔，人再扑扑通通地跳下来，开始整理内务。只有睡下铺的景远征没有动静，还在哼哼唧唧地说着梦话。范红渠走到他床前，掀了被子，景远征还光着屁股，连裤头都没有穿。

范红渠冲着景远征的屁股打了一巴掌，说："快起来好好整理内务，就你来得最早，被子叠得不像样，还不早起来！"又冲其他人喊，"要认真叠，叠成豆腐块我检查了才能往床上放。标准不高的小心被我扔到院子里！"

新军被棉花软，被面有褶皱，想叠好真不是一件容易的事，所以新兵早起的大多数时间，都要把被子摊在地上，叠好，拆开，无数个重复。朱镜如很快就把被子叠好了，但是不敢往床上放太早，和其他新兵一样装模作样地将来将去，想磨蹭到起床号响起时再把被子放到床上，这样，班长就没有时间再仔细检查，也许会逃脱被班长扔掉被子的厄运。

一直到起床号响起，景远征也没有把被子叠好。

六点的起床号响起后，新兵们都慌慌张张地把被子放好，以班为单位在门前列队，由各班班长带队跑步到排集合地点集合。排值班员由新兵班长轮流担任。新兵刚到的第一周，排值班员是七班长范红渠。范红渠集合全排队伍，带领新兵们原地踏步，喊起口号来。大家跟着范红渠扯着嗓子喊了五六分钟，呼出的热气把脸上的汗毛都挂上了霜，身上也冒着热气。朱镜如感到自己的嗓子已有些哑了，这时候新兵排长邵玉泽才来到队列一侧。范红渠停止口号训练，整齐了队伍，半面向左转体面向排长，向前踢了一步后敬礼报告："排长同志，新兵三排早操前集合完毕，应到三十人，实到二十七人，其中三名小值日，请指示。值班员范红渠！"

排长回了礼，传达连命令："以排为单位组织五公里越野！"

"是！"范红渠又向排长敬礼后，回到指挥位置向全排传达早操内容。

听到是五公里越野，朱镜如十分高兴，新兵期间，最开心的训练项目应该就是早上这个五公里跑，朱镜如可以尽情地放飞自我，不用那么多的拘束。而其他战士一听是五公里跑，却怕得要命。

范红渠调整队形，让全排三个班前后一米拉开距离，解了腰带，脱了帽子，整整齐齐地放在面前的地面上。穿得较厚的新兵也脱去了笨重的棉衣，放在帽子一旁。然后，简单做了一下活动，就列队跑步出发了。上庄营房的五公里跑不同于其他单位，路线尽是丘陵地，高低起伏，还要上青岗岭那个大坡，大部分新兵跑到那里都会跑得虚脱，基本都是走上去的。而朱镜如却跑得游刃有余，全排列队跑了一会儿，听到班长说可以散开跑后，就一骑绝尘地跑到了前面。跑上了青岗岭，还要再跑上一公里，然后才折返回来。

出完早操后，新兵们就抓紧时间洗漱。小值日早给每个新兵打好了水，全班的脸盆整整齐齐地放在室外窗户下，里面的水已结了薄薄的一层冰。朱镜如脱了上衣，光着背。在零度以下的气温里跑完一个五公里，裸露的肌肤上的热气会像刚掀开了的蒸笼一样，雾气腾腾。洗漱完后，朱镜如又把湿透了的秋衣扔到脸盆里，也来不及用洗衣粉，就着洗脸水搓几下，拧干，搭在晾衣场里。秋衣很快就结成了冰，寒风摇曳着一块块硬板似的衣服，哗哗作响。如果有太阳，结成冰的衣服也风干得快；如果没有太阳，估计几天后才能干透。

洗漱完毕后，各班按划分的卫生区打扫室内外卫生，室外的沙土路面即便再干净，也要用扫把在上面再拖出一道道平行的痕迹来，以显示刚刚被值日生打扫过。

七点二十分开饭哨响起，新兵三连以排为单位，排着整齐的队伍，喊着此起彼伏的口号去各自连队的饭堂吃饭。当然，路上要几步一停，因为新兵班长要随时纠正个别人的队列动作。饭堂主食是"深挖洞广积粮"时代库存的已经陈化了的大米，如果吃面条，就是改善伙食了。

白天的正课时间，除了雨雪天，都要进行队列、器械等共同课目训练。共同课目是指不论兵种，只要是军人都要训练的项目，比如队列训练、轻武器实弹射击、单兵战术、器械体操等等。如果下雨雪，那就是政治学习、条令学习，或者唱歌。七班第一次队列训练是立正、稍息，一个简单的站立动作，训练了数日。

这日复一日、枯燥至极的新兵生活，是每个战士在那年那月中最难以忘怀的青春记忆。

······

朱镜如不敢确定其他新兵看到这个破败的营房心里会是什么样的震撼，只能说，他们之中的个别新兵，看到这种状况绝对不只是哭泣那么简单。果然，新兵训练开始不久，一部分新兵的思想就开始波动了，这主要体现在大连籍的新兵身上。为此，三营长盛建堂在一次全营新老兵集会结束后，专门留下了新兵连，对新兵中出现的思想波动进行了疏导，同时强调了军队纪律。随后，又特意让新兵连指导员宋程远在周末进行了专题教育，从军人的荣誉感来激发新兵的吃苦意识，倒是有一定的效果。

朱镜如的邻床罗旭就属于思想很不稳定的新兵。罗旭是大连籍的，性格内向，平时不爱说话。朱镜如对他没有一点儿好感：新兵刚到齐，虽然相互还不太熟悉，但都能做到相互尊重。有一次训练完回来，全班有一个短暂的休息时间，朱镜如顺手取出一个马扎，坐在床边休息。因为新兵的马扎都一个样式，虽然每个战士都在马扎腿上写了自己名字，但有时不注意还是会拿错。罗旭找自己马扎的时候怎么也找不到，知道是被别人拿了去，也不问，只是自己低着头轻声骂了一句："他妈的！谁又拿了我的马扎……"朱镜如离他近，听到骂声就看了看自己坐着的马扎，竟是自己错拿了罗旭的。朱镜如心中恼怒，心想都是一个班的弟兄，拿错了你说一声不就行了，怎么口吐脏言？想发火，又不敢在班长面前造次，于是收起马扎，带着火气把马扎很有分量地往罗旭面前一放，压低声说："谁稀罕你的马扎！"罗旭感觉到了朱镜如的火气，未再接话，取过马扎，狠狠地瞪了朱镜如一眼。

这件事让朱镜如很不畅快，觉得这城市兵怎么就这么小气，怎么与常人的行为思路不一样？过了两天也就释然了，一个新兵班虽然这八九个人，但也是从天南地北集中到一个地方来的，性格难免不一样，也许磨合一段就好了，大不了少和他说话就行了。

果然，这罗旭明显在家是娇生惯养的孩子，生活习惯与大家真有区别，单是个人卫生上，朱镜如觉得罗旭干净得有些洁癖，谁要是挨到他的床铺，他都要把床单掸上数遍；开门关门，都尽量不摸门把手，实在非要用手，也是用手背凑合着开关一下。平时内向不多说话，又不能吃苦，别说训练，就是每天用冰水洗漱他都受不了。

虽然朱镜如不待见罗旭，罗旭倒也不在乎，照样和朱镜如说话。也许罗旭知道自己的性格不太惹人喜欢，不得不放下架子。这天早上，朱镜如和罗旭一起打扫室外卫生。七班的卫生区不大，只是门前道路及院子的一部分。罗旭边打扫边对朱镜如说："镜如，你说我们当兵来，被集中到这里，简直是一个战犯集中营，生活艰苦不说，没有一点儿自由，实在让人受不了！"

这时新兵来部队已经半个多月，朱镜如也基本适应了新兵连的节奏，听罗旭这样说，便略带挖苦的口气对罗旭说："这有什么受不了的？

别人能过你不能过？真受不了的话，趁没授衔前，还不算军人，偷偷跑了，也不会治你的罪！"

罗旭听不出朱镜如的挖苦，说："我是想跑，就是不知道怎么跑。你看这破地方，到处是山，东面又是海，我往哪里跑？"

朱镜如听了，就想捉弄罗旭一下，说："你附耳过来，我给你出个主意！"

罗旭一副信以为真的样子，靠近朱镜如，问："什么主意？"

朱镜如看看四周，小心地说："你真傻，你不知道离开的路，难道还不知道我们是从哪条路来的？你就顺着跑五公里的那个路线往回走啊！你只用早起一个小时，翻过营房的西墙。那边的石头墙那么矮，岗哨看不到。班长那时睡得正香，不会发现你。即便发现你不在宿舍，也以为你是打扫卫生去了。等反应过来，你早就逃离这个山沟沟了！"

罗旭听了，点点头，说："镜如，你说得倒是，也只有这一个办法了！"

朱镜如打量着罗旭，继续挖苦着说："你真的要跑？你真要成功了，可别忘了是我给你出的锦囊妙计！回去过好日子去了，别忘了给我寄一点儿大连的海鲜干货！"

罗旭没再答话，一副沉思状。

朱镜如以为罗旭只是嘴里说说，过过嘴瘾而已。谁知两天后的早上，大家起床后都在整理内务时，班长突然发现少了一个人，罗旭不见了！看看卫生区，也不见罗旭，班长顿时慌了起来，赶快向新兵连长报告。在部队出现逃兵属于事故，是要追责的。朱镜如心里也暗暗心惊，心想这罗旭竟然真的说到做到，倒是让人佩服。只是他逃跑时是自己给他出的主意，万一追查到自己，不知会不会担责任。

营长接到报告后，立即安排车辆，出动几路人马沿着几条路寻找。好在罗旭对地形不熟，只是凭着记忆顺着崎岖的山路步行往回走，刚翻过青岗岭，就被营长派来的老兵追了回去，没有跑成。罗旭被带回后受到了严肃的批评，除了日常训练，被老兵看着关了几天禁闭，写了长长的检讨书，被整得痛哭流涕的。

罗旭也是在上庄时间太短，不熟悉地形，他要是跑出来后顺着营房西侧道路一直往南，两三公里外就是228国道，在那里坐上了车，部队想追上就不是那么容易了。

罗旭被关禁闭时，七班新兵轮流给他送饭，轮到朱镜如给罗旭送饭时，朱镜如竖着大拇指对罗旭说："你真行！说干就干。"但不忘取笑他，"你早知道要当逃兵，早上五公里训练刻苦点儿、跑远点儿不就行了？真跑不动，上青岗岭时我拉着你也可以啊！至少可以侦察路线，我知道过了青岗岭不远就有一个岔路口，你要跑到那里，至少多了百分之五十的成功机会。"

说完，又煞有其事地看看门外，见没有老兵，才转过头来压低声音说："你要是还想跑，我再给你出一个十拿九稳的主意……"

罗旭低头吃着饭，没有理会朱镜如。

由于逃跑没有成功，这个事故最终没有上报。

第 四 章

大连籍的新兵景远征，无疑是新兵三连中年龄最小的兵，按他自己说，他已经年满十六岁。他个子不高，胖乎乎的样子，穿着宽大的军装，还是罩不住浑身散发的奶气。景远征在新兵连有个最大的愿望，就是不出早操。

新兵连早操是需要留小值日的，职责除了打扫室内外卫生外，还要把全班每个战士的脸盆整整齐齐地放在室外，盆里接好洗脸水。上庄营房没有自来水，只能从营房旁的一口水井里用水桶打水，然后提到连队门口，倒在脸盆里。通常等新兵连出早操回来，脸盆里的水已经结上一层薄冰，新兵们在队伍解散后把脸盆里的冰敲开，把冒着热气的光头放到冰水中。那种感觉，是一般人无法体会的酸爽。

即便是这样一个小值日的差事，每个新兵都争先恐后。

这时候通常就是景远征的表演了，他总是屁颠屁颠地跟在班长身后，操着稍显夸张的东北话，眯着无助的笑眼，用有点儿结巴的口气向班长哀求："那个班、班，班长，今天还让我当小值日吧！我、我好多干点儿活儿……"

景远征年龄虽小，但也很聪明活道。而且他并不结巴，只有和班长说话时他才一副小心翼翼、不敢把话说完的样子。朱镜如总觉得，他是用这种语调向班长卖个萌，好达到自己不出早操的目的。

新兵班长范红渠，虽然平时很严肃，但他面对景远征时却明显缓和得多，也许在他眼里，景远征只是个孩子。

范红渠班长低头看着景远征，用标准的豫东河南话问："为什么又不想出早操了？是不是又尿床了？"

景远征听了，马上不好意思起来，说话也变得更加吞吞吐吐："班、班长，我、我……"

范班长只好让景远征留下，说："一会儿把被子抱到司务长屋里，在火炉上烤干了！"

景远征终于如释重负，用仍然稚气的声音大声回答："是！班长。"声音里都带着兴奋。

朱镜如不敢笑，景远征尿床是众所周知的。几乎每天晚上，班长都要在后半夜喊他起来解手。有一天可能是因为训练太累，班长在半夜喊他几次都喊不起来，只是嘴里嘟囔着："妈妈，我要尿尿！"班长哭笑不得，走到他床前掀起被子，抱着他到门口把着他尿，尿完后又把他扔到床上，还要给他掖好被子。到第二天训练间隙，新兵们聚到一起取笑景远征时，景远征说什么也不认这个账，也许他真的睡迷糊什么都不知道，也许是不好意思承认。同是大连的辛士官悄悄对大家说，景远征也就刚满十五岁。十五岁，这个年龄的孩子，有的真可能还在尿床，于是，大家也就把他当孩子了。

但是，这个爱尿床的新兵却常常做出让大家瞠目结舌的事情来。

新兵训练没几日，这个破旧的营房突然增添了一缕春色：几个漂亮的女兵，每天背着枪扭着腰肢，在老兵那恨不得透视到肉体的目光里说说笑笑地走过。于是军营里炸了窝：军营向来是男性的天下，特别是这么偏远破败的营房里。按老兵的话说，在部队里连老鼠都是公的，士兵们见了母猪都发情，怎么会突然出现这批女兵？问了班长才知道，这些女兵是高炮旅组建的女子射击队，临时从卫生队和通信连抽调过来，在上庄营房的射击靶场进行为期一个月的射击集训，集训后要参加集团军射击比武的。

无疑，这些女兵的到来打破了三营的平静。新兵们倒是有贼心没贼胆，最多在训练时用眼睛的余光偷偷瞄瞄，过过眼瘾，心里意淫一下她们丰满而又青春的身体。老兵们就放肆多了，每天都是无所顾忌地说着很多话题，比如卫生队刚刚授予少尉军衔的年轻军医蒋某某，她之所以提干，是因为她和某位集团军首长有一腿；通信连那个奶子最大的女兵刘某某，也是和军机关某首长有了关系才保送了军校，后来和当地一个官员结了婚，为了方便继续保持关系，那个军首长又把这个刘某某调到集团军教导队两年等等，段子很多。

当然，朱镜如也只是听听，连话都插不上，更没有想着去甄别真伪，这只是枯燥的新兵连期间一种花絮罢了。而老兵，除了在背后传这些段子，也只是在女兵经过时偷偷吹个口哨，等女兵回头就赶快装着什么也没发生、什么都与己无关，毕竟部队是有纪律的。

但景远征就不同了。

自从女子射击队到来之后，景远征去水井打水更积极了，因为那里可以逃离班长的视线，也可以增加接触女兵的机会。遇到女兵时，他老远就打招呼："嗨！美女，你们好漂亮啊……"然后就是套近乎，问女兵老家是哪里的，当几年兵了，在旅部哪个部门，抽空我去找你们玩你们可别不理我啊等等。见女兵不理他，就积极地要帮女兵提水献殷勤。几个女兵见他这样又好笑又无奈，就黑着脸说："你哪里来的小屁孩，再这么多话我就告到你们营长那里去！"景远征讨了个没趣，灰头灰脸地回到宿舍。第二天女兵从门口经过时，景远征不再搭讪，只是学着新兵班长的口令，合着女兵的步子："一二一，一二一！第一名，注意挺胸，挺高点儿！胸哪里去了？最后一名，屁股！屁股！不要撅屁股！"说话一点儿也不结巴。如此几天，终于惹得几个女兵红颜大怒，于是在打水时就让景远征帮忙提水，骗到女兵宿舍，一顿胖揍，很远都能听到他嗷嗷杀猪般的叫声，半个时辰后他才狼狈地从女兵宿舍溜出来。后来在训练时朱镜如问他"那天女兵怎么你了"，他咬牙切齿地说："这帮娘儿们真不好玩，和她们开玩笑，她们把我骗过去折磨我！"

朱镜如大笑，又问："她们怎么折磨你了？"

景远征装出一脸痛苦状，恶狠狠的样子，说："她娘的她们摸我鸡鸡，拧我大腿根，都拧紫了！"怕大家不信，当即要脱下裤子让朱镜如查看。

一旁的战友们也笑得前仰后合。

这还没完，新兵连训练快过一半的时候，营卫生所要给每个人打防疫针，卫生员不够，那些旅卫生队来射击集训的也过去帮忙。等轮到给景远征打的时候，她们终于又找到了再次报复的机会，相互一使眼色，轻声说："又是这小子！又是这小子！"很快，景远征又嗷嗷地跑了出来，找到班长，带着哭腔说："班、班长，我不去打针了，别人扎胳膊她们却要扎我屁股，扎我五六针也没有扎完，她们公报私仇……"

最后还是班长带他去打完了防疫针。

和大多数大连、德州兵一样，景远征对湛山籍战士多多少少也有点儿鄙视，但是对朱镜如倒是很尊敬的。他对朱镜如说："我觉得跟你们

19

湛山的兵根本说不到一块儿，不过你和他们不一样，跟你挺合得来的！"

朱镜如问："为什么？"

景远征想了一会儿，说："感觉呗！"

朱镜如觉得，景远征对他这个态度有几个原因：一是刚到部队不久，新兵连需要唱新歌，没人懂乐谱，班长把朱镜如推荐给新兵连长。于是新兵连期间，朱镜如经常拿着连长给他的解放军歌曲杂志，找些新歌教全连唱，景远征觉得朱镜如挺有才。再就是景远征经常见朱镜如和体格彪悍的老乡王红涛切磋摔跤，他很惊奇王红涛竟然摔不过看似柔弱的朱镜如。于是在一个自由活动的晚上，景远征把大连籍的学过摔跤的祁斌约过来和朱镜如对摔。祁斌个子虽不高，但是基本功挺扎实。即便如此，经过几个回合的试探，祁斌还是在三排战士的观战中被朱镜如摔了跟头，于是景远征越发觉得朱镜如与众不同。再后来，新兵三连组织的春节联欢预演，朱镜如唱了一首《喀秋莎》，景远征觉得好听，非要和朱镜如合唱，朱镜如同意了，于是景远征就认为朱镜如很哥们儿，关系就越来越近了。

新兵连结束，因为景远征年龄太小，估计连炮弹都拿不动，最后被分在三营营部当通信员，不用舞枪弄炮，算是最适合他的岗位了。成老兵以后，景远征成熟得也很快，办事挺有谱的。后来朱镜如提干去济南陆军学院进修，其间部队裁军，没赶上他们退伍为他们送行，是让朱镜如深感遗憾的一件事。

第 五 章

高炮旅三营所在的上庄营房是苏式风格，应该是中苏关系友好的产物。营房的最南部是个两层砖结构小楼，是老兵三连的宿舍。再往后是一大片七八排的平房。一条南北走向的中心路把营房分为东西两部分。营房北半部是三营训练场地，中心路西侧是火炮训练场，东侧是队列训练场。新兵训练不涉及兵种专业，因此主要在队列训练场训练。营房南侧，出了三连的大门，就是西上庄村，紧邻着村头有一条河叫土寨河，一架石桥跨到土寨河的南岸。小桥南头旁有一间孤零零的小石屋，背靠桥头的山坡，很像守卫石桥的岗楼。

虽然小桥与营房近在咫尺，新兵却不敢越雷池半步。

有老兵告诉朱镜如："那间低矮的小石屋叫猫耳洞，以后新兵训练结束后分到老兵连，管理不像现在这么严格，你们一定会喜欢上那里的。"朱镜如就很奇怪地问为什么，老兵神秘地说："到时候你们就知道了。"这让朱镜如越发对那个猫耳洞向往起来。但是新兵三连的宿舍离猫耳洞太近，人多眼杂反而不方便。朱镜如就想等到下老连队了吧，到时候也去那个猫耳洞看看到底有什么好玩的，于是，就不再想着这件事。

景远征在队列训练中依然是拖全班后腿的人，队列动作与全班协调不到一起，是班长范红渠最头疼的事。新兵训练期间经常要会操，为了不影响成绩，范红渠常常安排景远征在会操时当病号回宿舍休息。没有景远征参加的队列会操，七班总是第一名。

当然训练动作不协调的不止景远征一个，八班的蓝俊峰在训练场上更是不尽如人意。

蓝俊峰和朱镜如入伍前虽然在一个高中就读，两人关系还算亲密，但二人的运动天赋却千差万别。蓝俊峰中等身高，体型稍胖，给人一种稳重踏实的感觉，但这样的身材在训练项目上吃了大亏。不知是不是运动少的原因，蓝俊峰训练时动作僵硬不放松，使出很大的劲儿效果却很差。队列训练还好些，蓝俊峰最胆怯的还是五公里越野和木马训练。每次跑五公里，总是远远地落在后面。至于新兵的木马训练其实很简单，是分腿腾越横木马：一个木马横放在沙坑边，短距离助跑后，双手拍木马分腿跳过，即可完成动作。说白了就是上小学女生玩的从弯腰的同伴身上跃过的游戏。但到了蓝俊峰这里就成问题了。助跑时就怕得要命，还没跑到木马跟前就紧张得乱了节奏，收不住脚，常常把木马撞翻，或是被木马绊住摔到沙坑里。即便是偶尔跳过去了，在落地的一瞬间，他的身体能僵成一块铁。有时候朱镜如在一边保护，胳膊就会被他僵硬的手打得生疼。于是朱镜如就怀疑蓝俊峰是不是上学时在这个游戏上栽过跟头，被女生坑过，有了心理阴影。

跳不过木马是会影响班排训练成绩的，为了不拖班排后腿，排长专门给蓝俊峰开小灶，利用中午的时间加班训练。专门让朱镜如为他做保护，好克服惧怕心理。也不能说没有效果，新兵连结束时蓝俊峰跳过的成功率应该达到了百分之五十，五公里也能勉强跑下来了。但在考试时，为了保险起见，他还是被安排当病号去了。

虽然训练是老大难，但蓝俊峰的大小工作还是很积极的。新兵七班和八班的宿舍是在一个大房间里，中间没有墙体隔断。两个新兵班召开班务会时，朱镜如经常听到八班长张辉表扬蓝俊峰，比如哪天帮老兵提水了，哪天去炊事班帮厨了，再或是哪天和谁一起到营部司务长那里用便携行军锅为八班偷烤火煤了，等等。

总的来说，朱镜如觉得蓝俊峰是会用脑子生存的那一类人。

由于入伍前就熟识，两人在一起闲聊时也放得开，经常一起追忆高中时算得上校花的几个美女，朱镜如倒是每个都知道。蓝俊峰又问起朱镜如记不记得高三四班的关晓红，朱镜如打开脑海里的搜索引擎搜索了一会儿记忆，却没有印象。蓝俊峰就有些遗憾地说："那是个皮肤白皙、胸部有料又自带仙气的美女，你竟然不知道？"说这话时蓝俊峰两眼放光，声音高亢。

朱镜如知道蓝俊峰对这个关晓红一定心存好感。朱镜如高一高二都在湛山市一高上，后来因为和同学打架，也是因为想提高学习成绩，于是自作主张在高三时转到当时教学质量比较好的县城高中，所以对同学们不熟。同学们认识朱镜如倒是正常的，因为田径运动场上朱镜如一直是佼佼者，保留在县城的四百米纪录到二十年后还没有人破。

虽然对蓝俊峰说的关晓红印象不是很深刻，朱镜如还是附和着说："还真是，你这一说我就想起来了，还真有些印象，只是不敢确定记忆里的那个美女就叫关晓红。这女的，真够味儿，谁要是娶了她，不知道要积多少福分！"说完偷眼看蓝俊峰。蓝俊峰就脸色微红，自言自语似的说："上学时家里穷，不敢多和她说话，我感觉她对我也很有好感，想想自己胆子那么小，真后悔……"

朱镜如听了，笑着说："现在也不晚啊！我们义务兵邮寄信件又不要钱，你没事就写信没事就写信，说不定能感动到人家的。"

蓝俊峰当年的高考成绩也是差了一大截，觉得来年考学无望就没有选择复读，当兵，也是蓝俊峰唯一能够看得到的出路。因为家庭经济状况不好，在学校看到自己心仪的女同学，也只能偷偷发挥一下幻想的特长。再说这关晓红家在县城，家庭条件优越，蓝俊峰自知自己与这仙女之间的差距，当然不敢表露，这也许是没有办法的事。

其实，在那个年代，有很大一部分青年，不当兵就没有出路，只能回家种地，他们根本没有其他选择。

为了在工作上表现得更为积极，有天早饭后朱镜如和蓝俊峰抢到了连队喂猪桶。两个人抬着桶到猪圈喂猪时，蓝俊峰悄悄问朱镜如："镜如，你去过南门外西上庄村的猫耳洞吗？"

朱镜如说："没有去过，怎么了？"

蓝俊峰低声对朱镜如说："老班长给我说猫耳洞是一个老太婆开的小卖店，老太婆有两个孙女特别漂亮，经常去老太婆那里帮忙。有空我们也去那里看看吧！"

见朱镜如愕然，蓝俊峰又说："只是去那里买点儿东西，又不干什么！"

朱镜如问："你班长能准你出去？"

蓝俊峰笑笑："这事儿不能请假，你没注意华宝森经常趁班长不注意溜出去，要是请假，班长不骂才怪！"

朱镜如想起老兵说过以后我们会喜欢那里的，难道就是说那对漂亮的姊妹花？

从那以后，朱镜如倒是也留意到了那个猫耳洞。有一天那对姊妹花从营房前经过，蓝俊峰赶快把朱镜如和乔无忌喊过去说："你们看那两个小嫚儿，左边走的是姐姐，叫花花！右边个子稍高的是她妹妹，叫朵朵。"然后在朱镜如身边自言自语地说，"青岛的气候就是养人，小嫚儿长得一个比一个漂亮！"

小嫚儿是青岛当地对小姑娘的昵称，但是在朱镜如的老家，"嫚儿"这个词读音却是另外一层意思，就是女性的胸，小孩子吃奶不叫吃奶，叫"吃嫚儿"。当第一次听到青岛当地人叫小姑娘"小嫚儿"的时候，朱镜如还以为是很不雅的有点儿亵渎女性的称呼，当他明白怎么回事后，就喜欢上了这个称呼，因为，他在叫着"小嫚儿"的时候，有着当地人不会拥有的心理快感。

蓝俊峰说青岛小嫚儿一个比一个漂亮时，朱镜如就觉得他一定暗地里观察不短时间了，心想蓝俊峰这家伙看着老实，想法倒挺多，于是，朱镜如一本正经地对乔无忌说："无忌，我想起了家乡的一句谚语，挺适合俊峰的。"

蓝俊峰忙问："是什么谚语？你说说看。"

朱镜如还是面对着乔无忌说："你听没听说过'面善心里猴，不是老实头'……"

乔无忌嘿嘿地笑："别说，还真的是。"

蓝俊峰的脸登时红起来，他也不生气，说："你看镜如，怎么能这样说我。"

几年后朱镜如探亲经过郑州，和已经考入郑州高炮学院的蓝俊峰叙旧。晚上留宿高炮学院，蓝俊峰还特意带朱镜如到街心公园找女孩子搭讪跳舞，一招一式一看就不是一两天的工夫了。朱镜如便在心里感慨像蓝俊峰这么看似老实的人，果真也有花心的一面，内心自愧不如。

其实在朱镜如眼里，这朵朵的确属于婀娜多姿分外养眼的美女了，才大概二十出头的样子，身材苗条不失丰满，穿着新潮但不轻佻，皮肤细腻，双目含情。从身旁经过，一丝神秘的幽香让你几乎要窒息，不知这是不是荷尔蒙的作用。这样一个青春靓丽的女子从营房前走过，不知钓走了多少个战士的眼睛，不知让多少战士晚上睡不着觉，那猫耳洞老太婆的生意不好才怪。

终于找了个机会，趁着班长范红渠午睡，朱镜如和蓝俊峰一起翻墙溜了出去，来到那个神秘的猫耳洞。没想到刚走进猫耳洞就看到乔无忌坐在猫耳洞里的小板凳上，朱镜如一阵惊讶。蓝俊峰指着乔无忌故弄玄虚地说："你这个稀拉兵，没事就往这里跑！刚才你班长说又找不到你了，让我和镜如逮你来了！"

乔无忌嘿嘿一笑，对蓝俊峰说："来逮我？我能信吗？老实坦白你们两个怎么来的吧！"

说完，也不等两人回答，从口袋里掏出一支烟，往嘴上一叼，又说："俊峰、镜如，我发现我们三个真是心有灵犀一点通，我早知道你们要来，怕你们心存不轨，就提前在此等候二位了。你们看，要不要我到你们班长那里告一状？"说完冲着蓝俊峰狡黠地眨了眨眼。

朱镜如才知道乔无忌早就是猫耳洞的常客了。只是猫耳洞里的简陋程度出乎朱镜如的意料，凑合起来的柜台破旧不堪，不知是多少年前的陈年老物件，放到古董拍卖会上，说不定会拍出好价钱。室内光线黑暗，竟有一股霉味。朱镜如并没有看到传说中漂亮的姊妹花，只有一个颤颤悠悠的老太婆坐在里面，不知年轻的时候是不是美女。屋子不大，老太婆还要在里面做饭。商品真也是少得可怜，一看都是便宜的地摊货，应该有不少假品。朱镜如特意买了一瓶风油精，回去打开后并没有闻到风油精那种特有的味道。

老太婆见几个人过去，眯着笑眼打了个招呼，让他们几个坐在里面脏乎乎的凳子上。刚坐下，蓝俊峰就笑着问那老太婆："您那孙女儿今天没来？"

朱镜如怀疑蓝俊峰也和乔无忌一样，常来这地方，说话口气不一样。

老太婆笑着说："没来啊，她们都忙着，闲了才会来我这里。"

蓝俊峰继续开着玩笑："你那孙女儿长那么好看，找到对象了没？你看他们两个怎么样？"蓝俊峰指着朱镜如和乔无忌问。

老太婆笑得合不拢嘴，眯着眼睛说："我看你们都好啊！不过我看上可没用，孙女的事儿我可管不了，她爱找谁找谁，谁看上她们了尽管找她们就是。"说着，端上来半铝盆韭菜炒鸡蛋对朱镜如努努嘴。

朱镜如不理解她是什么意思，就问："这是干什么？"

老太婆说："尝尝，炒得很香的！"

朱镜如摇摇头，老太婆却坚持着让他尝尝。那股热情让朱镜如无法拒绝，他就用手捏了一块放在嘴里，没敢去品味就咽了下去。蓝俊峰也拿了一双筷子，尝了一口，刚想再伸筷子大吃一顿，铝盆却被老太婆收了回去，说："尝尝就行了，我一会儿还要吃呢！"

朱镜如哭笑不得。

乔无忌对老太婆说："你的账本呢？我看看有没有我的账了。"

老太婆就把账本递给乔无忌，说："你自己找找，我也看不清。"

连队的战士在猫耳洞买东西通常都是欠账，等发津贴时过来还。那时候战士一个月津贴二十一元，上庄位置偏远，还多了两元海防费，但仍是不够花。有的战士没钱还账，就欺负老太婆眼花耳背，趁老太婆不注意拿过账本把自己的账划掉，老太婆总是不在意，像是不知道似的。于是，听到乔无忌说要翻账本，朱镜如就留意了一下。

果然，乔无忌一手拿着笔，一手翻着账本，看到自己的账，随手就划掉，嘴里还对老太婆说着："我看没有我的账了啊！已经和你清完了吧？"

老太婆不急不恼，依旧眯着眼睛说："没有了算了，是不是你偷偷划掉了？"

乔无忌便说："看你说的，我怎么会把账划掉？你看看，就是没有了嘛！"说着，又夸张地划了两道。

朱镜如相信老太婆一定知道战士划她账本的事，她一定是装糊涂，也不想认真。在回去的路上，朱镜如问乔无忌，乔无忌说："你没看我这是和老太婆闹着玩的，本来就没有多少钱的东西，找个乐子。买东西的时候总是多给她钱，老太婆都知道。"

蓝俊峰说："这老太婆不是一般人，年轻的时候绝对风光无限。"朱镜如却心想，这老太婆守着这样一个不像样的小店多年，里面商品没几样，能赚多少钱？离部队这么近，难道是 1949 年国民党逃离大陆时留下的耳目？

自那以后，朱镜如再也没有去过猫耳洞。但是关于猫耳洞的消息却依然在营区传播。比如，哪天谁谁去猫耳洞遇到朵朵、花花，想偷吃豆腐，被老太婆追到营房；哪天看花花和人手牵手约会了等等。老兵三连的刘晓斌，还有二排六班一个记不起名字的老兵，经常惦记着这对姊妹。朱镜如还亲耳听几个老兵说要是能在退伍时把姊妹两个拐走当老婆，也不白当几年兵。

实际上，朱镜如认为，这些老兵们除了觊觎姊妹两个的美丽，大多也是因为上庄营房生活太枯燥。再说，部队有规定，义务兵严禁在部队驻地找对象，所以，他们也只是过过嘴瘾而已。

但结局总是让人大跌眼镜，姊妹花最终还是被近水楼台先得月的副营长刘华伟给水中捞月了。有一天分到营部的乔无忌跑过来问朱镜如："听说朵朵正和副营长刘华伟谈着恋爱，我一直没有见到过，是不是这样？"

朱镜如当时已经分到了老兵连，副营长正在三连蹲点。朱镜如不太相信这个消息，说："应该不会吧！都没听我连队的老兵说过。"很快朱镜如发现果然如此，在一次炮场站夜班岗时，朱镜如听到炮场入口处有人声，忙大喊一声"口令！"但他没有听到回令，却听到刘华伟尴尬的咳嗽声。刘华伟和一个女孩从黑暗处走了过来。朱镜如立即意识到那就是朵朵，以前只是远远地看到过她。

刘华伟果然是和朵朵在约会，之后很长一段时间，副营长刘华伟和朵朵的身影经常一起出现在上庄营房。

朱镜如把这个消息说给乔无忌听时，乔无忌惋惜地说："唉！她朵朵怎么和副营长谈上了……"然后一副鲜花插在牛粪上的表情。朱镜如心想，对朵朵来说，这个解放军军官牛粪肯定会比乔无忌这个兵油子牛粪香，于是对乔无忌说："你还有什么惋惜的？你连牛粪都不是，牛粪干了还能烧火，你最多是糖鸡屎，粘在脚上只会让人恶心，一点儿用也没有。"

更让人大跌眼镜的还在后面：那次站岗发现他们约会后大概两个月，副营长刘华伟订婚了，朱镜如竟然发现与他订婚的不是朵朵而是花花。虽然是新兵，朱镜如还是纳闷地问刘华伟："副营长，你订个婚一会儿朵朵一会儿花花，怎么说换就换，到底要和哪个结婚啊？"

副营长平时口齿伶俐，这天却语无伦次，十分不好意思地说："这个……这个……哪个都一样，哪个都一样……"

天！这怎么哪个都一样。

朱镜如入伍第三年时，刘华伟和花花在即墨市举行了婚礼。当时的一张照片上，刘华伟一身军装风流倜傥，新娘子花花身着婚纱美丽非常。朱镜如正站在一边提着花篮，抓起一把花瓣往他们头上撒。想到三营万人瞩目的大众情人最后被刘华伟捕获，朱镜如心里也满是嫉妒，终于在刘华伟的同学们闹洞房时找到一个机会，自以为神不知鬼不觉地用膝盖蹭了蹭花花的屁股。柔软温暖，那感觉让朱镜如念念不忘。花花像是没事人一样，面不改色。

多年后，刘华伟转业到青岛市某区的政府部门。2013 年朱镜如去青岛时，专门和李志阳一起见了他们一家三口，二人的儿子刚满十六岁身高却有一米八，阳光帅气，很幸福的一家人。

第 六 章

七班长范红渠个性非常鲜明,军事综合素质过硬,管理也很有办法,对新兵宽严有加。作为三排的排头班长,范红渠在排长不在的时候他可以独当一面。但是他和八班长张辉关系不怎么样,总想在工作、训练甚至是气势上压制住对方。刚开始,朱镜如一直以为这只是班长之间的竞争,后来发现不仅仅如此,范红渠老乡观念强,在老兵连,也刻意维护自己老大的地位,遇到周口的兵受欺负,他总是站出来,这是范红渠性格强势的一面。八班长张辉是南京人,虽然是城市兵,但明显被同年兵范红渠所轻视。九班长何明章是商丘人,个子不高但很壮实,平时说着稍有些蹩脚的普通话,但人是很不错的。

在朱镜如的记忆中,新兵班长范红渠从来没有对新兵进行过打骂体罚。在那个年代,虽然部队屡屡强调严禁对战士打骂体罚,但这种现象在一定范围内依然存在,特别是偏远的营区。和现在相比,那时候的兵员整体素质偏低,工作方法管理能力都较弱。这是把双刃剑:有些新兵的确是榆木疙瘩反应迟钝需要班长修理一下;同样,也有些新兵班长不会什么工作方法,只能用粗暴的手段来管理。

有次饭后朱镜如和蓝俊峰、乔无忌闲聊,朱镜如说:"我新兵连能分到范红渠班里是挺幸运的,虽然范红渠看起来很孔武有力,但是很会工作方法,对新兵从来不打骂体罚。"

蓝俊峰问:"从来没有?"

朱镜如想了一会儿说:"也算有吧,范红渠曾朝我屁股上踢过一脚,那是因为我站军姿时和景远征说话被他发现。我记得当时队列中的景远征也幸灾乐祸地憋不住笑,于是,他也被班长踢了一脚。但那不算打吧!你呢?"

蓝俊峰给朱镜如的回答是:"在八班,张辉真没少揍我!"

朱镜如又看看乔无忌，乔无忌所在的九班单独一间宿舍，班长打不打人朱镜如看不到。乔无忌说："我班长何明章倒是个好班长，但是，班里的新兵也被他揍了个遍……"

也可能是河南老乡的关系，朱镜如觉得范红渠对自己很不错。其实，范红渠对新兵七班的每个新兵都能一视同仁，训练上虽然很严格，生活上却很关心大家，因此在连队很有威信。

有一次新兵连的班务会后，爱弹吉他的八班长张辉在宿舍弹起了吉他。张辉的吉他弹得还是不错的，直到现在朱镜如还能记起他弹的几首吉他曲，比如《会有那么一天》等等。范红渠听张辉弹吉他多少有点儿不爽，估计是看到朱镜如懂乐理，就问他会不会弹吉他。朱镜如想到入伍前曾简单了解过吉他，就说会一点儿。

范红渠马上来了精神，对着张辉说："八班长，把你的吉他让朱镜如弹弹！"

这句话其实是有命令的口吻的，张辉也听得出来。但张辉没有说什么，把吉他递给朱镜如弹。当然朱镜如也只是弹一些入门的指法，张辉看了松了一口气。朱镜如知道，这其实是两个班长之间的较量。

这一回合范红渠没占上风，朱镜如似乎也不争气，让范红渠借他压制张辉的希望落空。

但是很快范红渠就扳回了一局。

有一天战术训练时，朱镜如指着旁边的四百米障碍训练场对范红渠说："班长，这个项目有比赛吗？"

范红渠说："有的，部队把这个比赛叫军事比武，部队每年都要举行，有很多比武项目，怎么了？"

朱镜如说："班长，如果我能参加这个比武，估计我能得第一！"

范红渠瞥了朱镜如一眼说："部队是看实力说话的，想得第一，你知道这个项目有多难吗？我们营跑得最快的也不敢说在旅军事比武中能拿到好名次！你连怎么通过障碍都不知道就说能拿第一？"

朱镜如并非不知道这个四百米障碍的难度，早就问过老兵了。四百米的距离上，模拟实战设置了三步桩、壕沟、矮墙、高低跳台、独木桥、两米高板、铁丝网等十几个障碍，战士们在通过障碍时，不但要跑，还要爬、跳、跨、翻等等，是共同课目训练中难啃的硬骨头。

但朱镜如自信也是有原因的：首先它是跑的项目，就这一点，朱镜如就能在速度和耐力上甩掉所有人；其次，关于过障碍的技巧，他更相信自己的专业运动能力。

范红渠将信将疑，说："你先跑一下试试，让我看看吧！"

朱镜如很快就让范红渠打消了疑虑，因为，他通过障碍的动作让范红渠大开眼界，虽然没有训练过这些动作，但三步桩、壕沟一跃而过，轻松得如履平地。让范红渠惊奇的是朱镜如在过矮墙时根本不用训练教材上的蹬踏式，而是直接腾空跨越过去，这是因为朱镜如曾在湛山市体校的短跑跨栏队训练过半年。那时短跨队的教练苏峰对朱镜如非常看重，却不想朱镜如又被长跑队教练李素贞抢去了。至于耐力，范红渠知道新兵连的五公里跑朱镜如向来都是第一。

范红渠想了一会儿，突然就胸有成竹了，笑眯眯地问朱镜如："这么说你能跑过八班长张辉？"

朱镜如点点头，说："当然能跑过张辉班长。"还不忘调侃地加上一句，"以及所有人！"

范红渠没有理会朱镜如的狂妄，当然朱镜如也只有在范红渠面前才敢开这个玩笑。范红渠对景远征说："去，把八班长请来，就说新兵请教他障碍训练动作！"

景远征很喜欢干跑腿这样的活儿，一个挺胸撅臀的立正，又很夸张地敬了一个军礼，大声回答："是！"然后兔子似的跑去叫八班长张辉去了。

很快张辉到了障碍训练场，范红渠很直接，说："八班长，我们班有个新兵想练练四百米障碍动作，你是我们连的四百米障碍教练员，所以想请你来教教他！"

张辉不明就里，说："行啊！新兵连里就有想学四百米障碍的了？"

范红渠说："是啊！新兵见障碍比较新奇，想了解一下！"

张辉说："七班长，这四百米障碍可是老兵谁见谁愁的课目。新兵刚来就想学了？他想通过哪个障碍？"

范红渠说："这新兵蛋子也真狂妄，他要通过所有的障碍跑完四百米全程，还说只有四百米障碍跑过他了他才拜师，听说全连就你障碍练得好，他说不知道你有没有这个资格，想直接和你比赛。"

范红渠又看看张辉的脸色，见张辉没有反应过来，又说："这新兵也真不知天高地厚，你敢不敢给他比试一下，挫挫他新兵的锐气？"

张辉这才明白，这个新兵蛋子是要向他挑战！

新兵连期间的训练挑战也很常见，比如单杠一练习引体向上，通常有战士在训练中较着劲儿比，看谁拉的多；二练习卷身上，看谁卷的多，这样很快就有训练的霸主级士兵崭露头角。但是新兵挑战班长的倒是第一次出现。

张辉应该也有很大的自信，用南京普通话说："那有什么！比就比一下子，还怕他新兵不成？"

范红渠把九班的战士也喊了过来，对张辉说："我们整个新兵排当啦啦队给你们两个加油，新兵输了罚三十米低姿匍匐，拜你为师；要是你当班长的输了呢？"

张辉想都不想说："我输了也三十米低姿匍匐，拜他为师！"

范红渠整齐队伍，大声说："大家都听到了，一会儿八班长和朱镜如要比四百米障碍，谁输了爬三十米低姿匍匐，拜对方为师！不准反悔，我们要给他们两个加油好不好？"

大家掌声雷动："好！"

四百米障碍前一百米是空跑，然后折返，在第二个一百米和第三个一百米里有十几组障碍，最后一百米平跑冲刺。这个项目其实和朱镜如以前田径四百米比赛一样，体力分配很重要，这对于朱镜如来说轻车熟路。

"卧倒！"范红渠下了口令。

朱镜如和八班长卧倒在起跑点。

"预备……"

二人同时转为侧姿匍匐姿势，两眼目视前方障碍，屏住呼吸，等待出发的口令。

"前进！"

听到前进的口令后，朱镜如和八班长迅速由侧姿匍匐起跑投入比赛。

第一个一百米，朱镜如只是放松跑，到转折点时，张辉落后朱镜如身后几个身位，也算跟着，但他应该很尽力了。景远征正在一边充分发挥着鼓动士气的特长，很带劲地带领新兵喊着"朱镜如加油！八班长加油"的口号。

第二个一百米的八组障碍，因为要考虑后八组障碍，朱镜如仍不需要全力，按自己的节奏跑，这时张辉似乎竭尽全力筋疲力尽了，朱镜如已经听不到张辉的脚步声；第三个一百米的八组障碍，朱镜如提高了速度，无视对手的存在，虽然没有专门进行过通过障碍的训练，但凭着自己的运动天赋，依然能够行云流水；最后一百米平跑，朱镜如开始冲刺，没有了障碍的磕绊，朱镜如如虎添翼，速度比第一百米还要快。还没到终点，七班就爆发出雷鸣般的掌声。朱镜如到达终点回过头，看到张辉才刚刚到达三百米转折点。

范红渠瞪大了眼睛："我的天，一分三十秒！怎么这么快？"

八班长上气不接下气地跑到了终点，用时一分五十二秒，考核的话也是接近优秀成绩了。两个战士扶着他到一边喘气，他远远地看着朱镜如，实在无法理解一个新兵能以这样的姿态跑完四百米障碍。

对朱镜如来说，这充其量是在体校的一个训练跑而已。

范红渠却不依不饶，没等张辉缓过劲儿，走到张辉跟前，用嘲笑的腔调对张辉说："八班长，真没想到你连新兵都跑不过，还被人甩下那么远。那三十米的低姿匍匐……"

张辉没想到朱镜如会赢，本来不想信守承诺耻辱地爬完这三十米，何况这么多新兵在场。而且，他从范红渠眼里根本没有看到可以商量的余地，于是一狠心，故作潇洒地说："大丈夫愿赌服输，我爬！"于是喘着粗气，卧倒在地，携枪用低姿匍匐往前爬行了三十米。

爬完三十米，范红渠也未再计较拜师的事。张辉拍拍身上的泥土，低着头，像斗败了的公鸡，灰头灰脑地带着新兵八班离开了。

这一回合，范红渠赢得干净利索。回去的路上，范红渠不忘交代朱镜如："虽然跑过八班长了，你也别狂妄，低调一些，特别是在老兵连。"

朱镜如说："那是当然，我刚才只是开玩笑。"

范红渠又说："不要再给老兵们说你跑得多快多快了。"

朱镜如明白，范红渠一定有他自己的考虑，他意识到朱镜如的训练成绩将是出类拔萃的，想在新兵连把朱镜如雪藏。就像朱镜如两年后训新兵时，看到班里素质好的战士徐静伟，总想带到老兵连自己班里一样。

但是，从不打新兵的范红渠终于让新兵们见识到了他的江湖义气：

新兵连快要结束的时候，新兵一排的三班长刘敬轩不知什么原因被一连炊事班的彭红民打了，脸上被打得乌紫乌紫的。刘敬轩是周口兵，范红渠的老乡，范红渠听说后觉得刘敬轩很窝囊，非要替他报仇，于是在晚上带着刘敬轩摸到一连炊事班，把彭红民控制住，刘敬轩拿起皮带往彭红民身上一顿猛抽，把彭红民抽傻了。彭红民缓过劲儿后转身往操作台上拿刀，被范红渠一脚踢翻，又被打得直不起来，躲在墙角再也不敢乱动。

这一件事发生后轰动全营，一连连长赵宗祭倒是没有找范红渠的事，但是营长盛建堂和教导员路德兴觉得性质严重，认为不处分不足以消除打架带来的影响，最终决定给范红渠一个营处分。宣布处分时，营长集合全营干部战士在大礼堂召开全营军人大会，但范红渠拒绝参加，说给了营处分就不再干这个新兵班长了。才上任不久的三连指导员胡炎就给范红渠做工作，说："营长和教导员也是商量了多次、考虑了再三，这毕竟是跨连的事件，全营干部战士都看着营党委的意见。你也别让营里为难，等下连后就把这个营处分给你从档案里抽掉，不会影响你什么。"

好说歹说，范红渠才继续把这批新兵训到结束。

新兵连结束前，高炮旅进行了共同课目开训动员大会。动员大会在旅部留村营房的旅训练场上举行。旅训练场面积两万多平方米，刚好够全旅官兵进行阅兵使用。大会上，高炮旅五个炮营以及几个直属连以连为单位进行了大阅兵，场面宏大。首先是阅兵式和分列式，之后各营在训练场四周指定的观众席位置带马扎就座，观看以老兵为主进行的训练课目汇报表演。三营传统的汇报课目是刺杀。轮到三营出场时，营长盛建堂亲自带着三营方队，喊着洪亮高昂的口号，携五六式木托冲锋枪跑步到达旅训练场中央演出位置。到位后，随着盛建堂"纵横报数！"的口令，方队由后至前由右至左报数，并很快以正步先横后纵的顺序成体操队形散开。之前经过了无数次的训练，每个战士踢出的步数都不一样，但都能牢记自己所踢的步数。全营队形协调一致。全部散开到位后统一转体，就是震耳欲聋的一声"杀"，余音回旋在空中久久不能散去。此刻，方队中的每一员携冲锋枪呈刺杀预备姿势。刺刀寒光凛凛，静止中蕴藏着激情。整个阅兵场全体战士被这宏大的气势镇住了，顿时鸦雀无声，仿佛掉落一根针都能听见。

之后，随着营长盛建堂的口令："刺杀基础动作，突刺——刺！"偌大的训练场上顿时又杀声震天，气势恢宏。方队开始了刺杀动作的演示，全体干部战士群情激昂，动作干脆利索，让人叹为观止。

之后，其他老兵营分别进行了队列、军体拳等课目的汇报演出，同样是整齐划一，热情四射。

此时店集驻军的一营营长是李福庶，二营营长是孙友平，四营营长是蔡仲慧，五营营长是万天普。几个营均以营为单位拿出了庞大的表演阵营，让新兵们大开眼界，共同课目开训动员及汇报表演取得了圆满成功。

共同课目开训动员大会之后，各新兵连回到各自的营房，原地解散，新兵们都分配到了营连。

新兵三连的景远征被营长挑去当了通信员，李志阳到了营部当卫生员；乔无忌和王红涛分到营部指挥排，分别在标图班和有线班。朱镜如和蓝俊峰分到了三连，和朱镜如一起到三连的，还有老乡华宝森、赵广跃、孙茗山和赵朝阳。

范红渠并未受打架的影响，被任命为三营三连的二班长。

当然，朱镜如的老兵连班长，依然是范红渠。

第 七 章

三连连长宋程远，中尉军衔，中等个子，精明能干，管理连队的手腕较硬，也有方法。宋程远平时总是若有所思一脸严肃的样子，也是个比较注重仪容仪表的军人，因为觉得尉官冬装的大裆裤不美观，常常上身穿冬装，下身穿比较笔挺的夏常服裤子，虽然涉嫌混穿，但形象好了许多。后来马裤呢冬常服发放到了连排级军官，这种混穿现象不再出现了。

在新兵连过渡一下后，宋程远接替离任的吴金祥到三连担任连长。新官上任，很想有所作为，就想了很多办法。这一个周日的晚上七点，全连统一集合到连队俱乐部观看中央一套新闻联播，干部骨干则照常召开连务会。连长宋程远在连务会上对共同课目训练进行了再动员，同时宣读了高炮旅司令部在五月初进行共同课目大比武的通知，希望班长发挥骨干作用，在军事训练和大比武中出谋划策，起到训练带头作用。

在发言环节，二班长范红渠说："连长，我觉得我们连在共同课目比武中很占优势，连队整体训练水平也非常高。更难得的是，我们还有几个突出的训练尖子，比如我班的新兵朱镜如，在四百米障碍和五公里越野上，应该能取得好的名次。还有老兵朱银忠等，在器械体操上已经很拔尖了。我觉得在训练中如果在抓整体素质的基础上，能突出重点，对全连的训练尖子进行有针对性的训练，一定会有意想不到的成绩，三连才能在比武中取得好的名次。"

一班长王现恩、四班长黄迎春也相继发言，说明显感到今年三连的新兵综合素质高，如果训练有素，再成立一个尖刀班，三连训练应该能上一个层次。

连长宋程远听了，说："大家的想法很不错，连队会根据大家的发言进行综合考虑，明天对全连新老兵的训练情况进行摸底考核，选择出训练先进和落后的，进行有针对性的训练。当然，我们既要突出尖子，又要鞭策后进。"

指导员胡炎却有不同的意见，见大家都说完了，补充道："同志们，我觉得，我们连队的训练，是要立足于实战的，应提高全连的整体训练水平，如果成立尖刀班，唯训练尖子至上，会不会偏离了训练的宗旨？会不会助长这些训练尖子的自满情绪？这个还要综合分析一下！"

胡炎戴着眼镜，文质彬彬的样子，不露声色地表明了自己的态度。

看到连长指导员意见不统一，几个班长就沉默下来，不再发言了。

宋程远听了，对胡炎说："指导员，你说的可能有一些道理，但是，共同课目训练是我们目前的中心工作，我们必须要保障训练任务的圆满完成，只要有助于训练任务的完成，我们都可以尝试。成立尖刀班，也是树立模范，让这些尖子带动全连的训练成绩，这也是很积极的事情。当然，如何组建尖刀班，如何发挥尖刀班的作用，这也是我们要注意和摸索的。这样吧！会后我们再进一步商量一下，明天把我们的思路也向营党委做一下汇报，你看怎么样指导员？"

胡炎听了，也没再表示异议，说："好吧！"

见基本达成共识，连长宣布连务会结束，各班长回到自己的班排，召开班务会。很快，各班宿舍就传来了嘹亮的军歌声，这是开班务会的必要程序。

听到班长说连队要成立尖刀班，朱镜如十分高兴，对班长说："班长，我早就不满足平时的训练强度了，跑个五公里，很多时候还得在队伍中和大家一起跑，这运动量不够塞我牙缝，是要多着急就有多着急啊！"

副班长魏宗年撇着嘴，不屑地看了朱镜如一眼，说："朱镜如，你一个新兵蛋子要注意说话的方式，别弄得就你能，别人都不能跑了？"

范红渠也说："不要嘚瑟了，虽然你朱镜如在三营的成绩突出，但是高炮旅人才济济，五个炮营，加上特务连、通信连、司训连等六七个直属连队，以及后勤单位等等，你能保证你能比过他们？在旅里大比武拿到好的名次，比说什么都强！"

"放心吧，班长！"

朱镜如心里暗暗憋了一股劲，心想说什么也要在军事比武上一鸣惊人。

第二天，连队进行了训练摸底考核。高炮旅共同课目大比武的单兵比武项目有五公里越野、四百米障碍、单双杠、木马、射击、战术等。五公里越野和四百米障碍的成绩宋程远心里清楚，谁跑得快平时训练就看得出来，所以主要进行了单双杠、木马、手榴弹投掷、战术等项目的摸底。通过考核，几个尖子进入了宋程远的视线。王荣旺、朱银忠单双杠实力雄厚，井俊恩、姚卫东战术动作爬得正规速度又快，而朱镜如和辛士官则是五公里和四百米障碍成绩突出。于是，宋程远依据平时考核和摸底成绩，以这几个战士为基础组建了比武尖刀班，由班长范红渠带领，针对比武项目进行强化训练。

被选中的战士热情高涨，在范红渠的带领下，每天起早贪黑，加大了训练强度。早上基本上是五公里越野，成员们都是全副武装，带着挎包水壶，当然水壶里要加满水。挎包里装着洗漱用品，还要在挎包带上绑上白手巾，一切按要求装备。再后来，范红渠直接要求在挎包里装上两块砖头，以增加训练量。白天是战术和木马训练。而到了晚上，大多以单双杠为主，因为比武中只比单双杠二练习，技巧性不强。

朱镜如刚开始认为，对五公里越野的训练，加砖头负重的训练方法雷同于腿上绑沙袋跑，精神可嘉但并不科学。经班长解释了才明白，这是部队军事比武和地方运动会的不同之处，部队的五公里越野是在战术背景下的急行军，不是简单的跑步比赛，在极端条件下，每个战士的负重可能超出想象。挎包里加砖也能锻炼战士坚强的意志，加大了心肺负担，对训练和实战当然是有用的。

宋程远及时对尖刀班的训练进行了跟进指导。大约训练了两周后，在一个周日下午，宋程远召集尖刀班，对训练进度进行了讲评。宋程远说："同志们，我们这次共同课目比武，既是比成绩，又是比作风、比意志。每个比武项目都有各自的特点。比如五公里越野，大家就是要以顽强的作风完成任务。但是在战术训练上，在训练时我看了多次，大家的吃苦精神足够，战术意识、创新精神却不够强。下面，我们带到战术训练场，我和大家共同研究。"

范红渠笑着给大家说："刚才连长在会前给我透露了，今天下午要给大家传真经！听说这可是武林秘籍，一般不外传的。"

听着范红渠这样开玩笑似的话，朱镜如心想，战术训练的动作要领大家都掌握得很熟练了，还有什么秘籍不成？有句话说，天下武功唯快不破，难道宋程远真掌握了别人不曾掌握的腾挪大法、凌波微步？

三连的战术训练场设置在营房北炮场内，在十米的距离上，每隔一米设置一条铁丝网，根据铁丝网的高度，战士们以低姿、侧身低姿等动作携枪爬行穿越。

范红渠带着尖刀班很快就来到了战术训练场，宋程远调整了队形，让大家便于观看。又从范红渠手中接过五六式冲锋枪，对着大家说："同志们，今天我们针对比武项目有针对性地进行研究，有可能与平时训练要求的动作要领有所不同，大家可以相互体会交流。我们在比武时的项目是低姿匍匐前进，今天就以低姿匍匐前进为主。我们知道，低姿匍匐前进是利用低矮掩体，迅速隐蔽地接近目标，或者在敌火力下通过障碍物。那么低姿匍匐是在遮蔽物多高时使用呢？"

井俊恩说："四十厘米！"

"对！四十厘米。我们战术训练场低姿匍匐的场地上，铁丝网高度就是根据这个来设置的。以战术动作通过这一区域，若身体任何部分高于四十厘米，就要被铁丝网剐烂衣服。要换作是在战争中，就要被敌军发现或被敌方的武器命中，轻者挂彩，重者光荣。那么，大家在平时的训练中，存在两个问题，一是没有战术意识和敌情观念，也就是说，不入戏，像闹着玩似的，这显然不是我们战时的状态；二是战术动作没有创造性，太拘泥于动作要领，就像你跑一百米比赛，你动作再正规，跑了最后一名，有用吗？"

朱镜如心想，平时都要求训练正规，所有动作都是按军事条令和训练大纲要求的，难道这也有创新？

不及细想，宋程远就继续了讲解，说："我先解决第一个问题，战术意识和敌情观念。下面我自己下口令，大家看我动作。"

宋程远面向铁丝网，在距离铁丝网约三米处屈膝站立，右腿后撤半步，侧身向前，左臂弯曲略微前伸，两眼前视，呈搜索敌情状态。稍一停顿，下了口令："卧倒！"下完口令后迅速持枪卧倒，出枪，动作干净利索。然后扭头向大家说："同志们，低姿匍匐前进是在卧倒的基础上进行的。现在由井俊恩同志把'低姿匍匐准备'的动作要领给大家讲一下！"

"是！"动作要领几乎每个新老兵都背得滚瓜烂熟，井俊恩像竹筒倒豆子一样，背道："当听到'低姿匍匐准备'的口令时，右手掌心向上，枪面向右，虎口卡住机柄，余指握住背带，枪身紧贴右臂内侧；或右手虎口向上，握住背带环处，食指卡枪管，使枪置于右小臂上。左手向前伸，掌心向下，屈回右腿，等敌情许可，或听到前进的命令后迅速前进。"

宋程远听了，看着大家说："井俊恩同志对低姿匍匐前进的动作要领能够熟记在心，非常不错！其实，大家有没有发现，在训练中，很多同志也像刚才井俊恩这和尚念经似的背诵动作要领一般，把这个战术动作表现得毫无生机，苦涩无味！同志们，在战场上，我们面临的是敌人的枪林弹雨，而我们还要前进。这个时候，我们如果没有百倍的注意力，没有一点儿敌情观念，那么，必定会增加伤亡的概率。因此，我们在卧倒后，一定要假想到敌人的存在，抬头，目视前方，左右观察，密切注意敌情。一旦发现有利于我的战场态势，迅速通过火力带，在保证自身安全的前提下，完成上级赋予我们的战斗任务。大家是否清楚？"

"清楚！"

宋程远两眼炯炯有神，持枪观察敌情的战术动作潇洒干脆，新兵朱镜如看了不禁一阵钦慕，想起了解放军画报上的一张宣传画，心想如果给宋程远照一张照片，绝对可以作为画报的封面。

宋程远起身，说："接下来，大家针对战术意识和敌情观念进行练习，大家一定要重视，只有敌情观念深入到骨髓，才有可能在随后的战术行动中厚积薄发，爬出好的成绩。"

之后战士们轮流进行训练。朱镜如按照宋程远的要求去假想敌情，果然很不一样：前方十米的距离，仿佛是敌火交织的战场，在朱镜如眼里，那每一道铁丝网，和铁丝网上每一个铁丝钩，都像是战场上的一条条弹道。每一条火舌，被朱镜如看在眼里记在心里。朱镜如突然就有了自信，自己有信心不让它擦到自己一点儿，并以最快的速度通过。

姚卫东、井俊恩等人也是得到了真传，朱镜如能看到他们眼中的火。特别是姚卫东，一双大眼睛骨碌一转，敌情观念在他的面部表情里表现得淋漓尽致。

练了一会儿，宋程远又集合了大家，说："刚才大家在训练中，敌情观念很强，表现都不错，在下一步的训练中还要继续体会、继续训练。下面，我为大家讲存在的第二个问题，怎么快速通过铁丝网。说通俗一点儿，就是怎么才能爬得快！"顿了一下，又说，"以下讲解，包含有二班长所说的秘籍！请大家注意领会。"

朱镜如听了，立马精神起来，就问："报告连长，您这秘籍是在中国人民解放军战术训练的动作要领中写着吗？"

宋程远不苟言笑，淡淡地说："没有！"

朱镜如很纳闷地问："您是说您的秘籍和训练大纲中的要求不一样，那大纲中为什么没有按您的方法来？"

宋程远瞥了朱镜如一眼说："那是因为没人邀请我去编写战术动作要领！再说，既然是秘籍，请我编写我也不一定去，我一般不外传！"

宋程远初任连长，范红渠也不知他太多的底细，多少有点儿不屑地说："连长你要是真从哪里得来了真传，你可要慢点儿讲，我好记下来。"

宋程远转体面向铁丝网，卧倒并呈低姿匍匐准备的动作，扭头对大家讲解道："同志们，我刚才讲了，低姿匍匐准备时，一定要有敌情观念，要有必胜的信心，这样才能从气势上压倒面前的敌人和前方的障碍，也是我们争夺第一的前提。匍匐前进的动作要领是，当听到'前进'口令后，右腿后蹲，左手用力，用右脚和左臂使身体前移，同时屈回左脚，伸出右手，再用左脚和右臂的力量使身体继续前移，依此法交替前进。当听到'停'的口令，迅速恢复出枪射击姿势。听到'起立'的口令，迅速起立恢复持枪立正姿势。下面我把动作完整地为大家做一遍，请大家注意观察。"

说完，随着一声"前进！"的口令，宋程远快速呈低姿从铁丝网下爬向终点。转眼间，尘土飞扬，不及细看，宋程远就已抵达终点。二班长范红渠早就从一侧拿秒表跟着宋程远到了终点，看了看时间，说："八秒六！"

战士们看到连长宋程远战术动作正规，想到作为连长能亲自示范动作，还这么卖力，不禁都鼓起掌来。

然而班长范红渠却是一副不以为然的表情，冲着还在战术场终点的宋程远叹口气，嘴里嘟嘟囔囔地说："连长爬这么慢，还好意思为我们示范？"

第 八 章

却说宋程远携枪以八秒六的成绩爬完了十米的低姿匍匐，成绩一般，这让班长范红渠很是不屑。看到大家都又为连长鼓掌，范红渠摇着头叹了口气，嘴里嘟嘟囔囔地说："连长爬这么慢，还好意思为我们示范？"

宋程远像是没有听到一样，起立后回到队列前。见大家的掌声还没有停下，就摆摆手，说："为了便于大家掌握，我将低姿匍匐的动作要领归纳为三个字：'快、狠、稳。''快'：准备动作要快；'狠'：前进时，手脚用力要狠；'稳'：行进过程中，握枪要稳。以上讲解，大家是否清楚？"

几个人大声回答："清楚！"

宋程远又问："那么，对我刚才示范讲解的低姿匍匐前进动作要领，同志们还有什么疑问？"

几个人没有再回答。停顿了一会儿，看宋程远还是用征求的眼光看着大家，朱镜如想起刚才范红渠说的话，就大声说："报告连长，我感觉您的动作很正规，就是没我们爬得快！"

众人听了，哄笑起来，气氛不再那么紧张了。

范红渠接过话说："连长，我们几个人最快的井俊恩可是不到六秒，最慢的也是七秒多的时间。"

朱镜如刚说完话，就有些后悔，心想自己怎么能像班长一样说话随便，连长听了自己的话，不知会不会不高兴。见范红渠接过话，心想算是为自己解了围。

谁知宋程远听了，不急不恼，又转向其他同志问："其他同志呢？"见没人再答话，又说，"同志们，二位同志说得对，大家想想，我的动作十分正规，刚才我也是用了最快速度携枪前进，为什么爬得不够快呢?"

姚卫东带着三分殷勤说:"其实也够快了,已经达到了优秀成绩。再说,您是连长,哪能和我们一样?"

宋程远听了,纠正道:"在战场上,敌人的子弹可不分谁是连长谁是战士,我和你们的生存条件是一样的,不会因为我是连长就少打我几发子弹。在这个问题上,我营副营长刘华伟最有发言权。1985 年,我济南军区六十七军、二十六军光荣地参加了对越轮战,英雄刘华伟所在部队刚接管阵地,越军就想趁我军立足未稳之际对我军实施突袭。敌我双方在老山 211 高地进行了争夺拉锯战,211 高地几经易手。为支援 211 高地,在上级的安排下,副连长刘华伟带领二十名突击队员,冒着越军的枪林弹雨,以过硬的战术动作,在石缝中突击前进,在有效地保存我方有生力量的同时,给予 211 高地的守军以最大的火力、兵力支持,最终确保 211 阵地的安全。试想,如果没有过硬的战术基础动作,刘华伟如何能带领突击队员完成这艰巨的战斗任务?越军的子弹会不会因为刘华伟是指挥员就特意绕过他?恐怕,他会得到更多火力的眷顾。所以,训练上,虽然我是连长,我也要争取比你们这些训练尖子更强!"

朱镜如听了,心中佩服,心想怪不得连长宋程远训练战术也这么卖力,想必战场上的子弹都是不长眼睛的,有很大的随机性,不会保护自己的人,就会大大降低生存率,更别提消灭别人了。

辛士官突然明白过来似的说:"连长,你还没有把秘籍给我们尖刀班的同志们传授!是不是刚才你还没有用到秘籍?"

"说得好!"宋程远转向范红渠,说,"二班长,下面你下口令,我再次为大家讲解全新的低姿匍匐动作要领!"

朱镜如听到有全新的低姿匍匐动作要领,登时又精神起来。

"同志们!成功一定有办法。这低姿匍匐前进,要想爬得快,必须注意下面我讲解的这一点。请大家再看我使用秘籍后的示范。"说完,又面向铁丝网卧倒,携枪呈低姿匍匐准备动作。

宋程远回头对着大家说:"同志们,我在示范时,大家重点观察我在前进过程中的腹部与地面的对应关系,与你们平时训练有什么不同,这一点非常非常重要。"

朱镜如心里嘀咕,这低姿匍匐前进的动作要领中,根本没有对腹部动作的要求,难道连长说的秘籍就在腹部力量的运用?

正想着，就听到范红渠大声地下达了口令："前进！"宋程远早已如脱兔般从铁丝网下冲向十米外的终点。朱镜如紧盯着宋程远的动作，电光石火之间，总感觉有哪里不对劲，但一下子又说不上来，只听得"嚓嚓嚓"一阵响，尘土已淹没了铁丝网，朱镜如还没来得及细想，宋程远已冲过铁丝网的尽头。

范红渠看了看手中的秒表，大声喊道："六秒二！"

尖刀班的队员都惊大了眼睛，王荣旺冲着走过来的宋程远说："我操！连长你这次怎么这么快？"

朱镜如没有说话，他脑海里一直像放电影一样回放着宋程远的动作，突然，宋程远的动作在朱镜如脑海里清晰起来。他抬头大声对连长说："腹部！腹部！你腹部没着地！"

宋程远意味深长地笑了笑，拍拍身上的尘土，转身走到了一旁，坐在马扎上，端起了水杯。

王荣旺早就扑倒在铁丝网前，也腹部悬空，体会着宋程远的动作。只是王荣旺体格健壮，做起这样的动作看起来多少有点儿搞笑：腹部不着地的话，只用两前肘和两膝盖着地，整个身体在爬行时，竟然像青蛙一样，虽然看起来不是太美观，但腹部与地面也就少了很多摩擦。

大家体会了一会儿，深感收获颇丰，不禁又聚集在宋程远身边。宋程远见大家兴致不止，问："大家对我的秘籍有何体会？"

姚卫东说："连长，这腹部是否着地，就像是跪着跑和站着跑的区别一样。腹部着地，就是跪着跑；腹部离地，就是站着跑，当然站着跑得快了。"

宋程远又微笑着说："说实话，这低姿匍匐，我一看准备动作，就知道他爬得快不快，凡是趴在地上，腹部着地的，他素质再好，也爬不太快；若是准备动作时腹部就抬起，像是即将下山的猛虎一般，气势就超出常人了，必然是高手。"

朱镜如想了一会儿，说："连长，我想还有两点原因：一、腹部着地的话，爬行时身体左右扭曲，必定消耗大量动能，分散了向前的速度，加上腹部与地面的摩擦，也影响了前进的速度；二、低姿匍匐前进，身体的最高点是臀部，只要保持两腿分开的角度，高度就不会超过四十厘米，这样的动作爬起来，身体蛇形扭曲的幅度小，利于加快频率快速前进。所以，腹部贴地，不是快速前进的条件而是束缚。"

"说得对！看来朱镜如分析得也比较深入。"宋程远喝了口水，又说，"但是，这样前进也不是没有短处：腹部不着地后，全身着地的面积就小多了，后腿甚至只是两个膝盖内侧着地的现象，容易引起疼痛，碰到石块什么的甚至会有擦伤。另外，有人会说这样的动作不好看，像是练蛤蟆功一样。大家觉得呢？"说到这里，连长忍不住停下来，笑了出来，又喝了一口水，说，"我觉得，这分明是一只蓄势待发的猛虎，怎么会是蛤蟆？练得让人感觉是蛤蟆的，都是没有一点儿敌情观念、两眼无神，才像一只癞蛤蟆一样毫无生机！"

众人听了宋程远的比喻，都笑了起来。

朱镜如又沉思了一会儿，说："连长，那你的这个动作是不是不符合动作要领？"

宋程远喝着水，很认真地说："这也是我们研究的重点。请同志们再想一下，我的秘籍是不是符合动作要领，大家对比一下低姿匍匐的动作要领，再体会一下！"

朱镜如口中默背着动作要领，手足又比画了一会儿，突然茅塞顿开，说："我明白了，一直以为这动作会和大纲条令规定的不一样，谁知这秘籍竟是完全符合动作要领，只是更加具体，只用在原动作要领内强调'腹部悬空，与地面保持约十厘米'这一重点即可。"

宋程远听了，点点头说："很好，同志们都总结得很好，我们在训练时要善于观察，要符合动作要求，更要创新，这样才能有意想不到的效果。"

王荣旺问："连长，您这个动作说起来也没有太多的难点，但为什么所有的老兵和教练员在教我们动作时都没有注意到这一点呢？"

朱镜如拍了王荣旺的肩膀一下，说："这就是连长说的要善于观察。你听说过龟兔赛跑没有？在我们大多数人的印象里，龟爬起来很慢，是腹部着地，四只脚交替着缓慢爬行，就像我们之前的战术动作。可又有几个人知道乌龟快速爬起来是四肢直立起来的？就像连长刚才的样子，爬得飞快。"

宋程远听了，"扑哧"一声把刚喝的一口水吐了出来，对朱镜如骂道："你这个新兵蛋子！前半句说得还形象，后半句不是骂我是乌龟了？"说完一脚踹向朱镜如。朱镜如早有防备，携枪往一旁一跳，顺势一个侧滚翻的战术动作，躲过了宋程远这一脚。

大家嬉笑了一阵子，连长宋程远说："下面大家准备一下，利用大家体会到的动作，我再测一次成绩，看看效果如何！"

"是！"大家异口同声地答道。

朱镜如第一个测试，只顾着按新动作奋力往前爬行，到终点起立后，才发现托着56式冲锋枪的右手背部手腕处，被沙石子磕掉了一大块皮，鲜血涌了出来，朱镜如拿起手绢缠起来完事。看来动作要领掌握得还不到位，但想到自己成绩也达到了惊人的六秒一，早就兴奋得忘记了疼痛。

第二个测试的是王荣旺，他身体壮实，可能是体会得少，对新动作也是稍不适应，到终点后发现屁股被铁丝网撕裂了两个洞。朱镜如就笑道："王荣旺，你的屁股已被敌方火力击穿！快下火线包扎去吧！"王荣旺拍拍自己的屁股，笑着没答话。看到测出的成绩竟然是六秒六，比平时快了不少，也很高兴。

姚卫东、井俊恩、朱银忠等也陆续进行了测试。最后，依然是井俊恩最快，以五秒一的成绩领先。

测试出这个成绩，大家都欣喜异常。看大家训练量达到了预期的强度，宋程远让大家稍事休息。

半个小时后，尖刀班又被带到了木马训练场。宋程远同样认为，大家在木马三练习有很大的提升空间。三练习是分腿腾越纵木马，木马由横的变成纵的，难度虽然要高一些，也都能通过。但要想获得高分，就要在动作美观上下功夫。关键点在于跃过木马的那一瞬间，不能仅仅是跃过去就算完，还要在腾空展翅的一刹那，做一个挺腹的动作，这时选手便会有突破引力的那种感觉，能够舒展地在木马上方，如同被孙悟空定着了的七仙女一样，保持一个优雅的姿势平飞过去，而后才如燕子般翩然着地。

战士们听了，又看了连长宋程远的动作，这才觉得天外有天，自己之前的动作根本不能叫分腿腾越纵木马，充其量像在小学阶段那种从女生背上拖泥带水地蹭过去一样，最多是占女生一点儿便宜，动作却滑稽可笑。于是大家对宋程远越发敬佩起来，训练热情提高了，水平更是得到了很大的提高。

经过两个多月的加强训练，终于迎来了万人瞩目的旅共同课目大比武。全旅官兵隆重集会在旅训练场，各路精英进行了多个项目的角逐。有的参加个人项目，有的参加全能项目。最振奋人心的比赛还是四百米障碍比赛，障碍场两侧红旗飘扬，锣鼓喧天。几十个选手逐一登场竞技，成绩即时通过对讲系统传遍整个竞技场。最后，朱镜如以一分二十七秒的绝对优势取得了四百米障碍的第一名，辛士官取得了四百米障碍第二名；井俊恩、姚卫东的战术比武也分获了第一、第二；王荣旺、朱银忠的单双杠都进了前三。

让朱镜如感到意外的是，他自己的木马项目也取得了第一名，射击、战术、五公里武装越野均获得了名次，成为全能第一。这样一来，朱镜如等人不负众望，一举在共同课目比武中夺得全旅建制连第一名的好成绩。连长宋程远意气风发，从偏远的三营脱颖而出，成为抓训练的连长标兵。

紧接着，高炮旅运动会上，以三连为主的代表队又为三营夺得了团体第一名，更是把三连的名声提高了几个层次。朱镜如个人横扫千军，获得了四百米障碍、一百米、二百米、四乘一百米和一千五百米五项个人项目的第一名。凯旋的第二天晚上，营长盛建堂集合全营，对三连进行表彰，特别给三连的朱镜如宣布了一个营嘉奖。让朱镜如没有想到的是，除了营嘉奖之外，营长盛建堂还代表营党委宣布了晋衔令，将朱镜如的军衔提前由列兵晋升为上等兵。

提前晋升为上等兵，让朱镜如欣喜若狂。1991年时义务兵服役期还是三年，根据需要可以超期一到两年。义务兵的军衔是由列兵、上等兵、下士、中士、上士组成。通常情况下，新兵第一年是列兵军衔，第二年是上等兵军衔。朱镜如第一年的列兵军衔刚佩戴两三个月就提前晋升为上等兵，这样的荣誉让朱镜如多少有点儿沾沾自喜，因为他知道这样的荣誉也是全旅所有新兵中唯一的，整个高炮旅干部战士都知道偏远的三营营区有一个新兵，跑得飞快，三营认识朱镜如的战士也总是称呼朱镜如为"上等兵"。朱镜如似乎找到了在这个集体的价值，甚至，一段时间里，他自以为自己就是出类拔萃的。但是，这个虚无的价值也过早地让他成了众矢之的。

宣布完晋衔令后，营教导员路德兴也在营军人大会上讲话，号召全营向为三营争得荣誉的三连训练尖子学习。教导员路德兴讲话很有特点，嗓音尖尖的，高八度："同志们，我们每一个战士，都要积极投身到训练、学习中去，闲暇无事不要看那些武侠小说。那些武侠小说中的人物，都是不现实的。如果稍微分析一下我们就知道武侠小说有多无聊，每个武侠小说中的人物都千篇一律，具备以下特点：第一，男的打不过女的；第二，年轻力壮的打不过年老体弱的；第三，身体健全的打不过缺胳膊少腿的；第四，拿武器的打不过赤手空拳的……"

朱镜如每次听到路德兴讲话就感到很好笑，当然，也只是对路德兴的尖尖的声音感到有趣，并不影响朱镜如对营教导员路德兴的尊重。路德兴后来在旅政治部副主任的职务上转业，在青岛市四方区任武装部政委。

第 九 章

"三班副何明章，一定是被你整得最惨的一个老兵！"

蓝俊峰对朱镜如说这句话时，朱镜如当然无法认同。

新兵连结束后，九班长何明章没有像范红渠那样被任命为班长，而是成了一排三班的副班长，心里一直郁郁寡欢。张辉倒是如愿在三连当上了五班长，整天兴高采烈。

在部队，训练新兵的任务通常是在预提班长对象中产生，比如范红渠、张辉和何明章，他们都是同年兵，也是连队优秀的老兵或是副班长。连队通过新兵连期间的锻炼和表现，加上连队的骨干情况，再决定是否任命你当班长。干部也是如此，副连长宋程远担任了新兵连的指导员（不久调整为新兵连连长），新兵连结束后就被高炮旅任命为三连连长了。

这时候的高炮旅旅长是陈银树，新兵连来上庄视察过，很朴实的样子。高炮旅从1985年组建到1998年撤编，一共经历了三任旅长：第一任是刘士一，后升任济南军区后勤司令部参谋长；第二任是陈银树，后升任二十六集团军副参谋长，1993年任济南军区后勤部九分部部长；第三任就是张百列了。政委有三任，第一任是原七十八师的副师级干部，七十八师整编后任高炮旅政委，听说只干了一年，平时又不怎么下部队，竟然没人记得叫什么。另两个政委分别是修明君和侯运金，任职时间较长。之前朱镜如总是听范红渠说，旅长陈银树为人和善，像个儒将，而且他还有个特点，就是从不穿皮鞋，永远都是一双部队发的布鞋。于是在陈旅长来视察的时候，朱镜如就刻意观察了一下，果然像班长说的那样，陈旅长穿着布鞋，笔挺的马裤呢冬装，衣着得体，很有儒风。

七十八步兵师组建成高炮旅后，下辖的五个高射炮兵营营房比较分

49

散，上庄营房驻扎的是三七炮三营。下老兵三连没多久，三营有个较大的调整：一连接替二营某连去了农场搞生产经营。那时候部队都有生产经营项目，每年都有两个连队外出搞生产经营。和朱镜如一起来的部分新兵，在家就是务农，好不容易来到部队当兵，新兵连结束后又去了农场，干了几年农活后退伍回家，连枪炮都没有见到过，肠子都悔青了。

一连走后，三营的营房就只剩下了营部、二连和三连，偌大的营房更加空旷，一连站岗的任务就全落在三连的身上。其实岗哨并没有增加多少，每晚六班岗，每班一个半小时。连队的岗哨分带班员和哨兵两种：在连队的是带班员，岗哨位置在连队宿舍楼大厅门口；在炮场的是哨兵，岗哨位置在炮场旁边的大礼堂门口，这样能兼顾营部。连队安排岗哨时，通常是班长和老兵担任带班员，新兵担任哨兵。

有一天晚上熄灯前，孙茗山找到朱镜如说："镜如，我今晚是第一班岗，我看你是第二班岗。今天我吃完晚饭就偷偷跑到大龙嘴买回来一只烧鸡，还有我帮厨时藏起来的两个火腿，我站岗时带到炮场。等我站完第一班岗，你早点儿去接，我们在炮场那里喝两罐啤酒，然后睡觉睡得香。怎么样？"

朱镜如听孙茗山说在岗哨上喝酒，便摇摇头说："不好不好！你喝了酒是睡得香了，可不就损了我了？你喝晕喝美了就能回去睡觉，我还得站岗，要是遇到连长查岗，闻到我身上有酒气，我不就倒了霉了？"

孙茗山笑着说："看你那胆量！这些天训练累，那些老兵总是晚上偷偷买了啤酒在熄灯后喝，都没有我们的份儿。见他们喝惹得我眼馋，这才也偷偷出去买的烧鸡。这些老兵也真差劲，天天给他们洗衣服、叠被子，连裤头都给他们洗了，班里大小工作也是我们新兵干，真是好心喂了狗，一点儿都不想着我们。要是我在班宿舍吃烧鸡喝啤酒，被他们批评不说，还得孝敬他们，自己也捞不着吃喝，你说气人不气人？所以，只有在炮场偷喝两口解解馋了。"

在连队，新老兵观念还是很强的。三个月的新兵连感觉还不很明显，一个班有八九个新兵，大家都一个样。但下连后就不同了：一个老兵班七八个人，只分下来两三个新兵，班里的卫生当然大多是新兵抢着干，为了表现得大小工作积极，老兵的衣服新兵也要抢着洗。平时，见到老兵，不论这老兵是不是班长副班长，都要一个立正，大声说："班长好！"

朱镜如对孙茗山说："谁让你是新兵蛋子呢？等你第二年成老兵了，也会有新兵见到你立正喊你班长，说不定也会有人给你洗衣服呢！"

孙茗山无奈地说："那不还早！现在只能搞地下工作了。反正我烧鸡啤酒准备好了，到时候你爱喝不喝，我可不强求！"说完，背着鼓囊囊的挎包站岗去了。

听孙茗山说自己晚上站岗，朱镜如就去大厅看了看岗哨表，果真自己是第二班的哨兵，带班员是何明章。朱镜如心里懊丧，心想自己怎么又是第二班岗？部队战士中流传一句俗语："当兵不站二班岗，训练不当排头兵。"说的就是排到二班岗是最难受的，因为第一班岗的时间是九点到十点半，第二班岗是十点半到零点。排到站二班岗时，通常还没睡好，就该起来站岗了。

于是朱镜如就想着早点儿躺下，还能多睡一会儿。简单洗漱洗漱，九点准时躺下睡了。

迷迷糊糊地还没睡住，朱镜如就被第一班的带班员魏宗年叫了起来。朱镜如揉揉眼睛，看看表才刚到十点，心里一阵恼怒，心想你魏宗年也太欺负新兵了吧！最早提前十分钟叫下班岗还好些，你才站了一个小时就喊下一班岗，不禁在心里狠狠地把老兵魏宗年的父母祖宗问候了一遍。

穿上衣服，朱镜如就往营房北面的炮场岗走去。快到岗哨位置时，就看到一个黑影从一旁蹿到哨位，冲朱镜如大声喊了声："口令！"朱镜如答了口令，又问："回令！"见那人答了回令后，朱镜如才走近哨位，黑影正是一身酒气的孙茗山。

孙茗山见朱镜如过来，便说："还以为你不提前来了呢！再不来啤酒就喝完了！"

朱镜如说："你以为是我想提前来站岗吗？是副班长魏宗年提前叫我起来了。"

孙茗山提起魏宗年就来气，说："这狗日的魏宗年我们都叫他'魏忠贤'，是最可恶的一个老兵，不管轮到带谁的班，他都要提前半小时叫岗，不少人烦他了。"说完，又冲岗哨不远处的黑暗处喊道，"无忌，出来吧！是镜如来接岗了！"

朱镜如心想，怪不得见孙茗山从一旁蹿出来，原来乔无忌也在，估计两人不敢在哨位上喝酒，才躲在一旁的黑暗处，边喝边观察敌情。营

51

部战士还真比连队管理松懈，竟能熄灯后溜出来，不像连队，这孙茗山想解解馋也只能利用站岗这个机会。

乔无忌从远处走过来，见到朱镜如，低声说："镜如，你来这么早，刚才茗山以为你是来查岗的干部，吓得吱溜一下跑回哨位了！"

朱镜如看乔无忌走得歪歪扭扭的，说："无忌你看着可是喝了不少啊！"

孙茗山说："本来我俩都要喝啤酒的，无忌非说不过瘾，他买过来一瓶二锅头，自己喝了半斤，说是你一会儿要来站岗，要把啤酒留给你。"说着，从挎包里掏出两罐啤酒、一个火腿，递与朱镜如。

朱镜如看他们喝得不少了，二锅头酒烈味儿大，担心有查岗的过来一下子就会发现，就对孙茗山说："我来站岗，你和无忌都快回去吧！免得生事。"本不想接过啤酒和火腿，孙茗山就硬塞到朱镜如的挎包里，然后拉着乔无忌一起顺着路边走了。

很快一个半小时过去了，到了换岗的时间，朱镜如却一直没有等来换岗的人。天气还是有些凉，朱镜如靠在大礼堂门口又等了一个小时，终于意识到不会有人来接他。朱镜如估计带班员何明章白天训练太累睡着了，没有喊下一班的两个人起床。开始心里还很烦躁，拿出孙茗山给自己的啤酒，喝了一罐。酒劲儿上来，心里很快又坦然了。酒精确实是好东西，能够麻醉人的神经。这寂静的夜晚，月光也变得更加皎洁起来，像一首美妙的诗，让朱镜如着迷。他也乐在其中，思绪可以不受任何人的干扰。于是就不再希望有人来接岗，不知不觉中，另一罐啤酒也见了底，朱镜如便有了困意，实在受不住就靠着墙眯一会儿。等他睁开眼睛时，竟然天亮了。战士们陆陆续续有起床打扫卫生的，打破了营区的宁静。朱镜如赶紧整理了着装，打起精神站在哨位上。

没过一会儿，朱镜如终于看到班长范红渠急急忙忙地跑过来，看到礼堂门口疲惫不堪的朱镜如后，才松了一口气，问："你不是第二班岗吗，怎么还在这里？"

朱镜如不知道范红渠会不会担心他当逃兵，虽然那种可能很小。早上六点发现朱镜如不在，范红渠以为新兵五点多就起床打扫卫生了。六点半发现人还不在，别人的被子早就叠得整整齐齐，而他的被子还在床上凌乱不堪，范红渠就意识到情况不对。毕竟，新兵思想都难以捉摸。

朱镜如没什么表情，只是说："没人来换岗。"

范红渠有点儿心疼地埋怨道："那你就站一晚上？不会回去叫下一班？"

朱镜如还是用无辜的语气说："那我不就是脱岗了？"

范红渠无奈地叹口气，说："那好吧，你再坚持一会儿，我先回连。"

不用问就知道范红渠给连长汇报去了。

上庄营房偏远，旅机关来查岗的几乎没有，所以岗哨有些松懈。带班员都是老兵，睡过头的很常见，都是哨兵偷偷跑到连队把下一班的两个人叫起来，也许，只有朱镜如才会这么傻傻地等着别人来换岗。

很快，换岗的人到了。班长范红渠让朱镜如吃完饭就睡觉，朱镜如并不想睡，他听到文书李建华下来通知，全连十点整召开军人大会，心里寻思一定与自己多站岗有关。果然，十点整，全连干部战士在二楼会议室集合，连长宋程远对朱镜如坚持在岗的行为进行了表扬，当场宣布了对朱镜如的嘉奖令。同时对导致连队一夜无岗哨的何明章提出严厉的批评，并在全连面前做出深刻检查。

朱镜如并不知道本来就有些低沉的何明章会有什么样的心理，新兵下连后朱镜如得到过多个嘉奖，所以这个嘉奖并不会让朱镜如有多少惊喜。

直到几天后蓝俊峰对他说了那句话，并说他坚持在岗的行为断送了何明章班长在连队的前程，朱镜如就有些不自在了。

于是朱镜如对蓝俊峰说："俊峰，这怎么是我断送了他？我只不过是履行了一个哨兵最基本的职责！"

蓝俊峰说："也不是说你有意断送了何明章在三连的前程，但不管怎么说，你履行职责的行为，让何明章陷入十分难堪的境地。你履行哨兵职责当然无可厚非，只是在别人眼里，你的行为显然是不合适的。别的哨兵都能在带班员睡过头时偷偷跑回来叫岗，怎么就你与别人不一样，这还不是出何班长的洋相？再说，你在那七个半小时就好好站了？我听茗山说你还喝啤酒喝多了睡在岗位了，难道你站岗时做到了军容严整？另外，你想了没有，连队既然给了你嘉奖令，那么何明章就应该有一个处分！但是他没有被处分，只是批评做检查，你知道中间的缘由吗？"

朱镜如当然没想这么多，总觉得自己是太不会工于心计的人。

朱镜如问："有什么情况？"

蓝俊峰说："连长指导员闹掰了！我听老兵给我说，我们二排长找了连领导，希望不给何明章处分。但是你们两个是同一事件的正反面，不给何明章处分，就没法给你嘉奖；如果给你了嘉奖，就没法不处分何明章。后来连长和指导员为这个事意见不统一，指导员认为对何明章批评一下就得了，当然也要表扬你。最后坚持给你嘉奖的，应该还是连长宋程远。"

朱镜如拍拍自己的脑袋，说："还有这么多曲道道儿！"

蓝俊峰又说："事情虽然折中处理了，没有给何明章处分，但这件事在连长那里是记着账的，即便是指导员，估计也不好再为何明章说什么话了，何明章以后想入党都是很难的事情了。"

朱镜如还真没想这么多，对俊峰说："这么说倒是挺对不住何明章的，有机会给他道个歉，我没想过得到什么嘉奖。"

蓝俊峰说："还是算了吧！你也确实没错，道歉也不好，让他觉得你心里有鬼似的。"

于是朱镜如没有再找何明章道歉，只是很长一段时间，面对何明章时，他自己心里都很内疚。

第 十 章

三班副何明章并没有因为岗哨事件对朱镜如产生不满。新兵下连几个月后，春天来临，万物复苏，部队的营院也渐渐笼罩在绿色的树荫中。

一天晚上，何明章突然把朱镜如叫到器械训练场，很关心地问："镜如，我听到一个好消息，青岛第一疗养院的警卫排缺人，要从我们营调一个兵过去，执行巡逻任务。你们一块儿入伍的有没有想调过去的？如果谁想去，赶快给我说一下，这是个好机会，我给他出出主意。"

朱镜如听出何明章其实也是想问自己，也是一种示好的表现，说明没有因站岗事件而嫉恨。但又想到范红渠班长对自己的器重，就犹豫了一下，没发表意见。

何明章又说："这青岛疗养院可是好地方，在青岛市风景最秀丽最繁华的地方，到了那里可是享清福了。我也是刚听到消息，要是有想法赶快行动，要不就晚了。"

济南军区在青岛设立了第一疗养院和第二疗养院，简称青岛一疗和青岛二疗，是隶属于济南军区联勤部的综合性疗养院。一疗位于青岛市南区台湾路，附近有八大关、中山公园等风景区，是青岛市旅游的黄金地段，主要承担陆、海、空特勤人员和全军师以上领导干部，包括军、中央军委副主席等首长的疗养；二疗负责军区团级、副师级军队干部的疗养。三营营长盛建堂在高炮旅刚成立任六连连长时，就带领六连来青岛第一疗养院执行警卫任务。

新兵下连后，有很多学技术的机会，是每个战士想尽办法都争取不来的。学了技术，就拥有了一项生存技巧，退伍以后好安排工作。那时候战士们最喜欢的就是学开车，到司训连集训。下连不久，同乡赵朝阳提前知道了司训连招收学员的消息，很多新兵还没有反应过来，营里就已经通知他去学司机了。那个年代地方上每个单位都有公车，司机是个让人眼红的职业，学了驾驶就可以在退伍后有了当司机的可能；还有的是学了汽修，退伍后还可以开一个修车铺。像已经学了技师的赵广跃，虽然看起来对以后没有用，但也是技术兵，可以留在部队转成志愿兵，都不失为一个出路。

但这些并不是谁想去就去的，免不了要找关系想办法。朱镜如总觉得自己属于天生愚钝的人，等想起来了，早被别人捷足先登了。这次何明章说的青岛疗养院有一个勤务排，每年都要从高炮旅抽调几个新兵过去补充。但朱镜如不知道去那里的前途怎样，就对何明章说："我问问宝森、茗山他们吧！"

何明章见朱镜如并不感兴趣，略感意外，但也没再强求，说："那要快些告诉他们，否则被别人知道了消息，竞争的就多了！"

朱镜如心里纳闷何明章为什么不自己对华宝森说，毕竟他和华宝森是一个班的。见何明章说得急，就赶快把青岛疗养院要人的事给孙茗山和华宝森说了。没想到华宝森非常感兴趣，甚至是急切地要找机会离开三连。朱镜如非常清楚华宝森的心态和处境：华宝森新兵下连后诸多不开心，在连队训练跟不上，经常遭冷眼。连长批评他几次后，总觉得连长不待见他，本来在老家也是社会上叱咤风云的人物，十里八乡无人不知，没想到在部队处处小心处处受打压，早就处于隐忍的极限了。俗话说树挪死，人挪活，如果能离开三连，倒是个很好的选择。

朱镜如说："你要真想去，就赶快给何明章说说吧！"

于是，朱镜如就和华宝森一起找到何明章。

何明章面授机宜，说："这个事营长说了算，就一个名额，你赶快找营长，今晚就去，可别让别人把这个好事抢了去！"

其实，在这一批入伍的战友中，朱镜如的内心起初总是隐隐有一种优越感，但随后他发现这种虚无的优越感不能给他带来任何帮助，在部队这个大集体里，没人会在乎你自以为的优越，你唯有瞪大眼睛，在狭缝里求生存，才可能得到认可，才可能把握住机会。而朱镜如觉得自己从来都不去主动争取，总是麻木地等待，即便是与华宝森相比，也差之甚远。

华宝森第一时间去了营长家，这是他的特长，情商足够高，他一定会美梦成真。

让人没有想到的是，二连的战友刘建伟也听说了这件事，也去找了营长表达了去青岛疗养院的意愿。问题复杂起来：疗养院只要一个新兵，华宝森和刘建伟都孤注一掷地要争取。虽然两个人是一个乡镇来的，在这件事上两个人却争得不可开交。朱镜如和蓝俊峰、孙茗山等看在眼里，心里也焦急。

第二天晚上晚饭后，刘建伟突然兴高采烈地找到朱镜如和孙茗山，低声说："明天就要出发去疗养院了，今晚我和你们告个别，走，我请你们喝啤酒去。"不由分说把朱镜如和孙茗山拉到营房一个角落处，拿出藏在石缝里的几罐啤酒、一包火腿肠。

朱镜如问刘建伟："营长已经决定了吗？"

刘建伟豪气冲天："营长已经决定了。镜如，你兄弟我要办的事，一定会办到！"

朱镜如又问："那宝森呢？"

刘建伟说："他估计去不了了！没办法，只有一个名额。"

朱镜如知道华宝森去疗养院的决心有多大，他实在在连队待不下去了，看刘建伟说起话来板上钉钉的样子，心里不禁为宝森叫苦：华宝森如果去不成，不知道心里会多难受。

回到连队，朱镜如和孙茗山找到华宝森，还没等二人开口，华宝森就把朱镜如和孙茗山拉到一边，说："今天我又去营长家了，他答应让我去了。"

朱镜如和孙茗山对视了一眼，对华宝森说："刚才听建伟说，营长让他去疗养院！"

华宝森很肯定地说："营长都给我说过了，怎么会再让建伟去？营长让我明天八点就做好准备等通知出发。"

朱镜如很无语，不知道刘建伟和华宝森谁会去，心里为他们两个着急，这件事无论谁没去成，他都不会开心。结果怎样，只有等明天了。

第二天上午，三连接到营部下的通知："你连战士华宝森，打好背包带好个人物品，十点整到营部集合。"

朱镜如想，刘建伟应该在两个人的竞争中落败了。

于是几人一起送华宝森到营部，毕竟一离开上庄，再见面就不会太容易。到营部门口时，让朱镜如和孙茗山意想不到的一幕出现了：刘建伟也打好了背包，站在那里等着出发。

看到朱镜如等人过去，刘建伟高兴地说："镜如、茗山，以后抽空一定找我玩去！可别忘了兄弟啊！"原来他也接到通知，调到青岛的军区疗养院。

看到华宝森打着背包过来，刘建伟也很意外。

这真是生动的一课，让后知后觉的朱镜如好久才消化掉。把华宝森和刘建伟送走后，朱镜如回到三连，见到何明章又说起刘建伟也去军区疗养院的事，让人惊奇。孙茗山也在一旁插话说："何班长，这剧情让人意想不到啊！营长一定是故意对每个人都说只有一个名额的吧？营长不愧为营长！"

何明章听了却不以为然地说："事情哪像你们想的那么复杂！要知道营长可是曾经带了一个连队在军区疗养院给首长担任警戒任务的，与疗养院的领导可是相当的熟。宝森和建伟都争着去，营长给疗养院警卫连吹吹风，多争取一个名额应该是可以的。"

华宝森和刘建伟是坐着疗养院的轿车被接走的，这让朱镜如羡慕很久。后来朱镜如专门到青岛疗养院去看望华宝森和刘建伟。刘建伟到疗养院后，被安排在八大关景区附近进行军容风纪纠察和巡逻，每天很轻松，那天正好刘建伟去八大关巡逻纠察，朱镜如未见到他，只见到了华宝森。疗养院在海水浴场旁，环境优雅，别墅林立。华宝森领着朱镜如到别墅里参观，红红的地毯，落地观海窗，假山池水，让他眼花缭乱。华宝森告诉朱镜如，在疗养院生活节奏很慢，再也不像连队那样紧张，再也不用看班长连长的脸色，再也不用每天小心翼翼地工作生活。让华宝森最过瘾的是疗养院里经常能见到将军级的人物，官多兵少，士兵反而得到不可想象的尊重，不像在连队，见了排长就要立正问好。有一次他在疗养院遇到了高炮旅的旅长陈银树，陈银树主动和他打招呼，这在基层连队几乎是不可能的事，让华宝森受宠若惊，赶快一个立正，然后一个标准的敬礼，告诉陈旅长："旅长同志，我还是你在二十六军高炮旅的兵呢！"

刘建伟到疗养院后，几乎每天都要在八大关风景区巡逻执勤，除了执勤外倒也清闲，比在上庄摸爬滚打舒服得多了。其间刘建伟还有出色表现：有一次刘建伟在巡逻时，突遇一少妇在八大关风景区被人抢劫，刘建伟奋力追出，将抢劫嫌疑人制服。后疗养院将抢劫嫌疑人移交地方公安机关处理，而刘建伟因此事立了三等功，当地报纸电视等媒体都做了报道，名噪一时。

再后来，朱镜如又去疗养院，华宝森竟然担任了内部食堂的司务长。请朱镜如吃海鲜，喝青岛啤酒，回忆曾经，感慨人生。在基层连队，司务长都是志愿兵或干部才能担任的职务，华宝森办事老练，在那里游刃有余。

入伍第三年朱镜如提干去信阳陆军学院报到，上火车前又去见华宝森一次，感觉华宝森比以前更加老到。华宝森也谈了一个女朋友，不过朱镜如没有见到，后来很久二人没有见过面。华宝森退伍后到郑州发展，结婚买房生子。但也是几经波折，先是在郑州和人合伙开了一家饭店，后来经营不好赔钱关门，其间朱镜如到郑州时华宝森仍是热情接待。再后来华宝森觉得在郑州发展受限，就卖掉了郑州的房子，举家回到青岛打拼。几年后女儿出生，也开了一家不大不小的专往韩国出口的服装厂。2013 年朱镜如去青岛的时候也参观过，华宝森还送给朱镜如几件待出口的汗衫，现在朱镜如的衣柜里留的还有。近一两年，华宝森的朋友圈里经常发动态往越南跑，不知道又看上了什么生意。

第十一章

　　三连所在的营院是在整个营院最南端的一个相对封闭的院落，主体建筑是一个两层小楼，看结构应该是原七十八师二三三团的团部，也是苏式结构，坡屋顶，蓝砖墙。一楼走廊南侧向阳的房间是两个炮兵排的宿舍，从西至东，一到六班，指挥班宿舍在最东头，一楼走廊北侧是包裹库等闲杂房间。二楼是连首长、司务长宿舍和会议室。院子不算大，正中是一棵有些年头的松柏树，周围用砖石砌了一圈直径约十米的花坛。花坛再往南，是一个已经被封堵了的无法出入的大门。这个大门其实应该是大裁军前二三三团整个营院的大门，现在出入都要走营院西北侧朝西开的大门了。

　　饭堂和操作间都在连队东南角。早饭开饭前，连值班员吹响一长一短的哨声，这是小值日打饭哨。各班的小值日在连队门口集合后带到近在咫尺的饭堂，开始为本班打饭。几分钟后连值班员吹集合哨，一长两短。哨声就是命令，各班整队跑步喊着口号带到饭堂门口，值班员整队，全连唱歌，宣布上午工作或训练任务。需要的话，连首长也会做一个简短的训话。这样日复一日，年复一年。俗话说"铁打的营盘流水的兵"，这个破旧的营房，在朱镜如这批兵到来之前，不知有多少个战士的青春在这里度过，朱镜如他们走后，也不知道还有多少战士会来。人生若梦，岁月如歌，多少年后，这里的一切也许会不复存在，但是它给战士们留下的痕迹却会在他们的记忆里永存，最终，再随着他们生命的消失而湮灭。

　　朱镜如本以为到老兵三连后伙食会比新兵时好些，实际上还是那个样，一样吃深挖洞广积粮时代的大米。战士过生日的生日饭、生病时的病号饭，统一都是鸡蛋面。不同的是，生日面里的鸡蛋会做成荷包蛋放在面的上面，病号饭的鸡蛋是先煎一煎，烩在锅里。其实很多时候，生日饭和病号饭只是一种象征性的存在。一碗面会被赋予这么大的价值，是朱镜如在入伍前怎么也想不到的。

朱镜如到老兵连后，所在的二班只有七个人，除了班长范红渠，还有副班长魏宗年、老兵范吉全、张仁荣，新兵是朱镜如和德州的杨龙山、刘卫刚。班长范红渠告诉朱镜如，老兵连和清一色新兵的新兵连不一样，想在连队站住脚，就必须要大小工作积极，要抢着干，不能和老兵攀比。在部队，对大小工作的定义是打扫卫生、帮助他人等。于是，下连后的新兵依然是早上五点起床，打扫全班的卫生区，到水井打水，到饭堂帮厨，吃完饭帮炊事员喂猪，而且，要表现得非常积极、非常快乐。

让朱镜如不理解的是，只有炊事班负责喂猪的战士，年底才会有一个三等功，然而这些靠喂猪立功的战士，一年到头没提过几次喂猪桶，拿范红渠班长的话说，那三等功都是新兵帮他喂出来的。想想也真是挺有意思的事，三等功不是给训练刻苦的战士，而是表彰了喂猪的，仿佛部队不是为了打仗而是一个畜牧场。于是，这成了示范效应，不少新兵们入伍前就知道想在部队立功受奖，最好去炊事班，去喂猪。于是，出现了母猪生崽战士拿自己被子盖在母猪猪娃身上的闹剧。这还不够，说是为把握母猪生产时间，还要在猪圈陪母猪睡觉。朱镜如有一次和蓝俊峰发牢骚，说难道部队真像老班长说的雌性动物少，战士见了母猪都发情，要不然为什么那么积极地陪母猪睡觉？更可笑的是这些事还要作为先进典型巡回做报告，真是误导了一代人的青春。

于是，朱镜如也积极地顺应时代的潮流，争取机会去帮炊事员喂猪了。因为，你不去抢着喂猪，就是嫌脏怕累工作不积极。再说，喂猪桶不是你想抢就抢得来的。

朱镜如与吴中伟的争执是在争抢喂猪桶时发生的。

吴中伟是山东德州籍新兵。朱镜如总以为，在连队里德州的兵一定会得到同是山东籍的连长和指导员的照顾，就像他分在河南籍班长范红渠的班里，总觉得班长对他要好过别人一样。这种不正确的观念一定时间里在朱镜如的脑海里根深蒂固。多年后朱镜如才明白能影响到人生的只能是主观的思想意识，客观存在的东西不会起决定性作用。但是朱镜如当时看不到这些，只是无意识中夸大客观环境的作用，被一些本不存在的、自己先入为主的意识形态所左右。

德州新兵吴中伟就是个善于表现自我的战士，其实他的军事素质也不错，个子虽然不高，但是身材健壮，特长是器械训练，单杠一练习的引体向上，一口气也能做几十个。朱镜如怀疑吴中伟得了排长邵玉泽的真传或承诺，在干大小工作上虎虎生风，特别是有老兵干部在的时候，抢起扫把让你反应不及。

这一天，朱镜如吃完饭走出饭堂，看到饭堂门口的喂猪桶还满着，就和另外一个刚出饭堂的战士一起提起准备往猪圈送。朱镜如通常没有捞到这个表现机会，这次刚提起猪食桶，就看到同年兵吴中伟走了过来，一把把那个战士推开，要和朱镜如一起提着桶往前走。朱镜如心里有些反感，因为排长在不远处站着，他觉得吴中伟在领导面前的表现欲太强，勉强和吴中伟一起抬着走了几步。但是他的倔强劲儿还是上来了，心想你看到干部在想表现可以，怎么能把别人推开？这也太不仗义了！朱镜如不想再控制自己的情绪。

于是，朱镜如停下脚步，声音不大却很坚决地对吴中伟说："把桶放下！"

吴中伟没想到朱镜如会停下，就用当地口音小声说："你想怎么滴？"

也许在当地这种口音没什么其他意思，就像青岛把小姑娘称呼为小嫚儿一样，但在朱镜如感觉里，这句"你想怎么滴"就是一种挑衅。朱镜如心中的火腾地一下上来了，一把抓住吴中伟胸前的衣服，也用那种他以为很挑衅的口气说："我就想这么滴！你又想怎么滴？"

吴中伟被朱镜如揪得难受，把眼一瞪，说："我操，你想打架？"

朱镜如最听不得谁说"我操"这两个字，于是战斗力升级，目光紧盯着吴中伟的眼睛，一只脚早已在他的右腿下使了绊子，然后靠近身，肩部突然短促发力，将吴中伟身体往左后一抖，几乎看不出有什么动作，就已破坏了吴中伟的身体重心。吴中伟还没发现是怎么回事，身体就失去了平衡，"咚"的一声斜撞在墙上。

吴中伟"啊"地叫了一声，还想发作，不知是看到了排长还是其他原因，又突然软了下来，调整好身体对朱镜如换了一副笑脸说："镜如，那个，这会儿人多，让领导看了不得劲儿……"

吴中伟身体已经失去平衡，朱镜如还没有进一步发力，本以为吴中伟若反抗，他有能力在下一秒钟让吴中伟的身体跌倒在喂猪桶上，不知吴中伟犯哪门子神经突然一个转变，缓解了一次冲突。

又有战士过来，一起抬起这个桶，于是朱镜如也不再坚持，放开吴中伟，几个人闹剧一般一起抬着喂猪桶向猪圈走去。

当天晚上，排长邵玉泽把朱镜如叫到办公室，用胶东普通话把朱镜如批评了一顿："朱镜如，你今天做得不对，我都看到了，人多，我没好意思说你！当着全连那么多人的面，你还要打起来吗？连长知道了，显得我们排的战士多么不团结。"

朱镜如说："我知道错了排长，一下子没有控制住。"

排长又问："那你为什么对吴中伟那个样儿？"

朱镜如不想说是看不惯他在排长面前做脸面活，那样显得他也太小心眼儿，于是说："排长，可能是以前有点儿小误会，今天他说话我以为是挑衅……"

排长看朱镜如接受批评还比较虚心，就说："以后注意一下，不要再闹矛盾了！"

让朱镜如没想到的是，当天晚上吴中伟就找到他给他道歉，说："不好意思，早上不是故意和你说难听话的，希望你别在意。"吴中伟这样一先不好意思，朱镜如反而更不好意思起来。于是两人的矛盾就在双方的不好意思中消除了。

其实朱镜如知道自己的弱点，不善于表现自己，不敢面对挫折，不敢承认失败，这是一种孤独惯了的自卑表现。不管在哪个环境里，在哪个集体，人都要有用一种形式来表现自己的能力。这点，朱镜如还真觉得吴中伟是自己学习的榜样。虽然朱镜如也试图改变自己固执的一面，但多少年来，感觉还是老样子。

和朱镜如发生争执后的吴中伟，大小工作依然积极，甚至到了拼命的地步。除了经常到连排长办公室打扫卫生，经常给老兵班长洗衣服，炊事班也去得更勤了。连队菜地在连队东侧，有一天中午朱镜如趴在床边休息时，突然被一阵恶臭熏醒，起来一看原来是吴中伟趁中午大家午休，找了一对粪桶，一个人在菜地浇粪。不知是故意还是不小心而为之，挑粪时经过连队院子正中，地面上洒了一路粪水。当然这不会受到连队的批评，因为这种不怕脏不怕累的工作精神需要弘扬，于是全连被发动起来，大家争先恐后地抢着去浇粪，裤腿上、鞋帮上也沾满了粪便，洗都洗不净，几天以后，整个连队还弥漫着让人无法呼吸的臭味。

虽然被人暗骂了不少，但吴中伟工作的劲头依然得到了全连的肯定，老兵看到哪个新兵不积极，就会说："你看看三班吴中伟……"于是，这新兵马上语塞，自愧不如，虚心认错。

穿上军装前，每个人都对部队有着很多的向往，家人朋友都会说："到部队之后，好好干，干出名堂来！"当他们问怎么样才是干出名堂时，得到的也往往是含糊的回答：干两年能入个党回来，或是到部队能学一项技术，立个三等功等等。也有很少一部分会说到部队想办法转个志愿兵，这样当十几年兵回来就有可能安排工作了。朱镜如当兵临走时好像没人对他寄以厚望，父亲在他当兵走前就把工作给他落实了，不出意料的话，他退伍后会回到当地县城的政府部门工作，这也许是朱镜如对自己未来未多打算的原因之一。实际上朱镜如并不看重政府的工作机会，到部队后他依然迷茫，根本不知道未来会布置出什么样的场景迎接自己。

不能否认，这批兵在干工作上，德州籍绝对是第一，大连籍最差。湛山籍新兵本来大多数出自农村应该能吃苦，不知什么原因，干工作不如德州兵。朱镜如就问班长范红渠，范红渠说："你们这批兵，大连兵城市优越，很多都娇生惯养，懒散惯了，工作肯定不太积极；德州兵不光能干，更重要的是脑子活，放得开，比如到连长指导员宿舍打扫卫生，帮通信员文书洗个衣服这些事；湛山籍新兵假清高，认为那些是有巴结的嫌疑，只要工作干好就行了，很难做出来，比如你。"

朱镜如非常承认！

班长范红渠又说："部队的第一年兵，也是有很多机会的，除了学司机学卫生员，第一年度兵在入伍八个月后会有一个去教导队集训的机会，集训回连通常就是副班长的人选，这个你要争取。在年底，第一年度兵也会有一个入党名额，主要看大小工作，这个连首长在连军人大会上都说过。你看吴中伟的目标非常明确，他的目标就是入党，所以干起工作有股拼劲儿。"

为了保持连队党员结构趋于稳定，同时提高新兵的工作动力，第一年度新兵会在老兵退伍前后有一个入党名额，朱镜如明白，吴中伟就是冲着这个目标去的，就像自己一直希望能在第一年争取到去教导队集训的名额。

最终，吴中伟在年底修成正果，在全连人员的关注中，如愿地成为中国共产党的预备党员。再后来，旅后勤部饭堂缺少炊事员，拼搏了一年的吴中伟终于找到了脱离连队的机会，私下找了营首长，介绍他去了旅部的后勤部饭堂。旅四百米障碍场的北头就是后勤部饭堂，三营搬到旅部的新营房时，朱镜如经常在那里训练，遇到吴中伟，感觉已经没有以前那样的工作劲头了，就是一个普通得再也不能更普通的炊事班战士。但吴中伟对朱镜如还是非常热情的样子，要请朱镜如到他们饭堂吃饭，还要一起切磋摔跤。看到朱镜如比武还总是第一名，也表现得非常开心。

第十二章

共同课目阶段结束后，高炮旅进入了兵种专业训练。上庄的三营配置的是六五式双三七高射炮，口径三十七毫米，行军机动时采用车辆牵引。一个炮班满编为九人，班长一人，炮手八人，一至八炮手有不同的战斗分工。而实际上，连队每个班的炮手都缺编，二班除了班长范红渠外只有六个炮手。朱镜如不禁有点儿疑虑，就问班长范红渠："班长，我们班的炮手不够要怎么实施战斗任务？"范红渠说："火炮射击没你们想象得那么复杂，九个炮手只是理想状态，除非要打仗否则别指望能满编。火炮射击时一、二、三、四炮手不能少：一、二炮手是方向、高低瞄准手；三炮手是距离装定手，用于赋予炮身因飞机飞行而产生的提前量；四炮手是飞机的速度、航路装定手，赋予炮身因飞机航向、速度产生的提前量。有这四个炮手，三七高炮就可以正常射击了！"

朱镜如有些不理解地问："那五、六炮手和七、八、九炮手呢？"

范红渠说："五、六炮手，是弹药装填手，我们一般的射击任务不会那么紧迫，射击前弹药都可以提前压在装填机上，可以由班长或其他炮手提前完成。至于七、八炮手，是弹药输送手，平时更是用不着。所以，理论上来说一门炮有四个炮手就可以满足射击条件了。"

后来，朱镜如果真看到有些炮班只有四个炮手，这也与当时军队现状有关：各级的生产经营抽去了很多兵员，使基层战斗班排编制大大缩水，几乎没有满编的情况。

范红渠根据班里战士情况，确定了每个战士担任的炮手。朱镜如被安排为一炮手，就是火炮的方向瞄准手，坐在火炮上转动方向机使火炮三百六十度无限制转动以追随瞄准。二炮手是高低瞄准手，在高低射界上追随瞄准。除一、二炮手外，其他炮手都是站在火炮上操作的。

专业训练初期，是炮班的协同训练。训练的第一天，全连带到火炮训练场，在五炮前列队。连长宋程远亲自授课讲解，并由一班长王现恩带领示范班利用一炮进行班协同操作的示范。

值班员整队报告后，连长宋程远跑步到达授课位置，对全连战士说："同志们，今天为大家讲解炮班的协同操作。目的：通过训练使同志们掌握班协同的动作要领，为火炮实弹射击打下良好的基础；时间：40分钟；内容：放列与撤去。同志们，'放列与撤去'是火炮行军状态和战斗状态之间的转换，是火炮射击的基础操作，掌握得好坏直接影响着作战时机的把握和战斗任务的实施，因此大家要认真听讲，刻苦训练。为了给大家一个直观的印象，下面由一班长王现恩带领示范班，把'放列与撤去'的动作完整地为大家做一遍！"

朱镜如第一次看到这样的双管火炮时，还感到十分新奇。但火炮用炮衣裹着，让人不能一探究竟。

一班长王现恩带着示范班跑步到达火炮后方，并下达口令："炮后集合！"

示范班听到口令后迅速向最右侧的一炮手看齐，两脚呈小碎步前后移动调整，并依次停止并报数："一、三、五、六、四、二！"

王现恩向连长报告："一炮好！"

朱镜如感到很奇怪，报数不是按顺序报怎么跳跃着报，嘴里小声嘀咕着。一旁的班长听了，说："这是根据炮手位置排列的，便于火炮操作。注意看示范班动作，特别是看清对应的一炮手的动作，一会儿我们要按照示范班动作组织训练的！"

朱镜如也轻声回答："是！班长。"

王现恩又下达口令："就炮集合！"

六名炮手迅速跑至火炮两侧位置，自动转体面向火炮，并同时报："好！"

朱镜如看到六名炮手跑的距离有远有近，但都是跑了七步后才同时向火炮转体。五、六炮手因为位置基本不动，是原地踏了七步后与其他炮手一起转体报"好"的，很机械，感到有意思。

班长王现恩也跑到火炮炮身位置，手中的红绿指挥旗已经插在腰里，准备放列火炮时操作火炮。

"放列！"随着王现恩的一声口令，示范班战士迅速走马灯似的动起来：班长王现恩迅速解开炮身护套，并把护套从炮身上拉下来，叠好放在火炮前方，露出了两根炮管；一、二炮手协同解开炮衣扣，把炮衣向两侧掀开上翻，交给准备上炮的三、四炮手，然后打开两侧的托架保险，二炮手向上打高低机，使炮身上扬脱离托架保险扣，将托架前翻交与班长，卡住卡环，打开锁止开关，与班长一起准备落炮；三、四炮手先是打开左右炮脚，然后上炮接过一、二炮手递过来的炮衣，从两侧向上折叠两折，再从后方向上折叠两到三折，二人协同把炮衣架抬到火炮一侧指定位置，然后准备上炮装定各自炮手的基本诸元；五、六炮手连接牵引杆，打开锁止开关，抬起牵引杆准备落炮。

一连串的动作转眼间完成。

班长王现恩看大家准备好后，大声下达口令："落炮！"众人协同翻折托架、牵引杆，将火炮落下。五、六炮手按分工放好托架、牵引杆，一、二、三、四炮手跑到炮脚位置，分别将四个驻锄板插入驻锄固定槽，然后把炮脚螺旋杠杆打得飞快，将火炮升起。班长适时下达口令："就定位！"各炮手迅速上炮到达战斗位置，三炮手同时装定了基本诸元后报"30—"，全班同时报："好！"声音震耳欲聋。

王现恩见全部动作完成，转体面向连长举旗报告："一炮好！"

整个过程让朱镜如感到眼花缭乱，也就二三十秒的时间，火炮就由四轮着地、穿着炮衣的行军状态，转换成了四轮悬起、炮脚着地的战斗状态了。

稍一停顿，连长又命令一班长王现恩将火炮恢复到行军状态。只听王现恩大喊一声："撤去！"示范班又走马灯似的转了起来，转眼工夫，火炮又起炮成了行军状态。

王现恩的示范班动作干净利索，博得全连的一阵掌声。

连贯的示范完成后，连长又进行了细致的分解动作讲解。依然是示范班进行分解配合，连长又强调了训练的要求和注意事项后，各班就带开，组织训练了。

朱镜如却在想，虽然火炮从行军状态到战斗状态仅用了三十多秒，但要遂行射击任务还要有规正炮床水平、标定等操作，还是很费时间。未来战争时机稍纵即逝，这样的效率显然很低。从兵器杂志上朱镜如也看到早就有自行火炮出现，应该比这个先进，但为什么不列装部队呢？

想到这些，朱镜如对火炮的新鲜感消失了，感觉这火炮训练也只是部队保持兵员战斗力的一种手段。好在，这些思想也没有对朱镜如的训练热情影响太多。

实际上，三七高炮兵器的射击精度比较高，虽然已经不太适应飞行器的高速发展，但能构成低空拦截网，对低空飞行目标造成很大的威胁。在地方武装部可以看到很多淘汰了的三七高炮，不过大多是单管的，已经改变了用途，变成了人工降雨的工具。

协同训练进行了几天后，全连就开始分炮手训练。二班长范红渠担任四炮手组的组长，魏宗年担任一、二炮手组的组长，范吉全担任三炮手组的组长。张辉也是四炮手，虽然和范红渠同是炮班的班长，但在训练场上还要听组长范红渠的指挥，范红渠终于又找到了可以明目张胆地捉弄张辉的机会。有一次组织训练时，范红渠以张辉训练动作不正规为由，让张辉反复训练一个动作，像训练新兵一样，全连的新老兵都在训练场上，张辉颜面尽失，但丝毫不敢发作。

很快，朱镜如又对分炮手训练的方式有了看法，但是作为新兵，朱镜如知道自己是没有任何发言权的。直到有一天，连长宋程远到达训练场对各炮手组摸底考核，休息时问到大家的训练感受。班长范红渠对宋程远说："连长，我们班一炮手朱镜如对训练手段有些想法。"

"是吗？让朱镜如给我说说！"

朱镜如终于抓到了机会，对连长说："连长，我对一、二炮手训练和考核办法有很多不理解，不过只是自己的一些想法，不知道合适不合适。"

宋程远听了，来了精神，说："好啊，我倒要看看一个刚入伍的新兵蛋子对训练有什么理解，你说说看！"

朱镜如说："连长，我是瞄准手，我只能说说瞄准手训练的体会。我有两点认识：一是二炮手对点射击发时间的掌握，我觉得教材上讲得太笼统，只是用数秒法来确定长、短点射的时间。考核时更不靠谱，让考核员用秒表人工计时。这样会有什么结果？那就是考核员的人工因素影响太大，我在想，这个为什么不设计击发自动计时？"

连长一听，说："你这个想法倒是很有点儿思路，现在全军的三七高炮都是这样的方法在训练，我记下了。你说的另一点呢？"

"第二点，一、二炮手对隐现目标追随瞄准时，考核员还是拿手中的文件夹遮挡瞄准镜，以模仿因火炮射击时阵地烟遮挡使炮手短暂地丢失目标，那么遮挡的时机、遮挡的时间有没有同一性，怎么能保证炮手在一个同等的条件下参加考核？"

宋程远一拍大腿："好！三七高炮装备部队这么多年，我就没有听到有人反映过这个问题，你这个一炮手训练没几天，就提出这两个问题，看来你思考问题很深入，不错不错。你是怎么想到这些的？"

听到连长的语气里有赞许的成分，新兵朱镜如并没有觉得飘飘然，仍然很平静地对连长说："报告连长，其实对于我来说，我只想训练和考核应该正规公平，而不能太随意。"

宋程远又问："说得好！但是你考虑到了这两个问题，有没有想到什么方案？"

"当然！"

"说说看。"

朱镜如胸有成竹："我觉得可以这么做：其一，排除所有需要考核员人工参与的部分，把计时器触发按钮与二炮手击发踏板连接起来，以达到计时器可以根据炮手击发动作自动计时；其二，在两个瞄准镜上设置可以翻折的遮挡卡片，和火炮装填机旁的压发开关连接，击发时自动遮挡，模拟击发时间内烟尘覆盖阵地而丢失目标，以训练隐现目标的追随瞄准和考核。"

宋程远听了，眼睛盯了朱镜如半天，说："你这个新兵蛋子还真让我刮目相看了。这么说，你连怎么设计都考虑好了？"

朱镜如笑笑，说："报告连长，我不训练时坐在炮下闲得无聊，胡思歪想。"

其实，朱镜如觉得，这些设计制作对他来说还真不算什么。初中时，常有同学拿个相机到学校给同学们照相，朱镜如也想照相。但那时候相机稀少，实在借不来，就自己手工制作了一个照相机。那时的相机使用的还是120黑白胶卷，朱镜如又制作了曝光箱及冲洗设备。照出来的照片冲洗后还算可以。

宋程远说："朱镜如，从今天开始，你可以利用业余时间研究制作计时器，连队给你开绿灯，需要什么可以直接给我说！"

朱镜如说："是！"

朱镜如没有想到连长会这么支持自己的想法，他不知道的是，由于装备相对落后，部队每年都鼓励对武器装备进行器材革新，但多年来很少有基层官兵能拿出说得过去的革新成果，时间久了，这个革新器材的任务基本就不往基层传达了。宋程远见朱镜如很有思路，当然是喜出望外、大力支持了。

有了连长的支持，朱镜如就放开了手脚。一有闲暇时间就来到炮场打开火炮，研究计时器与火炮联动的捷径。思路确定下来后，制作也不是太难，但是很烦琐，有些材料效果不好，就推掉方案重来。连长宋程远也关注着制作进展情况，及时提出要求。朱镜如的样品边改进边试用，利用两周的时间，在实验了多种材料和连接方案后，成品终于制作成功。成品实际是两个，一是二炮手击发计时器，另一个是一、二炮手对隐现目标追随瞄准训练考核装置。

这么快就把革新的器材制作成功让连长宋程远感到意外。器材送到宋程远手里后，宋程远立即在连队训练中进行了试用，效果非常好。自此，三连的专业训练就用上了朱镜如制作的两个小发明，对训练起到了很好的作用。连长把这个革新的器材报上去以后，同样受到了旅司令部的重视。在组织专业考核时，还是副参谋长的杨世贺专门和作训科长等人一起到三营把朱镜如和他的发明拉到旅部，利用这两个训练器材开展对三七炮四营、五营的考核。同年，这两个革新的器材也被济南军区评为科技革新先进奖，《前卫报》专门发表了一篇报道。

当然这也是三连训练的革新成果，连长宋程远也非常高兴。在宋程远的鼓励下，朱镜如继续对火炮进行器材革新和"四会"教学教具的制作，陆续制作了"三炮手装定目标距离模拟分化盘""四炮手装定速度对其他炮手影响的显示装置"等多种教具和器材。一时间，在老兵眼里，朱镜如几乎是全能般的存在。

蓝俊峰对朱镜如说："你新兵期间的光芒让别人都暗淡无光，但是没有宋程远这样的伯乐，你不一定有这么多成绩。"

朱镜如当然明白，在宋程远连长的管理下，自己不用考虑那些虚无的东西，不用考虑需要和谁搞好关系。

但是，朱镜如隐隐感觉到，他第一年度兵成绩过于突出并不是好事，这种顺利隐含着很大的危机。自己也许太张扬了，朱镜如甚至听到有人居心叵测地议论：他朱镜如训练好不能说明问题，政治路线正确、思想觉悟先进才是第一要事。

朱镜如不知道新兵蛋子需要多么高远的政治觉悟，也不知道用什么表现才能体现政治觉悟高。他一直认为战士就是要听班长的话，听党的话。对于连长宋程远和指导员吴慈仁，朱镜如依然一视同仁。只是仍然不会主动到连首长宿舍内打扫卫生，洗衣倒茶，汇报思想。但是作为训练尖子的朱镜如，一定是和连长待在一起的多，汇报工作的多。

何明章在一次连点名后对朱镜如说："你要考虑你的处境，和连长走得太近，一定会有人对你使绊子的。"

朱镜如多少有点儿相信何明章的话，但还是不以为然，直到连队选送新兵姚卫东去教导队集训。

中国人民解放军在团以上单位设置教导队，相当于部队的黄埔军校，承担部队的各种集训工作。早在共同课目比武前，班长范红渠就告诉过朱镜如，为了优化骨干队伍的结构，每年的7、8月份，高炮旅都会在教导队组织预提班长集训，由连队选派部分有管理潜力的战士参加，集训结束后回连，担任副班长或是班长。连队每年都要选送的三个集训人员当中，通常会有一个新兵名额，如果能争取到这个机会到教导队集训，那就是连队比较重视的骨干苗子，第二年肯定是副班长了。

朱镜如就特别看重这个集训机会，心里暗暗地较着一股劲儿，争取在新兵中做得最好，以取得这个机会。自己觉得也做到了在新兵中的出类拔萃，无人可及，但没有想到的是，竟然是姚卫东去集训了。

可能是抱的希望太大，所以朱镜如的失落感油然而生。心想难道真是何明章说的，不注意处理和领导的关系？没有站好队？

在部队这个大集体里，每个新兵都会用自己的视角来看待周围的人和事。比如，在朱镜如眼里，连长宋程远恪守职责，尽心尽职，是个好连长，这也许是因为，朱镜如各项训练成绩拔尖；在华宝森眼里，觉得连长不近人情，不讲方法，那是因为他训练拖着班排成绩。于是，时间长了，会影响着自己的判断：朱镜如们会越来越觉得连长不错，华宝森们也会越来越觉得指导员更有工作方法。再时间长了，这些影响会潜移默化地起着作用，连队会不自觉地站成两队，觉得连长好的，不由自主地围绕在连长周围；觉得指导员不错的，常常会到指导员那里汇报思想。

当然，也有左右逢源、连长指导员都不得罪的，这种人情商高一些，在宫斗剧中往往能活得长一些，过得也好一些。朱镜如觉得，自己显然不是这种人。

小师妹诗梦在 8 月下旬给朱镜如寄来一封信，信上说她已经考上了本省的一所大学的体育系，本想考到山东青岛好离朱镜如近一些的，但是天不遂人愿，她尽了全力了。

　　入学后小师妹还是一直和朱镜如保持着一周两封信的联系，但朱镜如仍是坚持着不回信。直到她入学后的 10 月 6 日，她在给朱镜如的一封信中说，她们系女生多，男生很少，说有一个南阳的男生对她很好，还给她织了一件毛衣，问朱镜如该不该接受这份关爱。

　　朱镜如不知道小师妹是不是在拿一个虚无的男生来骗他，心里倒是希望真的有这档子事，于是很快破天荒地给小师妹回了信，告诉她要珍惜一个会织毛衣的男孩子，这种细心的暖男并不容易遇见，希望她能把握住。

第十三章

列兵乔无忌在三营几乎没有什么存在感，新兵连结束，乔无忌分到营部后就一直默默无闻，以至于排长邵玉泽几次问朱镜如："营部的你那个又黑又矮的老乡叫什么名字？"如此反复几次，再遇到乔无忌从邵玉泽面前经过，朱镜如就主动对邵玉泽说："排长，那个兵叫乔无忌，是营部指挥排标图兵……"如此几次，邵玉泽就不再问了。

其实，大多数一同到部队的战友们，说起战士阶段的乔无忌，能记忆犹新的事也是不多。但是乔无忌在退伍后的表现实在反差太大，不由得让朱镜如想从他的军旅生涯中找到一丝联系，总结出人生的规律来。当然，这也可能是徒劳的。人生也许就是如此，没有那么多的因果，你今天在部队的这个状态，不一定就是导致了二十年后的那个结果的原因。

乔无忌在部队不显眼的一个原因，是他各方面都中庸，不突出不落后。军事训练勉强不拉指挥排的后腿，五公里越野虽然成绩靠后，但也能使出吃奶的劲儿使自己不被排长追着屁股撵；大小工作似乎也是不消极不主动，不像三连的吴中伟们那样引人注目。再加上新兵连刚结束人生地疏，所以他谨小慎微，在老兵、干部眼里就是一个除了吃饭训练几乎都不出屋的新兵蛋子。朱镜如到营部找乔无忌串门时，总是看到他坐在床边，拿一本非主流的钢笔字帖练字。之所以说是非主流，是因为那种字体很独特，向右倾斜得夸张而有魔性。朱镜如照着写了几次后觉得很容易上手，就在一天晚上向乔无忌借这本字帖回去练练。没想到乔无忌不知发了哪门子神经，竟死活不借，当宝贝似的护着不放。朱镜如就想和他开玩笑，一把抢过他的字帖。争抢之中，字帖一分两半。乔无忌气得直瞪眼，夺过字帖，找了个订书机把字帖订好，压在被子下面，还是不给朱镜如看。

朱镜如想到入伍前就和乔无忌认识，感情上早就把乔无忌和蓝俊峰当作知己了，但没想到一本小小的字帖竟能让乔无忌产生这样的过激反应。朱镜如从来没有发现乔无忌这么小气，略微有些不开心。也许，自己触及的是乔无忌的心爱物品，也犯不着再和他纠结。但除了和蓝俊峰一起，朱镜如单独去找乔无忌的次数就少了许多，这样的状态一直持续到第一年底潍北实弹演习才有改观。

10月底的一天，连长宋程远集合全连干部战士召开全连军人大会，宣布了年度实弹演习的动员令，明确了各班排在实弹演习中的目标任务职责，强调了实弹演习在年度训练中的重要性，于是，一年一度的高射炮兵实弹演习拉开了序幕。

高炮部队的实弹演习，是检验全军区高炮部队战斗力的一次年度重要活动，内容包括集结、编队、行军、行进间战斗转换、野营野炊和实弹射击等。演习大部分内容在行军时就完成了，重点就是潍北靶场的高炮实弹射击，要在那渺无人烟、人迹罕至的盐碱地上野营一个月，而且需要空军配合出动飞机带着拖靶，给炮兵提供射击目标。

朱镜如问范红渠："在潍北打靶是不是很容易？我们连能打下来几个？"

范红渠笑着说："你以为高炮打靶像步枪打靶一样容易？去年有一个高炮团打了一个多月，一个靶子也没有打下来！你想啊，飞机是飞着的，火炮是转动着的，中间有时间差，你瞄着靶子把炮弹打出去了，等炮弹飞到地方，飞机也飞走了。就算提前由三炮手装定了瞄准提前量，四炮手也能及时修正飞机的航路、速度，但飞机是机动的，它不可能完全按照我们设定的航线飞行，稍有偏差，三、四炮手来不及校正，你一、二炮手瞄得再准也是白搭。"

朱镜如想想也是，这飞行目标和步枪打一百米胸环靶还真的不一样，步枪对一百米胸环靶射击时基本能发发命中，最多是环数的问题，但影响高炮射击飞行目标的因素实在太多了，无法与步枪射击相提并论。想了一会儿又问："班长，击落靶子是不是很重要？"

范红渠说："一个连队能击落一个靶子，是连队无上的荣誉，连长是要立功的。"

朱镜如又问："像我们平时训练得好，是不是就能打得下来？"

"也不一定，这就像用渔网打河里的一条大鱼，平时你打鱼的技术练得再好，动作再标准，网不着都是白搭；平时训练再一般，你一网下去网着了，那你就是王者。"

于是对靶场，朱镜如就更加向往起来。

其实，靶场演习的准备工作早在一个月前就开始了。司机班启封封存了近一年的火炮牵引车，车况好的经过保养准备投入使用，车况不好的拖到后勤部的汽修站维修。那个年代部队后勤保障水平低下，车辆都是老掉牙的旧式解放牵引车，车辆一年到头就使用这一次，往返四百多公里，之后就又封存入库，等待来年再次演习，大多数车辆不是开坏的，而是放坏的。

直到这个时候，朱镜如才知道连队司机班还有两三个老志愿兵，能记得起名字的，好像有一个叫陈丰梓。这些老志愿兵被旅里统一派到东营油田给地方车辆开车，为高炮旅搞些创收。实弹演习的时候，他们就被召回参加演习。

三连的火炮也进行了保养测试，以保证演习任务圆满完成。

朱镜如的炮二班除了携带单兵物资、炮用物资外，还要负责炊事班部分物资的运行。范红渠在连队的指挥下开始有条不紊地准备着战略物资，在二班的火炮牵引车上搭上车厢篷布，挂好伪装网。范红渠指挥战士把个人物资和炮班的物资就装载到车厢里，再把炊事班的后勤物资装到最外侧，以便行军时快速野炊。所有物资准备好后，连队的六辆牵引车牵引六门火炮，在预定的时间完成集结，加入高炮旅的编队，浩浩荡荡地向潍北靶场进发。

连队给每辆车指定了一名带车干部，行军时坐在驾驶室里，负责行军期间的安全、命令的上传下达等事项，二炮牵引车指定的带车干部是邵玉泽。邵玉泽让范红渠准备了辣椒，预备着司机途中犯困时嚼上两口，以避免事故。

浩浩荡荡的高炮编队很快过了潍坊，快行至平度时，车速突然慢了下来。这一段路车流量大，高炮旅的车辆编队又长，很容易造成堵塞。这时又有一辆挂着海军军牌的军用吉普车在车道中穿行，时而插在高炮旅的编队中，影响了编队的连续性，时而挡在二班炮车的前方，影响着车辆的跟进。和排长一起坐在驾驶室的范红渠看了，脾气上来了，问排长："排长，你看这是哪里的车？没有一点儿规矩！"

邵玉泽说："这种吉普车是两座的，后面是帐篷，应该是海军司训连的，看样子是在练车。"

范红渠压着鼻音说道："他奶奶的，练车也不能影响我们的演习行动！超过它，警告他们一下！"

司机陈丰梓是个老司机，加了油门，很快追上了那辆海军军车。两车并排的时候，范红渠摇下车窗，冲着那辆海军的军车司机喊："哎！你们稍等一下，等我们编队过去！"

然而对方似乎充耳不闻。二班炮车汇入编队后，那海军军车仗着车小灵活依然横冲直撞，如入无人之境般地在高炮旅车队中随意穿行。范红渠火上来了，对司机陈丰梓说："陈班长，追上他们，逼停他们的车！"

陈丰梓在东营油田开大油罐车开惯了，开这种牵引车对他来说像玩似的。他看了排长邵玉泽一眼，见邵玉泽没表态，就向左打了方向离开编队追了上去，很快就追上海军车辆并将其逼停在公路一侧。

范红渠冲下车，来到对方车辆跟前，不由分说，拉开车门，一把将车上一名海军志愿兵拽了下来，说："没看到车队在演习？有规矩没有？"海军志愿兵不知说了一句什么，范红渠一巴掌将对方帽子打掉，抓着对方衣领就是一顿胖揍。

朱镜如和老兵范吉全赶快跳下车，跟在排长邵玉泽身后跑了过去，范红渠已硬生生地将对方的军衔扯了下来。

海军军车上下来几个人，看到自己的班长被打，想要理论，二排四炮车也停了下来，排长焦立健和德州新兵井俊恩也跳下车。见这边人多，海军战士不敢再声张，只是语言上攻击了几句，就把那志愿兵拉到一边。那志愿兵嘴里喊着："你们是哪里的部队，这不是土匪吗？我要把你们告到军区去！"

范红渠一瞪眼："你还敢告？你们开车不守规矩还说我们是土匪？告到哪里你们也没有理！看我今天揍不老实你！"追上去还要打，被邵玉泽几个拦住了。邵玉泽说："算了，都是兄弟部队，别伤了和气，老百姓看了也不好。"于是，范红渠不再坚持，又骂了几句，上了自己的车，和四班炮车一起追上高炮编队。那辆海军军车再也没敢在范红渠的视线里出现。

随后的行军就顺利多了，穿过昌邑市区时，朱镜如看到了惊奇的一幕：在昌邑市中心十字路口指挥交通的一名交警分外眼熟，仔细一看，竟是刚从五营九连提升到军务科任副营职参谋的温书兴。温书兴指挥团队穿过市区，让所有车辆为军车让行，指挥动作潇洒熟练，朱镜如看了，心中好笑，想：这温书兴若是转业当交警，绝对称职。

连长宋程远虽然是第一次组织连队参加实弹演习，但仍然有条不紊，像一个经验老到的指挥员。在部队，每一项工作都有详细的程序和规范，指导着全军上到军区下到单兵的每一个作战行动。这种规范的详细程度超出想象，可以规定到你脚指头的位置，加上各级的指挥监督，所以，宋程远游刃有余。

二百多公里的路程，行军速度没有想象的那么快，一是新司机一年没摸车，临出发前才简单熟悉了几天。车况又很差，路上总是抛锚，影响了车队的行进。再加上途中的演习课目，通常早上出发，到达潍北指定的演习区域时，已经是下午四时以后的事情了。个别车辆边走边修，甚至会在第二天才能到达。

进入潍北靶场的那一刻，那一望无际、荒芜缥缈的盐碱滩就震撼了朱镜如的心灵，空气中充斥着又咸又臭的味道，那是海风和腐朽的海鲜混合在一起的效果。盐碱滩上除了那种不知名的红草外，什么植物也不能生长。靶场北方，能看到一片晒盐池，白花花的盐堆清晰可见。从靶场公路往西行进，看到无数个高炮部队的高炮和车辆在盐碱滩上从东到西依次分布，连绵十几公里，颇为壮观。

很快，三连也进入了阵地。连长宋程远下令各炮班按照营指确定的炮位，将火炮下架，放列，规正炮床水平，并在最短的时间进入战斗状态。班长范红渠提前准备了几袋碎石子，在二炮位的四个炮脚下挖坑，碎石子填入，踮实，才指挥大家落下炮脚，将四个驻锄板砸入地面固定好火炮。盐碱滩的沙土地松软非常，这样做可以降低火炮后坐力对炮床水平的破坏程度。

车辆也被安置在阵地南一百多米的位置，车头向北，以连为单位从东向西一字排开。加上连部、炊事班的帐篷，共同组成了一个连的生活区。车尾朝南，是为了避免风沙从北侧刮入车厢帐篷内，影响炮班战士生活休息。战士们要在车厢帐篷内吃住一个月时间，车厢当然也是要布置一下：车厢靠近里侧的地面铺上三个军用垫子作为下铺，够三个战士住下；两侧的车厢板中间和靠近驾驶室的一侧各架上一根横木，把三张床板并排架在两个横木上面，就是可以三个人睡觉的上铺。如果哪个班七个人，下铺就要住四个人。

基本就绪后，标兵连长宋程远召开连务会，再次明确靶场纪律，连队进入了训练和构筑、美化阵地阶段，并等待上级实弹射击的命令。

除了阵地上炮位工事之外，连队分到每个班构筑生活区围墙的任务也很多。构筑围墙时，要从平地上挖出宽一米深一米的沟，把沙土在一旁砌成一米高的土墙，这工作量非常大，战士们通常当天手上就磨出了泡，腰酸胳膊疼的，但为了进度，还有班排之间的竞争，战士们都把苦和累藏在心里，憋着一口气往前赶进度。为了美观，有些营级单位还统一把生活区的围墙做成长城城墙那样垛口状的，更是增加了工作量和工作时间。生活区的大门通常更能显示单位的气势，用高高的木料搭建起门楼，并用伪装网装饰，门楣上写上几个大字，三营写的是"炮响靶落"四个字，在几杆彩旗的衬托下，威风凛凛。

生活区中心位置，也是战士们美化阵地的主战场，通常会塑造一个与实弹射击有关的雕塑，以及小桥流水、亭台楼阁之类的景观，虽然没有流水，但意境还是要有的。朱镜如倒是很喜欢在连队阵地做美化，就地取材，用沙土的堆砌、红草的装点来表现自己喜欢的事物。这让朱镜如有了很大的发挥空间，他发现自己爱好美术的基础竟然让他在美化阵地时游刃有余，做沙雕时很有感觉，能够把脑海中的影像用沙刀完美地表现出来，于是也乐于其中了。

乔无忌在靶场的表现依然是老样子。

在靶场，营部美化阵地的工作量少，所以乔无忌经常在朱镜如美化阵地时过去帮忙。通常人都散去了，乔无忌还一直和朱镜如坚持到最后。盐碱滩的荒芜并没有让士兵们感到压抑，反而有了些无所顾忌的释放，因为阵地四周，全是一望无际的空旷，和驻扎在营房相比，士兵们的心情舒畅多了。

有一天晚饭前，乔无忌犯了酒瘾，对朱镜如说："镜如，晚上吃饭少吃点儿，我那里有好吃的，喊住俊峰，咱三个弄一瓶酒怼怼？"

朱镜如说："你不怕你班长熊你？"

乔无忌说："没事，这一段我和班长关系搞得不错，再说在靶场上，都没那么严格。"

乔无忌说得不错，靶场上阵地构筑和美化工程量大，战士每天累得想让他找事都难，班长也不像在营房管理那样紧。活干得累了，班长们也会偷偷地在车上和同班的喝几杯酒解解乏，晚上睡得香。

于是朱镜如说："行啊！我先给俊峰说说，一会儿到后面出去买瓶酒！"

靶场杳无人烟，但仍有不少附近的农户抓住部队演习的商机，骑着自行车带着两个筐，卖些零食啤酒等。战士们偷偷买个烟要瓶酒，连队也是睁一只眼闭一只眼。

于是朱镜如在晚饭后躲开人的视线，从流动商贩那里买了一瓶不知名的高度白酒，又叫了蓝俊峰，两人偷偷上了营部指挥排牵引车的驾驶室。乔无忌早等在那里，从一个挎包里掏出一把火腿肠，还有一包花生米。朱镜如打开酒瓶盖，把酒倒在各自的军用茶缸里，三个人你一口我一口地喝了起来。很快，乔无忌就有些晕晕的，话也多了起来。说到自己家里条件太差，未来不知会怎样，说着说着眼里竟然闪着泪光。乔无忌对朱镜如说："镜如，你说在老家穷惯了，总觉得抬不起头来，总想着到部队干出些名堂。记得入伍前武装部通知我们领服装那天，我们三个到你哥的饭店吃饭时，还是豪情壮志的样子，可是，我们到部队快一年了，却还是觉得前途渺茫，你说我们以后的路该怎么走啊？"

朱镜如说："是啊，我们都一样，都是没有了方向才到部队来，不知道下一步人生路该怎么走，大不了我们还回去！"

三人碰了一下茶缸，各喝了一大口，乔无忌说："镜如，你说得轻巧，你回去了有工作，我回去了不还得种地。在部队也是一样，从入伍那一天起，我们就活在你的光环下，新兵连你就会教连队唱歌，连长都能注意到你，我是什么也不会，新兵连长都不知道我叫什么。下连后，你军事训练又那么好，比武拿这么多第一名。镜如，我这是喝点儿酒了才给你说句实话，你出那么多的成绩，我为你感到骄傲之余，可是非常嫉妒你！"

蓝俊峰就对乔无忌说："自己兄弟你有什么好嫉妒的？"

朱镜如也笑着说："无忌，你真没必要嫉妒，那个成绩也不是在部队练的，我入伍前基本就是专业运动员，吃老本的！"

乔无忌苦笑了一下："我也想吃老本，可哪里有啊！我怎么没有那

80

么多的老本让我吃？入伍前别人看不起，入伍后还是这样，自己没本事，在班长面前不敢多说一句话，天天像老鼠一样溜着墙边走！"

蓝俊峰说："无忌，你也不要太消沉了吧！"

"俊峰，这不是消沉，这是没办法！我后来也想着专业训练时好好训练，干出个成绩不让班长看不起，可我连标个图都弄不清楚，哪能比得上你和镜如，还是辍学早啊！早知道说什么也要把高中念完。俊峰你的专业训练也训得有声有色，班长也待见你；镜如又随便做了两个器材革新的小玩意儿，军区获奖，全旅出名，这都让我望尘莫及！"

蓝俊峰说："那也不气馁，我们既然离开父母出来了，就要好好工作，把握住机会，以后总有机会在等着你！"

"希望是！"乔无忌把头趴在方向盘上，自言自语似的说，"我和你们不一样，我从家里出来，就不会再靠家里了，无论混得好坏，无论是否出人头地，我都不会再回到那片贫瘠的土地！"

乔无忌从来没有像今天这样说这么多话，原来内心也是有这么多想法的。也许是酒精的作用，朱镜如突然有点儿自卑起来，想到不管是去青岛一疗的华宝森、刘建伟，还是已经学了技师的赵广跃，还有眼前的乔无忌、蓝俊峰，都是有想法有理想的，至少有种强烈的上进心。蓝俊峰、孙茗山，还有德州的井俊恩等也说过要考军校。而自己，才真的是没有思想、没有追求、过一天敲一天钟的料。

于是朱镜如也伤感起来，举起茶缸，和二人碰了一下，一饮而尽。看到乔无忌已经喝得有点儿迷糊了，就和蓝俊峰一起扶着乔无忌，把他送回了营部帐篷。

第十四章

　　老兵说，没有去过潍北靶场的兵不能算是高炮兵。这样说有两个方面的原因，一是专业训练半年，不来潍北靶场实弹射击，就像天天步枪瞄准不打子弹一样；再就是潍北生活条件艰苦而又让人难忘，对每一个战士来说都是一种不可或缺的磨炼和记忆。

　　潍北靶场作为济南军区炮兵部队实弹射击的基地，每年10月底前后，全军区所有的高炮部队和地炮部队，以及部分导弹部队在此地集结，进行射击和演习。这个地方北邻渤海湾，南邻潍坊市的昌邑县。由于是黄河泥沙冲积形成的盐碱地，往北望去一马平川，没有人居住。海岸线也不像青岛那里地形复杂，而是平坦的沙土地缓缓与渤海相连。这里的土地什么庄稼也不长，只有那种不知名的红草在这恶劣的环境下顽强地生存。军区的各级炮兵部队到位之后，从东到西依次排开，炮口向北，发射后的炮弹碎片全落在没有人烟的北侧，倒是一个天然的炮兵靶场。

　　过了大约一周的时间，三营各连的阵地美化已粗具规模，生活区建设也基本完成，战士们的工作量少了许多。朱镜如还有机会跟着三营的拉水车到昌邑柳疃镇去拉饮用水，顺便也跑到镇上的商店买了一台微型收音机，它成为业余生活不可或缺的装备。虽然是沙土质的盐碱地，但离渤海岸尚远，根本看不到海的影子。即便如此，朱镜如依然明显感到了海的味道，这种感觉要比在上庄时强烈得多，因为，扒开脚下的沙土盐碱地，就能翻出很多大大小小的贝壳，这让朱镜如感到欣喜。在上庄营房时，即便站在营门口的小山上看到远处的大海，却如海市蜃楼一样，可望而不可即，根本嗅不到海的味道，摸不到沙的柔软，感受不到海的浪漫。

　　让朱镜如感到意外的是在靶场竟然还可以邮寄义务兵免费信件。于是在业余时间充裕的时候，朱镜如又给小师妹写了封信，告诉她对潍北靶场的感受，同时还挑选了几个色泽亮丽的贝壳寄了过去。小师妹收到贝壳后欣喜异常，更后悔自己没有努力考到青岛，成为一个遗憾。

在等待射击任务的几天里，三连进行了针对性的训练，除了规正炮床水平、检查瞄准线、标定等射击前的准备训练外，更多的是进行枪代炮射击。枪代炮射击是用专门配备的固定架把一挺轻机枪固定在火炮身管上，调整一、二炮手的瞄准线和轻机枪瞄准线，使两个瞄准线指向一致，机枪的扳机用一根细钢丝连接到火炮装填机的压发按钮上，这样二炮手一踩击踏板，就联动了轻机枪的扳机，一梭子曳光弹就从身管上的机枪口发射出去了。轻机枪的曳光弹可以显示出弹道轨迹，以便炮手观察。空军没有出动飞机带着拖靶时，用枪代炮射击航模来模拟火炮射击，有很好的训练效果。而且射击时发射的是轻机枪子弹，减少了火炮的炮弹消耗。

枪代炮射击的目标是I型航模和II型航模。I型航模体型较小，后面用几十米的细线拖着一个红绸子布做目标。航模班的一个战士就可以进行起飞操作：航模的发动机发动后，一个战士举着航模往前跑，跑得足够快时松手，航模就飞上了天，战士用遥控控制飞行。只是这I型航模机身小，斜风吹来，会像风筝一样吹偏了航线，不好控制。而II型航模就大多了，简直就是飞机的缩小体，飞行起来也像真飞机一样稳，飞得高又不受斜风影响。朱镜如觉得如果自己趴在II型航模上，一定可以随着航模在蓝天上飞行。II型航模需要在发射架上发射，因为飞行高度高，所以遥控器的功率大，遥控距离远。这就出现了一个问题：同在靶场的友邻部队若同时使用II型航模，一旦按下遥控键，就会产生无线电干扰，另一架航模必定从高空中一头栽下，几万元的航模就毁了。所以在使用II型航模前，各部队之间通常要进行无线电联络，相互通报己方使用航模的时间，以免出现事故。

偏偏有些部队的航模班忽视了相互通报这一环节。这一天，朱镜如偷偷跑到自己连队旁边看航模班进行航模发射，看到航模班刚刚把II航模用发射架发射到空中，全旅的连队刚开始对航模带的绸布拖靶进行追随瞄准，还没有开始用枪代炮射击，航模就像犯了癔症一样，失去了控制，最终一头栽了下去。全旅各阵地的战士都眼睁睁地看着自己旅的航模掉落，全都惊大了眼睛。

航模班班长见自己心爱的航模掉落，也傻了眼：自己的航模班训练了一年就是为了在靶场一展风采，却被人干扰下来了，不禁恼羞成怒。这种损失如果是操作方面的原因，航模班是要受到部队处理的。再看看空中，果然还有一架友邻部队的 II 型航模在远处飞行，心中明白一定是友邻部队使用遥控器干扰了自己的飞机。几个战士也都无助地看着自己的班长。航模班班长头也不回，咬牙切齿地自言自语说："这些狗娘养的！"

航模班有个战士就说："班长，我们也按下遥控器，让他们的飞机也栽下来。"航模班班长不置可否，头也不回，说："我们怎么会做那种下三烂的事？我们怎么会做那种违犯规定的事？"说完，看着友军的航模在天上自由自在地飞，心里窝气，又转过身来，对自己的战士说，"记住，他们的飞机掉下来，一定是他们操作不当，与我们无关！"说完，像是无意一样，不动声色地让右手滑过遥控按钮。只见远处空中友邻部队的那个 II 型航模，立刻像无头的蚂蚱一样晃了一下，又径直向下俯冲，撞向地面。

航模班的几个战士心情沉重，也无人说话，只是默默地收拾自己的发射架。航模班班长又派人去航模坠毁处回收航模残骸。

很快，友邻部队的航模班开着吉普车来到高炮旅的航模发射地，一脸煞白地问："刚才你们有没有使用 II 型遥控器？我们的航模被干扰下来了！"旅航模班班长冷冷地说："你问我们用没用遥控器？你们没有看到我们的航模也被人干扰下来了吗？我们还无处控诉呢。你们要想查原因，我建议你们到靶场指挥部去查！"

对方果真把这事告到了靶场指挥部，但最终也查不出什么来，毕竟多个部队都有一模一样的航模遥控器，是谁干扰的无法认定。为了避免航模再次出现掉落的事，指挥部又对全区所有有航模的部队强调了安全培训，但 II 型航模的使用却越来越少了。

在等待靶机的日子里，高炮旅仍是边训练边美化阵地。这样过去了十多日，战士们不由得烦躁起来。天空中一直没有空情出现，飞机影子都不见，于是训练都有些懈怠了。宋程远及时召开连务会，开展针对性的思想工作，战士们的情绪才稳定下来。

一天中午，连队开饭，三连各班把饭菜打好，坐在车上刚要开饭，突然传来了刺耳的警报声。班长范红渠大喊一声："飞机临空了，快上阵地！"

朱镜如跟着班长跳下牵引车，看到全连战士全跑出来了，没有队形，拼命跑向阵地。左右邻军的战士也是一样，像在沙滩上奔跑的马儿，沙土地瞬间荡起一阵烟尘，铺天盖地。朱镜如刚冲到阵地，连长就下了口令："就定位！"没人顾得上训练时的标准动作，全都兔子一样上了火炮。

很快，指挥班辛士官报告："三连目标捕住，距离30、28、26……"

连长宋程远下口令："东北方向，方位角幺拐伍栋，速度110，搜索目标！"

全连火炮的炮身齐刷刷地指向东北方向。不一会儿，一架大翅膀飞机嗡嗡地从东边临空，进入阵地的视界。朱镜如开始寻找班长说的那一千米长的钢丝拖着的、直径一米五的帆布拖靶，他们要瞄的就是这个帆布拖靶。

全连的六门火炮左右晃动，寻找目标。朱镜如首先捕住目标，看到拖靶在瞄准镜里几乎是一个点。朱镜如迅速指挥二炮手刘卫刚打低炮身，并向班长报告："目标捕住！"

朱镜如其实很纳闷靶机的飞行员，因为靶机和拖靶一千米的距离，在战士的瞄准镜里其实很短，不知道他们会不会害怕有人不小心瞄着飞机，而把飞机打下来。驾驶着飞机，从一望无际的炮兵阵地飞过，阵地上的火炮全压着实弹指向自己，这一定是最悲催的心情。

范红渠通过瞄准镜观察窗看到一、二炮手瞄准镜瞄的是飞机拖靶而不是飞机后，举旗向连长报告："二炮目标捕住！"

六班的孙茗山却一直找不到目标，六炮炮身一直摇摆，六班长王清忠很尴尬，盯着孙茗山一点点地指挥。孙茗山瞪着迷迷糊糊的双眼，紧张得要命，让王清忠也急出一头汗，好在最后孙茗山也捕捉到了。

远方已经传来咚咚的炮声，炮弹的曳光在天空中划出无数个美丽的弧线把空中的拖靶包围。没有命中目标的炮弹随即在空中延时爆炸，产生的烟朵如天女散花般，从东到西依次呈现，分外壮观。

但拖靶没有被击落，从三连阵地飞过时，朱镜如能清楚地看到轰五轰炸机机身上的数字。

轰五飞机带着拖靶来回飞了几趟，左右邻军都开了火，却一直没有三连的射击命令，急得宋程远直骂："他娘的，那么好的航路，让我们连打，绝对能把它打下来！"

最后，油料即将耗尽的飞机扔下拖靶飞离了航线。连长宋程远下口令炮后集合，回到各自的牵引车上继续吃饭。

谁知，刚坐下吃饭，警报再次响起，朱镜如再次放下饭碗跟着班长冲向阵地。飞机很快临空，朱镜如转动方向机，跟着目标来回瞄了几趟，依然没有射击任务。倒是二连先捞到了射击机会，但是，二连几个点射过去，飞机拖靶毫发无伤，最后依然是转了几圈后扔下拖靶飞走了。

连长宋程远立刻开展思想工作："同志们不要气馁，二连打过马上就会轮到我们，我们这几次追随瞄准虽然没有射击，但也为我们积累了经验。大家回去迅速吃完饭，然后回阵地继续做好射击前准备，吸取刚才个别班未能及时捕捉目标的教训，查找原因，争取首战告捷！"

范红渠苦笑着对大家说："这一顿饭，吃了几吃！没办法，就是这样，这就是战场！"

吃过饭以后，朱镜如又和班长回到了阵地。机会终于来了，连队正在做射击前准备时，飞机临空，营指接到旅指挥部通知，这次有三连的射击任务。测距手捕捉住目标的那一刻起，全连人员精神高度集中："距离30、28、26……"

"东北方向，目标搜索！"

六门火炮的炮身迅速指向东北方向。

指挥班的新兵辛士官大声传达上级的命令："航路好，可以射击！"

各炮依次捕捉到了目标，并向连长报告："目标捕住！"全连六门火炮的炮管整齐划一地指向了空中的目标，并在一、二炮手的操作下由慢至快、由低至高地转动。连长宋程远沉着指挥，看到各班全部捕住目标后，果断地下达口令："压弹！"

一阵"唰唰"的声音，各炮的五、六炮手迅速将各炮的二十发炮弹压到装填机里。为了安全，所有火炮在未瞄准目标时都不得压实弹，以免误伤飞机。当目标进入有效的射击范围后，宋程远在最好的时机及时地下达了射击命令："短点射，放！"

朱镜如冷静地踩下击发踏板，一阵震耳欲聋的炮声，仿佛世界末日来临，朱镜如的耳朵里瞬间没了听觉。瞄准镜里被炮口的烟雾遮挡，什么也看不到了。这种情况已经模拟训练过很多次，各炮的一、二炮手并未慌乱，依旧按经验转动方向机和高低机，确保目标不丢失，朱镜如的发明应该有针对性。

连长见第一个短点射拖靶未被击落，不急不躁，观察完点射弹迹后，迅速调整航路和瞄准线：

"航路向外50！"

"航路向外50好！"各班四炮手迅速按连长口令纠正航路。

"上2左4！"

"上2左4好！"各班三炮手也迅速调整瞄准镜并向连长报告。

"长点射，放！"

朱镜如稳稳地踩下击发踏板，再也不松开。目标很快就要飞离航路捷径，已经没有了再次点射的机会，全连把剩下所有的炮弹一股脑儿地发射出去。阵地瞬间又被烟尘包围，听力又被炮声模糊。稍一停顿，朱镜如听到阵地后传来一阵欢呼："击落了！击落拖靶了！"指挥所内的指挥班和观察所首先观察到拖靶被击落。

连长宋程远平静地下了炮后集合的口令，全连战士下炮后又蹦又跳，又是一阵欢呼。等情绪平静一些后，连长才命令各炮班擦拭火炮，准备下一轮射击。

轰五靶机降低了高度和速度，撕裂了的拖靶像是泄了气的气球一样，在半空中被气流吹得"扑啦啦"地响。飞机盘旋一圈后，甩下被三连击中的拖靶，冲阵地抖了抖翅膀，掉头飞走了，高度低得几乎能看到舱窗里的飞行员。

早有几个老兵朝着飞机拖靶掉落的位置冲去，他们想捡回拖靶。入伍几年，带回去一片被自己击落的拖靶帆布片是无上的荣誉。朱镜如还听班长范红渠说，这些碎帆布做马扎面最合适，专业训练时坐得再久屁股也不疼。

连长也没计较，任他们几个去了。

营长盛建堂最先来祝贺，随后旅长陈银树坐着吉普车来到三连的阵地，送来一面"首战告捷"的红旗。很快，这面象征荣誉的红旗就飘扬在阵地上方。

第十五章

班长范红渠殴打海军司训连志愿兵的事被捅到了高炮旅司令部，海军部队的首长非常气愤，非要上报军区，控告高炮旅战士的土匪行为。

旅司令部很重视，参谋长张百列派作训科杨科长下来了解情况。结果是张百列听了杨科长的情况报告后，哈哈一笑，对作训科长说："打得好，我们的战士就要像这位班长一样，为了部队演习这么有血性！这样的班长我们不奖励也就罢了，怎么能处分呢？改天我认识认识这个范红渠！"

话是这么说，毕竟影响着友军关系，旅长陈银树专门安排马副旅长协调处理这件事。马副旅长和海军方面进行了深入的交流，具体细节不清楚，据说觥筹交错之后，双方部队反而成了朋友，之后这事不了了之了，之后范红渠就在高炮旅一打成名了。演习结束前作训科杨科长来到阵地，指着范红渠说："你这个班长不错啊！一打成名。什么样的连长有什么样的兵，你们连长宋程远靶子打得好，是一炮成名；你们班的朱镜如训练跑得快，是一跑成名！不错不错！"

但是，一打成名的还不止范红渠。

朱镜如这一年度兵中，大连和德州的是城市兵，本身不彪悍。湛山籍的兵大多是农村兵，也很本分。而早两年入伍的范红渠这批老兵却非常另类，伤透了营长盛建堂的脑筋。也可能和那几年的兵源结构有关，河南是兵源大省，在部队河南兵特多；也可能是他们周口籍的生性好斗，性格乖张；再或者，是上庄营房天高皇帝远的匪气助长了他们飞扬跋扈的性格，以至于一与别人言语不合就会武力相见，经常给营长闹出些事情来。

正是因为他们的桀骜不驯，特务连的连长郑胜利对本连的周口兵很不感冒，一直采取打压的方法来管理，让本连周口籍的几个老兵很不满。这种不满在潍北靶场升华到了极点。

这一年潍北演习，特务连的驻区正好邻近三连，再往东是从店集营房过来的三营、四营。未到潍北演习时由于营房之间相距太远，战士之间交流来往都不方便。现在到了潍北靶场，所有营连集中在一起依次驻扎，老乡聚会就方便了不少。靶场射击任务进行一半的时候，有一天晚上特务连的班长赵奢讳来到三连，找到范红渠和朱银忠。在车厢帐篷里，赵奢讳对范红渠说："我们连估计要出大事！"

赵奢讳也是周口籍的，和范红渠、朱银忠很熟悉，经常聚在一起。

范红渠问："怎么回事？"

赵奢讳说："连长郑胜利对我连周口兵意见很大，几个周口老乡觉得受到了歧视，总觉得郑胜利没事找事。都快老兵退伍了，还尽挨怼。偏偏有两个和连长走得近的老兵，仗着连长撑腰，飞扬跋扈，经常欺负周口的石鸿雁等人。他们几个受不了了，计划这几天给那两个老兵点儿颜色看看，也借机杀杀连长郑胜利的气焰。"

范红渠听了，不屑一顾地说："谁欺负我们揍他们就是了，天天受他们的气那算什么！"想了一下又说，"但是这是在靶场，全军区部队都在，影响面大，劝他们慎重点儿吧！否则郑胜利不会罢休。"

赵奢讳说："几个周口老乡都想到了，但他们几个当了几年兵，什么好处都没有捞到，也没有什么可顾忌的，实在不想再咽这口气。"

范红渠苦笑了一下，说："也真窝囊，能让别人欺负到头上来，早干什么去了？到快退伍了才想起来。给我说说是谁，什么时候去，我也过去揍他们一顿！"

赵奢讳说："不用了，店集的几个老乡知道石鸿雁受欺负都气愤不过，会过来帮忙，让这两个老兵挨了打都不知是谁打的。如果连长郑胜利发现并干预这次打架，他们连郑胜利也会打了！"

范红渠说："靶场回去就该退伍了，还是劝他们别找事了！我怕他们把握不好，反而被动！"

赵奢讳摇摇头，说："估计劝不住，他们群情激昂，密谋数次，现在劝都劝不过来。"

果然，几天后的一个傍晚，天色渐黑。三连刚在自己的院内点过名，全连正在自由活动。朱镜如突然听到隔壁特务连的驻区内一片嘈杂，便围到沙土围墙去看热闹。只看到对面院子里有六七个战士正追着两个尖嘴猴腮的老兵打。朦胧中朱镜如看到范红渠也翻过构筑的院墙，乘着夜色朝"尖嘴猴腮"猛踹。"尖嘴猴腮"们被打得吱哇乱叫，从院中美化的雕塑中跑过，躲进连队的指挥帐篷。几个战士仍不罢休，追到连队指挥帐篷打。连长郑胜利正在帐篷里，看到这突发情况就大声斥责："你们几个反了不成，想要干什么？"

几个战士喊着："打，他娘的谁拦打谁！"冲着郑胜利就过去了。

帐篷里除了连长还有通信员和文书，突如其来的状况让人来不及反应，愣在那里，谁也不敢动。

范红渠跟着冲进帐篷，一脚踹开郑胜利身边的"尖嘴猴腮"，站在郑胜利面前，装模作样地喊："都住手，你们是哪个单位的？不要打了！别伤着连长！"然后用手拉住郑胜利，护着他躲到一边。几个战士哪个不认识范红渠？也装作不认识并不搭话，转身一窝蜂地又把拳脚落在"尖嘴猴腮"身上。

郑胜利也被吓着了，因为他看到的是生面孔，不像是自己连的战士。后退之中又被杂物绊倒，跌了一身泥土，狼狈不堪。也分辨不清身边的范红渠是保护他还是帮揍的，双手胡乱挥舞着，嘴里也不知喊着什么。

很快，其他班排长闻声过来把人拉开，"尖嘴猴腮"们没想到在指挥帐篷里当着连长的面也会挨打，知道是彻底惹恼了这批兵，再多嘴估计没人拉得住他们，还得挨打，于是不敢再吭声，溜了出去。

范红渠见停止了打斗，松开郑胜利，走出了特务连的帐篷。郑胜利也跟了出来，围在帐篷周围看热闹的战士也四散而去。郑胜利见危机过去，陌生面孔都不见了，也不知道是对谁大声喊着："你们等着，这个事要严肃处理！"范红渠在帐篷门口自言自语似的说："看你们连乱七八糟的，我来拉拉架还挨两捶。"扭头离开了特务连指挥帐篷，全身而退。

回到连队，范红渠上了二班的牵引车。朱镜如看着范红渠身上也尽是沙土，想必也经过一番鏖战，就对范红渠说："范班长，说实话，你的戏演得挺像的，你可以当演员了！"

范红渠苦笑了一下，用他那略带点儿鼻音的声音说："这不算什么！他们指挥帐篷里有发电机带的灯泡，太亮了，否则肯定不是这个样子了。"

朱镜如说："郑胜利连长会不会明白过来，去我们营长那里告你的状？"

范红渠很奇怪地问："我在帮他，他凭什么告我的状？他哑巴吃黄连，有苦说不出。"

朱银忠闻讯也来到了二班，对朱镜如说："镜如啊，你班长心里有着数呢！就是不知道他们连几个周口老乡会不会受处理，郑胜利问了他们连挨打的几个老兵，肯定能查出这件事的缘由。"

范红渠说："我估计他们连不敢处理，你没看他们连队快成火药桶了，一不小心就爆炸了，谁还敢点这个火？"

朱银忠说："也是的，如果给他们处分，他们退伍了也会回来算账！"

第二天，指导员吴慈仁派人把范红渠叫到连部帐篷，问他昨天去人家连队干什么去了，是不是帮忙打架去了。范红渠听了一脸无辜，说："指导员，我怎么是去打架？他们连和我们是隔壁，我正好碰到。天那么黑，你说我看到郑连长要挨打能不过去保护他吗？你让郑连长自己说说，我是不是挡在他的面前不让他挨打！"

三连原指导员胡炎在朱镜如新兵下连不久就调离了三连，旅政治部机关干事吴慈仁到三连接任指导员的位置。吴慈仁肤色白皙，鼻梁上架着一副眼镜，很有书生气，平时话不多，很多时候几乎让人忽视了他的存在。但是当吴指导员到三连后，朱镜如就感到了一些不和谐的音符：随着三连的军事工作如日中天，连长宋程远人气渐旺，上受旅首长首肯，下受战士的尊重。而吴慈仁指导员并没有什么明显的工作成绩，与连长的关系也就微妙起来。

吴慈仁对范红渠的回答很不满意，说："范红渠，其他连的事还要你来管？你身为一个炮班班长，要摆正自己的位置，不要做出出格的事来。这件事，特务连连长已和我们营长说了，营长要调查我们连的战士有没有参与打架，如果有，我们连也决不姑息！"

范红渠听了，没好气地说："指导员，我没那么差的觉悟吧！我保证我去特务连没有打架！"

吴慈仁阴阳怪气地说："你先别保证太早，这个事营里一定要有调查结果，真相会水落石出的！"

范红渠又是不屑一顾地说："那就好好调查吧！如果没什么事，我就回班了。"说完扭头离开了连队帐篷。

营长盛建堂最终也没有过问范红渠去特务连一事。考虑到在靶场造成极坏的影响，特务连打架事件还是进行了低调处理：虽然双方均指责对方打人，但是鉴于参加打架的人员认识错误的态度都比较好，特务连给予双方每人警告处分一次。当然，连长郑胜利也做了补充说明：警告卡片暂不入档案，以观后效，表现好的警告处分撤除，否则在退伍前上报军务科，处分生效。

第十六章

演习任务结束后，部队撤离了潍北靶场，按建制营的编队返回营房。撤离前，对阵地进行了平整，所有构筑的阵地工事、城墙、美化均推倒填平，不再有一丝部队驻扎过的痕迹。

在潍北演习中，三连取得了击落两具拖靶的优异成绩，连长宋程远载誉而归。至此，年度的主要训练任务已经完成，三连无论是共同课目训练还是专业考核，均取得了优异的成绩，宋程远也松了口气。随后连队进入了休整、火炮汽车擦拭封存以及老兵退伍的工作阶段。

回到营房后的连队生活节奏也慢了许多，没有了紧张的训练任务，每天都是由连值班员把队伍稀稀松松地带到炮场，各班把自己班的火炮擦拭了一遍又一遍，装填机炮闩都要分解成一堆零件，所有的部位擦拭干净涂上炮油，以应付无数次的检查。炮身要求没一丝污渍，干净得像是刚出厂一样。四个炮脚下垫着用钢筋焊成的炮墩，将火炮升起。轮子不得着地，用刷子蘸清水把轮胎缝都刷得一尘不染，轮子外侧还要用白涂料刷上一圈白色，更显得干净无瑕。什么时候也不要以为自己擦得很干净了，等检查的时候绝对有让你返工的理由，也不是干净不干净的问题，而是要给你找个事干不让你闲着。部队有句话叫"士兵怕分散，干部怕集中"，说的就是士兵相对年轻，思想不成熟，如果让他们分散了偏离了干部的视线，就不定会给你搞出点儿什么事了，所以一定要集中管理，没事也要给他们找点儿事干。而干部就不同了，干部都具有一定的思想觉悟，再说谁也不会拿自己的前途开玩笑，分散管理也不会出事，但干部一集中就麻烦了，就会搞个小串联，成天都是小议论，动不动就弄出了幺蛾子让上级头疼。

擦拭车辆也是同一个标准，这项工作会一直持续到老兵退伍工作展开后，才会彻底封存火炮车辆，于是，只行驶了几百公里的车辆又马放南山，火炮也刀枪入库，等待明年专业训练开始后再启封使用。部队则进入不紧不慢的冬训状态。

其实，特务连战士打架一事，只是连队老兵退伍工作复杂性的一个提前表现，大多数连队是在靶场演习结束，回到营房后，退伍工作的复杂性才显现出来。这个时候老兵思想是最不稳定的，入伍三年，面临退伍，有的老兵有一些个人想法没有实现，心中难免不畅快，能把他们安安全全送走，是连队最关心的。反而是那些第一年度兵最稳定，连队管理也不把他们列为重点，反正还有至少两年的服役期，早着呢！

俗话说："新兵下连，老兵过年。"老兵马上退伍，新兵也很快就会到来，朱镜如这批兵离"过年"的时间越来越近了，于是，心里很期待。

然而，即将成为第二年度兵的朱镜如却对自己越来越不满意。

三连第四季度党员发展工作结束后，德州新兵吴中伟成了三连第一个入党的新兵。朱镜如虽然内心感到不爽快，也算是理解，毕竟自己大小工作是比不上吴中伟的。但连队8月份在专业课目训练时，每个连队要选派三个战士到旅教导队组织预提骨干集训，三个人中会有一个新兵去参加，朱镜如内心是特别想去教导队，也认为自己有足够的能力和实力去，没想到连队最终确定参加预提骨干集训的新兵是德州的姚卫东。

朱镜如回顾自己新兵第一年的表现，可圈可点，成绩辉煌。先在高炮旅共同课目比武中获得第一名，又在旅运动会上取得多项第一；获得了多个嘉奖，甚至还提前晋升了军衔。随后又在专业课目训练中革新了多项器材，获得军区奖励，一时间名声大振。但自己的工作，似乎并没有得到连队的肯定。

难道真如何明章说的，是自己上层路线走得不对？

五班副朱银忠看到朱镜如整天闷闷不乐，就想开导开导他。有一天专门找到朱镜如，对朱镜如说："镜如，我听你班长说你心里有情绪，依我说，你也不要多想，连队不让你去教导队集训是对的，我是连长我也会这么考虑。你那时正在连队搞器材革新，你去了那里还会有发明创造？虽然说起来去教导队是培训骨干苗子的，但很多连队不会把连队真正需要的战士派到教导队，甚至只会把不好管理的战士送到教导队。你虽然没有入党没有去教导队集训，但营连对你的训练成绩是肯定的，除了你，全旅哪一个新兵提前晋升了上等兵军衔？"

五班副班长朱银忠在朱镜如下老兵连后对他一直很不错，比范红渠还没有老兵架子，朱镜如在他面前也不用伪装那么多。

听了朱银忠的话，朱镜如心里好受了许多，对朱银忠说："朱班长，我这个人太不会表现，还真以为像别人说的，在连队站错了队伍。"

"先别想这么多，不要气馁，相信自己吧！有时候不要太计较眼前得失，看远些，你自己若成为锐利的锥子，把你装在麻袋里你也会刺出来。你一定可以的。你班长不也总给你说，是金子在哪里都会发光的！在我眼里，你就是锥子和金子，我看好你！"

朱镜如心里的怨气少了许多。朱银忠看朱镜如心情好了些，就说："镜如，我还是带你散散心吧！我们营房北面的鹰嘴山上有一个山洞，你去看过没有？"

朱镜如说："听人说过，那个山洞很大，但是还没有去过。"

朱银忠说："这一段连队工作不紧张，想不想去山洞看看？我们请个假，喊着蓝俊峰，上山放松一下，调整调整心情。"

朱镜如说："当然想啊！我们新兵不是一直没有机会出去嘛，要不早就去了！"

于是，在一个周末的上午，朱银忠带着朱镜如和蓝俊峰，一起去爬山。临出营北门时，蓝俊峰拐到营部，叫上了乔无忌。乔无忌见众人要爬山，自是兴奋异常，他虽然在营部，管理不像连队那么紧，却也未曾去过藏兵洞。就在旁边小商店买了些吃的，随朱镜如等人一起去爬山。

出了营房北门，要经过一座小石桥，过了石桥就是大龙嘴村。然后向东北方向，穿过大龙嘴村，还要有很远一段路，才能到鹰嘴山的山脚下。朱镜如看着那山离得很近，走起来却是很远。几人顺着崎岖的山路，在山中走了四十多分钟，转过几道山梁，来到了半山腰处一小块相对开阔的地方。朱银忠指着上方目击处一大片碎石堆说："看，这些碎石就是从山洞里推出来的，填满了这个山谷，藏兵洞就在碎石堆上面！"

稍一休憩，朱镜如带着几个人从一侧绕了上去。朱镜如走上去一看，碎石堆上也有一个小的平台，平台贴近山体处，几枝高大的灌木丛中隐有一个仅供一两人直立通过的洞口，一扇厚厚的钢筋混凝土门虚掩着。朱镜如看了，心里就有些失望："就这么大一个洞？"

朱银忠听了，笑着说："你可别小看这个洞口，特别设计的，不管有多少人攻打，里面一个人一挺机枪就足够了，洞口大才麻烦！里面可是能驻扎一个步兵团的地方呢！听说我们营长盛建堂当兵时就参加过这个山洞的建设，你进去看看就知道了。"

朱镜如和乔无忌、蓝俊峰听了，这才觉得很神奇，急忙跟着朱银忠从洞口进去。果然，进入洞口后，随即一个拐弯，这个设计巧妙，外面的炮火根本打不到里面，因为子弹是不会拐弯的，真是一夫当关万夫莫开的设计。

再往里走时，山洞就黑得看不到了。朱银忠让朱镜如拿出准备好的手电，每人一把，以备万一。打开手电后，一条长长的甬道展现在面前。甬道大概四五米宽，路面应该是混凝土结构，很平整，两侧各有一条排水槽。越往里走，朱镜如越是感叹这个山洞的巧妙构思。甬道两旁，就像筒子楼那样凿出了很多小门，小门进去是房间，有的房间还有套房。朱银忠带着几个人，指着这些房间进行讲解。哪个是班排宿舍，哪个是营部，哪个是团作战室，哪个是弹药仓库等等。

蓝俊峰说："朱班长，这工程量也太大了吧！真不知道是怎么施工的。"

朱银忠说："我们这里原是战略要地，据说日本侵华时有部分日军是从东海岸登陆的。修建了这个工事，可以防御登陆之敌。这个藏兵洞坚固隐蔽，听营长说是可以防核武器的！"

乔无忌进山洞后就开始数山洞里有多少个房间，但数着数着就数不过来了，便问朱银忠："朱班长，你说挖这个山洞一定花不少钱，可是为什么废弃不用了？"

朱银忠说："这个就不知道了，也许和百万大裁军有关，我们住的营房原来就是步兵二三三团的。我想，他们一定是平时驻扎在营房，一有战事，整个团就进入这个洞里。后来，这个团裁军解散了，这个山洞也就闲置起来了。"

蓝俊峰走到一间大点儿的房子，突然喊起来："快看，这里有一个大水池！"

朱镜如和乔无忌过去一看，这是一间开凿得很大的房间，房间里有一堵墙，应该是混凝土结构的，从垫着的几块石头爬上墙头，果然看到墙的内侧是一个面积五六十平方的大池子，感觉水深也有近两米，清澈透底。

朱银忠说："这是专门修建的可供全团饮用的水源，由泉水汇聚而来的。"

朱镜如刚才走着的时候还在想，山洞这么黑暗冰冷，发生战争时不知怎样解决一个团的吃水问题。抗美援朝时的上甘岭战役，为了输送水源牺牲的战友占了很大的比例，所以才有一个苹果传遍了每个战士却没人咬一口的事迹。没想到这个山洞早就把水源设计到了里面，不禁更加赞叹起来。

乔无忌走近，看着这个水池也是惊奇万分，说："朱班长，以后我要是混不出人样、走投无路了，就卷个铺盖到这里住下算了！"

朱镜如笑道："你说的倒是个好主意，到这个绝妙的神仙居所哪里只是苟且度日，恐怕在别处想找也找不来吧！冬暖夏凉，泉水叮咚，曲径通幽，真是不可多得的世外桃源，人间之仙境！别说你想来，我还想在这里隐居呢！"

朱银忠说："好的，到时候我和俊峰联系不上你们了，就来这里找你们吧！"

不知不觉，几人在洞里走了近一公里的距离，到了山洞另一头的出口。这个出口没有钢筋混凝土门，只用大石块堵着洞口，留有一个小口刚好一个人钻过。几个人依次爬出，才知道已到了山的北坡，下面是很大的山沟。看看没什么好玩的，几个人又钻进山洞，顺原路返回。本来计划在山洞里野餐，朱银忠说还是出去吧，山洞里需要灯光照明，万一电池耗尽了，或者灯泡烧了，想出去就不是那么容易了。

于是，几个人径直走出了山洞。出了洞口，发现天气不再阴沉，很好的太阳。朱银忠说："镜如，我们下山走另一条路吧！那里有一个重生崖，是个看海的好去处。若是早上过来，也是看日出的好地方，那可是难得一见的景致！"

朱镜如听了，说："有这么个好去处？快带我们去看看！"

于是朱银忠带着几个人从洞口东侧一小路往下走去，走了几百米的距离，下了一个山谷，又转过一个山脊，突现一开阔地。开阔地东侧，竟是一深不可测的悬崖。从悬崖往东方望去，大海在远处一览无余，近海岸的几个无名小岛竟也能看得清清楚楚。朱镜如不禁惊奇万分，说："朱班长，这悬崖这么险峻，风景这么秀丽，怎么以前没有听说过？"

朱银忠笑道："你没听说过的多着呢！这悬崖又名重生崖，从重生崖往东看去，极目远眺，风光甚好。但是若往脚下一看，却是万丈深渊，游人看了无不心惊肉跳。听本地人说，这重生崖之所以叫重生崖，是因为有不少殉情的，或是今生不堪忍受命运来寻求转世的，在此处一跃而下，换来一处白骨，以求得新生。"

乔无忌听了，说："还有这种美丽的传说，我们可要记好路，说不定哪天人生失意，在生命最后一刻，能用得上这个重生崖呢！"

蓝俊峰听了，忙打断乔无忌的话说："打嘴打嘴！怎么说出这不吉利的话来！"

众人均大笑，又依次走到悬崖跟前，小心地往悬崖下张望，果然深不可测，让人看得心惊胆战。朱银忠说："我们还是离这重生崖边远些吧！以免不小心失足掉落，也成一堆白骨。"

几人走到开阔地中央的一个天然石台前，这石台竟如鬼斧神工般，呈椭圆状，表面平整，形成一个天然的石桌。朱银忠指着这石台说："这块大石状如大桌，人称三生石。周围的善男信女，很多人要来此石处见证因缘。"

朱镜如笑道："那我们几个来此进餐，自是一番无人可及的缘分！"几人都笑着，拿出准备好的罐头、花生米等零食，放在石台上。几个人围坐在石台周围，打开几罐啤酒，有滋有味地喝了起来。

冬日的暖阳懒洋洋地洒在朱镜如的身上，几口啤酒下肚，感觉时间都懒散下来。微风吹过，竟有些温暖。仿佛一切都停滞了，烦恼和压力被风吹得烟消云散。入伍快一年了，朱镜如第一次感到彻底的放松，可以不去考虑工作，可以远离老兵们挑剔的眼神，没有这样那样的压力。站在山腰，可以看到远处的大海，虽然有薄薄的一层细雾，但依然可以欣赏到她美丽的容颜。当兵快一年了，除了训练演习，朱镜如几乎没有出过那个破旧的营房；与大海近在咫尺，却不曾在近前感受过她的抚摸，这个世界变成什么样子，仿佛与他们无关。他的青春，他的过去，都是那样的微不足道。他的记忆，他的未来，都是一样的模糊不清。

朱镜如走到一边，躺在一片干枯的杂草上，四肢舒展，对朱银忠说："朱班长，你带他们回去吧，我再也不想回那个地方了，我要在这里搭个茅草棚，我要在这里看海，我要在这里作诗……"

蓝俊峰笑着，拿起一罐啤酒扔了过来："先别贫了，喝罐啤酒再说。刚才无忌说以后走投无路了来这里，你倒好，现在就不想走了。人家无忌是奋斗之后才来的，你倒是还没有一点儿行动就丧失意志，就要搭茅草棚，还修炼成道士呢！到时候我们都不在上庄营房了，可没人给你送吃的！"

朱镜如坐起身来，对蓝俊峰说："要不然你和我一块儿修仙？你得问问关晓红同意不同意！"

入伍后，蓝俊峰倒是不停地给同学关晓红写信，二人的关系到了哪一步，蓝俊峰从来不说。朱镜如分析，两人目前仍是前途未卜，蓝俊峰还没考上军校，关晓红的学业也属未知，估计还处在相互有好感，但都未表露的状态。毕竟，以现在的状况，谁也不知道自己会有什么样的未来。

蓝俊峰说："我和朱班长都是凡人，你自己修吧！"

朱镜如直起身，打开啤酒罐，对着蓝俊峰等人做了个碰杯动作，一口气又喝光了一罐啤酒，说："你说我们下连六个老乡，已经陆续离开了三个，赵朝阳学了司机，赵广跃学了技师，华宝森也去了天堂般的青岛，干得还很不错，他们都找到了自己的出路。我突然很迷茫，不知道自己当兵的意义，不知道是不是只能浑浑噩噩地在这个破旧的山沟度过三年，然后，再一无所成地离开。与其这样，还真不如当个道士！"

蓝俊峰说："镜如你真是站着说话不腰疼，你第一年工作训练都是那么出类拔萃，也是我们湛山籍新兵的骄傲，你要是没有前途，我们怎么办？你好好干下去一定会有成绩的！"

"俊峰，话不能这么说，不知是不是我多想了，我成绩再好，似乎也得不到承认，想去教导队都去不成。我都不知道以后怎么办了，我知道你准备在部队考军校，那也算有个目标了。"朱镜如转向乔无忌，说，"无忌说说，你来当兵要做什么？"

乔无忌也不抬头，拿着啤酒罐喝了一大口，自言自语地说："我也过一天是一天，与其混不好回去种地，还不如不回家见父母，在外终老一生就是。这个藏兵密洞真是不错，到时候我实在无处可去、走投无路了，真会来到这里，把这里当成未来的归宿！"

蓝俊峰对乔无忌说："你又来了！你又来了！刚刚镜如说要在这里修仙，这会儿你又要把这里当归宿！你们两个一唱一和，倒也志同道合，要是你们两个真的都在这里修道了，我还真得来看望看望呢！"

朱银忠看几个人情绪不高，说："哎，本来是带你们开心的，你们想那么多干什么！我看你们三个还真像难兄难弟，干脆我做证人，你们三人桃园三结义吧！免得有谁先来这里修仙，另两个不管不问的！"

乔无忌听了，来了精神，说："朱班长说的是啊！我们三个从一个地方入伍，到了这个山沟沟里，也是缘分。要说我们三个入伍前就认识，那时怎么没有想到桃园结义呢？莫不如真按朱班长说的，我们在三生石旁义结金兰，不求同年同月同日生，更不求同年同月同日死，只求兄弟互相照应，有朝一日，谁先出头了，记得相互提携就是！"

蓝俊峰刚才喝了两罐啤酒，也有些晕晕的，说："朱班长不参加？"

朱银忠说："我就不参加了，你们三人正好，多一人就没有那个味道了，我给你们做个见证，岂不更好？"

乔无忌笑着对朱镜如和蓝俊峰说："那我要做老大！估计你们两个都比我小。"

朱镜如说："那也未必！"

三个人乘着酒兴，互报了生辰八字，三人竟是同年同月生，只是朱镜如最大，乔无忌比朱镜如小了七天，蓝俊峰最小。

朱银忠惊奇地说："真是天意，你们三人能同年同月生。快快，每人再打开一罐啤酒。"

朱镜如笑道："难道还要跪拜磕头不成？"

朱银忠说："那也不用，我教你们个新花样，你们呈'品'字站好，右手持酒，谁也不能喝自己手中的酒，要伸出右臂，将啤酒伸给左侧站立的人喝，依此类推，共同完成这交杯酒。"

乔无忌说："朱班长你说这方法我还第一次听说！"

于是三个人按朱银忠所说的方法，倒也有趣，喝酒时三人呈莲花状，还不得不靠近身体，将啤酒递给左侧的人，咕咕咚咚地，连喝带洒，三罐啤酒见了底。

朱镜如问朱银忠："朱班长，这一罐不够，是不是再来两罐才好？"

蓝俊峰酒量一般，肚子有点儿撑，说："三罐太多了吧！胃都撑不下了！朱班长你不是找个法子让我们三个多喝的吧！"

朱银忠说："看你说的，当然要三罐，肚里撑不住东西怎么成？天天小肚鸡肠的，做不好兄弟！"

三人又如法炮制，喝完了三罐啤酒，蓝俊峰拍着肚子，打着饱嗝。朱银忠说："好了，现在开始，你们三人就是兄弟了，不管何时何地，三人要相互帮助，就像刚才喝啤酒一样，要想着他人，自己手里的肉，杯中的酒，分享给兄弟，才是真正的好兄弟！"

"说得好朱班长！"朱镜如喝得兴起，对朱银忠说，"只是，我亲爱的朱班长，我现在不光想着他两个，已经开始想你了！来，我也和你碰一罐！"说完，打开两罐啤酒，给朱银忠一罐，也如同喝交杯酒的样子，和朱银忠干了一罐。蓝俊峰和乔无忌见了，也学着朱镜如，各自和朱银忠碰了一罐啤酒。朱银忠说："本来给你们做见证的，反而让我也喝了不少！"四人皆大笑，直喝得晕乎乎的才晃晃悠悠地下了山。

三连的老兵退伍名单定了下来，范红渠和朱银忠确定留队，连队退伍的老兵有十几个。已经超期服役的一班长王现恩、四班长黄迎春也在退伍名单中。范红渠、朱银忠注定会接替王现恩、黄迎春成为三连来年的顶梁柱。

名单一旦确定，老兵们就开始陆续离队，连队通常会让不好管理、容易出事的战士提前离开。连队驻地偏远，三营也没有组织车辆统一到青岛火车站送行。每走一批兵，连队就会组织战士在营门口欢送一番，上庄营房的锣鼓声频繁地响了起来。临近分别，战友之间的感情仿佛也更加珍贵了，即使多少有些矛盾的，也在这送别的氛围中被稀释，毕竟这一离开，昔日并肩的战友，可能一辈子再也见不到面了。

但仍会有不和谐的音符存在，三连退伍工作的后期也不太平静。有一天，退伍兵还未走完，老兵沈晓斌不知在哪里喝了点儿酒，控制不住自己，在楼道里发疯，班排长劝不住。范红渠正好去营部办事，不知谁给他说了，他跑回连队看到沈晓斌正在楼道和连长吵闹，还推推搡搡的，就一把抓过沈晓斌，拖到宿舍一顿猛揍，沈晓斌彻底被打蔫儿了。第二天沈晓斌酒醒后，范红渠又拉着沈晓斌到连长宿舍道了歉才算完事。

另几个要退伍的周口老兵，好像是因为算伙食费对连队的司务长王海平不满，也上楼和王海平吵了起来，连长及时赶了过去才控制住局面。

好在有惊无险，三连的老兵退伍工作终于完成了。

退伍老兵全部离队后，连队除去休假探亲的、外出集训的，就剩下了三十多个战士。为了便于管理，宋程远连长把连队合成了四个班，平时进行共同课目训练。

很快，新兵也陆续到了营房，二排长焦立健抽到新兵连任新兵排长，德州的姚卫东从教导队回来后当了新兵班长。因为要给新兵树立些好的形象，老兵连比退伍期间正规了许多。

　　而这个时候朱镜如居然发现自己胖些了，他伸开五指，发现自己的手背已厚实了许多，原来手背上的脂肪层很薄，手指背面的关节处都是凸起的，随着脂肪层的增厚，指关节位置反倒都陷成小坑了。朱镜如认为一定是连队生活节奏不像以前那么紧张的原因。为了纪念，朱镜如专门站在连队东南角那个小山坡上照了一张照片。照片中的上等兵朱镜如后背着手，略微发胖的身体，一个标准的军人跨立姿势。

第十七章

转眼间临近春节，看着连队训练不是很紧张，朱镜如突然很想回家看望自己的父母。当兵满一年，工作上的失意，也增添了朱镜如探家的欲望。但刚入伍一年的战士想请假探家也不是那么容易的事，朱镜如担心假请不下来，和蓝俊峰、乔无忌一起闲聊时表达了担忧。蓝俊峰说："镜如你尽管请请看，应该没问题吧！我在连队也没做出什么成绩，这探家的好事估计也不会轮到我，就不想了。但你不一样，工作训练那么出众，连队又没有给你解决个人进步问题，应该算是亏欠你的，你若请假，应该会批准吧！"乔无忌也附和着说："俊峰说的是，你尽管请请试试。我在营部指挥排，同年德州的兵都有请假回家的了，我估计好请假。但我实在不想再回到老家了，没有功成名就，无颜面对江东父老，要不就陪着你探家了！"

蓝俊峰听了，就挖苦乔无忌说："无忌啊，就你一个兵痞子，还想有什么功成名就？难道以后没有大的成绩还不回家了不成？"

营部卫生员李志阳听说朱镜如想休假，很积极地和朱镜如约定一起请假回家探亲。想到三连还有好几个老班长还没有休假返回，连队请假要有比例。朱镜如仍心中没谱，李志阳就自豪地说："哪有那么多事，我找营长请假，营长肯定随时就批准。"朱镜如说："你在营部是卫生员，属于后勤兵，和连队正规班排还是不一样的。"李志阳想了想，对朱镜如说："要不你先请吧！你请下来我再去找营长，这样两人可以一同回去。"

于是朱镜如内心惶惶地找到班长范红渠，让他到连长宋程远那里为他请假。

本以为不太好批准，谁知第二天晚上，范红渠对朱镜如说："连长批准你休假了，准备准备回去吧！"

103

朱镜如兴奋的心情冲淡了一段时间以来的阴郁，他立即跑到营部告诉李志阳自己的假请下来了。乐极生悲，也许是过于兴奋，朱镜如跑到营部时忘了那里扯了一根晒衣服的铁丝，直接拦在他的眼眶上。他以为眼眶肯定要流血，见到李志阳时让李志阳看了一下，除了略微红肿，竟无大碍。见朱镜如请下了假，李志阳立刻到营长那里请假，营长很爽快地批了。两个人商量第二天就出发。

然而，让朱镜如没有想到的是，他探家的激动只持续在两千多里的回家途中。当朱镜如满心欢喜、风尘仆仆回到家乡，走进位于县政府西侧的家属区，敲开自己的家门时，他看到的是意想不到的一幕：自己的母亲很小心地半开了门，用很是惊慌的表情往外打量，看到是朱镜如后，非常意外地低声问："小如，你怎么回来了？"

朱镜如简直不敢相信，眼前站着的，是一年前那个性格爽朗、天生要强而又乐观的母亲。离家才一年的时间，母亲憔悴得像是老了十岁。朱镜如心里一紧，知道家里一定出大事情了。

来不及多问，朱镜如进了门，看到了同样苍老了许多的父亲。父亲正一个人坐在沙发上抽着烟，表情凝重。

朱镜如的父亲朱明喜，一直在县政府部门工作，担任过公社的书记、县农行行长、社队企业管理局局长。去年朱镜如当兵后，朱明喜刚到县财委，退二线成了财委的局级协理员。

看到朱镜如回来，朱明喜扔掉手里的烟，也用很疑惑的声音问："镜如，你怎么回来了？有人通知你回来吗？"

朱镜如很疑惑地问："爸，没人通知我，我已服役满了一年，部队训练不紧张，正常请假回来的。"看到父母憔悴的样子，他又不安地问，"爸，家里出什么事了？"

父亲听了，舒口气说："那就好，不牵扯到你就好！"

朱镜如越发觉得事情的严重，又急急地追问："爸，到底怎么了？你们怎么成这个样子？"

母亲贾青芝接过话说："小如，你二哥出事了！"

"我二哥怎么了？"

贾青芝欲言又止，叹了一口气。朱明喜说："给小如说了吧！早晚要知道。"

母亲贾青芝就把朱镜军出事的情况说了一遍。原来，在银行工作的二哥朱镜军，工作之余在城北承包了一个酒店，昼夜营业，是合法的生意。又买了一台解放货车，找了司机搞长途货运。如果仅仅是这些就好了，朱镜军鬼使神差地和朋友一起去一趟云南思茅，做了一笔像谜一样的生意。不知什么原因钱收不回来，于是朱镜军就利用工作之便，从银行挪用了一笔巨款投入生意中。最终生意赔了，钱却还不上，被单位发现。朱镜军觉得自己的行为无法逃脱法律的制裁，竟然孤注一掷携款逃跑。逃跑之前朱镜军还回到父母家和朱明喜道别。朱明喜见朱镜军出了这事，震惊之余就劝朱镜军赶快投案自首，朱镜军见父亲不认可他的外逃，就嘴里答应，却一个招呼也不再打，连夜潜逃到西安投奔一个朋友去了。银行见联系不到朱镜军，马上报了案。现在公安机关以贪污罪立了案，正处于对朱镜军的追捕中。

听了母亲的叙述，朱镜如倒吸一口凉气。他无法想象自己的二哥竟然出了这样的事。在自己的心目中，二哥朱镜军的形象是很高大的，对父母孝顺，对自己也很好。二哥曾在朱镜如入伍不久去部队看过朱镜如一次，那次是带着二嫂、侄女贝贝和母亲贾青芝。那时朱镜如还是新兵，也没有机会陪他们到青岛游玩，不想那次竟是朱镜如最后一次见到二哥。

朱镜如问父亲："我二哥到底做的什么生意？钱真的追不回来了吗？"

朱明喜说："谁知道是做的什么生意，我们也弄不清楚。这个你也不用多问了，你在部队，不要受到这个影响！"

朱镜如隐隐觉得父亲不想说得太多，想想也是，自己在部队，家里的事恐怕帮不了多少忙，还会让父母担心。想到这里，朱镜如又问："那现在怎么办？"

母亲贾青芝说："现在家里正积极地筹钱，尽量为你二哥还上，以减轻你二哥的罪行。可是东拼西凑，加上我们所有的积蓄，也捂不住你二哥捅的窟窿。现在你二哥在城北的住房也被查封了，你二嫂和贝贝都没有住处了，到她姐那里暂住。小如啊，你二哥可把咱家害苦了！"

朱明喜制止了贾青芝，说："提这些干什么！"

朱镜如又问："现在有我二哥的消息吗？"

朱明喜叹口气，心事重重地说："现在没有你二哥的消息，公安机关把所有与你二哥有联系的朋友、同事都讯问个遍，想调查出你二哥的去向。你大哥、三哥和我也数次被传讯到公安局，要我们交代出你二哥的踪迹。小如，你爸我也是堂堂国家干部，当过银行的行长、公社的书记，却要因为你二哥的事被多次传讯到公安局，逼我说出你二哥的去向以及犯罪问题，我实在觉得丢人！”

朱镜如听了，心中一阵悲哀，曾经一度以为自己家庭很优越，不料出了这天大的事。

看父亲的精神状态极为不好，朱镜如担心父亲，也就顾不上自己难受，劝道：“爸，这真是天有不测风云，事出来了，都不是我们所希望的。不管到了哪一地步，您千万别往心里去，身体要紧啊！”嘴里这样说着，自己的心情却也沉到了低谷。

贾青芝说：“都知道这个道理，可是你爸他受不了，他当了那么多年的银行行长，都未动过国家一分钱！你二哥胆子也太大了！现在说什么不也晚了。这些天公安机关还会找我们问讯，搞得精神也很紧张。这件事出来，我觉得天都塌了下来。你回来我还以为是公安局的人通知你回来要讯问你呢！吓得都不敢开门！”

朱镜如想起母亲开门时小心翼翼惊慌失措的样子，心里一阵痛楚。

朱明喜又叹了口气，说：“唉，不说这些吧！小如，你这个时候回来，很不方便，你二哥的事不能把你也牵扯进来。你赶快回部队吧！免得有人知道你回来，再把你也传到公安局，虽然不会有什么事，但终究不合适！”

朱镜如理解父母的担心，但让他刚到家就返回部队，他心里无法接受，就对朱明喜说：“爸，我在部队服役，与家中没有什么联系，我二哥也不敢到部队找我去，公安局能把我怎么样？我好不容易回来，家里又出了这么大的事，我怎么能说走就走？再说，这么早就回到部队，怎么给领导战友说？我还是陪陪你们吧！”

其实朱镜如的心里，也感觉如同突然掉进深渊一般，他回家前的激动和到家后的压抑形成巨大的反差，情绪迅速被家庭氛围所感染。

朱镜如当兵前，的确没有太多的压力。他的家庭状况，和大多数一起入伍的新兵相比，是比较优越的。安置工作上不用考虑，父亲在朱镜如入伍前就内定了退伍后的接收单位是政府机关。自己的家境不算富足但相对殷实，家族仿佛是银行世家一样，有多人在银行部门工作：大伯朱明俊，在市某银行任行长多年；父亲朱明喜也在县农行任了多年的行长；大哥朱镜平，在市农行担任信贷部主任；出事的二哥，是在县农行做信贷的。还有大伯、三叔的孩子，也有多个在银行部门工作。

当然，这也是一个时代的特色。

但偏偏就是自己的二哥朱镜军出了事。朱镜如知道，这一件事，对他家庭的打击会是致命的，肯定会因为二哥而元气大伤。

但朱镜如却恨不起二哥来，因为二哥对父母对家庭一直都是很好的。大哥和三哥远在市里工作，对父母照顾得少。二哥和父母同在沙南县，虽不住在一起，但照应很多。二哥的孝心朱镜如也是看在眼里的。

朱镜如在家停了十天，最终还是在父母的催促之下提前返回了部队。父母也不希望在部队的朱镜如受到影响，或者，不想让朱镜如看到他们在二哥这件事上的无助与痛苦。朱镜如觉得父母的痛苦足够深，以至于也深深地触痛了自己的心。

家庭的变故使朱镜如内心产生了很大的阴影，每当到了年底春节前后，朱镜如就会感到阵阵的慌乱。

第十八章

1992 年度的新兵到达营房后，朱镜如们算是正式成了第二年度兵。按班长范红渠所说，第二年度兵千万不要把自己当老兵来看，还是要踏踏实实地工作，才能经得起连队的考验。朱镜如也没有给自己冠上老兵的头衔，一如既往地和 1992 年新兵一样，不以老兵自居。只是，因为家庭的变故，朱镜如眼睛里却多了一丝挥之不去的阴郁。虽然上庄是个偏僻的山沟，但自己每个月二十多元的津贴还是不够花，不同的是，自己再也不能像过去一样随便向家里要钱了。

朱镜如并不想让自己从第二年军旅生涯刚开始，就要沉浸在悲痛、低迷与失落几种感觉混合在一起的氛围里。但不知不觉中，自己的性格也更偏于内向。那是一种在孤独中压抑到极致，无处发泄而又不得不面对的处境。多年以后朱镜如回忆起当年的感觉，还暗自庆幸自己竟然熬过了那一关。

见朱镜如回到了连队，孙茗山就在单杠器械场问朱镜如："镜如，你去连长指导员那里没有？新兵马上下连了，连队骨干马上调配，我们这一年度兵肯定有一两个任命为副班长的，你赶快考虑一下，给连首长说说自己的愿望，表表决心。"

朱镜如知道孙茗山是让他到连长指导员那里走动一下。但朱镜如无法从家庭变故的沉闷心情中走出来，就对孙茗山说："骨干调配的事我知道，范红渠班长给我说了。不过茗山，你也清楚我是什么样的性格，我们干好工作就是了，才不会为这事去低三下四地找连长指导员说什么！连首长自会综合考虑，这哪里是我们操心的事？"

孙茗山听了，像是发现一个外星人一样盯着朱镜如，很不理解地说："镜如，别人休假回来第一件事就是找连长、指导员汇报思想，还有的战士在你休假期间为了当骨干，急得找这个找那个上蹿下跳的。你倒好，什么也不去做。我和俊峰没什么成绩，没有竞争力，你第一年度有那么多的成绩，不争取一下我都看不过去！"

朱镜如不好意思拒绝孙茗山的心意，实际上，虽然自己不想去找连长指导员表表决心，但心里对能否当上副班长这件事也很期待。于是对孙茗山说："好吧，我先考虑一下。"

孙茗山又不放心地说："镜如，你争取一下，机会真的不多。目前连队的情况，我们同年兵吴中伟已经入党，连队不可能再任命他当副班长。然后就看连队安排几个我们这一年度兵当副班长了，如果安排两个，你和姚卫东应该都没问题；如果安排一个，你就很危险了，因为姚卫东参加了教导队预提骨干集训，又当了新兵班长训了新兵，他被任命副班长的可能性大一些。最主要的是，姚卫东和指导员走得也很近。"

朱镜如听了，心里又烦躁起来，但还是用尽量平静的声音说："茗山，哪有什么走得近、走得远的事？我干好工作就是了，怎么安排连长和指导员自有他们的考虑，我相信他们会公正的。说实话，以我的性格，一说起这些我就头疼，你知道，我们都不是那种精于钻营的人！"

孙茗山不知道朱镜如心里藏有家中的变故，以为朱镜如在发牢骚，又耐着性子说："镜如，我也知道，你心里有怨言，但是这也是生活。其实连队的情况也是错综复杂，你看连长带领三连在军事训练上出了成绩，受到旅里的认可，指导员吴慈仁就得生活在连长的光环下，他心里会舒服？连长和指导员关系很一般，只是没有公开表现出来而已。而你，就知道和连长接触，不注意和指导员搞好关系，指导员会在立功受奖、骨干配备时考虑你？会投你的票？你用脚指头想想都会知道的事！"

标兵连长宋程远自从在共同课目考核比武中取得全旅瞩目的成绩后，更加坚定了连队军事第一的思路，训练也大刀阔斧地开展。但这也无意中触动了指导员吴慈仁的政治利益，两人的隔阂似乎越来越大。就连宋程远在全连点名时爱说的口头语"我连长有责任、有义务把我这个连的各项工作搞上去……"，也被多舌之人传到指导员吴慈仁那里，并添油加醋地评论一番。于是吴慈仁就也对部分战士讲："他连长这样说话还是有些自私和自我了，连队怎么成他连长的了？"这些话又经过好事之人，辗转传到连长宋程远耳朵中，又被加了油醋，变得更有味道。于是，两个人之间也越来越有味道了。

作为训练尖子的朱镜如，自然会得到班、排长和连长宋程远的青睐，拿老兵们的说法，军事比武后，朱镜如就是连长眼里的红人。其实朱镜如知道，自己就是训练成绩突出些，只是在做好自己的事，没有到连长指导员宿舍内拖地叠被，没有给他们送过任何礼品，没有刻意走上层路线跑关系，因此是不是连长的红人，他自己都不清楚。但是别人就那么认为，于是朱镜如就被个别人疏远了。连队被人为地分成了两派，一部分人响应连长训练为先的号召，比如，像朱镜如这样的训练尖子和部分骨干；而另外一部分人，围拢在指导员吴慈仁周围，总是无事找事地挑战着宋程远的地位，比如，二班的副班长魏宗年。这种对抗表面上风平浪静，实际上像暗流一样涌动。

朱镜如对孙茗山说："算了，我干好工作问心无愧就是了，对于连长指导员，我都尊重他们，如果因为我找连首长汇报得少就对我有意见，那我也大可不必去做这些工作！"

于是，朱镜如不再操心能否当成副班长的事，暗暗地调整着心情，争取以最好的精神面貌投入到工作训练中去。

很快，1992 年度新兵连结束了，连队对骨干配备进行了研究公布，范红渠理所当然是排头班一班长，朱银忠被任命为四班长。新兵中，只有姚卫东被任命为副班长。

朱镜如果然没有被任命为副班长，这并没有让朱镜如感到意外。但真正让他无法接受的是：他的新任班长，竟然是原二班副班长魏宗年。

魏宗年成为二班长，在连队来说这是正常的人员安排：原排头班班长王现恩服役五年，已无法再超期服役，他退伍后，服役第四年的范红渠作为三连新的主力骨干，从二班调到排头班任一班长。原来二班副班长魏宗年理所当然地在二班原地提升，在他服役的第四年被任命为二班长；原二班老兵范吉全提升为二班的副班长；朱镜如和同年兵杨龙山没有职务调整，当然还要在二班，成了老兵；加上又分来了三个新兵，二班组成了一个七人的炮兵班。

这个魏宗年，与范红渠是同年兵，个子不高。拿乔无忌的话说："魏宗年平时走路都是一步三晃的，腰也挺不直，一副奴才相，真不明白你们连队为什么要把这样的战士留下来超期服役。"孙茗山把魏宗年叫作魏忠贤也真的很贴切。魏宗年的训练工作都表现平庸，当兵三年没有机会出头露面，一直被范红渠压制着，到第三年才做了范红渠的副班长。军事训练上魏宗年几乎没有拿得出手的，甚至连站个军姿都不像样，平时总是一脸奸臣样地到指导员吴慈仁那里嘀咕来嘀咕去的，刻意地附和吴慈仁的心理，说些"训练再好思想不好也没用"这样的理论，让朱镜如感觉到这是一个工于心计、很会钻营的人。面对魏宗年的理论，朱镜如心里也嗤之以鼻：难道训练好了思想就一定不好？你魏宗年训练落后难道就是思想好了？真是以偏概全的浑蛋逻辑。朱镜如觉得魏宗年就是带着羡慕、忌妒，最后上升为敌意的眼光看待自己的。虽然二人没有直接的冲突，但朱镜如看到魏宗年，就感觉像看到一个被阉割了的形象猥琐的太监一样，浑身臭味，满是恶心。

　　但魏宗年的的确确成为朱镜如的班长了，而且朱镜如无法躲避，要受他管理，要在一个宿舍一个集体里共同生活至少一年的时间，朱镜如实在不知道这一年怎么和他相处。

第十九章

当兵第四年才混上班长的魏宗年，在新兵分到班排的第一天，就在二班宿舍主持了他军旅生涯的第一次班务会。

二班宿舍还是在原来的位置，室内还是原来的摆放：进门就可以看到宿舍东西靠墙各有两张木制的约七十公分宽的高低床，可以住八个战士。最里侧靠近窗户是一张桌子和一把椅子，通常情况下，这把椅子只有班长能坐，桌子只有班长能用。

这熟悉的场景一成不变，但物是人非，班长是魏宗年了。

魏宗年让副班长范吉全整队集合，全班站着合唱了一首《团结就是力量》。这恐怕是一首红遍全军的歌曲，无论你在哪个年代，只要你走进军营，就会听到这首响彻云霄的歌曲。

唱完歌后，魏宗年觉得声音不够洪亮，没有压倒隔壁的一班，就又让范吉全带大家唱了一首《战友之歌》。这次三个新兵扯着喉咙喊着歌词唱。但朱镜如心里反感，不再像唱第一首歌时那么用力，甚至只是对对口型。唱完后，魏宗年又对唱歌的情况进行了讲评，才让大家坐下，开始了自己的就职演说。内容无非是要树立自己班长的权威，强调班纪律，全班要做到令行禁止，一切行动听从指挥；要加强思想建设；要会干工作，把工作干到点子上，等等。最后，还不忘以阴腔怪调告诫大家，不要只顾低头训练不抬头看路，以免像个别同志站错路线，训练再突出还是没有成绩，当了一年兵了还是不能入党不能成为骨干，成为连队笑谈。

朱镜如明白这阴腔怪调是说给自己听的，虽然魏宗年的每一句话都说到了自己的痛处并让自己愤怒无比，但人家说的似乎也都是事实。作为刚从新兵跨入老兵或准老兵的关口的朱镜如，在班务会上当然没有话语权，对魏宗年的挖苦也没有什么办法。于是更加觉得魏宗年的班务会

112

索然无味，自己像是听天书一样坐在马扎上，面无表情，目不斜视。但越是装着心如止水，坐在马扎上的屁股就越感到酸疼，心想如果魏宗年被自己坐在屁股底下，那一定是很开心的事。想到这里就又把屁股在马扎上扭来扭去，竟真的产生了把魏宗年坐在屁股底下的心理快感。当魏宗年不厌其烦地用阴腔怪调的声音说话时，朱镜如听着更为不爽，为了平衡，当然也为了显示自己的不屑，朱镜如就努力地在脸上挤出了一丝笑容。他不知道魏宗年看到自己挤出的笑容时会有什么样的感觉，因为，他自己都感觉到面部肌肉有多僵硬，一定笑得很狰狞。

魏宗年的第一次班务会终于在貌似和谐实则暗藏危机的气氛中结束了。

朱镜如相信魏宗年也不能把自己怎么样，但也给自己定下了原则：不招惹他，毕竟人家是班长；但他也别招惹自己，否则，自己也会让他下不了台。乔无忌知道朱镜如在魏宗年那里的尴尬局面，不知从哪里弄来一本书，书名是《厚黑学》，他对朱镜如说："你没事学学，能帮你对付那个魏宗年。"

很快，朱镜如的厚黑学初见成效，在处理和魏宗年的关系上，能做到虽然对魏宗年已经恨到了骨髓，但也能让魏宗年感觉不出来，甚至让魏宗年以为朱镜如已经彻底臣服。魏宗年这错误的判断让自己吃了大亏：有一次连队晚点名后各班带回宿舍进行晚讲评，二班正在列队讲评时突然停了电，魏宗年匆匆地讲了几句就让解散了。看看时间还早，朱镜如就想去器械场练一会儿单双杠。刚走到楼道里，魏宗年不知发了什么神经，大概也是以为和朱镜如的关系日益好转，想逗逗朱镜如，就蹑手蹑脚地走到朱镜如身后，趁朱镜如不备，突然用左胳膊箍住朱镜如的头部，不让朱镜如回头，同时右手拉扯着朱镜如的耳朵，屏住呼吸让朱镜如猜猜是谁。朱镜如马上就感觉到背后的人是魏宗年，在平时，别说没有过这么近的接触，即使是五米之外，朱镜如也能闻到魏宗年身上那种似乎是多日不洗澡的、让人作呕的发馊味道，这种亲密的动作让朱镜如感到极度反感。朱镜如心想你终于给了我一个机会，我怎么可能错过？于是左手迅速扣住魏宗年箍在自己头部的胳膊，右手抓住魏宗年的右手腕，猛地弯腰下蹲，同时臀部往后一使劲，以迅雷不及掩耳之势，把魏宗年从自己肩膀上背了过去，结结实实地摔在自己面前。接着朱镜如冲着地上的一摊黑影踹了过去，嘴里大声骂道："好你个乔无忌，敢暗算爷爷,吃爷爷一脚!"魏宗年被踢得吱哇乱叫。朱镜如当作没听出来,大声地喊:"你他奶奶的让你来暗算我!让你来暗算我!"又踹了两脚,一脚踹在魏宗年的大腿上,另一脚正踹在魏宗年的裆部。魏宗年痛得啊的一声,蜷缩在地上,发不出声来。朱镜如多日以来的积怨终于可以痛痛快快地释放,正要再踹上一脚,突然又来了电,楼道里的灯亮了。朱镜如看到魏宗年抱头缩在墙角,自己再不好装下去,心里暗想这电真不够义气,自己还没有出够气就来了。忙收回了踢出的腿,惊慌失措地说:"哎呀,怎么是魏班长?"然后一把把魏宗年拉了起来。

魏宗年弯着腰,好大一会儿才缓过劲儿来。抬起头瞪着朱镜如,挤出几句话:"好你个朱镜如,你,你这几脚好狠……"

朱镜如慌慌地说:"班长,我怎么也想不到你会在我背后袭击我,我还以为是我老乡乔无忌,这几天他正和我闹矛盾,我压根也想不到是你啊!你没事吧?"但他心里好笑,暗想就你魏宗年的体格,若不考虑你是老兵且是自己的班长,我一个人打你几个都没问题,料想你不敢和我动手。

魏宗年终于明白,朱镜如还是以前的那个朱镜如,虽然表面上看来那么服从管理,但是,自己永远无法驯服这样一个外表平静但内心桀骜不驯的战士。这次,他再傻也看得出被朱镜如捡到了一个千载难逢的机会,让自己挨了揍还哑口无言,白白吃了这等亏。但是,是自己错误地判断了和朱镜如的亲密程度,也只有打掉牙齿往肚里咽。而且,自己没有反击的实力,也没有反击的机会:人家朱镜如打的可不是你二班长,充其量,这只是个误会。君子报仇十年不晚,看我怎么折腾你朱镜如,魏宗年暗想。

文书李建华经过一年多的努力,参加了部队院校的招生考试,顺利过关,被郑州高炮学院录取,于8月底离开三连到郑州高炮学院报到去了。蓝俊峰和井俊恩受到了极大的鼓励,平时闲暇时间拿出高中的课本认真复习。但是他们分在炮班,不能像李建华那样在连部有很多时间去复习,连队又不可能专门给他们安排学习的时间,所以心里也着急。孙茗山倒是没考学的压力,在连队也熟悉些了,比第一年活泼了许多。

新兵下连后,朱镜如们也享受了当老兵的快感:新兵一见到他们,也是一个立正,大声说:"班长好!"连队对朱镜如们的管理也相对宽

114

松许多。在业余时间，朱镜如和孙茗山、蓝俊峰一起请个假到海边的仰口风景区看看，领略一下海的美丽。仰口风景区紧邻海边，山不太高，但是风景秀丽。特别是登上半山腰，能看到一片片云雾在身边缭绕，稍远处的亭台楼阁也若隐若现，如仙境一般，让人赞叹。朱镜如想，这一定是海边空气潮湿，才会有这道美丽的风景，在内地，是很难看到的。

当然，朱镜如也去了趟青岛。在济南军区青岛第一疗养院见了华宝森，除了感慨华宝森的生活优越外，还参观了青岛海军博物馆、栈桥等。在海军博物馆，见到了早几年就到北海舰队服役的小学同学田晓昌。那时候招兵并不严格，田晓昌应该初中没毕业就参了军，比朱镜如早入伍了四年，已经转了志愿兵。田晓昌正在海军博物馆已经退役了的975舰上，平时做些维护工作。他带着朱镜如在博物馆展厅、退役的潜艇里参观一圈，中午亲自为朱镜如做了海鲜，让朱镜如记忆深刻。

但朱镜如一直担心家里的事。6月份，接到家里的消息，二哥朱镜军已经归案，父母倾其财力，左右打点，但依然无法阻止案件的进程。随后二哥朱镜军被刑事拘留，羁押在沙南县的看守所，等待案件的进一步调查、判决。让朱镜如难以接受的是，听父亲朱明喜说，按当前的形势，二哥朱镜军可能要判处重刑。

朱镜如的心情郁闷而又压抑，总是开心不起来。在二班的日子也一直不好过，班长魏宗年虽没敢对他怎么样，但还是常在班务会上对他旁敲侧击，朱镜如知道他在含沙射影，一个全旅闻名的训练尖子在魏宗年眼里一无是处。但是朱镜如不露声色，在一定的范围内，想做什么是自己的事。

这一年，在高炮旅的军事比武、运动会上，朱镜如依然没有让第一旁落，除了这些个人军事素质带来的荣誉之外，竟没有什么可以炫耀的成绩：没有入党，没有立功，甚至在第二年，还是没有被选派去教导队。被选送教导队的是大连的同年兵姜福禄，以及新兵秦东风、程玉法。朱镜如对此已经麻木。训练比武虽然还是遥遥领先无人可及并出尽风头，但，似乎真像魏宗年说的："你站错了队伍，训练再好也没用……"朱镜如不知道抓训练抓出成绩的宋程远是不是也不能得到提拔，是不是也会败在擅长权术精于钻营的小人之手。

这一年，朱镜如封闭了自己的情感，孤独时刻伴随在身边，没人知道他的内心在经历什么。他看着自己的家庭突然遭遇了不测，看着曾经坚固的殿堂就要轰然倒下。家庭的压力和工作的不顺同时笼罩着朱镜如，让他窒息，让他绝望。有一段时间，朱镜如怀疑自己得了忧郁症，总是一个人躲在角落里发呆。他的世界，面临崩溃。

这一年，朱镜如不敢再和家人信件联系，只能不定时地接收他们的来信。知道家里经济陷入困境，也不再接受父母给自己的钱，一个月二十三元钱的士兵津贴，朱镜如算计着花。第二年去潍北演习前，朱镜如口袋里只剩下了一块钱，朱镜如就带着这一块钱去了靶场。这一年的潍北靶场演习，高炮旅在那里竟驻扎了五十七天，除了训练、实弹射击，连队还参加了靶场滨海道路的修建，高炮旅的射击任务也圆满完成。

当然，朱镜如的一块钱和半管牙膏也坚持到了最后。

朱镜如很自豪这五十七天没花一分钱，为了犒劳自己，在离开靶场的最后一天，朱镜如用他仅有的一块钱买了一包花生米，叫上蓝俊峰，两人打了一次牙祭。

第二十章

转机似乎是在不经意间到来。

靶场演习回来，连队又一次进入老兵退伍阶段，朱镜如的第二年军旅生涯似乎就要这样平淡地过去。部队有句俗话："一年干，二年看，三年瞎捣蛋。"朱镜如马上就要度过"看"的第二年了，可以确定的是，如果自己第三年还被压制，必定会成为一个不折不扣的捣蛋兵。

这一天，朱镜如正在炮场擦拭火炮，文书兼通信员郭宝赞来炮场通知：二班战士朱镜如打背包带个人物品，乘车到旅部教导队报到，参加训新骨干集训。

这一通知来得突然，让朱镜如颇为莫名。

文书李建华考上军校后，文书位置空缺。连队文书不用在班排训练，又经常和连首长在一起，会有更多的进步机会，所以想当文书的战士竞争激烈。最终是德州的同年兵郭宝赞脱颖而出，接替了李建华担任连队文书。

朱镜如就问郭宝赞这时候通知自己去训新骨干集训是怎么回事，郭宝赞说："连队定下了训练新兵的骨干名单，你和8月份去教导队参加预提骨干集训的秦东风一起去教导队集训，结束后训练年底入伍的新兵。"

通常情况，当年8月份去教导队参加预提骨干集训的三个战士，会在集训结束后接着参加下一个集训：新兵骨干集训。新兵骨干训练结束后要在12月份新兵到来后成为新兵班长。三连在8月份去教导队集训的三个人中有朱镜如的同年兵姜福禄、新兵程玉法和秦东风。也就是说，训练新兵的骨干就该是姜福禄、新兵程玉法和秦东风这三人，不知为何，连队只在他们三人中确定了秦东风在年底训练新兵。

朱镜如就问郭宝赞："新兵班长是三个，除了我和秦东风，另外一个是谁?"

郭宝赞说:"这个不知道,反正不是姜福禄和程玉法,姜福禄已集训完,刚被旅里的车送回,新兵程玉法留到了教导队炊事班,当了炊事员,已不是我连的战士了。"

于是朱镜如和正在擦拭火炮的班长魏宗年及战友们打了招呼,回连队宿舍整理背包和个人物品。个人物品也很简单,就是一个背包和一个提包。出发前朱镜如又和范红渠告了别。范红渠知道朱镜如要去训新集训,很高兴,说:"去了好好训练,看来连队还是比较重视你,别辜负连长期望,回来带好新兵。"

朱镜如说:"范班长,不管连队是否重视我,我都会好好工作的!"

其实,这迟来的重视并没有在朱镜如内心掀起太大的波澜。倒是可以离开他不愿面对的魏宗年,算是一件开心的事。

范红渠看着朱镜如,说:"我还是担心你对两年都没有被选送教导队参加预提骨干集训而耿耿于怀!你想过没有,你军事素质好,专业训练也精,连队怎么会让你离开?你要知道,我也从来没有去过教导队,不一样训了新兵,第三年当了班长?现在老兵退伍,连队训练任务不重,此刻让你训新兵,是连队对你的锻炼,对你的认可!"

朱镜如内心也弄不清,自己是因为两年内对连队的失望,还是因为家里的变故让自己压抑太久,以至于没有了当初的激情,心态平和了许多。但还是对范红渠说:"放心吧班长,连队安排我训练新兵,我一定会重视这个机会,把新兵训好!"

范红渠这才满意地点点头说:"镜如,是金子总会发光的,不要计较暂时的得失和人生的挫折,这才是成熟的表现,我相信你!"

"明白了范班长!"

朱镜如本想和连长宋程远道个别,到连长宿舍敲门,连长却不在。他犹豫了一下,还是没有跨进指导员吴慈仁的宿舍。下楼后,匆忙和刚从炮场回来的蓝俊峰、孙茗山打了招呼,坐上了把姜福禄送回来的那辆军车。

人生,真如浮尘,朱镜如当时还不知道,这一次离开上庄,在他的军旅生涯中就再也没有踏入上庄营房的大门,一直到二十多年后他和华宝森故地重游。

军车翻山越岭,颠簸了一个小时,又来到了高炮旅旅部所在地,留村营房。高炮旅的大门向南，非常宏伟高大。从大门进去，是一个用沥青铺设的偌大的广场。广场北侧是高炮旅的机关大楼。大楼正后方，有一个封闭的院子，就是教导队的驻地，正处于留村营房正中心的位置。只不过教导队的大门是往北开的。教导队一度被称为部队的随营军校，承担部队的各类集训。对于战士来说，每年的预提班长集训是每个战士所向往的，因为参加了这个培训，就像有了黄埔军校出身一样，基本上是要被任命班长或者副班长的，这也是朱镜如很在意前两年没有参加预提班长的集训的原因，没想到自己连续两年没被选送教导队集训，却在第二年底来这里参加新兵骨干集训了。

朱镜如到达教导队时，秦东风早等在那里。秦东风是1992年兵，安徽亳州人，比朱镜如晚一年兵，预提班长集训结束后没有回连，直接在这里等着新兵骨干集训。对朱镜如来说，秦东风应该是他们这一年兵中让人羡慕的：第一年就令人羡慕地学了司机，第一年就能来教导队参加预提班长集训，第一年就能当新兵班长训新兵。秦东风似有神助，第一年兵就几乎把所有的好处占完了，让朱镜如难以理解。

秦东风帮朱镜如铺完床铺，指着旁边一个战士说："朱班长，这位是刚从步兵单位调入我们连的顾中兵班长，也训新兵，直接来教导队参加集训了。"

朱镜如看着顾中兵，个子不高却很精干，看到朱镜如时两眼放着光，很豪爽的口气伸出手："你好！我是顾中兵，刚调到我们部队，希望多多关照！"

来之前的路上朱镜如就一直纳闷另外一个新兵骨干是谁，这时候才明白，连队早就安排了。这个从外单位调过来的战士刚调过来就能当新兵班长训新兵，这倒是很少有的事。朱镜如不禁又打量了顾中兵几眼，心想，这顾中兵应该有一定的来头，否则连队不会这么安排。

于是朱镜如也和顾中兵打了个招呼，二人握了握手，朱镜如立刻感到了顾中兵手掌的握力非同平常，要么是初次见面的热情，要么是顾中兵握手的习惯。二人寒暄了几句，朱镜如又转头对秦东风说："不要喊我班长了，我虽然比你早一年兵，但你是你们这批新兵中的骄傲。再说，以后我们三个是同一阵线、一个战壕里的弟兄！"

秦东风谦虚地说："那怎么行，怎么说你也比我早一年兵，是我班长！"

部队年度兵之间等级森严，朱镜如也就由他去了。

紧张而又刺激的新兵骨干集训开始了，二连来参加新兵骨干集训的是刘军、姜子义和高学森。

此时教导队的队长是杨殿池，教导员是华正利。让朱镜如感到敬仰的是教员迟海恭。迟海恭是教导队的金牌教员，高高的个子，英俊潇洒。不管是上课还是在日常的生活中，他都以一个标准的军人形象展现在大家面前，站如松，坐如钟。走起队列来更是行云流水，所以他能把一个枯燥而又简单的队列课讲得绘声绘色。朱镜如远在上庄就听人说，迟海恭因参加军区"四会"教练员比武取得好名次荣获二等功一次，这简直是一个传奇的经历，让朱镜如仰视。

不同于预提班长集训长达三个月的训练期，新兵骨干集训只有一个月时间，主要是针对新兵的共同课目训练和"四会"教学训练。"四会"教学指的是"会讲解""会示范""会组织训练""会做思想工作"，是每个骨干必备的教学素质。一个月里，除了队列、军体、战术训练外，整天就是轮流对着全班讲解各类动作要领。

训练过程中，朱镜如特意观察着顾中兵，没想到顾中兵的个人军事素质非常好，特别是他的单杠八练习，大回环很轻松就是几十圈。顾中兵虽是步兵专业，但共同课目训练内容是和高炮部队一样的，新兵期间不训练火炮专业，让他来训新兵倒也合适。只可惜他不是从新兵入伍就来了高炮旅，不然也会是训练中的佼佼者。朱镜如也特地问了顾中兵是通过谁调过来的，顾中兵讳莫如深，朱镜如问得多了，顾中兵才支吾着说是认识营长盛建堂，也没再问别的什么来。朱镜如想起营长爱人就是姓顾，估计是嫂子的亲戚什么的，也就不再多问。

伙食差是教导队的一大特点，一连数日，战士们早上吃的都是盐水煮花菜和一碟咸菜。九个人的饭桌上这点儿菜实在太少，花菜只能盖住盘底，咸菜也是几根的样子，以至于每个班的九个战士只有一次筷子夹菜的机会，再去夹菜时，就已经见底了。小值日吃完饭刷盘子，盘子里的菜汤不小心洒在衣服上根本不用洗，干了没有一丝油渍。像骨干集训这样的临时人员，教导队的司务长会变本加厉地克扣他们的伙食费，不用担心像在基层连队那样有老兵发难。

因为新兵骨干集训，朱镜如错过了上庄的老兵退伍工作。范红渠已经超期服役一年，面临退伍，他没有选择第五年服役，确定退出现役。在朱镜如集训期间，范红渠来旅部一次，和朱镜如告了别。朱镜如问了朱银忠的情况，范红渠说朱银忠也选择了退伍。

铁打的营盘流水的兵，每个战士都有面临退伍的那一天，即便如此，朱镜如听到他们要走，内心还是很失落。因为新兵训练，没有回上庄营房送他们离队，又让朱镜如耿耿于怀。

第二十一章

一个月的训新骨干集训很快就结束了，集训队随即解散，回各单位准备物资迎接新兵的到来。让朱镜如意外的是，本来应该回到上庄营房的新兵骨干们，却被通知不用再回上庄，而是提前进驻三营在留村的新营房。

原来，为了便于管理，高炮旅加强了营院建设，为三营在留村旅部院内新建了营房，位置就在高炮旅机关办公楼西侧、五营营房的西邻，结构和四营、五营一样，最南面是篮球场，然后第一排的三层楼房是营部和三连，第二排三层楼房是一连和二连，第三排平房是各连和营部的炊事班饭堂。

于是，朱镜如们成了第一批进驻三连新营房的战士。一连、二连的新兵班长也分别进入了自己连队的新营房。

新兵排长焦立健带领三个新兵班长打扫了整个三连宿舍。新兵排的三个班安排在三楼。朱镜如被任命为三排的排头班七班长，顾中兵是八班长，秦东风是九班长。而新兵连长，是三连副连长张森林。

很快，1993 年度的第一批新兵到了，是从山东沂南入伍的兵，七班分了三个新兵。看到他们，朱镜如就想起了自己新兵那年踏入上庄营房时那一瞬间的绝望，心想他们这批兵够幸运的了，没有再到那偏远的山沟沟去，在这里，至少有热水洗脚。

朱镜如用最短的时间教会了三个新兵叠军被，新兵徐静伟，很聪明，很快成了朱镜如的小教官。紧接着，沈阳和山东的两批兵也到了部队，七班的新兵班里九个新兵全部到齐。

新兵连长张森林，身材瘦高，目光炯炯有神。全连集合点名时往队伍前一站，飒爽英姿。作为比较优秀的副连长，如果顺利，他会在新兵连长的岗位上锻炼一下，待新兵连结束后被安排到一个正连的位置。所以，在抓新兵的军事训练时很下功夫。特别是这一年的新兵三连驻地不再像往年一样远在上庄的山沟，那里山高皇帝远的没人监督，纪律相对散漫；而在留村营房，五个新兵连在旅训练场上一字排开，训练的进度、连队的风气一目了然，机关各首长随时能够观察到各新兵连的训练情况，张森林不敢马虎一点儿。

第一批新兵到来的前一天晚上，张森林召开了新兵连连务会，所有班排长参加。张森林针对新兵三连的训练工作提了要求，要求高标准地完成新兵训练任务，给即将入驻新营房的三营树立一个良好的形象。同时，在新兵训练中，丢掉在上庄营房养成的"土匪"作风，严禁打骂体罚战士的情况发生，确保安全，关心战士，避免出现逃兵事件，以全新的状态投入到新兵训练中去。

留村营房的大训练场上，新兵训练的口号声、步伐敲击地面的震动声和新兵班长的口令声不绝于耳，热火朝天的新兵训练开始了。

出操，训练，一长一短小值日打饭，一长两短集合，迈着歪歪扭扭的还不成熟的步子，喊着口号去饭堂……朱镜如仿佛又回到了两年前那些当新兵的日子，只是他的角色不再是新兵，而是新兵班长。

身高仅仅一米五的林旭能当上兵，简直是不可思议。

辽宁海城兵到达高炮旅留村营房时，是在凌晨三时。朱镜如和其他新兵班长一起在三营新营房的篮球场等待分兵。分到新兵三连的二十多个海城新兵背着背包、带着个人物品列队站在篮球场上，如同两年前朱镜如初到上庄时一样，杂乱无章地站着等待命运的眷顾。连长张森林随机抽点分配着新兵。当张森林呼点到新兵林旭的名字并分配给七班后，迟迟不见有人答到。张森林又大声呼点了两遍，才听到一个惶惶的答到声，然后一个小不点儿战士拖拖拉拉地带着背包挪到朱镜如的跟前。昏暗的灯光下，朱镜如几乎不敢相信眼前站着的是一个成人，看起来身高也就是一米五，背包几乎遮住了整个身体。朱镜如心中惊异，趁着月光，仔细打量着林旭，想弄明白这个新兵是不是也像景远征一样，是个需要晚上抱着把他尿尿的孩子。新兵林旭为了给班长一个好的印象，一脸严肃，昂首挺胸，目不斜视，但神态却如小丑一般。朱镜如实在不想用贬义词来形容林旭的模样，但脑海里还是蹦出了类似"贼眉鼠眼""跳梁小丑"这样的词来。当然，朱镜如打量了一会儿也放下心来：这林旭除了身高太矮，应该达到了入伍的年龄，估计晚上不用像景远征一样要班长把着尿尿。实际上，朱镜如专门向连部问了林旭的年龄，让朱镜如感到意外的是，林旭竟然已年满二十。这哪里是孩子，早是一个成人了，甚至比一同来的新兵年龄都大，朱镜如就认为，这林旭可能有侏儒症，只是奇怪这样的兵为何能够接来。

去海城接兵的干部回来说，这一年在海城，能把兵接够就不错了，不要希望有多么高的兵员质量。不知什么原因，当年海城应征青年的入伍积极性非常低，这可能和当地政府的兵员安置政策有关，以至于报名当兵的人数还不够应招收兵员数，带兵干部和地方武装部不得不到适龄青年家做工作，又降低了比如身高、视力等招收标准才勉强招够，所以兵员素质一般。

朱镜如记得自己入伍那年，当地每招收一个兵，就有多达十四个应征青年来竞争，为了当兵无不是找遍了各种关系。朱镜如入伍前，父亲单位的内部子弟已经分了两个入伍名额，但还是怕把握不大，被别人抢去，父亲专门让二舅到郑州找了当时的河南省军区司令员，请他为朱镜如多划拨一个入伍名额才放心。

林旭的到来，让七班在生活训练上都遇到了老大难。可能是家庭条件的原因，林旭生活习惯较差，第一次全班在饭堂吃饭的时候，七班的饭桌上有四个菜，林旭竟然旁若无人地端起一个菜盘子，像喝汤一样，用嘴对着菜盘子把菜汤喝了几口，再放下。这一举动让全班战士目瞪口呆。而林旭像是理所当然的一样，毫无表情。过了一会儿林旭又端起盘子喝了几口汤，嘴还吧唧吧唧地响。当林旭又想如法炮制，端起另一个菜盘子要喝菜汤时，被朱镜如制止了。朱镜如把林旭拉到一边问为什么这样喝菜汤，林旭用很滑稽的东北话说："那个……班……班长，我们家就是……就是这样吃饭的，我想着菜少，我……我多喝些菜汤就能少吃些菜……"朱镜如听了，哭笑不得，说："以后，不能这样喝菜汤了！"

在训练上，林旭的存在也是让朱镜如头疼的事。反应迟钝不说，关键是他的身高站在队尾，让七班的队形突然低下来很多，很不整齐。更加戏剧性的是，整个新兵连身高最高的新兵赵雷也在七班，赵雷一米九的个子，林旭一米五的个子，可以想象班里的海拔落差多么大，队形会是什么样。新兵到齐后第一次出来集合，朱镜如喊着口号带着七班跑步到操场踏步时，全连战士干部都憋不住，发出了很大的哄笑声。后来营长盛建堂看到了也问："这个班把队形搞这么滑稽是专门挑选的要演小品吗？怎么那么巧，最高个子和最矮个子都到一个班里了？"

后来还是排长焦立健给连队建议，林旭或是赵雷调走一个，和别的班换一个兵。结果是哪个新兵班也不想要林旭，朱镜如只把个子最高的赵雷放走了，新兵二排的菏泽兵石磊调了过来，朱镜如心里有些不舍，但也没办法。

这样一来，虽然全新兵连的第二身高张卫国还在七班，高度差依然明显，但毕竟好了许多。

林旭在训练上很努力，但还是拖了全班的后腿。每个训练内容林旭都极力做到最好，但是他站在队列里，还没有枪高，无论多么认真，也与全班无法协调，以至于连队队列会操时，朱镜如准备让他当次病号。谁知林旭知道后竟哭哭啼啼地找到朱镜如，用多少夹杂些海城方言的东北话说："班、班长，会操你就、就让我……参加吧，我不会拖、拖我们班后腿！"

朱镜如问："你这么注重连队的会操？"

林旭说："我会好好训练，我不想让别的战士说我是废人！"

其实，朱镜如内心也在倾向着让他参加会操，这也是一个兵的尊严，不能因为会操评比就放弃一个兵，再说林旭个人又这么积极。朱镜如就说："好吧！既然你强烈要求，就让你上。当然也要看你的表现，如果不想让别人看不起，你就要更加刻苦训练，用自己的表现堵住他们的嘴。"

于是林旭如愿参加了会操。好在会操的结果没有影响全班成绩，林旭在全班也有了一点儿自信，朱镜如对林旭也有了一丝好感。

很快，七班无论是在日常管理还是军事训练上都出类拔萃，以至于三排长焦立健在正步训练阶段，看到七班的队列很快成型，而其他班的队形一直散乱，以为朱镜如一定有什么独到的方法。为了平衡训练进度，焦立健就让几个新兵班长在训练场上换着新兵班组织训练，以便相互学习，找到问题根源，加快训练进度。

对于新兵的管理，朱镜如认为并不是什么难事。朱镜如觉得，新兵刚到部队时，对于部队管理方面基本上都是很无知的，班长说什么就是什么。每个新兵到部队前，对部队严格的管理早就有思想准备，只要不是很过分，新兵都能受。但是你要是过于心疼新兵，要人为地想给新兵的思想转变赋予一个期限，那么，新兵在心里会把这个期限无限延长：原来可以有转变的过程，那就慢慢来适应吧。这绝对是错误的，训练可以慢慢来，思想必须从踏入军营这一刻起，就要接受并认同部队的管理理念。毛巾该怎么叠怎么搭，脸盆该怎么摆放，牙缸把儿该朝向哪个方向，牙刷头该向哪里倾斜，背包带应该放哪里才能方便紧急拉动，等等，这些要求和规定新战士接受是很快的。关键是，他们的改变不但会影响到后到的新兵，而且可以作为小教员，等新兵到齐了，班长就基本不用再多说，全班很快就能达到和谐统一，给新兵的管理减轻了不少工作量。

新兵一排的三班长高啸天，偏要独辟蹊径，可能是觉得自己当新兵时班长要求太严，就想着在新兵连阶段要以关心新兵、感化新兵为主。新兵刚到部队，就刻意放松了对新兵的管理，宿舍里裤头、袜子搭得到处都是也不制止。结果，很快养成了固有的坏习惯，这个班直到下了老兵连，还是臭袜子乱放，让老连队的班长一看就知道是谁带的窝囊兵。

第二十二章

营部王红涛对朱镜如说，指挥连的有线兵郭祥很有传奇色彩。朱镜如就问他为什么，王红涛说，郭祥是高炮旅唯一的一个靠下象棋提干的战士。

朱镜如很奇怪地问："你说得太离奇了吧！下个象棋就能提干？"

王红涛不容置疑地说："这事全旅都知道，你没听说过？"

朱镜如摇摇头说："没听说过！"又盯着王红涛说，"红涛，你看问题的视角总是与别人不同，你总是用猎奇心理来解释一些平常的事物。我就不信郭祥提干只是因为会下象棋，难道他就没有其他长处？"

从王红涛口中得知，郭祥是洛阳籍战士，1990 年度兵，军事素质特别好，单杠大回环动作舒展，"四会"教学水平也很高。最重要的是他有一特长：下象棋。正好高炮旅参谋长张百列也酷爱下象棋，在全旅找不到对手。有一次张百列到通信连检查工作，无意中发现郭祥的棋艺不错，二人一过招，果然是棋逢对手将遇良才。后来张百列就经常找郭祥切磋两盘，一来二去，二人竟从上下级关系变成了棋友的关系了。再后来郭祥面临退伍，和参谋长下棋时就叹着气对张百列说："参谋长啊，以后我不能和你下棋了！"张百列马上问："怎么回事，谁不让你和我下了？"郭祥就说："我马上要退伍了，回到河南洛阳，还怎么和你下棋？总不能几千里地赶过来吧，就算可以赶过来，也不会那么及时的。"参谋长一听，笑着说："好你个郭祥，你倒是使起激将法了！这不是小事一桩？你走了谁还能和我下棋！你的素质这么好，高炮旅需要你，你争取一下提干得了！"于是张百列直接操作让郭祥提干了。

见王红涛说得绘声绘色，朱镜如一时无法辨别真假，就想着哪天能见到这个传奇人物，好一探究竟。

这一天，朱镜如带新兵排到旅大礼堂西侧的器械训练场进行器材训练，器械场并排设置了多组单双杠，一个少尉排长带着老兵战士正在那里训练。朱镜如带着新兵到器材场后，那少尉排长就主动把他的队伍调整了一下，为新兵腾开了几个单双杠。朱镜如挥挥手表示了感谢。

新兵的器械训练相对简单，也就是引体向上和卷身上。三至八练习动作复杂，且有一定危险性，通常到老兵连才会训练。朱镜如看到少尉排长带的那些老兵都在做四、五练习，就想让新兵观摩一下，于是调整队形，站在便于观摩老兵训练的位置。

这时那少尉排长走过来，问："请问，你们是几营的新兵？"

朱镜如看了看这个少尉排长，一米七十多的身高，体格健壮，说话是河南口音。就回答道："我们是三营的新兵，新兵三连。"

少尉听朱镜如说是新兵三连的，马上问："你们是上庄过来的，听说你们营三连的朱镜如也来训新兵了，今天过来了没有？"

朱镜如见少尉排长打听自己，很是纳闷，于是再次打量了一下少尉排长，还是没有印象，就说："我就是朱镜如，请问你是？"

少尉一听，伸出手笑着说："真是无巧不成书，还真问对人了！我是通信连郭祥，和你们营王红涛在有线兵训练时很熟，他总提起你。"

朱镜如也立刻想起王红涛经常说的那个传奇人物郭祥，原来就近在眼前。

于是朱镜如也伸出手，和少尉握了握手说："是郭排长，久闻大名，今日一见非常荣幸！王红涛在我面前说到你都不知多少次了。初到旅部，人生地疏的，有很多规矩不懂望多指教。"

郭祥又笑着说："说哪里话，你朱镜如才是名声在外，都知道三营新兵出了个飞毛腿，跑得快。我在通信连，你们三营从上庄搬过来就方便多了，有时间到通信连找我去，可以切磋切磋训练。"

朱镜如说："说切磋谈不上，器械训练郭排长是高手，我望尘莫及。听红涛说你是旅部的杠上飞，动作潇洒正规那是无人能比的！"

朱镜如说的也是实情，这两年的军事比武，郭祥都在单双杠上取得了很好的名次，只是不曾见面而已。而朱镜如是在四百米障碍等与跑有关的项目上擅长，专项不一样。

郭祥说："客气了，共同提高嘛！"

朱镜如突然想到秦东风、顾中兵两人的单双杠素质也很好，就给郭祥介绍了二人。几个人见了面打了招呼。郭祥很是高兴，说："今天我们就小试牛刀吧！你们先活动活动，一会儿我们几个切磋一下！让战士们现场观摩一下。"

于是，朱镜如带着新兵一起做了准备活动。秦东风和顾中兵在旁边一个单杠上有针对性地做准备，觉得全身发热关节都活动开了，又上杠试了几个动作，才来到郭祥的器械旁边。

郭祥把早就准备好了的保护套拿在手上，对朱镜如他们几个说："我先试试杠固定得怎样。"

这个保护套是用宽背包带缝制的一个直径二十多公分的环，做大回环时搭在单杠上，手腕套上后和单杠缠绕固定在一起。这样有两个作用：一是不至于做大回环时因为肌肉疲劳导致双手握力减少使身体从杠上飞出；二是可以不使双手和杠体直接摩擦，否则一二百圈下来，手掌就会磨得血烂。器械素质好的老兵，几乎都要标配一个大回环保护套。

部队的单杠训练，是从简单的一练习开始一直到八练习的：一练习，引体向上；二练习，卷身上；三练习，立辟臂上等等，到八练习，就是大回环，是在专业体操队才常见的动作。

朱镜如把新兵排带过来和通信连老兵站在一起，这本身就是一个难得的观摩机会。

郭祥检查完单杠后说："单杠固定完好，很安全！咱们试试吧，如果单杠没问题，我们直接上八练习怎么样？"

顾中兵很豪爽地说："可以的排长，怎么弄都行！"

秦东风和顾中兵分别上去试了试杠。顾中兵觉得准备活动没问题了，就调整好呼吸，站在杠下，屈膝，两臂分开后张，抬头目视器械，每一个动作细节都标准到位。上杠后，曲臂引体向上，收腿，体前摆，轻轻松松一个浪向前打过去，身体再向后就摆到了最高点。然后挺腹再一个浪过去，一下子就把身体回环到杠顶，双臂直撑在杠上身体呈倒立状。新兵们见顾中兵竟然能双手支撑在杠上倒立，就惊得目瞪口呆，纷纷鼓掌。顾中兵稍一停顿，就稳稳地开始了大回环。

"一、二、三……"

两旁观摩的新老兵下意识地用整齐洪亮的声音为顾中兵数数，更是吸引了在训练场上附近的战士前来观看。虽然没有明确这是一场挑战，但每个战士心里都明白，在训练场上，肯定要比个高下的。顾中兵是步兵部队出身的，整天都是玩这个的，他自信单杠功力不弱，较着劲儿，想争得第一。

"一百一十、一百一十一……"最终，顾中兵单杠大回环竟做到一百八十二圈才略显疲惫，降低转速，屈腿下杠。

一旁的新兵战士都傻了眼，平时他们只是拉个引体向上都拉不了三五个，哪见过这阵势，不禁掌声四起。

之后是郭祥，令人吃惊的是，郭祥动作正规，飘逸潇洒，竟然轻轻松松地做了二百零三圈！下杠后稳稳地站在杠下，脸不红气不喘，做了个标准的结束动作，才向后转体，又以标准的队列动作回到队列，呈跨立站在队列中。这行云流水的动作让朱镜如叹为观止，通信连的战士和新兵又是掌声雷动。

最后是秦东风。秦东风从上杠就稳扎稳打，做了一百八十多圈后还是动作不变形。朱镜如心想，以秦东风的实力，他的目标一定是超越郭祥。果然，秦东风竭尽全力，最后以二百零五圈的纪录从容下杠。

新兵们都呆若木鸡，片刻后，又是掌声雷动。

这时，单杠周围早围了更多其他连队的战士，他们也在享受这视觉和力量的盛宴。

郭祥走过来，握住秦东风的手说："太棒了，没想到三营从那么偏远的营房走出来，训练条件那么艰苦，竟然有这么多人才！你们的素质比我们老兵还要上一个档次。"

英雄相见，大有惺惺相惜之感。

秦东风说："过奖了排长，我是最后一个做，当然沾光，连吃奶的劲儿都用出来才赶上排长的，让你们后做的话，未必超不过我！"

郭祥看着朱镜如，说："镜如，今日初切磋，就让我大开眼界。三营果真藏龙卧虎。希望你和弟兄们都要好好训练，把握住机会。我们旅首长都非常重视优秀的战士，你们以后在比武上也要好好表现，工作上尽心尽力，一定争取提干的机会，我相信你们都有能力！"

朱镜如听了，心想早就听说你郭祥提干是因为和参谋长下棋，而自己可没有这个特长，只能凑合着下下围棋，也许某一天会遇到一个爱下围棋的首长成为自己的贵人，或是去山郊野外找个小溪去学姜太公钓鱼等愿者上钩……但这也只能是做白日梦罢了。想到这里，朱镜如嘿嘿一笑，说："过奖了郭排长，我们出身疾苦，无甚门路，这提干可不是谁都可以想的。"想到训练场上人多，又是初次见面，就没再满足自己的好奇心去问郭祥下棋提干的事。

多年之后，秦东风开长途货车路过湛山市，与朱镜如见了面，说起当年和郭祥在器械场上的那次邂逅，万分懊恼地说："镜如班长，你说我怎么就没有想着提干呢？我比武拿了名次，有三等功，获得过多个优秀士兵，我也符合当时提干的条件啊！怎么就没有想着努力去提干？"秦东风也是农村兵，退伍后没有安置工作，后来买了一辆大货车搞货运，天南地北地跑，辛苦异常。

朱镜如幽幽地说："东风兄弟，要知道，郭排长当时可是对我们说了要争取提干的事，是你自己放弃了吧！"

秦东风说："哪里是我自己放弃了？我最多是被逼无奈吧。记得要选拔提干对象时，我当时也有心动，但是听老兵说想提干要送礼。你说我一个农村出来的娃子，实在拿不出来。"

朱镜如讪笑着问："那你当年去争取提干了吗？"

"没有！"

"你就是被你自己假想的困难误了自己，你就知道提干一定要送礼？你就那么不相信自己的能力，那么轻易地选择放弃？你以为郭祥提干就是靠送礼提的？你就没问问我是怎么提干的？我送礼了吗？"

几句话把秦东风问得哑口无言，深思良久，说："朱班长，你说我们那个时候两眼黑，不知道往哪里使劲，就缺一个人来提醒……"

朱镜如又叹了口气，说："也难怪你这样，其实那时的我，在整个军旅生涯中何尝不是两眼迷茫，没有目标，最后只能瞎打误撞，错失了人生中的很多机会。现在想来，听父母的安排、接受前辈的建议，都是在无偿汲取别人的人生经验，若没有这些经验支撑，我们迷茫是很正常的事！"

朱镜如知道，有些人注定会在自己的记忆里消失，比如吴慈仁，比如魏宗年；有些人注定会在自己的生命里永存，比如范红渠，比如张百列！

多少年后，在生命中的记忆花名册上，一定少了很多人的存在，他们仿佛过眼云烟一般，即便努力去想，也想不出能够再次添加的理由，于是，这些人也就会被我们彻底地在记忆的回收站里删除。

第二十三章

春节过后，按高炮旅的计划安排，三营成建制地搬离了上庄营房，进驻到了留村的新营房。而记载着朱镜如记忆的上庄营房，经历了七十八师二三三团、高炮旅三营后，彻底荒废。

三营的搬迁归建过程持续了近一周的时间，各连干部战士齐心协力，将火炮辎重全部到位。老兵到来后，三营的新营房不再只是三个新兵排驻训，变得热闹起来。三营的归建也是高炮旅的大事，对于战士来说，相互熟悉的老乡不再天各一方，见面也更加方便。三营与隔壁五营的营门相对，抬脚便能走过去，增加了老乡间的见面机会。但是朱镜如觉得在偏僻的上庄工作生活了近两年，早就对那片土地产生了感情，不再有入伍第一天到达上庄时的那种绝望。想到部队再也不能回到上庄，从此就要彻底离开那片留下青春记忆的热土，内心就有许多感慨和不舍。

三连搬迁工作到位后，朱镜如就到连部和连长宋程远、指导员吴慈仁见了面，汇报了自己在新兵连的工作情况。连长宋程远对朱镜如在新兵连的工作表现做了肯定，希望在随后的新兵训练中继续发挥带头作用，高标准完成新兵训练任务。朱镜如并没有向连长指导员询问新兵下连后自己的岗位安排，比如能不能当上班长，什么时候能加入中国共产党等等，和往常一样，觉得只要自己好好工作，骨干调配是连队支部的事。

训练闲暇之余，找朱镜如的三营老乡也多了起来。二连的王春阳经常到新兵三排找到朱镜如，每次去，朱镜如就和王春阳摆上围棋盘，杀得昏天暗地，连饭都忘了吃。三营刚从上庄到旅部，自然有部分老兵因为在上庄待惯了，作风相对稀拉，影响三营的形象，这也引起了旅首长的关注。这天周末，去 141 医院实习近半年的三营卫生员李志阳回三营，从旅卫生队旁的小门进入营房后，恰好被散步的旅长陈银树看到。陈银树旅长见李志阳头发超长，风纪扣不系，就想看看这稀拉兵到底是几连的，于是就跟着李志阳来到三营。这李志阳也挺机敏，进入三营院内后，隐隐感到有个首长跟了进来，但自己已经进入三营院内，无法回头。就加快脚步越过三营部，往东到了三连，直接上三楼进了朱镜如的新兵班。朱镜如正和王春阳在下围棋，见李志阳回来，相互寒暄了几句，李志阳心神不定地说："你们先下棋！"朱镜如与王春阳厮杀正酣，说："好的志阳，你先小坐，等我把春阳杀得片甲不留再和你聊！"说完继续下棋。谁知这陈银树旅长分外认真，穿着他的布鞋一路跟到三连，在一楼二楼一个班一个班地查看，竟然没看到长头发老兵。但陈银树仍不罢休，又转到三楼的新兵排，推开新兵七班宿舍的门。正在下围棋的朱镜如看到陈银树旅长突然到来吃了一惊，不知陈银树旅长突然来新兵排是什么情况。于是赶快起身，大声对全班下了口令："全班起立！"而后以标准的军姿敬礼，向陈银树旅长报告："旅长同志，新兵三连七班正在课外活动，请指示！班长朱镜如。"陈银树旅长还礼后说："稍息吧！"

这边李志阳见旅长找上门来，已是无处可逃。陈银树旅长仍是一副儒雅的样子，和声和气又不失威严地问李志阳："你是哪个单位的兵？头发怎么这么长？"李志阳一时不知道说什么好。朱镜如见状，已大概知道了事情原委，忙替李志阳回答："报告旅长，他是我们营的卫生员李志阳，在141医院实习半年了，今天临时回营办点儿事。"

陈银树旅长说："不管是在哪里，不管是哪里的兵，都要符合军容风纪的要求。在外集训学习更不能损害高炮旅的形象。你看你的头发这么长，这像个军人吗？赶快去把头发理好！"

见旅长虽然威严，但并未一味批评，李志阳放下心来，嘴里说："是，旅长，我在外集训实习放松了自我要求，我这就去理发，请旅长放心！"说完，给旅长敬了一个礼，转身离开七班宿舍，下了楼梯，飞快地跑了。

陈银树旅长看到新兵七班宿舍虽然是周末休息，但室内卫生保持良好，物品摆放整齐有序，十分满意，问："你就是那个跑得飞快的朱镜如？"朱镜如说："报告旅长，我是三营三连的朱镜如！"陈银树旅长说："好，你是我们旅的训练尖子，要把你的训练作风发扬光大，给新兵以及连队所有战士做个榜样，对做出优秀成绩的战士，高炮旅是不会忘记的！"朱镜如回答："是！旅长，我一定做好表率作用，带领战士高标准完成工作和训练任务！"陈银树旅长又问了几个新兵到部队的感受，新兵也觉得陈银树旅长平易近人，和蔼可亲，就不再拘束，争相发言，陈银树对几个新兵回答也很满意。之后陈旅长又转了另外两个新兵班，班长秦东风和顾中兵早就听说陈银树旅长到了新兵排，已收拾了室内卫生，战士们军容严整，秩序良好。陈银树旅长面露笑容，没再提李志阳头发长的事，下楼离开了三连。

三营全部到位后，三个连队炊事班和一个营部炊事班全部启用，新兵连不再统一使用三连的炊事班，而是跟随各自的老兵连吃饭。四个炊事饭堂规划合理，每当开饭的时候，三个连队和营部的战士各自在自己的饭堂门口列队唱歌，也是一番竞争，唱得不好或者比不过兄弟连队，同样会被值班员要求罚唱一首。进入各连的饭堂大门，是一百多平方米明亮宽大的饭堂，九张饭桌依次排开。再往里进去，是操作间和贮藏间。炊事班使用的燃料还是煤炭，统一放置在后门外的贮煤槽。朝北开的后门相对窄小，出门后就是两个台阶，通常情况下战士帮厨时要在北门外择菜，夏天阴凉，是择菜的好地方；冬天则奇冷无比，不是适合炊事操作的位置。

话说在这三营炊事班后院，正对三连炊事班后门的北侧位置，是旅后勤部电工房。整个后院相对封闭，只朝东开了一个门，供几个炊事班采购食材出入，电工房出入也走这个门。电工房内本有两个战士值守，一个是朱镜如的老乡马金印，另一个是老志愿兵。因为老志愿兵爱人常年在部队，所以志愿兵平时没事也不过来，这电工房倒成了马金印的个人领地了。电工房宿舍虽简陋但配置齐全，洗衣机、厨房炊具一应俱全。因为电工房临近三营的几个炊事班，加上马金印在为人处世上也是个人精，所以马金印总是能在各炊事班混得游刃有余，常拿些食材来自己开小灶，也常常喊几个战友或老乡到他的电工房里小酌。电工房倒成了一个聚会的场所了。

这一天晚饭开饭后，朱镜如刚和战士们进入饭堂坐下，炊事班战士李新科来到朱镜如跟前低声说："朱班长，后面电工房那个马班长让我喊你，说是有事让你现在过去一趟。"

朱镜如以为有什么急事，便从后门出去到了电工房，进入电工房，见马金印正在用电炉炒菜。看到朱镜如过来，马金印笑着说："镜如，看到你们连今晚伙食不好，我从二连要了一些新鲜的蛤蜊和海虾，来这里改善一下伙食吧！"说完，又对拿着馒头跟过来的三连炊事员李新科说："小李再去你们炊事班抓一把红辣椒过来，炒蛤蜊没辣椒不出味。你看你们朱班长也来我这里吃饭了！一会儿你也过来啊！"李新科应了一声："我就不过来了，我给你拿辣椒去！"

朱镜如看了，一本正经地说："马金印，你这个同志可是太腐败了，哪个炊事班有好东西你就到哪个炊事班要吃要喝，怎么能这样呢？这可是搜刮民膏！你这是极度的贪污腐败！"

马金印听了，嘲笑道："你以为连炊事班从服务中心领回的柴米油盐，连队战士能吃多少？不都是司务长偷卖了？再加上连队干部家属到部队，说得好听点儿，是吃连队的用连队的；说得直白点儿，是吃战士的喝战士的！我这是取之于民用之于民，这不是喊你过来品尝了嘛！我还喊了王红涛，一会儿他也过来。"

朱镜如说："听你一说，倒是很有道理了，我不享用反而不好了！"

正说着，营部的王红涛也走了进来，用他那大嗓门说："老远就闻见海鲜的香味了，这海鲜可是要有啤酒陪衬的，有啤酒吗？"

马金印说："管你喝饱！"

王红涛对朱镜如说："镜如，你看人家马金印，在后勤单位舒服死了，不用摸爬滚打地训练，不用天天早起出早操，立功受奖照样不落下，你说我们天天忙得屁滚尿流，瞎折腾啥呢！"

朱镜如笑笑，说："谁让你没有分到后勤部，你分到营部就够让我羡慕了，还不知足。"

谈笑间，马金印已炒好了几个小菜、爆炒花蛤、精盐大虾、炒八爪鱼和黄瓜炒鸡蛋，看得朱镜如食欲大振。坐下后，马金印打开几罐啤酒递给朱镜如。朱镜如犹豫了一下，王红涛说："喝点儿啤酒有什么，晚上又不用训练什么的。一会儿新兵吃完饭让别的班长把新兵先带回去就是了！"朱镜如便接过来一罐啤酒，三人碰了一下，王红涛一饮而尽。朱镜如起身到炊事班的操作间，让炊事班战士李新科给九班长秦东风交代一下，吃完饭把七班新兵也一起带回去，然后又回到电工房，几个人开怀畅饮起来。

三个人推杯换盏间，聊了些当兵前后的事，不多时菜就下了大半。马金印从二连要的蛤蜊多，又炒了一大盆，几个人继续吃得不亦乐乎，啤酒也下了不少。看看已是晚上八点多，朱镜如和王红涛就和马金印告辞离开。

二人刚走出电工房小门，突然听到三连炊事班的操作间一阵骚乱，只见李新科慌慌张张地从炊事班操作间的后门跑出来，对朱镜如喊道："朱班长，不好了，你班的新兵林旭被锅底烫到了！"朱镜如听了吃了一惊，边往炊事班跑边问李新科："怎么会烫到林旭？"李新科说："林旭来帮厨打扫卫生走得晚，跳到锅里被烫到了！"

朱镜如担心林旭，顾不上问太多。跑到炊事班后，看到操作间里满是水雾，新兵林旭光着身子歪坐在大灶台旁的一个马扎上，正疼得吱哇乱叫。朱镜如忙问："烫到哪里了？"林旭指着脚说："烫着脚了！"朱镜如扳起林旭的脚掌，竟烫出了几个大泡。

这时马金印也走了进来，一看现场的情况就笑了，对朱镜如说："不用问了，我知道怎么回事，先看看新兵烫得怎么样吧！"

新兵林旭喊着："班长，我屁股也烫得疼得受不了！"

朱镜如看看林旭的屁股，果然红肿，但是没有起泡。正担心着林旭，却听李新科说："打扫完卫生后，我们班长和其他战士都走了，留着我和林旭，我正在后面往灶里压火，林旭说要用大锅里的热水洗澡，我以为他把热水打出来用脸盆舀着冲洗，谁知林旭竟然脱光衣服跳进大锅洗，就被烫到了！"

朱镜如一惊，问新兵林旭："他说的是真的？"

林旭低着头不敢说话。

听到林旭竟然跳到做饭的大锅里洗澡，朱镜如当时就火了，不顾林旭光着被烫红的腚，一脚朝林旭的大腿上踹了过去，骂道："你他奶奶的，连队做饭用的大锅，你竟然跳进去洗澡，烫着你活该！怎么不把你煮熟了，连队好改善伙食！"

马金印忙拉住朱镜如，说："你赶快让新兵穿上衣服吧！别冻着了，看样子烫得不算厉害，但脚上的泡一定要注意，别破了后感染。"

朱镜如火气未消，依旧骂道："这个兔崽子，竟干出这样的事来，你说连队的干部战士们知道了，进饭堂吃饭还能有食欲吗？想让全连人把你揍死不成？"林旭战战兢兢地穿好衣服，脚却疼得站不成，坐下屁股又疼，痛苦不堪，只得用后脚跟着地，扶着墙勉强站着。

见李新科把林旭搀走后，朱镜如纳闷，这林旭怎么只烫着脚和屁股呢？马金印笑着说："镜如，我天天在这里，见得也多了，炊事班战士在炊事班洗澡，这都是公开的秘密了！所以我从不去连队吃饭。"

朱镜如睁大了眼睛，说："你说得太恶心了吧！我们天天吃的饭，竟是战士的洗澡水做的？"想到这里，朱镜如不禁胃里一阵作呕。

马金印拍着朱镜如说："你也别紧张，不全是这样的，人家也是合理利用。战士们吃完饭后，回连休息去了，而炊事班的要清理操作间，还要用煤压住火，不至于第二天再生火。那锅里满满的一锅水，不用也是浪费。加上我们旅澡堂也不常开，战士一个月也难洗一次热水澡，就有炊事班的战士近水楼台先得月，用大锅里的水洗澡。讲究点儿的，会把水舀出来倒在行军锅里，用盆舀着洗，不讲究或者懒省事的油头老兵，会直接跳到大锅里洗。只是林旭这新兵蛋子，只知道有老兵跳进锅里洗，不知道人家是把灶里的火压死后才跳进去。他跳进去的时候虽然水是温的，但锅底还被火烧着，跳进去脚就被锅底烫伤了。脚被烫疼了不敢使劲，就坐在锅底，屁股当然要烫着了。好在李新科压了一部分火，否则，这新兵蛋子可是吃不了兜着走！要是被烫熟了，明早战士们估计真要吃人肉了！"

听得朱镜如腮帮子一阵阵发紧，说道："这还了得？这情况我必须要对连队汇报，一想到这些我就想把饭吐出来！"

马金印却说："这事还是以后慢慢再说吧！连队战士知道了，真会把你班的新兵揍扁了不可。再说，这是你班新兵，你觉得你没有管理责任？你自己带的兵你还不兜着揽着，连长知道了不把你也一块儿批评了？"

朱镜如听了，也是这个道理，不得不压下心头的火。回到七班宿舍，看林旭趴在床上不敢动弹，就给连队说林旭屁股上长了痔疮，无法训练走路，休息几天完事。但总觉得这个新兵林旭太可恶，怎么也不会想到个子这么矮小的家伙竟然也能做出这样的事来，心里窝火，就想寻个机会找个理由折腾折腾这林旭，看他还知不知道天高地厚。

第二十四章

却说朱镜如知道连队炊事班竟然有人跳进大锅中洗澡，就在心中压下了一块心事，对自己班的新兵林旭刚建立的那一点儿好感又坠入了冰点，就想找个机会整治他一下。过了几天，林旭脚上的水泡已经好转，适逢新兵连进行紧急集合训练，朱镜如终于找到了一个整治林旭的机会。

紧急集合是锻炼战士的快速反应和紧急拉动能力，是中国人民解放军的一个光荣传统，也是新兵连必备训练课目之一，在实战中具有非常重要的意义。朱镜如还在上庄营房时，连队也是经常组织紧急集合拉动。有一天夜里朱镜如睡得正香，突然被短促紧急的哨声惊醒，以为又是连队的紧急集合训练，就慌忙摸黑穿衣，把被子褥子用背包带打起来，挎上水壶挎包，背包后塞上一双军用鞋，别上脸盆、枕头包、雨衣等等，以最快的时间冲出宿舍到达指定集合地点。全连集合完后，本以为要检查装备是否齐全，而后要进行带被包的五公里越野，却又传来营长盛建堂的命令：全营干部战士放下背包，带脸盆水桶，以连为单位跑步到位于营房西北方向的西岚子村救火。战士们这才知道是真有行动。原来是连队站岗的战士看到西岚子村里着火了，火光冲天，在夜晚中分外惹眼，急忙向营长做了汇报。营长听到人民群众的利益受到了损害，马上向旅作战值班室汇报，并集合上庄的全体战士前去灭火。那时只有三连和营部在上庄驻防，三连干部战士快速跑步向西岚子村机动。到达西岚子村时，却发现只是村庄中间的两处麦秸垛着了火。虽然没有大的损失，但依然有危险性，夏夜多风，如果火势控制不住，必然会殃及旁边的民房。营长赶快下令从村民家中取水，扑灭大火。村民也都醒来，给予了极大的配合，提供水源，很快火被扑灭了。只是让人感到意外的是，战士们返回营房没多久，西岚子村的麦秸垛竟然又着火了，于是营长再一次拉动紧急集合，跑步到村里扑灭大火。隔天夜里如此反复几次，这火灾烧得让人莫名其妙。后来才查出这是村里的一个精神病觉得好玩，点燃了麦秸垛，让全村恐慌了数日。弄清事情原委后，村里把这个精神病送到精神病院才了事。

在新兵还没到齐的时候，朱镜如就专门让先到的战士练习打背包。打背包有三种方法，第一种称为一条龙打法，这个方法不正规且被包打好后容易散，优点是可以边下楼边往背包上缠节省时间，只是若被检查的领导发现会把背包扔出去；另一种是标准的打法，三横压两竖，很结实但是很慢；朱镜如结合范红渠班长教的办法，改良了一种打背包的方法，速度快，出来的效果也是三横压两竖，背包带双折纵向压在背包上，背包翻两翻，简单的几个动作就打好了。辽宁抚顺的新兵姜基哲学得很快，朱镜如示范打背包用了十二秒的时间，他看了两遍就完全掌握，熟练后也是十几秒就完成了。这个绝招让七班的每个战士都不再惧怕打背包，当然，除了林旭之外。

这天晚上大家睡得正香，新兵三连突然响起短促的紧急集合哨，原来是排长拉起了紧急集合。新兵们从睡梦中惊醒，知道是紧急集合，便乱成一团糟。黑暗中找不到背包带的，穿反秋衣裤子的，一时间叮叮咣咣，仿佛是一个东拼西凑的乐队在排练一首凌乱无比的协奏曲。好在朱镜如的七班平时训练有素，很快到达了篮球场。全排集合完毕时，却单单少了新兵林旭。全排足足等了有十分钟，才见林旭一手抱着零散的被子，一手提着挎包水壶，趿拉着鞋子衣冠不整地从门厅里走出来。朱镜如见了哭笑不得，让林旭就着一楼门厅的灯光把背包打好，随身携带的物品背好，才让其入了队列。因是首次进行紧急集合，排长焦立健并未提出批评，带领全排背着背包围着三营营房跑了几圈，有些质量不好的背包就会在跑动中散开，这些新兵就不得不抱着背包跑完全程。回到连队后排长进行了讲评，强调了紧急集合的标准，让各班带回进行自我讲评训练。

朱镜如带领七班回到宿舍，又组织大家在黑暗中练了几次打背包，林旭仍是次次落后。朱镜如想到林旭在跳炊事班大锅洗澡的事，不禁又对林旭厌恶起来。等其他战士休息后，朱镜如专门让林旭继续练习打背包，并告知老连队的带班员，每逢换岗就把自己叫醒，单独拉动林旭的紧急集合，一夜间就把林旭折腾得龇牙咧嘴，苦不堪言。

139

过了几日，轮到七班打扫三楼卫生间时，总是有烟头被连队检查卫生时发现，这反映出两个问题：一是有人吸烟，违反了连队的禁烟令；二是乱扔烟头说明卫生打扫得不彻底，于是七班受到了连队批评。朱镜如本以为在班排会议上重申禁止抽烟的纪律后，洗漱间扔烟头现象应该停止，没想到丝毫没有好转。每个新兵都信誓旦旦，说绝对不会做出影响班荣誉的事情来。这让朱镜如感到头疼，就留心观察起来。

有一天晚上就寝后，朱镜如在宿舍睡得正香，九班长秦东风过来把他推醒，轻声说："七班长，醒醒，我逮着抽烟的了。"

朱镜如揉揉迷糊的眼睛问："不会吧！这半夜的偷偷跑出去抽烟？是谁？"看看表，已是凌晨二时了。

"是你们班林旭，烟瘾还挺大，现在还一个人在卫生间偷偷抽烟呢！"

"是林旭？你确定？这哥们儿从不抽烟。"朱镜如看了一眼林旭的床铺，果然空着，心里便是一沉。

秦东风说："那是他伪装得好，我今晚本想带领全班练习紧急集合，起来后看到卫生间有人，这才发现。你快去看看！烟雾缭绕的。早上营长起床早爱来回转，被他看到了肯定要批评。"

朱镜如起床披衣来到三楼走廊，果然，远远地就闻到一股浓浓的烟味。走进卫生间，林旭正倚在窗户边脸朝外抽烟。林旭听到有动静，转身看到是朱镜如，吓得一哆嗦，赶快把烟熄灭站好："班、班长……"

朱镜如说："真是你林旭？大半夜出来抽烟，你不知道连队的纪律吗？"

林旭吞吞吐吐，"我我我"了半天说不出一句整话来。

朱镜如走过去，摸摸他的口袋，竟然有两盒将军烟，又问："哪里来的？"

林旭嘟囔着："班长，我、我白天偷偷出去买的。"

朱镜如大怒，带林旭回到了宿舍。看看已是凌晨两点多了，本想让林旭睡下，明早起来再说，却压不下火来。林旭站在宿舍门后，知道自己的处境肯定不会好过，哼哼唧唧地说："班长，你处罚我吧！我不该说谎，你不处罚我不敢睡！"

朱镜如问："你还来劲了，我问你，几次被连队发现的烟头都是你扔的？"

借着微光，林旭一直看着朱镜如的表情，说："是的班长，我本来想着再抽一次就再也不抽了，可是总控制不住自己。我也想彻底断了烟瘾，可是我在家干活抽惯了，训练一累就想抽。今晚实在没有坚持住，想着把这两包烟抽完，就再也不抽了。你好好处罚我吧班长，要不，我自己也改不了，实在太苦恼了我！"

果然几天来卫生间里的烟头都是林旭扔的，朱镜如最看不得的就是当面一套背后一套的人，谁知这扔烟头事件竟然会出在林旭身上，心中又是恼怒，对林旭说："我们班就你年龄最大，你还做出这等表面一套背后一套的事情来！你想把这两包烟抽完？"

"我是这样想的，想着吸完就戒，再也不抽了！"

朱镜如看着林旭缩着脑袋的样子，心想这林旭看着身高是一个小不点儿，但心眼儿贼多，总要闹出些事端来，不惩罚他一下他还是不知道天高地厚。于是说："好吧林旭，今天我就帮你把烟戒掉！"

林旭见朱镜如没有发火，稍微放下心来，说："班长，你看我这两包烟……"

朱镜如看着林旭手里的两包烟，说："我也不处罚你，这么吧！你这么爱抽烟，就按你说的，你把这两包烟抽完，以后就不要再抽了！"

林旭一愣。黑暗的室内，林旭无法看到朱镜如的表情，没有领会朱镜如的意思，问："班长，你还让我抽？"

朱镜如肯定地说："是的，不过是现在抽，而且一次抽完，抽完睡觉，明天开始七班打扫卫生间的任务就交给你了。以后我再也不提这件事，就当你没有抽过烟，没有往洗漱间扔过烟头。"

林旭这才明白过来，说："班、班长，我一下子哪能抽这么多？"

朱镜如不容置疑地说："没听说过'七窍生烟法'吗？你可以试试，一次多抽几根，抽完了给我说一声。"说完，坐在宿舍里面的桌子前，扭头面向窗外。

这"七窍生烟法"，原是三营老兵们发明的惩治烟鬼的方法，林旭应该早有耳闻，于是也没再多问，像是赌气一样，打开火机，一次点燃了十根烟。然后两个鼻孔塞两根，耳朵一边塞一根，把剩余六根都塞在嘴里，然后用倔强的眼神看着朱镜如，一动不动，似乎是在向朱镜如示威。

朱镜如就不再说话，回头平静地看着林旭，两人就那么在黑暗中对峙着。不一会儿，林旭整个头部开始烟雾缭绕起来，嘴和鼻子都被烟占据着，呼吸不再那么顺畅，只要吸口气就得把部分烟吸进肺里去。原以为自己能撑一会儿，谁知很快受不了了，一阵咳嗽，林旭弯下了腰，嘴和鼻子里的烟掉在地上。

朱镜如问："怎么回事，受不了了？"

林旭不停地咳嗽着，摇摇头说："班长，我呛，呛得受不了，烟被呛出去了！"

"那不行！你这么爱抽烟，一定要把烟抽完！"

看朱镜如那么坚决，林旭眼中现出一丝绝望，颤颤巍巍地弯腰捡起掉在地上的烟，又插在鼻子嘴巴里。不一会儿，就又两眼流泪，不知是烟熏的还是流的泪水。实在忍不住，一个喷嚏，又把插在嘴和鼻子里的烟喷了出去。但耳朵里的烟依然燃着，烟灰抖落在林旭的脖子里，疼得他缩着脖子，直吸冷气，弯腰蹲在地上，咳嗽着向朱镜如求饶："班长，你饶了我吧！饶了我吧！我这次坚决把烟戒了！"

"你真没骨气，人家的'七窍生烟'能不动声色把十支烟抽完，你才抽了两口就不行了？再说，你只是戒烟的问题？"

林旭不明白地看着朱镜如问："班长，不就是抽烟的问题？"

朱镜如瞪着林旭说："看来你还认识不深刻，要不，继续把烟放在嘴和鼻子里抽完？"说着，到林旭面前就要捡起他扔的烟来。

"别别别，我想想！"林旭慌慌地说，然后装出一副思索的样子，恍然大悟似的说，"班长，我知道了，我不会再不请假就外出偷偷买东西了，有事我一定请假！"

"还有呢？"

"还有……还有我不乱扔东西，维护好卫生区卫生，维护好集体荣誉！"像是又突然明白似的，林旭说，"班长，你放心，我再也不干任何出格的事了。其实那次炊事班大锅里洗澡的事，实在是有老兵忽悠我，让我晚上跳到锅里洗澡，还说只要帮厨的都可以这样洗澡的，我以为没事，才趁李班长没看到跳进去了！"

林旭说有老兵忽悠他跳到锅里，朱镜如多少有些相信。自从老兵连搬到新营房，不少本连外连的老兵看到林旭小不点儿的个子，长相像小丑一样，都想逗林旭，也时不时捉弄他，有几次因为这个朱镜如几乎要和老兵翻脸。

朱镜如并不想再深究是谁忽悠了林旭，看到林旭知道了自己挨整的原因，气消了不少，说："你那丢人的事就不要再声张了，小心连队老兵知道了会打断你的腿！"

林旭头点得像捣蒜一样，说："好好好，我知道错了班长，你以后让我干什么我干什么，绝对不再给你丢脸！"

"烟还吸不吸了？"

"我不吸了，我不吸了！"

朱镜如走过去，把林旭耳朵里的烟取出来，连同剩余的烟扔进垃圾桶，说："下连之前，别让我再看到，否则，就严惩不贷！"

从那之后到老兵连，朱镜如也没有再见到林旭抽烟。

第二十五章

新兵连的几次会操和训练考核，七班总是名列前茅，朱镜如不禁有了些成就感。随着三营的归建，新兵连马上就要结束并下到老连队，三连连队骨干配备也迫在眉睫，回到老连队后自己到底能不能直接当上班长，朱镜如心里还是没有谱。

朱镜如去马金印电工房的次数多了，对马金印也有了更多的认识。作为一个入伍刚两年的战士，马金印能在高炮旅留村营房混得游刃有余，上到旅首长，下到新兵蛋子，马金印都能很好地处理关系，这可不是一般人能做到的。朱镜如感觉到，每个人都需要一门手艺，马金印大概就是因为是电工，所以要出入旅首长的家里，各营连也需要马金印维修、抄表等，所以好处理关系。当然，朱镜如又一次感受到了自己的缺点，觉得自己一无是处，不免又是一阵自卑。想到入伍以来，自己一同来的老乡，仿佛个个比自己有才，入伍前的种种理想，总能以各种方式实现，彰显了自己存在的价值。而服役已两年的自己，对未来却还是一片茫然。

马金印的电工房依然是人来人往，宾客如云。每到周末，马金印还是要从几个炊事班拿些食材，招集一帮人喝啤酒打够级。这一天周日中午，马金印又喊朱镜如去电工房打够级。朱镜如本不擅长山东的这种扑克玩法，但还是去凑了个热闹。二连的刘军、五营部的刘劲松、三营部的王红涛、纠察班的宋爱军等都聚集在了电工房。说是打够级，几个人喝啤酒竟然喝到三四点。喝完啤酒才趁着酒劲打够级，狂呼乱喊的。一直打到晚上，几个人又开始喝起啤酒来。电工房北侧就是营院的东西大路，几个人喝得兴起时，吵闹声几乎要把房顶掀起。没想到分管后勤的万副旅长从后面大路上经过，听到电工房内声音嘈杂，知道里面在喝酒。副旅长对这个聚集地早就有耳闻，但也知道这一帮子喝酒的都不是善茬，于是就贴近窗户窃听，想听听谁在里面。

要说这一起喝酒六七个人，果然不是一般人物，应该算是高炮旅的人才了，除了马金印、王红涛后来转的是志愿兵外，其他的要么提干要么保送，都成为了中国人民解放军的军官。

却说这万副旅长贴墙听了一会儿，想想进去训斥几人也不太方便，不管不问也说不过去，想来想去，就采用敲山震虎之计，对着电工房的后窗大声喊："谁在电工房？在里面干什么？"

这电工房的后窗甚高，几人也看不到外面是什么人在喊，起初也未在意。副旅长见里面嘈杂声依然如故，就捡起一根棍往窗户上敲去，边敲边喊："谁在里面，在干什么？"

还是刘劲松先听出外面是万天普副旅长的声音，登时紧张起来，对大家说："停！好像是万副旅长。"

几人听了，马上静了下来。再听，果然是万副旅长在外面喊。几个人就慌了起来，刘军问马金印："怎么办？被万副旅长逮着了可不是小事。"刘劲松说："还能怎么办，跑呗！"

刘劲松和朱镜如也是同年兵，副旅长万天普还在五营任营长时，刘劲松是万天普的通信员，对万天普的脾气应该了如指掌。见刘劲松这么说，几个人就不管马金印怎么去应付，一窝蜂地跑出电工房，从饭堂后院的东门溜出去，然后撒开腿就往南跑。见几个人都跑远了，万副旅长才慢悠悠地从电工房后面转过弯来，边踱步边大声嚷着："站住，我看看是谁在偷喝酒，看我逮住不使劲处理你们！"却还是背着手，只是吆喝，没有要追赶的样子。

但几个人却已被吓破了胆，跑到最南侧道路后，朱镜如和刘军不敢往三营拐，直接往东绕了一大圈，觉得万副旅长再也看不到自己，才溜着墙角偷偷摸摸地回到了三营。

朱镜如好不容易摆脱了万副旅长的追踪，却被新兵连长张森林逮了个正着。

这朱镜如本来喝了不少酒，再加上被副旅长万天普发现后的一顿折腾，就被风冲着了头。回到宿舍后，酒劲儿就上来了，迷迷糊糊地睁不开眼睛。几个新兵看自己的班长喝多了，就叫了九班长秦东风过来。于是九班长秦东风把朱镜如扶进连队三楼小包裹房的一张床上，让朱镜如睡下。朱镜如一沾着床，更是睡得昏天黑地，什么也不知道了，晚上新兵连的连点名也没有参加。张森林点名没看到朱镜如，就问朱镜如去了哪里。九班长秦东风说朱镜如有点儿不舒服在楼上没有下来。张森林不放心，点完名后直接到三楼，让秦东风找到朱镜如，看到了正在呼呼大睡的朱镜如。张森林让秦东风把朱镜如叫醒，但朱镜如睡意正酣，好不容易才睁开了眼睛，一看到连长在一旁，吓得想直起身来。但头重脚轻，还没等起身，就歪向一边。秦东风来不及保护，朱镜如的眼角已磕在桌子角上，流出血来。张森林看朱镜如喝成这样，十分恼怒，指着朱镜如说："朱镜如，你身为新兵班长，在新兵即将下连时酗酒，太不注意形象了。明天就要召开新兵授衔大会，授完衔我要宣布给你处分！"说完气呼呼地离开了。

朱镜如见张森林这么恼怒，酒醒了一半，但还是无法站稳。秦东风说："也不早了，你先睡下，等明天早上向连长承认错误。"

朱镜如只得躺下。

第二天一早，朱镜如还是头脑昏沉沉的。想到连长张森林说要处分自己的事，心里担心。新兵马上下连，这时候要在授衔大会上宣布给自己处分，显然会影响自己的进步。但最担心的还是自己在新兵心中的形象，就要下连了受到处分，不知新兵们会怎么看。于是在吃完早饭后找到张森林，承认自己酗酒的违纪行为，然后偷看连长张森林的表情。

张森林看到朱镜如到连队承认错误，仍未罢休，很严肃地说："你这个朱镜如，不顾连队不准酗酒的纪律，影响太恶劣，你先回去！这个处分一定要给你，你等着上午我给你宣布吧！"

朱镜如听了，像是霜打了的茄子似的，没有了精神。但也没有什么办法，心事重重地离开了连部。

上午，新兵连的授衔大会按计划召开，新兵三连在三连的俱乐部成连并列纵队集合。张森林在大会上宣布了授衔令，新兵们佩戴上了列兵军衔，成为了真正的中国人民解放军士兵，个个兴高采烈。大会上，连长张森林又对新兵提出了要求，给新兵连期间表现好的战士宣布了表彰令。

朱镜如却一直惶惶不安，想着张森林要给自己的处分，不知自己怎么面对。别的班长都站在本班的排头，朱镜如却故意站在七班的排尾，精神萎靡。谁知一直等到授衔大会结束，张森林都没有提自己酗酒的事。大会结束，朱镜如装着没事的样子到张森林的宿舍倒水，张森林看

146

到朱镜如，也像是什么都未发生一样，不动声色。朱镜如耐不住，就问："连长，你怎么没给我宣布处分？"张森林听了，像是突然想起来的样子，一拍大腿，阴笑着对朱镜如说："还真是的，你看我忘了给你宣布处分了，这怎么办？要不你通知连值班员让新兵连再集合一次，我把处分给你宣布了？"

朱镜如这才明白，这张森林是给自己一个大忽悠，他根本没有想过给自己处分，不禁长出了一口气。又想到自己被张森林忽悠了这么久，被捉弄得惶惶不安，心中又好气又好笑，于是也一本正经地说："连长你看你工作那么繁忙日理万机，这么重要的事都忘了。我现在就去通知值班员，就说您让全连集合有重大事情宣布，您稍等！"说完，就装着要离开找值班员的样子。

张森林听了朱镜如的话，脸色一变，用手一拍桌子，瞪着朱镜如说："你给我站住！你朱镜如得便宜卖乖，你以为我不敢处分你？这次先给你记着账，下次再犯错我一并处理你！"

朱镜如停下了脚步，咧着嘴笑着说："只怕连长你找不到处理我的机会！我遵纪守法，尊干爱兵，优秀士兵一个，哪会那么轻易地犯错误！"

新兵授衔后，很快就下连了。按惯例，高炮旅也在新兵连下连前进行了大范围的干部调配。转业的转业，提升的提升。让朱镜如没有预料到的是，新兵连结束后，三连连长宋程远和指导员吴慈仁双双调离：宋程远到店集的二营五连当了连长，指导员吴慈仁到四营当了管理员。

本来作为战士的朱镜如不会太关注这些，但是连长指导员同时被调离还是让他觉得很意外。听消息灵通人士说，三连连长宋程远在任期间意气风发，成绩斐然，而指导员吴慈仁工作平平，却擅于告阴状，二人关系不和，这才被旅党委双双调离。

接任三连连长职务的正是新兵连长张森林，指导员的位置暂时空缺。

这一年，旅一级的领导也调整很大：旅长陈银树提升为二十六集团军副参谋长，马副旅长转业。于是，高炮旅空出来旅长和副旅长的位置。又让朱镜如想不到的是，参谋长张百列直接接任了高射炮兵旅的旅长，副参谋长杨世贺则接任了副旅长。

于是空下来的参谋长、副参谋长位置由下一级军官补任，下一级空出来的位置再由下下一级军官补任，一级一级延续下去。

朱镜如在新兵训练工作中表现突出，并没有受到前几日酗酒的影响，被张森林任命为三连二排的六班长。这样，朱镜如的军旅生涯里，没有出现副班长的履历，在第三年直接由战士提升为班长。秦东风和顾中兵分别被任命为四班、五班的副班长。一排排头班一班长是超期服役的范吉全，二排排头班四班长是超期服役的贾峰。同年兵中，第二年就是副班长的姚卫东春节前就调离了三连，姜福禄担任了指挥班的班长。

孙茗山也被连队任命为二班副班长。蓝俊峰因为复习考学，连队未给他安排骨干职务，把他作为老兵安排在朱镜如的六班。

蓝俊峰到六班后，对朱镜如说："镜如，我就知道你会脱颖而出的，我们还在上庄没到新营房时就听说你新兵训得很出色，就知道连队会看得到的。指导员吴慈仁调走前在一次训练间隙专门说过你，说朱镜如第一年新兵太出类拔萃了，得到的荣誉太多，容易滋生自满情绪，所以第二年连队把你雪藏，杀杀你的锐气，这样才会成熟。俗话说玉不琢不成器，这不，同年兵中不还是你先受到重用当上班长？"

朱镜如心想这吴慈仁说的话不知是不是内心真实的想法，反正作为政工干部，吴慈仁是没有走进自己的内心。

三营长还是盛建堂，盛建堂担任营长的年头也不短了，这一年没有提上去。但是依旧兢兢业业，毫无怨言，非常令人敬佩。

三营搬到旅部不久，军校招生的通知下到连队。让人想不到的是，孙茗山也决定和蓝俊峰、井俊恩一起参加7月份的军校招生考试，好离开故乡那片贫瘠的土地。随后三人就不怎么参加训练，一心扑在学习上。很快，旅政治部组织了战士文化补习班，全旅要考军校的大概五十多人，统一在旅综合楼封闭学习，还请了教员对战士进行辅导。

进了补习班后，有了专门学习的机会，蓝俊峰和孙茗山心情好了很多，朱镜如偶然去问问学习情况，他们说自己很尽力，但能不能考上现在不确定。一同参加旅学习班的德州同年兵井俊恩，一米七五的身高，很帅的一个小伙子，后来在军校还被选拔参加了大阅兵。

4月份，朱镜如光荣地加入了中国共产党，入党介绍人是指挥班长姜福禄。作为一名党员，连长张森林希望朱镜如能听从连队的安排，明年超期服役一年，作为连队的骨干继续为连队做贡献。

第二十六章

新上任的三连连长张森林，工作作风扎实，在战士中的威信高，上任后迅速召开了连队的开训动员大会，组织连队开展共同课目训练。当了班长的朱镜如，似乎已经摆脱了上一年度那挥之不去的阴影，跟着连长张森林投入到了紧张的共同课目训练中。三连干部战士在张森林的带领下群情激昂，最终，在共同课目训练考核中取得了很好的成绩。秦东风也在全旅军事比武上取得了双杠第一、单杠第二的成绩。朱镜如依然垄断了四百米障碍比武金牌，并在高炮旅的军事运动会上取得了多项第一名。

共同课目比武结束后的一天晚上，连长张森林召开连务会，会上说："同志们，连队马上就要专业训练了，我们每个班长在专业训练中一定要发挥骨干作用，同时，你们要在'四会'教学上有所突破，连队准备挑选一部分骨干作为'四会'教学比武的苗子进行培养，参加高炮旅组织的'四会'教学比武，你们要结合专业训练，提高自己的教学水平。下面，我们针对'四会'教学讨论一下，看有没有不明白的，需要我再给大家讲解一下！"

朱镜如一听到比武心里就痒痒，但想到这个"四会"教学比武与平时的比武不太一样，是教学性质的，自己心里没底，就没再说话。

四班副秦东风说："连长，我们部分班长对'四会'教学有些生疏，我也就是在教导队集训才接触过，感觉很生疏，你能不能给我们做个培训？"

张森林说："大家也不要觉得很难，所谓'四会'教学，其实就是对战士进行各项军事技能的教学活动。我先说说'四会'，简单地说，'四会'就是'会讲''会做''会练''会做思想工作'。'会讲'，这个大家很好理解吧？"

朱镜如回答说："就是会讲解动作要领！"

"对，但是只会讲解动作要领还不够，要求讲解准确到位，少一个字无法完美表述，多一个字就显啰唆，这样的教案才是精品。那么什么是'会做'呢？范吉全讲一下！"

范吉全站起来回答："会做，就是所讲动作自己要会做，会示范动作。"

"很好，自己的动作都做不好，怎么可能教出好的士兵？所以要求我们自身的动作一定要过硬，才能把正确动作示范给战士！这一点尤其注意，大家是否清楚？"

"清楚！"

张森林接着说："我要强调一下第三会，'会练'，也就是会组织训练。同志们，在教学活动中，你仅仅会讲、会示范，还是不够的，你要在一节课中运用各种形式来针对性地组织训练，采取理论提示、典型引路、分步练习、分组练习、单个教练等方法实施教学，只有灵活运用各种训练方法，才有可能达到良好的训练目的。具体组织训练的方法，我会在训练场上给大家进一步讲解。"

顿了顿，张森林又说："同志们，我们三连虽然刚从上庄营房来到留村，但是在共同课目训练阶段，我们已经用实际行动证实了三连是最棒的连队，共同课目比武中我们已经取得了优异的成绩。我们三连有优良的传统，我相信，大家在专业训练中一定能够战胜困难，不怕苦，不怕累，在训练、教学比武中拿出最好的成绩，大家有没有信心？"

全体班排长大声说："有！"震耳欲聋。

张森林突然转向朱镜如，问："六班长，你说说，我刚才说的一番话是在做什么？"

朱镜如突然反应过来，张森林这一番话是在为大家示范如何鼓动战士的士气，于是说："连长，你刚才是在演示'四会'中的会做思想工作！在鼓动我们的士气。"

"对！"张森林满意地点点头，"同志们，在组织训练中会有这样那样的困难，影响我们教学活动的实施，所以，我们要发扬我军优良传统，及时做好思想工作，提高大家的士气，才能保证良好的训练效果。这就是'四会'教学中的第四会：会做思想工作，大家要好好掌握。大家会后考虑一下自己要选的课目，连队批准以后，一周之内把教案初稿交上来。"

大家回答道："是！"

张森林又说："同志们，希望大家要重视这次'四会'教学比武，全旅前十名会被评为旅优秀'四会'教练员，这不只是一个班长的荣誉，也是战士提干的基本条件，我希望我们三连能出一个优秀'四会'教练员！"

会后，大家都考虑着怎么拿出好的教案、备好课。这项工作也压到了朱镜如心上。朱镜如的个人军事素质是没问题的，但"四会"教学比武却是一个综合的考验，自身也有很大的差距。朱镜如心里暗暗使劲，一定要把"四会"教学比武这块硬骨头啃下来。

选什么课目参加比武也是技巧，朱镜如想，既然是比武，除了讲解动作清楚、会组织外，还必须要有观赏性。三七炮班长的本职操作之一是分解炮闩，所以很多班长通常把分解炮闩这一课当作比武课目。但是分解炮闩场面太小，把炮闩拆下来分解要在桌子上实施分解结合，你总不能让评委都围过来吧，所以并不适合选作比武课目；五、六炮手是压弹手，动作单一观赏性差，也不适合；三炮手装定目标距离，四炮手装定航路速度，朱镜如一度认为自己应该选择观赏性强的四炮手操作。有一天蓝俊峰从学习班回连，朱镜如和蓝俊峰一起聊起"四会"教学比武的事，蓝俊峰劝朱镜如放弃三、四炮手，就选定一、二炮手，一是因为一、二炮手本来就是自己的专业，讲起来有说服力；二是自己革新的器材也能用上。

朱镜如想到"四会"教学有个加分项，就是有没有教具的使用，就果断地选了一、二炮手操作作为自己参加比武的课目。

营部的有线兵王红涛选择的课目是八百米收放线，要背着线拐子边跑边布线，还要爬上两根线杆，在上面架设电话线，也是个很辛苦的课目。但王红涛却不以为然，每天跑得满头大汗，在线杆上爬上爬下，手也磨出了血泡，仍是干劲不减。朱镜如知道王红涛在军事比武上未取得过好的名次，就想在"四会"教学上有所收获，为他的进步打下基础。

看到王红涛干劲十足，朱镜如也受到了感染，也铆足劲儿整理教案，一有空儿就进行试讲。炮场上，饭堂里，连队宿舍里，到处是教练员备课的声音。四班长贾峰备课也很认真，但方言味道很浓，有次顾中兵在走廊里经过看到贾峰正在背教案，就开他玩笑："贾班长你怎么总是在队伍前骂人啊！"

贾峰就一愣，说："你这小子说的，我怎么会在队列前骂人？"

顾中兵说："你站在队列下喊'立正'口令，我怎么听你是在喊'驴种'呢。"

贾峰听了明白过来，原来顾中兵变着法儿说他发音不准，于是嘴里骂着："你这个臭小子！"就要过来踢顾中兵，顾中兵一闪身笑着跑了。

连长张森林一直关注着"四会"教学的进展，在备课示教的同时，与骨干们一同修改教案。特别对朱镜如的一、二炮手操作这一课颇为关注，多次问朱镜如在授课时有没有什么难度。朱镜如说："我发明的'对隐现目标训练器'作为训练辅助器材用在教学上没什么问题，但是作为需要观摩的教学比武来说，同样有着观摩性差的问题，因为这个发明是与火炮连在一起的，体型不够大，远处看不清。"

张森林想了想："这个也有修改的余地，可以将随击发翻转的遮挡片做得大一些，涂刷成与火炮反差比较大的颜色，这样，两个遮挡片每一次动作，评委和观摩人员更容易看到。按这个思路有没有难度？"

朱镜如觉得张森林的思路还是很有针对性的，以前发明时总要做得微型化、实用化，没考虑观摩的问题，就说："我觉得连长说的有道理，如果涂装成白色应该会更显眼。但做大的话，就要考虑遮挡板的材质，要更轻一些，否则二炮手击发时的动作会因惯性过大而有延迟。我考虑几种材料，边实验边确定吧！"

"好的，你抓紧时间制作。同时，你还要考虑制作一些演示装置，体现出瞄准线偏移对射击的影响，或者三、四炮手操作对一、二炮手瞄准镜的影响。你爱动脑筋，解决这些不易讲解的理论教具，教学效果会好很多，观摩性也强，必定会提高教学质量。"

朱镜如说："是！感谢连长信任。"

随后的时间里，除了熟悉教案，带领示范班备课示教外，朱镜如加快了教具的改进和制作。瞄准镜的自动遮挡板采用了薄铝片，类似易拉罐那种材质，涂成了白色。又设计了一个演示装置，一个高一米长一米五的架子，两个滑轮，一个小电机，用尼龙绳带动一个模型飞机，背景用薄白纸贴上。另制作一可以转动的小型火炮，可以发射螺丝钉等代替炮弹，发射后依据瞄准线超前或落后，螺丝钉击穿白纸，显示出弹着点的变化。

张森林对朱镜如的改进和制作很满意。

五班长范吉全选择的课目是"正步行进与立定"，看似简单的课目讲起来也很复杂。在训练辅助器材上，张森林让他在示范班后设置了两个立柱，立柱之间拉了几根线，分别是向前摆臂线、向后摆臂线和踢腿线，在训练时一个示范班面向几条线站好，用线来确定摆臂和踢腿高度。

大家都想尽了办法，让自己的课目能够出类拔萃。

临近比武前一个月，连长张森林到炮场检查朱镜如的教学情况，再一次让朱镜如进行了试讲，试讲期间对示范班的"就定位"动作有些异议。朱镜如一直以为，训练就要"练为战"，动作全部模仿战时状态，敌情出现后，听到"就定位"的命令后要迅速按炮手位置就位。张森林说，平时是需要"练为战"，但示范课目就不能唯速度至上，因为其目的是示范，既然是示范就得让大家看明白，因此像分解动作般的展示是很必要的，这不是形式主义。

朱镜如立刻进行了纠正，又反复试讲了很多遍，一、二炮手操作这一课趋向成熟。

营长盛建堂对全营的"四会"教学比武给予了很大的关注，为了提高全营的"四会"教学能力，专门组织全营骨干进行试讲，相互观摩。不出所料，在三营所有的课目中，朱镜如的一、二炮手操作脱颖而出，又惹得王红涛眼馋。

第二天，张森林又来到炮场，再一次观摩了朱镜如的课目后对朱镜如说："朱镜如，根据目前连队情况，连队已上征得营党委同意，准备推荐你参加高炮旅的'四会'教学比武。"

朱镜如听了，心中高兴，自己几个月的努力没有白费，至少在目前已受到了连队的认可。朱镜如和张森林在新兵连一起生活了两个多月，到老兵连又是几个月，也熟悉了，感觉不像前两年在老连长宋程远、吴慈仁面前那样拘谨，就故意对张森林说："连长，我才当班长几天，基本功差，你为什么不让老班长们去参加比武呢？就别让我参加了！"

张森林马上换了一副严肃的面孔，瞪着朱镜如说："'四会'教学是每个班长必备的素质，无论比不比武都要精益求精地完成。让谁参加比武是连队综合考虑的，是工作也是任务，怎么了，就这都想打退堂鼓？”

朱镜如一看张森林急了，忙笑着说：“没有没有，只是怕担当不起这个重任，要是比武取得好的成绩还好，如果效果不好，岂不辜负了连队的期望！”

“有困难，那你说怎么办？”

朱镜如啪地一个立正，大声说：“继续准备，坚决高标准完成任务！”

张森林笑容马上回来了，说：“这还差不多，你要带着任务多练习，既然是比武，就要像你的共同课目比武一样，拿第一，拿到一等奖！”

“是！连长。”

张森林满意地回去了。

经过两个多月的准备，7月底，高炮旅“四会”教学比武活动拉开了序幕。旅“四会”教学评委团在旅长张百列的带领下，由旅长张百列、副旅长杨世贺、参谋长纪树光等高炮旅主要领导共十人担任评委，阵容豪华。

比武活动巡回开展，先从店集营房开始，在店集就用了两天时间。朱镜如听营长说，在店集比武评分中，很少有九十分以上的，评分很严格。这让朱镜如感到压力很大。

这天上午，骄阳似火，天气晴好。高炮旅留村营房所有官兵都在北炮场的观摩位置列队。评委团到达三七炮教学比武场地时，比武场的气氛瞬间紧张起来。比武按抽签顺序实施，朱镜如竟然是第一个出场的选手，不免更加紧张。心想若是排在后面出场，还能参考一下其他选手的过程，借鉴一下他们的经验。

但是旅首长组成的评委们已经就位，时间不容想得太多。朱镜如只能硬着头皮，带着示范班，喊着响亮的口号跑步到达火炮位置。整齐队伍，整理着装，报数，而后跑向评委席，向评委首长敬礼。

旅长张百列英姿飒爽，起身还了一个标准的敬礼。朱镜如向他报告：“旅长同志，高射炮兵旅三营三连一、二炮手组授课前准备完毕，应到七人，实到七人，是否授课，请指示！教练员朱镜如。”

旅长张百列神情严肃，命令道：“按计划实施！”

“是！”

朱镜如再次敬礼，待旅长还礼后转身，跑步回到列队于火炮后方的炮手面前，宣布作业提要：

"课目：一、二炮手操作。目的：通过训练，使同志们掌握一、二炮手追随瞄准的动作要领，为实弹射击打下良好的基础。时间：三十分钟。方法：讲解示范，组织练习，检查验收，考核讲评。要求……"

听到"要求"两个字后，示范班迅速立正。

朱镜如看到炮手佟万利有些心不在焉，估计也是紧张过度的缘故，立正的动作稍有延迟，心里不免着急，示范班的动作也是评分的内容，也容不得马虎，于是目光转向佟万利狠狠地瞪了他一眼，佟万利吓得一激灵。

朱镜如的目光又划过每一个炮手的眼睛，下口令让示范班稍息后接着讲："同志们，我们在训练时要认真听讲，细心体会……以上要求，大家能不能做到？"

"能！"声音震耳欲聋。

……

教学过程很顺利，炮手配合再也没有出错，朱镜如制作的教具也很争气，演示完美。授课结束，朱镜如又整理队伍向旅长报告："旅长同志，授课完毕，请指示！"

旅长起立还礼后命令："示范班带回，你在火炮位置待命！"

朱镜如听了很纳闷，一般来说课目结束后，教练员要和示范班炮后集合，等待评委打分，这连分也不打就让示范班带回自己一个人留下，是讲课时出了什么问题？

朱镜如跑步回到火炮位置，让排头兵徐静伟带走示范班。正疑惑间，看到十个评委竟然全部离席，来到了火炮跟前。

旅长指着火炮对评委们说："同志们啊，我们很多'四会'教练员一提到教具就发愁，就说做不来，就会拿嘴对着战士空讲。让我们看看三营三连六班长朱镜如讲一、二炮手操作这一课用了多少个教具。"

大家的目光盯在朱镜如制作的教具上，这里摸摸那里看看，很新奇，不停地问教具怎么和火炮联动的。

旅长说："这个一、二炮手操作训练课，用了三个教具，而且个个有技术含量，这说明什么？"又转过头问站在一边的朱镜如，"朱镜如！"

"到!"

"你说说，在三七炮操作上你还能不能设计出其他教具？"

"能!"朱镜如大声回答。

"说说看!"

"三炮手可以制作模拟距离分化盘，和火炮联动，用来显示航路变化对三炮手距离装定的影响；四炮手还可以制作速度、航路对一、二炮手的瞄准影响的显示教具，在瞄准镜上设置虚拟瞄准线……这些装置，同样适用于五七高炮。"

旅长听了，对其他评委说："我们三七炮的班长都能解决五七炮的教具问题了，我看就是肯不肯钻研的问题，没有足够的训练热情就不可能想到这么多的问题。作训科随后整理一个材料，我们高炮旅需要的，难道不是这样的人才吗？"

评委们看完朱镜如的教具后，陆续走回评委席。作训科杨科长和政治部刘干事留在最后，作训科长问："朱镜如，课讲得不错，器材革新也搞得不错，你想不想提干哪？"

朱镜如被问得一愣，还没有等回答，杨科长和刘干事就又离开了。

随后，评委就位，打分。去掉最高分和最低分，朱镜如的平均得分96.2分，暂居第一。所有营区的比武结束后，朱镜如仍以第一名的成绩进入了全旅的前十名，最终被评为旅优秀"四会"教练员。

一起被评为优秀"四会"教练员的，还有四营八连的班长武东林，武东林是比朱镜如早一年度的兵，讲的是五七高炮四炮手操作。"四会"教学比武后不久，武东林就作为预提军官对象，送往二十六集团军教导队进行三个月的集训，集训结束后回到自己连队当了本连的一位排长。

武东林是湖北人，和朱镜如在潍北实弹演习时就认识，对朱镜如很看重。后来高炮旅裁军，他转业到河南许昌做了一名警察。多年后朱镜如和他在许昌相聚，也聊了很多部队的事，不久他又出了点儿事，好在有惊无险。

第二十七章

新晋班长朱镜如在旅"四会"教练员比武中以第一名的成绩一举夺魁后,自然是春风得意,在连队越来越顺心,各项工作更不甘落后,处处向排头班班长贾峰看齐。

却说三营从上庄搬到留村旅部后,除了营房是崭新的,几栋楼前的路面铺的是水泥砖之外,营房内未实现绿化。三连宿舍楼南侧的篮球场还是土质地面,这与高旅其他营连优美的环境不相适应,这样的状况一直持续了两个多月。

一个周末的下午,连长张森林突然集合了全体干部骨干召开连务会,会上张森林传达了上级关于要求三营整理营房路面、绿化营院的临时性工作任务,并强调:"自从三营到留村营房以来,全营就以优良的传统和顽强的作风赢得了旅首长和全体官兵的认可。为了使三营官兵有一个良好的工作生活环境,维护三营的整体形象,美化营院的工作迫在眉睫。这个任务艰巨,时间紧迫,关系着我们居住环境的改善,因此大家要提高认识,力争圆满完成这项任务。"

排长焦立健问:"我们三连的具体任务是什么?"

张森林说:"第一阶段,在营统一指挥下建设营篮球场。各班排要想尽办法去收集石块,集中堆放于篮球场东侧空地位置,石块收集完后再由技术人员指导,我们去铺设混凝土篮球场;第二阶段,篮球场铺设完毕后,营院内所有地面,也就是裸露泥土的地面,我们全部种上草皮。"

"草皮又从哪里弄?"焦立健又问。

"我们自己到山坡去找适合铺设的短草皮,自己挖回来铺设。"

班排长炸了窝,四班长贾峰说:"这工程量可是不小,为什么不购买石头草皮?我们营区别说石头,就连拇指大的碎石子都被清扫得干干净净，我们往哪里找去？再说我们战士又不是施工队，铺设草皮是技术活，我们能干好吗？"

连长张森林说："旅里资金紧张，所以我们要自力更生。再说，办法是人想出来的，只要我们努力地去想办法，克服困难，就一定能完成这项工作。本周开始，我们先完成第一个任务，铺设营篮球场。这项工作的难点在寻找石头，石方量分配到各班，六个炮班加指挥班，每个班要收集十方石头，在规定的位置堆放好，等待连队检查验收。"

又有个别班长发起牢骚来，说："我们部队不以训练为中心反而要干这些杂活，影响连队的训练，是不是不务正业？"

张森林听了，脸色慢慢变得严肃起来，说："同志们，艰苦朴素是我军的优良传统，我军自建军以来，都是在极端恶劣的条件下生存并发展壮大的。我们不光要打仗，还要会生产，否则，我党我军就不会走到今天。在战场上，我们枪打得再准，不会挖战壕，那不是等死吗？回顾我军的发展历程，在我军的每个历史阶段都少不了建设，只有这样才能自给自足，才能保证战斗的胜利。比如著名的三五九旅，在训练之余，不一样搞生产？就我们现在的营房，也是老一辈一砖一瓦砌起来的！没有老一辈的建设，我们能住上这么好的营房吗？"

几位发牢骚的班长听了，不再说话。张森林又带领各班排长来到院子空地里，给每个班划定了摆放石头的位置，说："每个班按我划定的位置放置石头，晚上各班可以开个班务会进行个小动员，明天开始各班自行开展工作，争取一周之内把石头找齐！"

朱镜如接到这个施工任务后，并没有像部分班长那样充满了为难情绪，反而是热情高涨。朱镜如有自己的想法：自从自己担任六班班长以来，还没有以班为单位接受过像样的任务，虽然在共同课目、"四会"教学比武上成绩斐然，但都是个人项目取得的成绩。另外像连队以班为单位的评比卫生、队列会操等等，朱镜如也总是名列前茅，那也都是些花拳绣腿般的工作，不能说明一个战斗班的战斗力和凝聚力。而这次篮球场和营院的绿化施工，则是第一次以班为单位开展的任务，进度快慢在全营面前一目了然，朱镜如自是不会放过这一次展示六班的机会的。

吃完晚饭后，朱镜如早早地让全班回到了宿舍，把连队的工作任务向全班做了通报，并让大家讨论发言，如何能快速、高标准地完成寻找石头的任务。

副班长刘卫刚听了，摇摇头说："班长，这个工作还真是个难题，首先，留村营房营院内干净整洁，想找出一块石头都很难。其次，运送石头的工具没有，上哪里找推车去？总不能用手抱回来吧！"

老兵夏思凡和乔二阳也是城市兵，听到要去找十方石头的活，早就怕得要命，说："班长，我们在家可什么活儿都没干过！让我们操操枪弄弄炮、打打篮球跑跑步还可以，这十方石头不得把我们几个人累趴下？"

徐静伟、张卫国和张召伟是新兵，自是不敢说些什么。

朱镜如听了，不禁笑了，说："那怎么办？每个班的任务就摆在那里，早晚都得干，你们说，我们是早点儿干，还是等着别的班都干完了，然后在连长的催促下、其他班排的蔑视下当落后？"

刘卫刚说："当然不能当落后。"

朱镜如点点头说："说得对！同志们，我们不能被困难吓倒！说实话，我朱镜如可真没把这个任务当成事儿，这项工作真的不难，还很有趣，也是很需要巧劲儿的！"

刘卫刚问："班长说话真的搞笑，这搬大石头的事儿你说怎么使巧劲儿？"

朱镜如胸有成竹地说："同志们，这其实就是一场战斗，我们一定要占得先机。你们想想，全营都开始找石头，石头又不是摆在我们面前等着我们，我们先把近处的石头找完了别的班就更难找，别的班就只能到更远的地方找，更费时费力。所以，找得越早，就越容易完成任务。一旦我们前期占得了先机，进度必定超前，这样就会给其他班排带来极大震撼，同时增强了我们必胜的信心，大家觉得呢？"

刘卫刚听了，点头称是，又问："那我们怎么行动？"

"首先，我们要根除以往新兵干、老兵看的坏风气，老兵一组，新兵一组，两个组相互竞争，这才能体现公平。具体安排是，我们班兵分三路！第一路，由副班长刘卫刚带领老兵夏思凡和乔二阳组成老兵组，先在营区中心路以东范围内搜索可以使用的石头，找到后立刻派一人到服务中心取运输工具；第二路，由新兵徐静伟带领两个新兵组成新兵组，在营区中心路以西范围内作业，找到石头后同样到服务中心取运输工具。你们老兵组和新兵组要发挥主观能动性，看哪个组找到的石头又快又多！"

新兵张卫国问："那第三路呢？是班长你自己吗？"

朱镜如神秘地说："第三路可不只是我自己，我可是带着一个无形的后勤保障团的，没有这个保障团，你们将缺乏给养补充，而且只能抱着石头回来！"顿了顿，又说，"我可事先说明，哪个组找的石头多，我就会加强到哪个组！另一个组可不要有意见！你们听清楚了吗？"

刘卫刚和徐静伟听了，几乎同时说："清楚了！"

徐静伟又说："那我们明天早上就干，是不是要早点儿起床？"

朱镜如听了，用一种无法形容的诡异笑容看着徐静伟说："徐静伟同志，到明天早上还有什么劲儿？黄花菜都凉了吧！"

徐静伟一耸肩，疑惑地问："那我们什么时候？"

朱镜如目光扫过几名战士，说："兵贵神速！同志们，我们要以极大的热情投入到战斗中去。我们不妨把要寻找的石头看作敌军布下的地雷，现在的情况是：上级命令我们，为配合友军开展大规模的战斗行动，要我班在最短时间内把营区内的所有地雷清除干净，并集中到我们院内等待销毁。为了完成这项战斗任务，我们晚上七点半以后的班务会就不开了，你们各组分散开，在天黑之前到各自的区域寻找地雷，做好标记，然后趁天黑神不知鬼不觉地把地雷运回我三营。"说完，又看着徐静伟问，"徐静伟同志，你自己说你们组什么时候开始行动合适？"

徐静伟听了，略显尴尬地点点头。而刘卫刚的眼睛早亮了起来，顿时不再觉得工作任务是个苦差事，并跃跃欲试。

徐静伟又问："班长，那我们到其他营区探明了地雷的位置估计天都黑了吧？熄灯之后搬运的话会不会引起敌军哨兵的警觉，或者被旅首长发现，说我们不按时休息违反纪律？"

朱镜如拍着徐静伟的肩膀说："你真傻！全旅的哨兵口令可是统一的，我们只需问问我们连哨兵晚上的口令，敌营哨兵若发现你们，你们正常对答口令不就行了？若真的被旅首长发现，你觉得首长对你半夜加班的行为，是应该批评你还是表扬你？"

徐静伟听了，茅塞顿开，不等朱镜如再催促，和另两个新兵欢天喜地地涌出了连队。夏思凡和乔二阳也觉得这任务实在有趣，也在刘卫刚的带领下跑出了宿舍。

朱镜如看着一群人的背影，不禁暗笑，心想这比什么思想工作都好使。朱镜如又来到服务中心，找到了老乡张宏文，说要征用服务中心的两个平板车。张宏文知道了朱镜如的来意,说:"我们服务中心大力支持。"然后又打开了两瓶啤酒,说,"也不给你倒水了,一人一瓶啤酒当茶得了。"二人就在服务中心侃起大山来。

却说刘卫刚和徐静伟,分别带着老兵组和新兵组,在留村营房偌大的营区内转了个遍,东到修理所,西到卫生队,足迹踏遍了高炮旅营房的每个角落,竟也找了不少石头,留村营区内每一块小到拳头大的、大到小磨盘似的石头都记在心里。两组都怕落后,竟又不约而同地到了北炮场,又找到了不少。看看已近二十时,这才来到服务中心,见到了朱镜如。朱镜如问了两个小组的情况,见都有收获,心中有了底,又对张宏文说:"快快假公济私一下,慰问一下我们英雄的六班。"张宏文笑着说:"你一个人吃吃喝喝还不行,还要带着全班来?"朱镜如笑嘻嘻地说:"谁让你是土豪劣绅,天天拿着战士的口粮送这个送那个的,让我们专政了又怎样?没有革你的命就不错了!"朱镜如对大家说,"大家一人一根火腿肠一瓶水,任务完成后,有啤酒奖励!"

两组人马加了餐,兴奋地拉着服务中心的平板车,在全连其他班排还在开班务会安排任务、满腹牢骚之时,各自满满装了一平板车的石头。等熄灯后,两组战士才分几趟悄无声息地把石头运回了指定的位置,回到连队时已是二十三点多了。朱镜如知道大家累得不轻,等大家简单洗漱躺到床上后,给每一个战士被窝里又塞了一罐啤酒两根火腿肠,开玩笑说:"一罐啤酒睡得香,两罐啤酒憋得慌!喝完啤酒好睡觉,不做噩梦不尿床!"

新兵张召伟趁朱镜如不注意多顺走了两罐,朱镜如眼一瞪,张召伟咧着嘴说:"班长,我不怕尿床,我今晚站第三班岗。"朱镜如也就随他去了。谁知半夜醒来,发现自己从服务中心带回的一箱崂山啤酒竟然一罐不剩。

第二天早上是周日全连不出早操,朱镜如未让本班战士起床,而是睡了懒觉。其他班排提前起床寻找石头的战士们还以为自己起了个大早,等他们走出连队大门,立刻被营篮球场上的一幕惊呆了:六班指定堆放石头的位置如天外飞仙般,一夜之间堆了一大堆石头。早起的营长盛建堂看到后也是大为惊奇,没想到三连这个班的行动会这么快,初步估算了一下,有近四方的石头,快一半的任务量了。问了连长张森林,张森林说是六班干的。盛建堂对张森林说:"如果这样的班长多几个,我们什么样的任务不能完成。这样的班长不仅仅是你们三连的榜样，也是全营的标杆！"张森林心中感叹，就来到六班宿舍，见全班人员还在呼呼大睡，就轻轻地拍拍朱镜如，说："你这个朱镜如，还在带领全班睡觉？"

朱镜如迷糊之中看到连长过来，马上直起身，说："今天是周日啊连长，全旅都不出早操！"

张森林若有所思地看着朱镜如说："睡吧睡吧！你们有资格睡！我不是来催你们起床的，我是看看你们六班是不是长了三头六臂，是怎么一夜之间把石头从空而降的！"

朱镜如笑道："连长，我知道昨天嫂子刚来部队探亲，不知道你为什么在家属院睡得那么沉，连你门口的几块石条消失不见了都不知道。对了连长，昨晚你干什么了累成那样？外面那么大的动静你真的听不到？"

张森林听了，心想这朱镜如竟然收集石头收集到家属院去了，刚想说什么，突然觉得朱镜如话里有话，便一瞪眼，说："你朱镜如少贫嘴，小心我让你把石头再给我搬回去！"

一直装睡的刘卫刚扑哧一声笑了出来。

张森林也未在意，离开了六班宿舍。

然而全营其他班排寻找石头的工作就不太顺利了，营区内的石头都被六班找了个遍，又连夜拉了回来。刘卫刚甚至把五营炊事班压咸菜缸的石头都偷了回来，再从营区找基本没有可能。一天下来，很多班排只捡来了十多块石头，这与朱镜如的三连六班形成了鲜明的对比。

见其他班排进展缓慢，张森林不得不在晚上进行了讲评，重点指出了两个问题：一是个别骨干认识不到位，总是强调客观因素，等靠思想严重；二是个别班存在新兵干、老兵看的问题，引起新兵的不满，建制班的战斗力下降。这点要学习六班，采取新、老兵分组的形式，使老兵同样焕发出较强的战斗力。

六班战士心态平和，在朱镜如的指挥下，又陆续拉回了不少石头。不到两天，率先完成了十方的任务。而其他班连三分之一的任务都没有完成。连长张森林对朱镜如说："六班进度比较快，但是完成了也不能停下来，可以帮帮其他班嘛！"

于是，六班继续安排战士寻找石头，但全班心情却放松了许多。很快，三连率先完成了营长布置的石方任务。

这样又干了两天，建设篮球场所需的石头全部备齐了。在技术员的指导下，战士们又把石头转移到二连挖好的球场里。朱镜如从来不知道建个篮球场会用这么多石头，又不是建马路，石头层要有四十多公分厚。先铺大石头，后铺小石头，几十个战士又推又拉用大石磙碾了无数遍，才开始打混凝土。打混凝土时没有搅拌机，是战士们人工搅拌，半天下来，就累得胳膊都抬不起来。

前前后后半个多月时间，球场才建成。

朱镜如带领的六班在第一阶段的任务中表现优异，全班战士充满了自信与兴奋。

还没等篮球场凝固，张森林就分配了种植草皮的任务。可能是看到了六班的战斗力顽强，任务直接要比其他班多了不少。朱镜如对着张森林龇了龇牙，张森林斜了朱镜如一眼，带着笑说："怎么了六班长，嫌你分的任务少？"

朱镜如忙摆手说："不怎么不怎么，我们这就去寻找草皮！"

有了铺设篮球场的经验，朱镜如知道这活还得争第一，干得越早，资源越充分，草越好找，活越好干。种植草皮对土质有要求，而营房的地面全是建筑垃圾，草皮种上去也不活。战士们挖地近半米深，用筛子把杂土筛了一遍，细土放一边，碎砖碎石垃圾放一边。分类完毕后先将碎砖碎石垫在底部，上面再把细土填上，这样土质有了保证，草皮容易生根。这个活干了近两天。

副班长刘卫刚第一天就拉回来不少草皮，六班把找来的草皮切成整齐的方块，一点一点地铺设平整，再用水浇透。但草皮量多合格的少，必须是那种贴着地面生长、耐踩的草皮。副班长挖回的草皮远远不够，于是，全班人员出动到营房西北的山坡上寻找，遇到好的，用铁锹切成方块，小心地连草带土铲下来运回营房。

全连都在六班的带动下动了起来，当然六班的进度也受到了挑战，但朱镜如仍然能以绝对优势保持着领先态势。这一状态在三连几乎成了定律，从此以后任何工作，全连均以六班为标杆，甚至没有哪个班想着可以超越六班，六班延续着辉煌。

很快，六班又遥遥领先地完成了种植草皮的任务。大家心情舒畅，可以缓口气儿喝着水看着其他班着急的样子了。当然，帮其他班干是必须的，但是那种率先完成的喜悦却是很美的一种享受。

三班战士王晓刚却在这个时候出了乱子。

由于三班在施工中进度较慢，三班长冯坤心里着急，就在班务会对班里战士动了粗。新兵本来干的活就多，累得够呛，又受到班长的打骂，心里想不开，一气之下，新兵王晓刚就趁当晚担任哨兵时离开了部队。冯坤起床发现王晓刚不见了踪影，急忙报告连队，连长马上安排人员出去寻找。留村不同于上庄那么闭塞，这里出大门口就是公路，交通发达。战士坐上车就很难找了。连长安排几组人员分别去即墨和青岛汽车站、火车站寻找。朱镜如带领徐静伟到了蓝村火车站；副连长和姜福禄去了青岛火车站；又安排了几个老兵去了即墨汽车站。副连长和姜福禄到青岛火车站时，遇到了多个兄弟部队的同志到火车站追逃兵。其中有一个干部说："你们到车站警务室看看，那里拦截下来不少疑似逃兵，都集中管理着。"副连长和姜福禄到警务室一看，果然看到王晓刚正垂头丧气地在里面坐着，姜福禄拉起王晓刚就是一耳光，王晓刚也不敢吭声，二人将王晓刚从青岛火车站带回。这一事件发生后，营长又集合全营骨干进行整顿，重点解决了施工阶段班长管理简单粗暴、新兵工作压力大思想工作跟不上的问题。

8月中旬，高炮旅参加军校招生的考生通知书下来了，高炮旅的考生成绩让人难以置信：五十六名战士考试，考上军校的竟然高达五十四名。这些考生中一部分连初中都没有毕业，有的只是想躲避连队的施工训练才报考军校去学习班的。这要得益于高炮旅的工作做得足够到位：除了提供良好的学习环境，最重要的是对前来组织考试的考核组成员进行了公关。考试时的监考不是很严，负责警卫的战士甚至能把卷子递出来。后来听说因为高炮旅的考生考得太好，还受到了上级的批评。这是朱镜如第一次听说考得好还受批评的事，不知道是不是杜撰来的。

于是，有不少战士都后悔没有参加军校考生补习班。

其实每个人的人生道路上，并不会总是有人提醒你面临的机遇，或许你根本就没有想过要去考军校，或许你眼前就有一条光明大道，但是，身在局中的你根本不知道，很多机会白白地在眼前流逝了。多少年后，你也许会说当初如果有人给你哪怕一点点的指点，你就不是现在这个样子了。其实，这也是你多年后的一厢情愿，因为，即便有人当时给你说，也许你照样不相信，照样不屑一顾。

蓝俊峰和井俊恩同时考上了郑州高炮学院，后来的防空兵大学。8月底，二人在连队的锣鼓声中光荣地离开连队到高炮学院报到。一个连队两个考上军校的，这也是三连的一件大喜事。

副班长孙茗山考试成绩不理想，名落孙山。诗云：

孙茗山名落孙山后　蓝俊峰金榜喜题名

没有考上学的副班长孙茗山，工作上还是踏踏实实的样子，后来连队文书郭宝赞去学了司机，文书空缺，孙茗山就向连长张森林申请，要求接替郭宝赞当文书。这时候新的指导员杨月清到位，新文书孙茗山就和新任指导员杨月清住在一个宿舍。

第二十八章

高炮旅的教导队是一个正营级单位，位于留村营房正中心处的一个独立小院。院内有一个两层小楼，年代也久远了，后来高炮旅营院的驻军单位更换了数次，教导队的二层小楼最终也被拆除建成了花园。教导队的大门在院北侧，向北开启，门外是留村营房内东西走向的主干道。主干道北侧，正对教导队大门的是旅部大礼堂，标准的苏式建筑。不过张百列上任后又对这个礼堂进行了大的装修，焕然一新。礼堂西侧，设置了四百米障碍和单双杠训练场，是朱镜如经常带领战士训练的地方。

通信连排长郭祥已经临时抽调到教导队，担任教导队的一区队长。二区队长是和郭祥同年提干的邱春年，在"四会"教学上比较突出。朱镜如带领新兵进行训练时经常遇到郭祥，有一天训练结束后，郭祥看到朱镜如要带着三连二排的战士回连，就邀请朱镜如去教导队坐坐，随便聊聊。朱镜如当天是连值班员，就说："晚上吧，晚上带着王红涛一起过去。"郭祥沉思了一下，说可以。

吃完晚饭后，朱镜如叫上王红涛一起去了教导队。王红涛还是在三营营部指挥排，有线兵专业，因为专业训练时是和通信连一块儿训练的，所以王红涛和郭祥早就认识。朱镜如第一年知道有线兵这个专业后，曾动过心想改到这个专业，因为有线兵有一个比武项目"四百米收放线"，要带着有线线圈跑八百米，铺设电线，并固定在线杆上。朱镜如觉得只要是跑的项目，拿第一都没有问题，就向连队申请换专业，但是连营长都不同意，也就作罢。

郭祥看到朱镜如和王红涛来到教导队，就在二楼他的区队长宿舍打开了几瓶啤酒，倒在高脚酒杯里。又从炊事班找来几根黄瓜和西红柿，用小刀切片凉拌成下酒菜。朱镜如说："郭排长还准备这么丰盛啊！"

郭祥说："闲着没事，天热喝几杯青岛啤酒解解乏，条件简陋，将就一下。"

王红涛用他标准的河南腔说："哎呀就这都中，就这都中，要那么复杂弄啥哩！"

西红柿是用糖拌的，朱镜如吃着有点儿不习惯，但王红涛吃得津津有味，对朱镜如说："你看人家教导队就是美得很，像我们三营，排长也不敢明目张胆在宿舍喝个啤酒，正规营连管得就是太他娘的严了！"

三个人就着黄瓜西红柿小酌了几杯，随便聊了一会儿家常。朱镜如想起别人传说的郭祥与旅长下棋一事，就问："郭排长，你还经常和旅长下棋吗？"

郭祥说："还可以，有空儿的时候他还找我下，只是没有他当参谋长的时候下得勤了，他当旅长了事情多。"

朱镜如笑着问："郭排长，我听别人说你能提干就是和旅长下棋下出来的，有这事吗？"

郭祥摇摇头说："哪里有的事，旅长爱和我下棋是真，但是我提干都是按程序来的，当然，少不了旅长的器重。"

王红涛接过话说："郭祥你别藏着掖着了，都知道你第三年想提干还不好意思给旅长说，就找旅长下棋，下棋时你故意边下边叹气，说旅长啊，以后我和你下不成棋了，快要老兵退伍了，一退伍就没法回来和你下了。旅长哈哈一笑，说那不简单，你回去等着吧！第二天通信连就把你作为提干对象把资料报上去了！"

郭祥说："听你说得有鼻子有眼的，难道我和旅长下棋你都在一边听着？"

王红涛咧着嘴说："这是全旅都知道的事情啊！我们在有线兵集训队的时候，连新兵李雪峰等人都知道你提干的缘由。我没听到不等于别人没听到，再说也可能是旅长给通信连长吴金祥说的，让吴金祥把你郭祥留下来陪旅长下棋，都说不定啊！"

郭祥笑笑，端起酒杯说："都是乱传的！"

朱镜如端起酒杯和郭祥碰了一下，喝了一大口啤酒，说："不管怎么样，张百列旅长是你的伯乐，你还是很幸运的。"

郭祥说："其实旅长这人挺不错的，非常正直，没有架子也很容易接触，嫂子为人也不错，有空儿你们去旅长家里坐坐就知道了。"

朱镜如心想张百列可是高炮旅的一号首长，自己平时见了营连干部都紧张，怎么会有机会去旅长家，就没再接话，又把杯里啤酒一饮而尽。

郭祥像想起了什么，说："对了，今天我让你们来是想提醒你们，年底会有士兵预提军官的考核选拔，你们都有一定的军事素质，是可以考虑提干的。我们旅每年都会有一两个提干名额，从第三年优秀班长中选拔。你们已是第三年兵了，素质都这么好，不争取一下会后悔的！"

朱镜如听了，担忧地说："这个倒真是没有想过，能从士兵提升成干部对每个士兵来说都应该是梦寐以求的事情！会有很多人竞争，我感觉自己没那么大能力。再说，我听说提干是要找关系花钱的。"

朱镜如想起家里二哥出事后，父母把多年的积蓄全部花了出去，还借了很多外债，家境已今非昔比。自己的人生道路，已经没有了改变轨迹的经济支撑，只能像星海中失去动力的飞行器一样，再也没有燃料来改变航向，再也没有必要刻意设定目的地，而只能在惯性的作用下，一任自己在浩瀚的宇宙中流浪。

郭祥端起酒杯，对朱镜如说："镜如老弟，别这么消极。人的一生一定是要有些想法，如果事情还没有做，自己先把自己否定了，那就会一事无成。很多时候，打败自己的不是别人，恰恰是自己。我们旅的风气是很正的，哪像你说的干什么都要送礼。你就该去争取。人，如果不给自己点儿压力，都不知道自己有多优秀！"

王红涛也哈哈笑着说："镜如，你看郭祥不都没花钱，下下棋就提干了，不行我也学学下棋去，没事找旅长下下棋。或者看看旅长有没有别的爱好，咱也接近接近。"

朱镜如扭头对王红涛说："你王红涛的思路总是与众不同，总有独到的见解！"又端起他的酒杯递给他，说，"你先向郭祥排长表个诚意，喝三个拜师酒，让郭排长把与旅长怎么下棋的秘籍教给你，免得你下了臭棋被旅长撵出来，得不偿失！"

王红涛忙端起酒杯说："一块儿喝一块儿喝！"

三人喝了十瓶啤酒，感觉头重脚轻，看着不敢再喝了，朱镜如和王红涛就向郭祥告辞，离开了教导队。

这次见郭祥之后，朱镜如隐隐约约觉得郭祥在提干问题上似乎并不看好王红涛，而是想劝自己争取提干，只是之前朱镜如根本没有往那方面考虑，或者说是知难而退。朱镜如总觉得自己对人生没有太多的规划，而机会任何时候都是给有想法的人准备的，像自己这样的后知后觉，还没有悟出什么东西，机会就没有了。多年之后，朱镜如总是在想，自己那碌碌无为毫无追求的人生观一定是受了家庭的影响。那个年代，父母虽不是高官，但家庭条件也是别人羡慕的，衣食无忧，加上弟兄四个自己最小，从来没有为什么事操过心。朱镜如与蓝俊峰、乔无忌、孙茗山等人最大的不同，就是他们从当兵起，就要靠自己混天下了，而朱镜如不是。虽然知道家里出事后，朱镜如自己以后的路已不可能再让家人操心，但是这种惰性思维，却如幽灵一般藏匿在他灵魂的深处，让他避之不及、挥之不去！

旅政治部果然很快下达了关于优秀士兵破格提干的文件。文件精神传达到各营连后，在全旅掀起了一股训练争先的热潮。大家都知道，士兵破格提干对战士来说是人生关键的一步，完成了从士兵到军官的转变，未来的路就跨上了另一个台阶。这一跨是至关重要的，至少具备了成为将军的最根本条件。而且，士兵破格提成军官后，只用三四个月的集训就直接可以授予少尉军衔，拿军官工资，这和蓝俊峰、井俊恩们还要再上几年军校才分到基层部队相比，任职命令早了两三年，在进步速度上来说绝对是捷足先登的了。在基层，由士兵直接提干的军官能和战士打成一片，因为他们都是从优秀的班长中选拔的，带兵能力强。但营职以后就不同了，所以直接提干的军官往往会有再次到军校进修的机会，以弥补学历的不足。

营部王红涛显然目标明确，一定要争取所有可能的机会，来脱离贫瘠的农村。乔无忌倒是有自知之明，没敢参与到提干的竞争中来。一连的刘广琦、二连的刘军等都是提干对象的有力竞争者。

朱镜如回想自己当兵这两年多来，第一年还算辉煌，取得了不少成绩和荣誉；第二年步履坎坷，收获了不少寂寞和痛苦；第三年，似乎又王者归来，虽然本身还有很多瑕疵，但是当了班长，入了党，比武、运动会又是一大把的第一，并获得了优秀"四会"教练员称号，成绩应该不错了。郭祥的话竟让他浑身躁热起来，心里就突然有了些冲动，暗暗地铆着一股劲：自己一定要争取提干！这也是对自我能力的一个肯定，对自己军旅生涯的一个交代。

169

第二十九章

连长张森林意外地在潍北实弹演习后调离了高炮旅。

一年一度的潍北靶场实弹演习，朱镜如已经历了两次。这第三次，朱镜如是以炮班班长的身份去的。但这一次的演习效果却远不如往年，每次都能击落十几具拖靶的战绩，这次射击任务已经进行过半，还没有击落一具拖靶。每个连队训练都下了功夫，曳光炮弹划出的弹迹也非常集中，但飞机拖靶总是晃晃悠悠、不紧不慢从弹雨中穿过，如有神助般地毫发无损。这让朱镜如想起某些神剧，主人公在枪林弹雨中飞奔却能全身而退，看来也不是不可能的事。

有时就是这么邪门，朱镜如想起去年二营的五七炮连打靶时曾出现单炮、单发、首发命中拖靶的神奇事件。和三七炮不同，五七炮口径大射程远，主要对中空飞行目标实施射击，射击时不是用人工瞄准而是用雷达指挥仪捕捉目标并实施追随瞄准，射击精度高。五七炮射击前需要一门中心炮试炮，试炮后根据弹迹校正全连的瞄准线。去年实弹演习时轮到二营的某连射击，指挥仪捕捉到目标后，在很远的距离上中心炮单炮单发试射，五七炮弹划出一道优美的紫红色弧线，直指拖靶，竟然炮响靶落，全连战士愣了好一会儿才相信，于是全连欢呼。

今年的情况显然没有去年那么幸运，旅长张百列非常着急，让司令部组织作训科和各营连长召开研讨会，研究解决打下拖靶的办法。听说有智囊在开会后献计，不妨直接和空军方面联系，轮到高炮旅射击时，让轰五飞机飞得低一些，慢一些，让靶子无论如何飞不出我旅的阵地，被旅长张百列训斥了一顿。

四班长贾峰说："这老天要考验旅长张百列和参谋长纪树光了，这个张百列三十八岁当旅长，在和平年代是够年轻的了，让多少人嫉妒啊！如果能挺过去，张百列必成大器！"

焦虑感在一部分干部战士心里蔓延开来，有一次副旅长杨世贺到三连阵地检查工作，不知道哪点不满意，当着全连干部战士的面把张森林劈头盖脸地批评了一顿。当时三连炮班都在做射击前五项准备，朱镜如感到杨副旅长的批评让人无法接受。张森林倒是并不怎么在意，面对杨世贺的批评也不多说什么。然而杨世贺依然不放过，临走时又冲着张森林说了句："你这个年轻小连长，训练不好我要处理你！"

杨世贺这一顿无名火让朱镜如感到莫名其妙，心想难道是张森林什么事得罪了杨世贺？

旅司令部射击研讨会召开后，高炮旅实弹射击的表现好了许多，陆续击落、命中了几个拖靶，略微带些遗憾，结束了这一年的潍北实弹演习。

潍北靶场回到留村营房后不久，张森林就调到离老家很近的炮八师。

朱镜如一直以为张森林是因为杨副旅长的批评才心生去意。多年以后和张森林谈起这件事，张森林说早就忘记杨副旅长批评他的事了，他调到炮八师只是因为炮八师离家很近，可以不用夫妻两地分居。干部调动不是一下子就能调成的，他一两年前就开始协调多种关系，并不是和杨副旅长闹别扭才离开，再说，他也没有那么小的心眼儿。

按照部队规定，军官要到副营职以上爱人才能随军，所以副营以下的干部如果结了婚，爱人又不是驻地附近的，就要承受夫妻分居两地的煎熬。听了张森林的解释，朱镜如也就相信了他的话。

话说三连连长张森林提前调走，三连就缺编了连长，这时还不到年底干部大调整的时候，但还是有几个副连职来竞争三连连长的位置。最后是二连副连长刘玉泉抓住了机会，接替张森林来三连当了连长。

这刘玉泉也是即墨本地人，在连队工作作风扎实，群众基础好。高炮学院毕业后就分在了上庄营房任二连排长，排长任期不满三年，被营长盛建堂推荐旅党委，调任了二连的副连长。这副连长还没当几个月，就又升职当连长了，看来官运亨通，前途无量。

至此，朱镜如当兵未满三年，连长也换了三任。

刘玉泉接任连长不久，高炮旅就开始了老兵退伍工作，三连的老兵退伍工作是由新任连长刘玉泉和老指导员杨月清一起主持的。这一年，

171

朱镜如的这年度兵服役已满三年，到了退伍的年限。退伍时这几个地区的地域区别就明显有了不同：大连籍的兵因城市生活条件优越，没人选择留在生活艰苦的部队，全部退役回家了；山东德州的也是城市兵，除了考学走的，也基本全部退伍；倒是湛山市的，因农村兵占了大部分，感到退伍回家也没有什么出路，大多数能留下的还是选择留下来，超期服役当了班长，以便寻找机会。

朱镜如是城镇兵，本来退伍后就可以按父亲意愿安排在县政府财委工作，但是想到二哥的事还没有个着落，父母已经无暇顾及自己太多，甚至连商量的过程都没有，再加上自己隐隐有个军官梦，也就顺其自然，按照连队的意见，确定留队了。文书孙茗山也要超期服役，准备第四年再冲刺一把考一次军校，跳出农门。营部王红涛、电工房马金印、指挥连的宋爱军、四营的贾耀明等二三十个湛山籍战士留下了，大多数考虑满五年服役期后转成志愿兵，可以在部队干满十四年，以获得安置工作的资格。那些年，部队的志愿兵回去是有安置政策的。

本以为乔无忌会选择留队，没有想到家中贫穷的乔无忌觉得在部队前途无望，赚不到大钱，即使转了志愿兵，还要在部队干个十几年，那不是他要的生活。于是坚决地选择了退伍，让朱镜如大跌眼镜。

张森林走后的三连似乎缺了点儿什么，战士作风浮躁得多。新连长刘玉泉到任后，指导员杨月清就成了老资历，想要一个人说了算，要把握住连队，并独断专行地对连队进行有针对性的管理，这样就与刘玉泉的关系不太和谐。朱镜如总觉得指导员杨月清有一股阴气，内心多少有点儿不太喜欢指导员的工作方法。朱镜如对自己有这样的想法而后怕：曾几何时，面对连队干部都小心至极，唯恐被连首长找出破绽，而现在，你还是一个战士，竟然敢对上级这样评价，这显然是很不合适的。

这时连队老兵退伍工作也已经结束，连队又合成了四个班，进行着冬季共同课目训练。为了连队正规化管理，连队加强了物资"三分四定"的落实。"三分"是指战士的物资分携行、运行、后留三种，简单地说，携行的物资是满足有紧急任务时随身携带的必需品，比如衣物、背包和基本的战斗装备，平时就在宿舍里放置；运行，是指个人无法携带又是作战任务必需，需要随车运送到前线的物资，统一放在运行库；后留就是与作战行动无关，留在营房的个人物资，也就是打仗光荣了的话家人带走的东西。"四定"是指定人、定物、定车、定位，使作战行动更加具体。

战士宿舍也是重点，除内务卫生外，宿舍内每人一个壁橱，放的就是战士的携行物资，壁柜里不得放置杂物。各级都会对携行物资进行检查，以确保紧急拉动时为部队形成战斗力提供足够的物资保障。

指导员杨月清对战士宿舍、物品放置检查严格，有一次看到几个班排宿舍的壁橱里有战士锻炼臂力用的弹簧拉力器，觉得不应该放在壁橱里，影响了宿舍整体的统一。但战士们觉得没有放弹簧拉力器的地方，只能压在被子下面，有的就放在壁橱里。杨月清见自己的命令有人没有执行，就不管三七二十一，强行没收了几个，放到了他的宿舍。这也让部分战士颇有微词，战士江世贤、汪文军等找到朱镜如说："班长，我们平时业余活动又不多，我们自己买的弹簧拉力器又不是什么违禁品，不让放在壁橱里，我们可以放在其他地方，你说指导员把拉力器当作违禁品没收了，难道让我们业余时间天天大眼对小眼不成？"

朱镜如内心也对杨月清没收弹簧拉力器的事有些意见。但自己是班长，也不好明确反对指导员的意见，只是在一次连务会后，朱镜如到指导员办公室说了部分战士的要求。没想到杨月清不以为然，说："连队的'三分四定'是连队正规化管理的一部分，你说谁想放什么就放什么，宿舍里不乱套了？连队还怎么实施管理？"看杨月清坚持自己的思路，朱镜如也没什么办法，只是觉得这连队管理理应连长抓得多一些，而指导员应该多抓些党务、思想建设方面的。目前状况，连长倒是抓管理少，指导员却不以政治工作为中心，操起军事主官的心来，干的尽是些越俎代庖的活，真是荒了自己的三分地，种了别人的半亩责任田！

再后来，杨月清对物品放置的要求越来越苛刻，发展到宿舍里娱乐用具也不能放，比如棋类、乐器类等。朱镜如爱下的围棋、爱弹的吉他都没了市场，不得不把自己心爱的吉他"刀枪入库，马放南山"，装在一个纸箱里，放进连队后留的包裹库里，打入冷宫，不得再见天日。朱镜如更觉得这样的要求不妥，也许这是杨月清利用连队管理来树立自己的威信，但实际上，因为杨月清的独断，连队很多骨干反而不太买他的账。

但文书孙茗山和新来的指导员杨月清配合得还不错。

由于孙茗山的关系，朱镜如去指导员宿舍的次数也比较多。朱镜如到指导员宿舍时，总是见孙茗山有事没事就从没收的一堆弹簧拉力器中取出一个，在指导员宿舍拿着拉力器锻炼，就对孙茗山说："茗山你真的官僚，不让战士用拉力器，你倒是近水楼台先得月。我班新兵也想玩却被指导员没收了，我看你这里这么多，我干脆再拿走一个让新兵玩玩，好没事锻炼一下身体。"

孙茗山说："这是指导员好不容易没收的，有多少个他心里都有数，你拿了他就知道了。"

朱镜如心想这本来就是战士们的东西，就应该还给战士们，就对孙茗山说："又不是什么值钱的东西，你知道就行了，我拿走一个没什么事！"

孙茗山说："你别让指导员知道！"

然而，指导员还是发现少了一个弹簧拉力器，异常震怒，第二天在连点名时很严肃地说有人在他的宿舍偷走了弹簧拉力器，这是很恶劣的行为，一定会查到底。

指导员把这件事定性为"偷"让朱镜如一下子接受不了，自己送回去不是留着也不是，左右不是人了。朱镜如相信孙茗山不会对指导员说是谁拿走了拉力器，但那拉力器留在朱镜如身边像一个定时炸弹，于是就和战士江世贤、汪文军一起走到留村大街上把拉力器扔到了路边冬青树丛里。

然而，指导员杨月清却更加大张旗鼓地要彻底清查拉力器被偷事件，上升到了违纪和道德的层面，准备借这件事对连队开刀，以图在短时间内树立自己的威信。那时老一些的班长已退役，朱镜如在连队属于资格老素质过硬的骨干了，朱镜如隐隐觉得，杨月清已经知道是自己拿的拉力器，这次是要杀鸡给猴看，心中既是懊恼又是不解，就更无法去承认这个事情了。朱镜如不想再去问孙茗山是怎么回事，这都是自己的错：大概从新兵第一年开始，内心都有意无意地疏远着连队的政工干部，也不受他们待见，说到底杨月清应该没有从自己这里感到尊敬，对自己有看法也是自然的。

想想年底马上春节了，干脆休假回家算了，也好调整一下郁闷的心情，躲避一下杨月清的锐气，于是向连长刘玉泉打了休假报告。连长刘玉泉上任后延续了历任军事主官的特点，对军事素质好的朱镜如比较欣赏，朱镜如也经常到他宿舍汇报连队班排的工作，加上朱镜如快两年没休假，刘玉泉很快把朱镜如的假报到了营里，竟然当天就批了。当年的义务兵每年有一个月的假期，若两年一起休折算为五十天，加上路途合并起来是五十六天。朱镜如心想，这次这么长的假期，回家后一定要好好陪陪父母。

朱镜如心里的烦闷被回家的喜悦冲淡了不少，但是另外一种不安也随之而来：一年来紧张的训练使朱镜如暂时忽视了父母的痛苦，以至于写信都不敢问他们家里的事到什么地步了。回去之后，不知道家里会是什么样子。

走之前朱镜如到指导员宿舍告别，说家里有事，要休假回家了。指导员显然没有料到，本已运足内力打朱镜如一拳，却被朱镜如施展腾挪大法躲闪掉了，愣了一下，很泄气的样子，思索了好一会儿才说："既然请下来假了，回去路上注意安全。"最终没再说出其他话。

按正常分工，战士的请销假由连长负责。通常情况下，连长接到战士的休假报告后会给指导员沟通一下，以便于两位连主官更好地协调工作。但朱镜如的休假报告批了之后杨月清还不知道，显然刘玉泉并没有和杨月清沟通，杨月清心里不爽但也说不出什么来，毕竟，为了维护自己的威信，很多应该连长干的工作都让杨月清抢着干了。

朱镜如是怀着忐忑不安的心情回家探亲的。记得那时的绿皮火车，速度不算快，人特别多，从青岛到漯河，咣咣当当坐了二十多个小时。

第三十章

朱镜如没有想到自己父亲在他休假四天后离世。

朱镜如觉得，春节能给自己带来的快乐，似乎早在第一次休假到家的那一刻就戛然而止。那次家庭变故已在朱镜如心中形成了极大的阴影，每当到了年底春节前后，内心深处就有阵阵的慌乱。

这次休假回去过春节，朱镜如没有给家人打招呼，他希望能淡忘两年前的那个春节二哥出事的阴影，回家陪陪父母，也许多少能给他们带来一丝安慰。

坐着青岛到武昌的火车，朱镜如晃晃悠悠地到了漯河，又乘长途客车回到了沙南县。回到家时已是下午五六点。这时候朱镜如的家已搬到了县城中学的操场西侧，财委单位建的家属房，每家都有一个小院子。终于回到了自己的家门口，朱镜如满怀期待地敲开了门，却是二姨父出来。看到朱镜如回来很惊讶，就问："你哥让你回来了？"朱镜如说："没有，我正常休假的。"二姨父没再说什么。

朱镜如见父母不在家，就问起自己的父母，姨父平静地说："你父亲胃病去市二院检查去了，也没有什么事。"姨父看天色已晚，让朱镜如晚上休息，第二天去市二院。

其实，朱镜如从踏入家门的那一刹那，凌乱的院落就给他强烈的不祥预感。于是没有丝毫的耽搁，坐车到市二院。到医院后，看到了躺在病床上的父亲，朱镜如一下子就明白了父亲病情有多严重。朱明喜的意识还很清楚，看到朱镜如到医院，脸上露出了微笑。直到这一刻，朱镜如从大哥口中得知，父亲这次是因胃癌住院，刚做完手术。因为朱镜如部队太远，父亲生病的事家人并不想通知他。

但朱明喜的病情是胃癌晚期，医生也回天乏术。仅仅四天后，也是朱明喜住院的第十天，朱明喜离世。

朱镜如怎么也想不到，自己尊敬的父亲，刚过六十岁，是要退休享福的年龄，就这样匆匆地走了，要不是临时的休假决定，自己都看不到父亲最后一眼了。甚至怨恨家人为什么选择手术，如果不选择手术，父亲还能坚持几个月。

但，什么都来不及了。后来朱镜如回到家，听邻居说父亲去医院检查前还是很伟岸很健康的样子，谁也想不到进医院没几天就走了。朱镜如知道，父亲的坚强取代不了他内心的痛苦，二哥出的事对父亲打击太大，他有他的自尊，感到站不到人前。在朱镜如第一次探家的深夜里，朱镜如不止一次听到父亲流着泪小声地对母亲说："我当了这么多年的干部，没想到自己的儿子出了事……"

朱明喜为人正直，在群众中威信高，突然离世让亲戚朋友和熟悉的人都感到震惊。家人赶在春节前几天安葬了朱明喜。朱镜如的这一年春节，本是充满希望的春节，但依然被无情的风吹雨打去。这个春节，是朱镜如春节噩梦的加深；这个春节，朱镜如听着窗外一阵阵的鞭炮声，失神地望着父亲的遗像，陪母亲一起体验无言的煎熬。

朱镜如再也不敢对春节抱任何希望，因为家里的天都已经塌了，也因为，每次春节都给朱镜如意想不到的打击。

而此时，朱镜如的母亲贾青芝却显得比别人坚强，甚至在朱明喜去世时也一直未见她哭。但贾青芝越来越相信命了，她到城东乡下一个算命据说特准的老婆婆那里求签。那老婆婆掐指一算说："哎呀，你那老先生早几年就该不在了，怎么现在才没呀？一定是他人好，修来寿数，阎王爷宽限了他几年，你想想，几年前他遇到过什么灾难吗？"贾青芝说："几年前他出过一场车祸……"于是越发相信了。那年朱明喜遇到的车祸，其中三死两伤，朱明喜身上十三处骨折，但坚强地活了下来。

贾青芝为朱镜如问了个签，那婆婆说："你那儿子，好哇！今年在部队能提干！没错！"贾青芝很是高兴，回来后就立即对朱镜如说了这些。见朱镜如不信，又说："那算卦的很准的，周围的人都去找她。她还说只要你学会了物理化，走遍天下都不怕。"朱镜如哑然失笑，心里更是不信。那时都是说数理化，到老婆婆那里不知怎么成了物理化。再说朱镜如内心根深蒂固地认为，在部队虽有一定的成绩，但并不是想提干就能提干的。朱镜如又想到了自己在部队遇到的多次挫折，似乎总是不顺，能不能提干，真的不可预知。

朱镜如很想知道二哥到底做了什么生意，又是怎么被归案的。问起三哥朱镜锋，朱镜锋却不愿提起二哥，一提起就生气，说本来家里很红火的日子，全被他毁了，父亲也因他操心过度离开了。朱镜如又问二哥朱镜军是否知道父亲已离世，三哥说他在监狱里，应该不知道父亲去世。

朱镜如清楚，三哥朱镜锋虽然很生气，但也只是嘴里说说而已。二哥朱镜军也是想让家里生活得更好些，但是没有把握住潮流和商机，这也是很平常的事。

朱镜如不想再问母亲，怕引她想起伤心事。后来问到二哥一个要好的朋友王绍，王绍对朱镜如说："你二哥是在内蒙被归案的……"

原来，朱镜军是银行一个部门的负责人，利用职务之便挪用了公款来投资自己的生意。生意失败后，挪用的钱款一时无法归还。朱镜军本想假以时日，尽快补齐挪用的钱款。谁知事情被一个副行长无意间发现，副行长担心事发后自己有责任，便要求朱镜军三日之内把挪用的钱补齐，否则就到公安机关报案。朱镜军一时无法凑齐挪用的几十万，又和副行长沟通想延长些时日，被副行长拒绝，眼看自己就要被公安机关立案抓获，朱镜军一不做二不休，竟然携款外逃了。副行长知道后瘫倒在地，本来只是想逼朱镜军尽快凑齐挪用的公款，不想把他逼出事了，想包都包不住，自己还要承担领导责任。但也无法，只能到公安机关报案。

朱镜军外逃后先是到西安，停了一段时间又到内蒙落脚。到内蒙后承包了一个饭店，算是安顿下来。偏偏朱镜军心存大意，找服务员时总觉得当地的服务员不好管理，竟联系老家要好的朋友千里迢迢地从老家找，被四处侦查的公安部门发现了线索并抓获。归案后讯问其巨款去向，答曰被挥霍掉了，案情再无进展。朱镜如又问二哥做的是什么生意，赔了那么多，朱镜军的朋友说："这个你不知道？我听说你二哥做的是黑生意，在云南思茅被查获，所以资金不能收回。"朱镜如听了惊大了眼睛，云南思茅有什么生意？边境地带，难道是贩毒贩枪？二哥的胆子真不小。怪不得怎么审也审不出巨款的去向，如果真是那种生意，案发被抓更难以想象。

朱镜军被抓获后，父母、大哥朱镜平、三哥朱镜锋为他的案子到处活动，还不知会有什么样的结局。给银行退了一部分钱，最后应该还有二十万左右。那时候工资都低，朱镜如所在部队的排长工资才二百多元，地方单位的月工资更少，二十万，显然是个天文数字。

朱镜如在父亲朱明喜去世后看了父亲的日记，用"满是血泪"来形容一点儿都不过分，从日记上看出了父亲对儿子的爱和无奈。父亲为了二哥，把家里的积蓄都花光了，日记本也成了记账本，到处记着借钱的对象及借钱时的艰难。还要往大院里送钱，按当年的情况，能不能送到二哥的手里都难说，但还要送……

朱镜如的小师妹已上大三，放假在家，听说朱镜如回来，就在一个傍晚到家里来找朱镜如。几年不见，女孩已不再是当年的丑小鸭，身材也变得婀娜多姿，分外动人。朱镜如家里的事，小师妹应该是知道的。朱镜如没有拒绝她出去转转的提议，但是朱镜如觉得自己家庭现在的状况，还是和小师妹停留在师兄妹的关系上为好。

于是，两个人走出城区，在城西的铁路上和护城河的两岸随意游逛。朱镜如是比较怀旧的，从当兵离开了这里，虽然只是短短的三年，但仿佛很遥远。朱镜如时时感到自己的根还在这里，思乡情结与日俱增。

朱镜如知道，小师妹再有一年就要大学毕业了，她在等朱镜如一个答复，但朱镜如显然不能，只是叹口气说："梦梦，别怪我和你联系得少。我这两年，心情十分烦躁又无处倾诉，又无处可去。我不得不将我的情感封闭，孤单而又无助。我会回到家乡的，家乡是我世上唯一的亲人，有我最难忘的乡愁，她让我信任，让我平静。只是，我真的无法把握自己的未来，我能做的，就是希望你幸福！"

一阵无言。

两人继续走在护城河岸。那一晚朱镜如的情感波涛汹涌，无法自已。小师妹也不再多说话，陪着朱镜如转了很久。夜晚的道路上没有什么人，只有护城河边的树枝在昏暗的路灯照射下摇曳。

第三十一章

过完春节，朱镜如告别母亲，带着沉重的心情回到部队。本想回到连队调整好心情再投入到训练工作中去，没想到回连队刚到连长宿舍，连长的话就给朱镜如迎头一棒："镜如，你终于回来了！你休假这段时间，错过了士兵预提军官的资格选拔！"

朱镜如感到非常意外，忙问："连长，你说的是什么情况？"

刘玉泉说："2月份旅政治部公开进行了士兵预提军官的资格选拔标准，正好在你休假期间。你休假时间长，也没法通知你，我让通信员按你家的地址给你发了电报，也没有收到你的回音！"

过完春节后，旅政治部、司令部联合下发了士兵预提军官的标准及公开竞争方法。义务兵提干基本条件是现任班长，然后根据平时训练、管理及获奖情况综合考评，由各营自行选拔并上报政治部。政治部根据各营上报的名单进行综合考查并向旅党委提名，由旅党委研究确定。三营的士兵预提军官初选已完成了报名、考核、审查阶段，最终，一连刘广琦、二连刘军、三连顾中兵和营部王红涛在选拔过程中综合素质排名靠前，被三营党委上报旅党委，作为全旅的士兵预提军官选拔对象。

朱镜如竟然错过了这次选拔。

见朱镜如表情惊愕，刘玉泉又说："今年的士兵预提军官竞争激烈，全旅只有一个提干名额，目前上报旅党委的就有二十六人。这些人员，个个都有提干的素质，二十六选一，谁能笑到最后也未可知。只是，你没有赶上真让人遗憾。不过我已向营党委汇报，看能不能把你补上，毕竟，你的条件在我营所有人员中还是出类拔萃的。"

这一年，国内的通信手段还很不发达，手机刚刚在一线城市出现，还是那种大砖头状的大哥大，网络是模拟信号，而且价格贵得出奇，不是一般人能购买的。也不知什么原因，朱镜如没有接到连长刘玉泉发的电报，大概是搬过家，这才没收到电报并错过了提干的报名工作。

见连长刘玉泉仍在为自己报名的问题操心，朱镜如说："多谢了连长，你放心，我是革命一块砖，哪里需要哪里搬！不管有没有报名的资格，不管能不能提干，我都会好好工作的！"

离开了连长刘玉泉的宿舍，朱镜如又到指导员杨月清那里销了假。杨月清见了朱镜如，不再提拉力器被盗的事，沉吟了一会儿说："镜如，回来了就好好干，你是连队的标杆，各方面都要做好榜样，不要辜负了连队的期望。只是，这次你错过了提干的选拔，很是可惜，也希望你不要气馁，还要积极地工作！"

朱镜如明白，杨月清在弹簧拉力器那一件事上不会再追究下去了，本来就不是多大的事，只是杨月清管理的手段而已。再说，即便有人证实是朱镜如拿的，也处理不到哪里去，反而让人取笑他杨月清心眼儿太小，还不如笼住朱镜如的心，以后工作好多配合他。

对于士兵预提军官选拔的事，朱镜如虽然略感遗憾，但也不再操心，觉得是否够条件，能不能补报，那都是营首长和旅党委的事情。再说这批义务兵只有一个提干名额，朱镜如知道竞争会有多激烈，也不想再去凑那热闹，于是心态平和地投入到连队的工作训练中去了。

没想到很快峰回路转。没几天，又是王红涛匆匆找到朱镜如，说旅长张百列看了各营连上报的士兵预提军官名单后，非常不满，认为各营上报人选时存在平均主义，且并未把真正有素质的军官苗子报上去，比如像三营朱镜如这样的优秀班长都没有报上来，并要求政治部、司令部通知各营，所有上报名单退回，各营重新上报士兵预提军官人选。

朱镜如总觉得王红涛是以与众不同的视角夸张地看问题，不太相信他的消息，就说："你总说些道听途说的事，谁会相信？旅长说的这些话，都让你听见了？"

王红涛叹口气说："唉！镜如啊，你爱信不信，走着瞧就是了。我是没指望了，我要是你，或者有你其中一样的成绩，我就一定能提干！"

朱镜如说："你这么有自信？"

"肯定的了，你军事比武年年第一名，运动会一大把第一，发明创造、器材革新在军区获奖，又是集团军优秀共产党员，优秀'四会'教练员。要能把这些成绩给我一个，我一准能提干！"

朱镜如相信王红涛说的话，因为王红涛进各级首长家就像进自己家一样，和各级首长关系处理得特别好，他应该有一定的消息来源。

果然，第二天连长刘玉泉就找到朱镜如说："镜如，士兵预提军官要重新上报名单了，这次你要去竞争一下！"

朱镜如心里不禁佩服起王红涛来，就问连长："是不是真的如营部王红涛说的，旅首长和政治部把各营上报的名单否定了？"

刘玉泉没有回答，只是说："推荐表格在指导员那里，你赶快填填，抽空给营长送去，营长也等着你呢！这次要抓住机会，争取冲出重围，为我们三连争光！"

朱镜如笑笑说："提干会是那么容易的事？做好我自己的工作就是了。不管怎么说，我在这里感谢连长大人了！"

刘玉泉抽着烟，没再说什么。

各营重新整理了材料，朱镜如也作为预提军官对象报到了旅政治部。

但朱镜如的报名突然遇到了一点儿麻烦：有人匿名举报，说朱镜如家里直系亲属有刑事犯罪，朱镜如不应该具备士兵预提军官的资格。

举报信送到政治部后，引起了政治部的重视，政治部专门组织人员对朱镜如进行了询问和政治考查。朱镜如如实地把二哥朱镜军的事向组织进行了汇报。综合掌握了情况，旅政治部最后认定，朱镜如的二哥朱镜军是经济犯罪，且是在朱镜如入伍后的犯罪行为，目前是处于羁押阶段，并未定罪，不影响朱镜如的士兵预提军官资格。

虚惊一场！

但是朱镜如很是纳闷，不知是谁知道了这个风声，自己本来把二哥出的事作为隐私不想让人知道，本身不存在刻意隐瞒的心理，不明白自己到底影响了谁的利益，竟然被小人惦记。想了多日，也没想出个所以然来，于是也就不再理会。

很快，因二排的排长缺编，超期服役的朱镜如，成了二排排头班的班长，又代理二排排长职责。

这一年，训练比武拿第一对朱镜如来说已经没有了新意，四百米障碍等项目从朱镜如新兵参加比武开始，第一就没有让别人获得过。旅运动会上朱镜如拿第一拿到手软，每次都是一大把的证书。政治部干事考核朱镜如时，问起朱镜如有没有获得过奖励，朱镜如说当然有。政治部干事就说有的话别只用嘴说，拿出来看看。于是朱镜如翻翻抽屉，找找壁柜，一会儿就搜罗一大堆证书，堆满了桌面，让政治部干事惊得张大了嘴巴。

五六月份，旅政治部突然通知朱镜如到141医院体检，由政治部刘副主任带队。朱镜如按通知要求到集合地点后，却发现只有二连刘军和政治部的志愿兵张建国两个人。于是朱镜如低声问刘军："这时让我们体检是要干什么？"

刘军说："预提军官体检，你难道不知道？"

朱镜如没再说什么，其实他心里真的不知道。他一直纳闷想提干的二十几个人，竞争一定是十分激烈的，不知道为什么只有三个人体检。

体检一个上午就结束了。结束后政治部刘主任还带着几个人在崂山区吃了饭。吃完饭后朱镜如还是忍不住问刘军："是不是分组体检的，怎么只有我们三个？别的要下一批去？"

刘军像是不认识朱镜如似的，想说什么，看到刘主任等人都在，又轻声说："可能是吧！"

回到高炮旅，张建国叫过朱镜如和刘军，说是有一张表要到政治部填。到政治部后，干部科干事看到朱镜如和刘军，让二人坐下，又随口说："你们两个都是高炮旅未来的人才啊！"朱镜如这才隐隐觉得旅党委应该确定了自己和刘军是预提军官的人选，这个时候朱镜如反而不好意思再问详细，让人觉得自己什么都一无所知，干脆什么也不管，反正就一个提干名额，怎么会是自己，随它去吧！

这一年，文书孙茗山超期服役后继续着他的军校梦，只是在8月中旬考试结果出来后，孙茗山又一次名落孙山。朱镜如想一定是孙茗山的名字没有起好："孙茗山"三个字去掉"茗"就是"孙山"，"茗"字拆开不就是"名落"的意思？两边是"孙山"，这不就是名落孙山吗？草字头压着"名"你怎么能考出名堂？能考上才怪！

三连原文书李建华在郑州高炮学院上的中专，也从高炮学院回到高炮旅实习。政治部仍让他回到三连当见习排长，估计会在三连一直工作下去，这样，从新兵开始到三连，毕业后还是来了三连，三连真成了李建华的家。

真正让朱镜如激动的还是8月下旬的一天。这天下午，营长通知，三连朱镜如和二连刘军即日打背包带个人物资，到信阳陆军学院进行为期四个月的预提军官集训。

这突如其来的通知让朱镜如如梦初醒，忙找到营长盛建堂，问："营长，我和刘军一起去信阳陆军学院集训？"

营长意味深长地用带着江苏口音的普通话说："对呀！你们两个一起去，四个月短期集训后，你就是少尉军官了，没有实习期。你和刘军两个一起正好有个照应。我们旅义务兵就你们两个，还有一个是政治处的志愿兵张建国。好好珍惜吧！以后的路还很长！"

看着营长，朱镜如犹豫了很长时间，还是把心中的疑惑说了出来："营长，你说我这次能提干，一没有找人，二没有关系，怎么就提干了呢？我知道全旅有那么多想要提干的人，我还听说有人动用关系找了旅里甚至是军首长，为什么最后是我和刘军？"

营长只是笑笑，没正面回答，又说了些期望的话，就让朱镜如准备个人物品去了。还是王红涛给朱镜如带来一些信息："镜如你还不知道吧！你能提干确实要感谢张百列旅长，多少人给他打招呼，他硬是提议把全旅唯一的提干名额给你朱镜如。这也是你干出来的成绩，这点旅首长看得很清楚，是你应得的！"

朱镜如越来越觉得王红涛果真是个消息灵通人士，实践证明，王红涛的多个预言和解释都是很靠谱的，但心中还是疑惑，就问："红涛，我原来听说只有一个名额，我们二十六选一，说实话我真不敢相信自己能被旅党委选中。不知怎么有两个义务兵名额，早知是两个，我也许会更主动地去争取！"

王红涛笑笑，说："想知道为什么吗？你附耳过来！"然后小声地说，"旅长张百列为了保你，拒绝了所有找他说情的人。但是刘军素质也是不错的，也具备提干资格，后来通过个人和旅政治部努力，刘军也进入了名单。"

"个人和政治部的努力？"朱镜如有些听不懂。

"是的，好像是倾向让刘军提干的党委成员找了当时集团军政治部主任，又从集团军多要了一个提干名额，这才确保了你和刘军都能入围。"

朱镜如又怀疑起王红涛这句话的真实性来，但经验告诉自己，这次似乎还是应该相信王红涛的小道消息。

王红涛又说："镜如你看我那么想提干，就是没捞着，你不想着提干，偏偏首长那么看重你，你应该感谢张百列旅长！并不是每个人都能遇到好的首长。"

朱镜如说："红涛你说得也是，郭祥还经常和旅长下下棋，算是旅长的老熟人了，我连旅长家在哪里都不知道。"

临出发前夕，朱镜如实在不知道怎么感谢张百列，就在留村一家商店买了一套茶具，晚上到了张百列位于大礼堂西侧的家，专门向他告辞。见了旅长，朱镜如有点儿紧张，说了些感谢首长关怀的话。张百列还是那么幽默，鼓励朱镜如好好培训。由于朱镜如一直认为自己情商过低，怕说错话，不敢在旅长家久留，坐了一会儿就赶快告辞了。

那是朱镜如和旅长说话最多的一次。

第三十二章

朱镜如和刘军乘火车自行到信阳陆军学院报到。

那些年部队的编制规划调整得很快，1985 年大裁军之前，中国人民解放军的序列还是八大军区，朱镜如入伍时，就已经调整为五大军区了。军队院校也是一样，信阳陆军学院划归济南军区后，就显得离军区机关太远了，于是，信阳陆军学院整体搬迁，学院营区交给了坦克十一师的师部。新的校址选在济南西郊比较偏远的腊山，院校名称也更改为济南陆军学院。朱镜如和刘军到信阳陆军学院报到时，这里的大部分军校教员和学员队已经搬离信阳，只留下一个少将副院长和部分教职工来接待学员二十四队和学员二十五队。

学院招收的二十四队是干部队，已经授过少尉衔但没有经过培训；二十五队是像朱镜如这样的还没有授少尉军衔的预提军官队。在这里，朱镜如将完成四个月的集训，不出意外的话，四个月过后这些学员都会回到老部队，成为中国人民解放军的军官。

二十五队队长胡永和，教导员付金钟，都是信阳人。大队的学员管理很严格，好在这些来集训的战士都是在部队中出类拔萃的，再说这个短期集训将是每个战士人生的转折点，是多少个士兵梦寐以求的事情，所以谁也不想在这个关键时刻出事，平时都很服从管理。

朱镜如到了信阳陆军学院，才知道什么是人才济济。朱镜如的兵种专业是高炮，对于二十五队大多数都是步兵专业的学员来说，高炮部队的综合单兵素质根本无法和步兵单位的战士相媲美，因为共同课目虽然都一样，但是专业训练时，高炮部队改训了火炮，天天坐在火炮后面，或者上炮打打方向机、转转高低机追随瞄准，标标航路图测测航线；而步兵的专业训练还是摸爬滚打，进行个人技能的战术训练。所以，朱镜如引以为豪的四百米障碍在这里再也不能轻松地取得第一，好几个看起来很不起眼的学员，在跑四百米障碍时都让他难以招架，不得不竭尽全力。好在朱镜如有过体校的经历，还基本能保证自己的领先地位。让朱镜如感到不可思议的是，测试一百米的时候，自己百米 11 秒 6 的成绩也不能轻松地甩掉他们，让朱镜如深感恐怖！要知道一百米可是自己在体校时的强项之一。也可能是长期不进行专业训练的原因，速度已经下降很多了，但这些步兵战士素质高得确实让朱镜如感到敬佩。

到了信阳陆军学院，朱镜如又知道了很多让自己不理解的事。那时我军实行的是三年义务兵兵役制，可以超期服役一到两年。也就是说，义务兵你最多可以当五年，满五年如果不提干不考学也不转志愿兵，那你只有退伍了。但是来自军区某团的一个学员，竟然当了六年义务兵，问及原因，说是从第三年就争取提干，无奈名额少竞争大，超期服役两年，提了三次也没能提成，后来超期服役期满，不得不退伍了。但是这个兵除了训练好还有一个绝活，就是手撕铁脸盆、生吃玻璃杯。朱镜如在信阳陆军学院和信阳师专一起组织的文艺会演上见识了他的绝招，铁脸盆确实是硬生生地撕开的。不可思议的还是生吃玻璃杯，取两个玻璃杯子，煞有其事地挥舞着臂膀运了一会儿气，拿起杯子，像吃脆饼一样咔哧咔哧地把玻璃杯咬烂嚼碎，嚼碎玻璃杯的声音瘆人，然后喝一口水冲到肚子里。朱镜如一直奇怪他吃肚里以后怎么办，私下里问他，他说第二天就通过了肠道排出来了，说得很轻松。朱镜如想即便如他所说吃下去后还能排出来，那他嚼碎玻璃杯时就不怕玻璃碴把自己的嘴扎烂？他一定有什么诀窍，但是不轻易说出来而已。

正是他有了手撕铁脸盆、吃玻璃杯的绝招，部队还是需要他，竟然在他服满五年兵役并退伍后又把他召回部队，并承诺会给他提干，于是就出现了这个当了六年义务兵的怪事。最终，他在第六年成功提干，来参加预提军官集训了。

说二十五队人才济济，还在于提干的什么人才都有，除了军事训练提干的，还有文艺兵。朱镜如觉得自己以前实在是孤陋寡闻，不知道文艺兵也可以提干。不过说实话，他们的相声、快板确实有一定的专业水平。那时候，文艺兵在部队很吃香，晋职也容易，唱个歌说个相声混个正师甚至将军也是很容易的事。当然这种现象在后时代做了纠正，现在，军队的歌舞团等文艺团体已经没有了。

但是最让朱镜如关心并仰视的，是一个特殊的学员，他就是荣获

"见义勇为的英雄战士"荣誉称号的徐洪刚。

那些年，一代青年人心浮躁，亟待一种时代精神来引领潮流。徐洪刚正好在最好的时机做出了一件震动全国的事：

1993年8月的一天，徐洪刚乘坐一辆大客车从家乡返回部队，那时他是济南军区五十四军某红军团通信连战士。大客车行至四川省筠连县巡司镇铁索桥附近时，徐洪刚看到车内的几个歹徒向一名青年妇女强行勒索钱物。被妇女拒绝后，几个歹徒一边对妇女耍流氓，一边把她往疾驶中的车外推。见此情况，徐洪刚冲上前去，大吼一声："住手，不许这样耍横！"歹徒看到有人干预，便把注意力集中在徐洪刚身上，几个人对徐洪刚拳打脚踢，徐洪刚脸上火辣辣的，嘴角渗出了鲜血。他为了保护车内其他乘客，没有马上还手。歹徒的气焰更加嚣张，继续把那位妇女往车窗外推。军人的天职使徐洪刚再也无法沉默。他一脚把后面的一个歹徒踢得不停地后退，又狠狠一拳打在另一个歹徒胸口上。不料，从后面又蹿出两个歹徒，一个抱住徐洪刚的腿，一个死死地卡住他的脖子。最先寻衅的那个姓任的歹徒掏出匕首，向徐洪刚胸口猛刺一刀。在这生死关头，徐洪刚只有一个念头：和他们拼了！狭窄的车厢里，拳脚施展不开。四个歹徒把他团团围住，穷凶极恶地挥刀猛刺徐洪刚的胸、背、腹……鲜血染红了他身上的迷彩服，也染红了座椅、地板。肠子从受重伤的腹部流出。司机把车刹住后，歹徒纷纷逃窜。此时，身中十四刀、肠子流出体外达五十厘米的徐洪刚，奇迹般地用背心兜住往外流的肠子，紧跟着跳下车来，用全部的力气往前追出了五十多米，然后一头栽倒在路旁……

之后，徐洪刚的事迹在各大媒体传播开来，他舍己为人、勇斗歹徒的壮举在全国军民中引起强烈反响。中央领导亲自接见了见义勇为的英雄战士徐洪刚，徐洪刚获得了"见义勇为青年英雄""全国新长征突击手"荣誉称号。而后徐洪刚的英雄报告团巡回全军做报告，他的光辉形象，是那一代人不可磨灭的记忆。

由于徐洪刚的英勇事迹惊天动地，徐洪刚很快就在部队破格提干，成了一名少尉军官。

毕竟是英雄，当朱镜如第一次听说徐洪刚也来信阳陆军学院集训的时候，引起了朱镜如内心的向往。朱镜如像队里其他学员一样，刻意在课余从二十四队的学员人群中寻找，想看到哪一个是徐洪刚。

9 月份的天，盛夏的余威刚刚过去，地理位置稍偏南一些的信阳天气凉爽。在信阳陆军学院大草坪东侧的路上，朱镜如和刘军远远地看到一个穿着常服的少尉军官，很像是徐洪刚。朱镜如有徐洪刚的照片，学习过他的事迹。那天风和日丽，凉爽的微风拂过，说不出的舒服。树叶也随风舞动，哗啦啦地响，像是不甘寂寞地拍着手。朱镜如看到英雄身上仿佛罩着一圈光环，不由得让人敬仰。于是朱镜如就对刘军说："你看，那不是徐洪刚吗？我们快过去和他聊聊！"

刘军却对朱镜如的热情浇了一盆冷水，说："镜如，你对英雄这么倾慕，不怕见了英雄会大失所望？"

朱镜如笑着说："那怎么会失望？毕竟他是红遍全国的英雄楷模，和英雄聊聊的感觉，至少比追星好得多吧。"

刘军指着前面的那个少尉军官，说："英雄是需要仰视的，当你走近他时，他的形象就不如之前那么高大了。"

朱镜如摇摇头，不以为然。

虽然在安全上大家都很慎重，但集训进行一大半的时候，二十四队一个学员出了事：

有一天下午的训练课上，大队正在进行器械训练，突然一区队的战士一阵骚动，大家扭头看去，原来一个学员在训练双杠站在一边等待时突然晕倒。大队长一看情况不对，马上让十几个学员抬着他送到马路对面卫生所救治，只是还没到卫生所，人就没气了，后来医生检查后说是急性心肌梗塞。

这个学员是很可惜的，只差了一步，就可以成为中国人民解放军的军官了，家人不知道会有多悲痛。

这个事情出来之后，大家唏嘘不止。在人生路上，明天和意外真不知道哪个先到。知道了这个道理，心里不开心时就会坦荡许多。朱镜如又想起了朱银忠说的话，不知道未来怎么样，做好当下吧！

也是，世上哪有那么多的爱恨情仇，都是自寻烦恼罢了。

朱镜如去信阳陆军学院之前，给三哥朱镜锋写信说了已参加提干集训的情况，并希望在集训结束后有时间回去看看。朱镜如的父亲离开后，母亲每个月只有父亲单位发放的一百多元钱，自己在部队发的津贴太少，也捉襟见肘，无法接济母亲。甚至，因为训练量大，学院的伙食也吃不饱，总是要在饭后到旁边一个教员家属那里买上一个煮鸡蛋才觉得饱，朱镜如也是在那时养成了爱吃茶蛋的习惯。后来觉得钱不够花，朱镜如还写信给三哥朱镜锋要了一次钱，三哥寄了二百元。那时没有手机，更没有微信支付宝，朱镜如收到的是一张绿色字体的汇款单。

四个月的集训终于结束，这意味着朱镜如回到部队，就会被授予少尉军衔成为排长。然而学员们突然发现，大家还是穿着战士的服装，学院没有给大家发院校学员佩戴的红牌肩章，没有发和战士有所区别的军官大檐帽。虚荣心在作怪，有些学员想办法自己找学员的红牌军衔和军官大檐帽戴。找不到的学员就很着急，觉得都已经提干了回部队还穿战士服装戴战士军衔，也不是办法。最后，还是大队长胡永和协调了后勤，为每个学员发放了军官大檐帽和红牌肩章。

回部队前，朱镜如有几天的报到时间，这样就可以回家里看看母亲。离开学院前，朱镜如看到大队洗漱间一百多个学员的脸盆，才用了四个月就扔下不用了，看起来都还很新的。应该是部队太远带着都不方便，大部分就扔下了。朱镜如想到自己离家近，就用战备包装了一摞回去。脸盆是搪瓷的，没想到十几个脸盆会那么重。带回去之后母亲贾青芝觉得朱镜如挺会过日子，十分高兴，又送邻居几个。看到母亲这么高兴，朱镜如后悔没有多带回来几个。

此时朱镜军还在监狱，法院一直没有对朱镜军一案作出判决。母亲贾青芝已回到老家居住，把县城的房子腾空准备卖掉，母亲说部分房款用来还二哥朱镜军出事后花的钱。母亲住在村西一处只盖了东配房的宅基地里，没有盖堂屋，也没有院墙。朱镜如见母亲住得那么简陋，想到自己家境本来殷实，却因二哥的事到了这种地步，真是天有不测风云，不禁心生难过，很想掉泪。看院子里满是淤泥，就搜集了一些碎小的砖头块，在院子里铺了一条宽一米、长约六米的路。朱镜如心想，自己父亲走得太突然，大哥、三哥都在市里，母亲一个人才会这么艰难。如果父亲还在，自己至少会少很多牵挂。而且，父亲看到自己在部队有些成绩，也一定会高兴。可是，父亲走了，朱镜如随后的人生，没有了父亲，总是感觉那么的孤独和无助。

第三十三章

几天后，朱镜如依依不舍地离开母亲，仍是乘火车回到了高炮旅。

想到这次回到部队后，自己已不再是一个战士，而是一个军官的身份，朱镜如心情复杂，说不清是高兴还是感到迷茫。想到如果不是家里的变故，自己也许当兵满三年就要求退伍回家，到县政府去当一个小职员。虽然不会有多大的前途，但是有父母、兄嫂在一起，至少可以平安地在家乡那个小城，有滋有味地生活下去。现在二哥出事了，父亲不在了，感觉人生少了很多依靠。自己虽然在部队意外地提干，成了军官，但又远离了家人，前途充满了希望和不确定性。而且，以后的路都是自己一个人在奋斗了。这几年来，家里为了二哥的事花光了钱，自己连生活都顾不住，更别说为家里分担，朱镜如的生活水平直接掉入了贫困线以下。

到部队后，朱镜如和刘军先是到政治部报到，政治部让二人还回原来的连队，于是朱镜如就回到了三连。正遇到部队出去冬季拉练，连队只留下部分留守的干部战士。朱镜如心想自己到高炮旅当兵的这几年，部队还没有组织过冬季拉练，这第一次冬季拉练自己还没有赶上。

虽然仅仅集训了四个月，但高炮旅编制已发生了很大的变化：三营的装备由三七高炮更换成了一百高炮，旅又增加了一个百炮营的编制，这样高炮旅就从原来的五个营扩编成六个营，各营的序列番号也做了调整：朱镜如所在的三七炮三营番号改成了一百炮一营；以特务连为主组建了一百炮二营；店集方向的两个五七炮营的装备未变，但序列也更改为五七炮三营、四营；留村的另两个三七高炮营也是装备不变，序列更改为三七炮五营、六营。

连队也发生了不少的变化，朱镜如听留守的战士说，连长刘玉泉调离，指导员杨月清已转业。新任连长是赵友发，指导员是邵崇湖。司务长王海平也转业去了青岛，刚从湛山市士官培训大队毕业的学员冯清泉接替王海平任司务长。

因为提干集训，11月份的潍北实弹演习和12月底老兵退伍工作朱镜如都没有赶上。部队走了一批老兵，朱镜如的几个去年就超期服役的老乡，因为是想转志愿兵的，所以继续留队，等满五年后再争取转志愿兵。

孙茗山连续考了两年军校没考上，觉得再留队也没什么意思了，就退伍回家了。他也是在12月底走的，朱镜如晚回来十多天，不然还能见到他。

没几天，拉练部队就回来了。留守人员敲锣打鼓地列队迎接大部队回队。朱镜如也站在迎接的队伍中，看到新任连长、指导员走在队伍的最前列，就上前迎接，接过连长的背包，算是见了面。连长赵友发，中等个子，很壮实的样子，说话是即墨当地口音。指导员邵崇湖个子和连长差不多，稍瘦，说话很豪爽，也是即墨当地人。看到朱镜如回来，邵崇湖很爽快地对朱镜如说："你回来了就好，我们连队又增添新的力量了，你在外集训几个月很辛苦，晚上到家属院，我让我家属准备几个菜，我们几个坐坐，也算为你接接风！"

朱镜如赶快说："你们跟随大部队拉练才辛苦，该为你们接风才是！"

晚上，朱镜如和连长赵友发、司务长冯清泉等连队干部在邵崇湖家属院里聚了餐。邵崇湖很能喝酒，喝了酒更豪爽，说起话嗓门更大，更干脆，很江湖义气的样子。

朱镜如回到连队后担任二排长，看着连队这几年的样子，心里想，也许看到三连走了下坡路，旅领导专门需要邵崇湖这样性格的干部来抓一抓。

其实，三连在张森林走后就不太好管理了，连长、指导员换得太勤，骨干队伍断层，管理效能不高。刘玉泉和杨月清任期内没有力挽狂澜，于是又换了赵友发和邵崇湖。这一年，本是1993年度兵应该顶大梁的时候了，但1993年度兵整体的综合素质显然不能让三连良好地运转下去。连队战士思想混乱，甚至找个像样的骨干都不好找。赵友发和邵崇湖的管理之路，任重而道远。

偏偏在这个时刻，三连又出了一件轰动全旅的事情，让三连的负面名声又急剧飙升。

进入 5 月份的一天上午，出操回来的朱镜如突然感到了连队气氛与往常不太一样，一楼门厅里，连长、指导员表情严肃，正在听营长说着什么。朱镜如很快就知道了事情的原委：本连司务长冯清泉不知什么原因突然被关了禁闭，等候旅调查组进一步调查处理。

当天政治部组成了工作组进驻一百炮一营。朱镜如也多多少少地知道了事情的真相：原来，冯清泉在前一天晚上，把营区外一个三陪小姐带回了营房，和另一个单位的志愿兵在家属院做了苟且之事，不巧被人发现，纸里包不住火，东窗事发。有消息灵通者讲，其实是他们完事后不给钱，小姐一怒之下把他们两人告了。

三连实习司务长冯清泉，从学校出来后就来到了三连。在他来之前，连队司务长都是志愿兵担任。那时候培养司务长的士官培训大队就在湛山市，位于新华路北段路西，在 152 医院（2018 年后该医院序列更改为 989 医院）隔壁。后来司务长要统一转为干部担任，这个士官培训大队又变成司务长干部培训大队了。冯清泉赶上了这个机会，从湛山市士官培训大队学习一年后就到连队实习，实习期一年毕业后，他将会是少尉司务长。到三连后冯清泉的工作还可以，平时爱好打球，没事就和连队的张卫国等篮球爱好者打打球，就是作风有点儿稀拉。不过司务长算是后勤干部，稀拉点儿也可以理解。

军营里出现了这种事，很快就传遍了全旅，旅长张百列极为震怒：我们即墨高炮旅是一片净土，怎会允许这样的事情发生？一定要从严处理！

十五天的禁闭解除后，旅党委并没有立刻进行处理，而是让冯清泉回连，等待党委处理意见。

三连的管理本来已在水深火热之中，出了这样的事，立即又被浇了一瓢滚烫的热油。三营营长教导员也坐不住了，掉入后进序列连队的三连，不知道赵友发和邵崇湖有没有起死回生的灵丹妙药，把它带出来。

营连组成了帮教小组对冯清泉进行帮教，旅政治部副主任亲自到三连蹲点，以求解决方案。指导员邵崇湖也是极为恼火，在司务长宿舍指着冯清泉的鼻子骂："我们三连正在走向平稳，本想今年扭转落后的局面，你倒好，在这个时候放了一个大炮仗，让我们三连党支部工作如此被动，叫我们三连如何翻身？"

骂归骂，邵崇湖还是希望挽救冯清泉，毕竟人生不易，不能一棍子打死。指导员是做连队干部管理工作的，因此冯清泉的帮教、考查工作是邵崇湖必须关心的。

冯清泉在连队像霜打的茄子，整天抬不起头来。但他背地里又急得如同热锅上的蚂蚁，先后找了几个旅领导，都没有给他明确的答复，他不知道旅党委会怎样处理这个事情，自然六神无主。

但是旅党委的处理意见一直没有下来，这样过去了两个多月，冯清泉思想逐渐放松，觉得事情可能有转机。于是，也不再像刚开始出事时那样小心翼翼的了。

实际上，旅党委没有及时处理，是因为冯清泉还是实习的学员，组织关系不在高炮旅。

话说有一天晚上连队熄灯后，朱镜如和一排长李建华查完岗后，看到一楼司务长宿舍有亮光，就一起敲门。敲了几下没有开，朱镜如心想，这个冯清泉莫非在偷喝酒？又喊了两声。听到是朱镜如，冯清泉才开了门，朱镜如一看，原来冯清泉正在宿舍里看电视。连队宿舍是没有窗帘的，冯清泉怕被查岗的干部发现，就把电视放在地上，旁边放着凳子，把被子一头搭在凳子上，另一头搭在桌子上，两侧是床，冯清泉钻进去看电视。

朱镜如见状，笑着说："你这伪装做得可是不赖，但是这样钻进去能看舒服了？"

冯清泉说："太无聊了，这些天营连长和指导员总盯着我，什么也做不成，不让看看电视怎么整。"

李建华说："知道的说你是在看电视，不知道的还以为你又在做坏事！"

冯清泉苦笑着："这哪里敢啊！事情还没有处理呢！"

"还是注意些吧！免得被首长看到了又要批评你！"三人聊了几句，朱镜如和李建华就离开他的宿舍。刚出门，邵崇湖过来了，推开冯清泉的门，看到这个情况，当时就火了，把冯清泉的被子掀开扔在一边，看到里面是电视，把电视踢了，对着冯清泉就是一顿臭骂："现在是什么时候，你还这样，在被子里面搞什么？为什么不放到桌面上来，专做这些偷偷摸摸的勾当！你有没有点儿觉悟！"

冯清泉被骂得不敢吭一声。

邵崇湖说："你一个司务长，未来的干部，不给连队做好的榜样，我们连队怎么帮助你！这个事你要做出深刻的检查，在连支部委员会上检讨自己的行为！"

邵崇湖就站在楼道里，丝毫没有给冯清泉一点儿脸面，朱镜如和李建华见状，也不好说什么，上楼去了。

冯清泉的事情最终没有捂下来：高炮旅给湛山市司务长培训大队通报了他的违纪行为，冯清泉和那位志愿兵一起被部队除名，脱了军装，由高炮旅安排人员将冯清泉移交地方。本来马上要成为中国人民解放军军官的冯清泉，一个失足，折断了希望的翅膀。

第三十四章

第一次发工资的时候，朱镜如感觉是一笔巨款。那年排长的月工资是三百二十七元，补发了四个月，拿到手竟然有一千三百多元。

想到自己也发了工资，再也不用家里接济，再也不用一块钱坚持两个月，朱镜如心里五味杂陈。于是到邮局给母亲寄回了一千元，写回了一封信，对母亲说前两年自己是战士，发的津贴少总是不够花，父亲不在后家里更是没了收入，没再给家里要过钱，倒是三哥对自己接济不少，让她收到钱后看着支配吧。如果三哥手头紧张，就把钱给他用吧，毕竟三哥都成家了。

朱镜如参加预提军官集训的时间是 1994 年 9 月 1 日至 12 月 31 日，原以为自己的任职命令是来年 3 月份，见发了这么多工资，就问了干部科，才知道自己的任职命令是 12 月 31 日。虽然是一天之差，任职年限却早了一年。

部队的排长，在某种意义上并不是很关键的岗位。一个连队，上有连长、指导员掌控连队大局，下有班长骨干带领战士抓落实，所以连队缺编了排长对连队工作基本没多少影响，甚至有些连长、指导员，觉得排长这一级影响了连队对班长的直接管理，常常把排长在连队的管理中边缘化。朱镜如担任排长职务后，明显感觉到轻闲了许多，再也不用像当班长时带着全班的战士冲锋陷阵了。

母亲却关心起朱镜如的个人问题来，让三哥朱镜锋写信，说："你年龄也不小了，该考虑个人问题了，连队不忙的时候回来看看吧，让你嫂子给你介绍几个对象看看。"

朱镜如虽然提干当了排长成了干部，但对个人感情问题还是不积极，想到自己家里出了这么多的事，家庭经济条件实在太差，不足以给女孩幸福。这个时候小师妹诗梦早已大学毕业，也确定了自己的男朋友，没人再烦自己，难得清净几年。于是给母亲回了信，说还是等等吧。

但是母亲贾青芝的几封信件催得急，后来想想也该回去看看母亲了，于是任排长的第二年5月份，朱镜如休假回了家。

因为母亲住在市区三哥家，朱镜如探家后也就未回沙南县，也住在三哥家。没几天，母亲开始催促朱镜如的个人问题了。几年来家庭个人的坎坷遭遇，朱镜如也感到了情感上的空虚：别人都有自己的家，而自己一回来就要寄宿在三哥家，怎么说也是不自在的。在母亲又一次催促时，朱镜如就同意了，说见见就见见吧。

三嫂就问："小如，你对女方有要求吗？"

朱镜如说："三嫂，像我这样要钱没钱要事业没事业的主儿还能怎样？只有一个条件：只要能和自己说得来，愉快与痛楚有人分享，让我不再感到孤独就行，至于其他条件，就不用问那么多了吧！"

三嫂笑道："小如，你这是典型的浪漫主义爱情，我觉得还是要现实些好，你虽然现在经济条件一般，事业刚起步，但前途也是无量的。毕竟，不是谁都能当军官。"

朱镜如笑笑，心想能有一个知己爱己的人儿相伴一生，相爱一生，那一定是一件美妙的事，是用金钱无法比拟的财富。只要两情相悦，不问身世地位，也是朱镜如一生不变的追求。

母亲说："托人给你物色了两个，第一个是老家邻居的亲戚，在事业单位上班；一个是你三嫂同事的妹妹，在银行上班，你看看吧！"

朱镜如说："见见再说吧！"

然而老家邻居的亲戚几次都是这样那样的原因未能遇见，于是朱镜如见了三嫂同事的妹妹。

只是朱镜如的第一次相亲过程并不顺利，和他见面的那个女孩子刚见面就问朱镜如多少工资、什么时候买房、什么时候转业回来等问题。这样一来朱镜如对女孩也没有了好印象，心想现在女孩子可能都是这么现实，太偏向物质，不是自己心目中的样子。后来三哥问见面后的情况怎么样，朱镜如说，还是等待缘分吧。母亲让朱镜如见另外一个，朱镜如心想见了自己还是这样的条件，就断然拒绝了。

在家待了二十多天，还是未能给母亲贾青芝找到一个儿媳妇儿，朱镜如多少有点儿不安。眼看假期即将休完，朱镜如不得不返回了部队。

197

戏剧性的是，回到部队当天，营长盛建堂和爱人顾嫂就把朱镜如叫到家里，说起要给朱镜如介绍对象的事。见朱镜如愕然，顾嫂说："你朱镜如官不大忘事挺快，你忘了前些日子我和你营长给你说要帮你介绍个对象？你非说休完假再见人家，我给女方说了，人家问我几次你什么时候回队。"

　　朱镜如这才想到营长和顾嫂给自己介绍对象的事，但过后早就把这事忘到九霄云外了，心里也觉得不好意思。于是说："听嫂子的吧！"

　　营长盛建堂也在一旁笑着说："嗯，这还差不多，我给你说一下基本情况，对方是我入伍后的老团长秦志福的女儿，我们旅也有不少干部认识他，他转业后在城阳工作，不过现在已经退休了。老团长有两个女儿，俗话说女大不由娘，大女儿已于前年结婚，嫁到青岛。这个小女儿在当地啤酒厂财务室工作，人很好，却一直不谈对象。老团长夫妻两个想让自己的小女儿找一个部队的干部，春节前我们见面时给我提到这事，我就想到了你。"

　　朱镜如听盛建堂说过，当初盛建堂给他的老团长当过文书，因此和老团长关系很好，没想到是把老团长的女儿介绍给自己。想到对方也是军人家庭，朱镜如心生好感，但也不便把自己的心思外露，就问："营长，你觉得可以我就见见。这女孩人怎么样？"

　　盛建堂说："我这里有她的照片，你看看。"

　　朱镜如接过照片，是一张黑白艺术照，女孩长发披肩，面目清秀。

　　盛建堂又笑说："其实是很好的一个女孩子，没有世俗观念，性格清澈见底，没有那么多心眼。但是有一点，这小女儿从小娇生惯养，因此显得很娇气，在家里飞扬跋扈，性格偏激，什么事都不听爹娘的，让爹娘操尽了心。你觉得能降得住的话，我们明天就去我老团长家。"

　　朱镜如心里暗暗发笑，心想女孩子被父母娇惯应该是可以理解的，还能嚣张到要"降服"她吗？反而更感兴趣起来。于是对营长说："营长，相亲这事我不知道怎么做，都听营长的。"

　　盛建堂听了朱镜如的表态，也很高兴，说："那就这么说定了，我们明天就去！"

　　第二天下午四时许，盛建堂带着朱镜如，乘公交车前往城阳。四十分钟后，二人就到了城阳，来到老团长家里。

　　老团长秦志福住在城阳的正阳中路的一个家属区里，当年转业到李村区一政府单位，退休后赋闲在家。二人到时，已是吃晚饭的时候。老团长和爱人张梅早就做好了准备，见盛建堂和朱镜如到来，让二人落座，并倒好了茶水。双方自是亲热地寒暄了一阵子，盛建堂给双方做了介绍。

张梅说："你们先说话，我先准备饭菜去！"

见盛建堂称呼老团长为秦团长，自己不知怎么称呼，盛建堂看出朱镜如的局促，说："镜如你也别见外，这是我的老首长，也是你的老首长，你喊秦团长就是！"

朱镜如说："好的营长。"也向老团长打了招呼。

朱镜如见秦志福年近六十的样子，身材高大，两鬓已白，但目光炯炯，很有精神。

盛建堂问老团长："小瑶不在家？"

老团长说："在屋里呢！"说完，冲卧室喊了声，"小瑶，你盛叔叔来了你也不出来？"

朱镜如听到里屋应了一声，接着一个女孩走了出来，很短暂的一瞬，朱镜如已把她的形象摄入眼底：乌黑飘逸的长发，细嫩白皙的皮肤，十分精神，比在营长家看到的那些照片更生动。朱镜如更惊诧的是她娇小玲珑的身材，可以用魔鬼身材来形容，比自己想象的要婀娜多姿，心想这秦梦瑶若走在大街上，那一身似有非有的妖气和妩媚，一定能吸引无数人的目光。

女孩笑着冲盛建堂打了个招呼："盛叔叔过来了？"

盛建堂应了一声，又笑着给朱镜如做了介绍："镜如，这是小瑶，秦梦瑶，你也叫她小瑶就行。小瑶这孩子从小我就知道，自从我来部队，就是看着她长大的，知根知底。在家里只有一个姐姐，姐妹两个从小娇生惯养，像公主一样娇气。"

秦梦瑶听了盛建堂的话，夸张地说："哎呀我的叔叔！那都什么时候的事了？估计就小时候娇气过吧！长大后我爸什么时候娇惯过我？我天天挨吵挨骂在家里没有一点儿社会地位！"

盛建堂说："也是，不过在叔叔眼里你一直很娇气的。"又指着朱镜如说，"这是镜如，我们旅非常优秀的一名排长，你们认识认识，都是年轻人，我想你们应该有很多共同语言的。"

秦梦瑶朝朱镜如问了声好，一双大眼明眸善睐，顾盼生辉，盯着朱镜如，伸出手做握手状。

朱镜如被秦梦瑶看得心旌神摇，心里纳闷这秦梦瑶的眼睫毛怎么像是洋娃娃一样，呼扇呼扇的。朱镜如从未见过这么长的眼睫毛，几乎要把自己的魂勾去，就不知说什么好。看这女孩子举止大方，彬彬有礼，性格虽然外张，但应该不像盛建堂说的那样偏激。于是也鼓足勇气问了好，伸出手，和秦梦瑶轻轻一握，顿感细腻光滑，柔若无骨。

很快张梅把早做好的晚饭端了上来，几个人边吃边聊些部队上的情况。张梅问了朱镜如的大致情况，知道朱镜如大秦梦瑶四岁，对朱镜如说："小瑶年龄小，在家娇惯，小脾气也不少，大道理不懂，平时别和她一般见识。"

秦梦瑶不乐意地说："妈，又说，又说，我哪里脾气不好了？不好也是你们惯的！人家介绍对象净说好的，你们倒好，不想让我嫁出去啊！不嫌我吃你们的喝你们的了？"一顿抢白，众人皆笑了起来。

晚饭很简单，但也少不了酒。秦志福和盛建堂对饮了数杯，聊得很热烈。张梅给朱镜如也倒了一杯酒，但朱镜如心不在焉，滴酒未沾，大家也未再劝。很快大家就吃完了饭，又聊了几句，盛建堂对朱镜如说："镜如，我和秦团长一起到楼下转转，你们两个在家先聊会儿。"说完，和秦团长、张梅一起出去了。

屋里只剩下朱镜如和秦梦瑶两个，气氛突然有点儿冷场。干坐了一会儿后，还是秦梦瑶先说："咱们也出去走走吧！"

朱镜如一愣，说："可以吗？"

秦梦瑶又呼扇着长睫毛，夸张地说："怎么不可以？看你在我家里这么紧张。"

朱镜如也想这样，坐在秦梦瑶家里实在太拘谨，只是因为天色太晚，又是第一次见到人家，怕她多想。既然她说出去转转，也就恭敬不如从命了。

于是，两人走出秦梦瑶的家，绕了一个大圈子，来到墨河旁边。天色已晚，很好的月光，心情也很好，两人走着聊着。到部队这几年，朱镜如一直是在训练场上摸爬滚打，天天和枪炮打交道，似乎从来没有像今天这样开心过。不只是因为有女孩陪伴，而是因为多年未这样放松自己了。岸边的空气清新，远处灯火阑珊，夜色迷人。走在弯曲的小路上，朱镜如仿佛又回到了孩提时代。长期以来朱镜如心情十分烦躁又无处倾诉，已习惯将自己的情感都封闭在一个人的情感世界里。而这一刻朱镜如也感到奇怪，这样一个陌生的姑娘竟让自己感到如此的信任。

这是朱镜如多年以来第一次感觉倾诉的欲望如此的强烈，月光下朱镜如的耳旁突然响起崔健的歌曲《花房姑娘》。朱镜如心想，这身边的秦梦瑶不知是不是属于我的姑娘，离家多年后，能有一个美丽的姑娘和自己相伴，应该是一件美妙的事情吧。

月光下的一切都是美好的，但是不能说都是月亮闯的祸。

第三十五章

一旦对爱情寄予希望，朱镜如就迫不及待起来。

几天后的一个上午，正好是星期天，在营长的提醒下，朱镜如让嫂子替自己约了秦梦瑶。很快从营长嫂子那里得到了秦梦瑶的回信，秦梦瑶说朱镜如在部队外出不方便，就到营房附近的天井山去转转吧。

修建不久的天井山龙王庙，就在营房东南不远处，建在一个圆锥形的山顶，院中央便是一个方方正正的"龙池"。"龙池"口部边长六米有余，深达二十米，"龙池"北面正中便是龙王庙。传说这个龙王庙始建于南宋初年，嘉靖六年重修。庙内塑有蟠龙，绕梁如生，脱俗奇异。后龙王庙屡经战火，庙毁井废。1992 年，当地政府又重修了天井山龙王庙。天井山每年的六月十三日为龙诞盛会，周围土民、善男信女、省内外商贾文人，慕名而来赶会者络绎不绝，人山人海，烧纸敬香，祈祷平安、风调雨顺。除戏楼上各戏班竞艺三天之外，各地丰富多彩的香会接踵而来，各具特色，一般是乐队开路，旗罗伞扇，或枪刀剑戟模型队伍，热闹非凡。

一个小时后，秦梦瑶就到了旅卫生队的大门口，朱镜如早就等在那里。秦梦瑶一身轻装，运动打扮，很是青春，让朱镜如眼前一亮，不免心里又是一动。看自己穿着不太合身的便衣，苦笑了一下，跟着秦梦瑶步行往天井山走去。

不一会儿二人来到了天井山脚下，此时天气晴好，正是不热不冷的天气。天井山的香火不错，上山的人络绎不绝。山脚到山顶的山道两旁，竟有几个算卦的，求签问卦的人也不少。秦梦瑶却不急着上山，拉着朱镜如走来走去，朱镜如说："咱们直接去山顶吧！"秦梦瑶却略显神秘地说："等等，我找一个人！"朱镜如正纳闷之际，秦梦瑶说："在那儿！"朱镜如一看，原来是一个中年卜者。"我以前找他算过，很准的!"朱镜如不禁一笑,也不多问,随她去了。问卦时,秦梦瑶不让朱镜如在一旁听着。朱镜如心想这样也好,女孩子都有自己的心事,自己本来就不方便多听。就走到不远处,观赏起天井山的风景来。

不一会儿,秦梦瑶把朱镜如喊过去。秦梦瑶已是一脸喜色,朱镜如料定她卦相不错,那卜者应该能赚到一笔钱了。见朱镜如过来,秦梦瑶大眼睛忽闪忽闪地看着朱镜如,说:"镜如,这位先生算得挺准的,你也来算一算吧!"

朱镜如本要推托,却被秦梦瑶坚定的眼光制止住了。中年卜者先看了朱镜如的面相,说:"这位先生,你伸出左手再让我一看。"朱镜如就不情愿地伸出了左手。中年卜者看了一会儿,说:"先生,我细观你月丘太阴,察你天庭轮廓。知你必是有福之人。你且斗转乾坤,抽取一签,由我为你卜上一卦。"

朱镜如想着自己也没穿军装,就算陪秦梦瑶玩玩算了,于是也抽了个签。

卜者接过签,凝视片刻,又翻翻卦书,面露惊喜,对朱镜如说:"恭喜恭喜!先生之卦,谓之四爻,卦书第零七三签江海悠悠有表:江海悠悠,烟波下钩,六鳌连获,歌笑中流。"

朱镜如问:"你说的我听不太懂,是什么意思?"

卜者说:"此签大吉啊!为上上签也。先生但凡谋事创业,必成愿望,且连获成功,尤其逢'六'数,更具喜色也!"

朱镜如笑着说:"先生所说的卦象高深难测,难懂至极。只要是上上签就好。"说完,想掏钱离开。

秦梦瑶拦住朱镜如,说:"先别着急,你还想问先生什么事,心里暗想着,再抽上一签试试。"

朱镜如只得依了秦梦瑶,看着那卜者又晃动签筒,叮咚之音甚为悠扬。沉思片刻朱镜如伸手抽得一签,交给卜者。

卜者接过神签,对签阅卦,又露喜色,说:"再次恭喜,且看第零六三签龙兔相逢之卦文:湖海意悠悠,烟波下钓钩,若逢龙和兔,名利一时周。此卦仍是上上签,卦意与前卦雷同。我亦有十六字送你:将台老叟,持竿为由,卯晨联捷,肘佩封侯。知否?知否?"

朱镜如听这卜者所说,竟听得不太明白,只感觉说的是老叟钓鱼,就问:"您这是不是暗示我当如姜老太公钓鱼,愿者上钩。难道我只能

203

如太公一般静候机缘，求得一身沉静，而后随机而动？”

卜者说：“想那姜老太公是何等睿智之人，你若依附此人行事之风，定真万事大吉也！再者，你此时之运势，若遇到龙和兔，会给你更大帮助，你将更加势不可当。”

朱镜如转过身，笑着问秦梦瑶：“小瑶，你是属龙还是属兔？你听先生说，我若遇到龙或者兔，会势不可当的。”

那卜者含笑不再言语。

秦梦瑶也不答话，笑着拿出二十元，递与卜者，拉着朱镜如走了。

上得山来，进了龙王庙，见院中那深井深不可测，真是天工造物，奇巧异常。秦梦瑶显然以前来过这里，对景致不甚上心，而是忙着上香求佛，一副虔诚的样子。见朱镜如在一边傻傻地站着，就拉着朱镜如一块儿跪拜许愿，让朱镜如觉得很不自然。在东门口，二人遇到一个村妇，那村妇见到秦梦瑶便说：“小嫚儿你给我五块钱我给你们上香诵经，在菩萨面前多讲讲你们的好话，保佑你们平安。”秦梦瑶掏出钱包，没有五元的，就递给那村妇模样的人十块钱，也不要那村妇找零。那村妇衣着破旧，面露欣喜，却也神情庄重，眯着眼煞有介事地念叨了一番，说：“二位帅哥美女，我已在龙王面前为二位诵经祈祷，龙王一定会降下福祉，保佑你们二人的。”说完，就笑眯眯地带着十块钱离开了。朱镜如心想这村妇赚钱倒也容易，几句话的工夫就赚了自己一天的工资，只是不知道她的保佑灵验不灵验。

出了寺院，二人往寺院东侧的山坡上玩了一会儿，照了几张相。突然一阵急雨袭来，看来离龙王庙近，雨水就是滋润，说来就来。二人急忙跑进山坡上一独立小屋处避雨。进得屋来，发现这个破旧、阴暗的土坯小屋内部有一土地塑像。看来天井山这个灵杰宝地真是物尽其用，就这样简陋的土屋也能让土地爷住下。秦梦瑶嬉笑之中依然虔诚，双手合十，口中念念不止。阴暗的小屋显得她面部晶莹光洁，一双大眼睛如两潭秋水，令朱镜如怦然心动，呆呆地看了一会儿，忽觉自己失态，赶快扭过头来。

雨很快停了。从小屋出来时，朱镜如看见那为秦梦瑶上香诵经的村妇正慌慌张张地背着刚收的麦子往北跑，原来农活才是她的第一职业。心想她怎么不让菩萨保佑她的麦子不遭雨淋呢？朱镜如碰碰秦梦瑶，指着那村妇跑去的背影，秦梦瑶看了也不由得笑了。

已是上午十点多了，天井山风景不多，已没有可玩的地方了，二人仍是步行回到了营房门口。朱镜如邀请秦梦瑶到连队转转，然后再吃饭。秦梦瑶却说要先到单位去一下，下午财务上有报表要完成。听秦梦瑶说要回单位，朱镜如心里竟很失落，想送秦梦瑶回去，又不知道送她是否合适，就试着说："要不，我送你回去？"

秦梦瑶丝毫没有犹豫，说："当然好了！"

于是，朱镜如打了一辆车，往秦梦瑶的单位驶去。十几公里的路程一会儿就到了。秦梦瑶的单位院子很大，一栋现代化的大楼矗立在墨河边。进了办公楼，乘电梯到了十六层，秦梦瑶把朱镜如带到财务室旁的一间单身宿舍。进得屋来，她让朱镜如坐在室内的简易长沙发上。朱镜如看到单身宿舍内设施完善，竟有单独的卫生间，便说："你们单位的条件比我们部队强多了，我们部队连长也不会有这样的宿舍。"

秦梦瑶笑了，说："我们工作性质不一样的，你们就是打仗的，生活太安逸了还怎么有战斗力。铁打的营盘流水的兵，这是我爸常说的话。我对你们部队太了解了，上高中前，我都在营房里生活。你知道我以前怎么称呼你们战士吗？"

"怎么称呼？"

"傻大兵！"

秦梦瑶边说边夸张地笑了几声，见朱镜如不苟言笑，又收敛了笑容，低声说："不过是善意的，战士都不会生气，生气了我们也不会这么叫！"

"那我傻吗？"朱镜如看秦梦瑶性格开朗，就面向秦梦瑶，故意做出一副严肃的表情。

秦梦瑶走近朱镜如，双手轻按在朱镜如的肩上，像是研究古董一样细细打量了半天，才点点头肯定地说："傻大兵，你依然也是个傻大兵。不过，我喜欢！"

朱镜如多年未和女性这么亲近，见秦梦瑶这么近距离地凝视自己，一张生动可爱而又那么精致玲珑的脸，吹气如兰，字字珠玑，不由得内心大乱、手足无措起来。

秦梦瑶看到朱镜如紧张的表情，扑哧一笑，对朱镜如说："你先在宿舍里休息，我先去忙忙报表，再过来陪你。"说完，起身准备离开。

朱镜如能感觉秦梦瑶对自己的好感，心里放松了许多，鼓了鼓勇气，拉住了秦梦瑶的手，说："小瑶，你等等！"秦梦瑶又停下脚步，看着朱镜如。朱镜如又不知道说些什么，顿了一下，才说："小瑶，我在这里会不会影响你工作，你要忙的话我还是先回去吧！"

秦梦瑶摇摇头，说："不用，我很快就报完，你走了，我一个人也是无聊。"看着朱镜如的手还是紧紧地握着自己没有松开，脸微微一红，又像是想到了什么，低头问："镜如，上午我们在天井山找先生看你手相时，我看你还不乐意？"

朱镜如见秦梦瑶问起这个，知道秦梦瑶比较在意问卦这件事，怕影响了她的心情，就信口说道："不是不乐意，是因为我闲得无聊时，也看过这样的书，专门研究过这些，怕那人为了赚钱乱说。"

"这么说你也会看手相，是吗？"

朱镜如又装出一副气定神闲胸有成竹的样子，沉着地说："当然是真的，难道还骗你不成？"

秦梦瑶坐到朱镜如身边，说："那你看看我的手相，我看你看得准不准！"

朱镜如听了心中暗暗叫苦，自己本是敷衍秦梦瑶一下，哪里会看什么手相。但话都说出去了，也只得硬着头皮，抚平秦梦瑶的右手，煞有其事地看了一会儿，信口胡诌道："小瑶，你看你的生命线走势强劲，当是长寿相；爱情线平缓少折，日后定是一帆风顺。只是，你这手相，尚缺一味，实乃命里美中之不足啊！你只有补上这一味，婚姻才能更加幸福美满，人生才能处处心想事成！"

秦梦瑶听了，神色渐渐变得凝重，看着朱镜如问："镜如，你说我命里缺什么了？为什么上午给我看相的不说？"

朱镜如却摇摇头说："这实乃天机不可泄露，他们算命卜卦的，也不是什么都可以说的！"

秦梦瑶急了，说："我不管，快给我说说！"

"你当真听？"

"我当真听！"

朱镜如正襟危坐，目不斜视，深吸了一口气，对天长叹一声，说："小瑶，你命里缺我啊！"

秦梦瑶先是一愣，很快突然反应过来，脸就笑成了一朵花儿，一双粉拳在朱镜如胸前擂着，嘴里说："叫你诳我！叫你诳我……"

朱镜如抓住秦梦瑶的双手，面对面看着秦梦瑶。秦梦瑶在朱镜如的凝视中停下了动作，不再说话，脸也几乎与朱镜如挨在了一起。一阵清香袭来，让朱镜如不能自已，哪还看得什么手相，于是伸出双手轻轻搭在秦梦瑶的柔肩上。秦梦瑶闭上了眼睛，额头抵着朱镜如的下巴，嘴里呢喃地问："镜如，你喜欢我吗？"朱镜如说："当然喜欢！"秦梦瑶又呢喃地问："那你……喜欢我什么？"朱镜如浑身躁热，喘息着说："喜欢你的美，你美得无法无天，你美得飞扬跋扈，你美得让我窒息，你美得让时光都停滞不前……"朱镜如边说边揽过秦梦瑶的身体，秦梦瑶轻声一笑，顺势侧身靠在朱镜如身上。朱镜如顿时心猿意马起来，双手抱紧了秦梦瑶。见秦梦瑶微闭了双眼，朱镜如更加大胆，嘴就在秦梦瑶的头发上四处游动，手也不老实了……

第三十六章

这天上午，朱镜如正在训练场训练，文书王玉军送过来一封信说："排长，我看到有你一封信，正好来炮场，就给你带过来了！"

和秦梦瑶相处了一段时间后，两人还算情投意合，朱镜如正想写信把这件事给家人说一下。还没等自己把信发出去，就收到了家信，想必又是母亲让三哥催促相亲一事。

朱镜如把信拆开，是大哥朱镜平的。读了信中的内容，朱镜如登时傻了眼。大哥朱镜平信中用很平常的语气说："你二哥朱镜军已被法院判了死刑，并于一个月前执行。"

看完信，朱镜如长久地呆立在炮场边，他不可想象会出现这样的结果，他和家人一直觉得，朱镜军的罪不至死，最多判个十几年。然而，二哥朱镜军确确实实地被判了死刑，这让朱镜如难以理解。家人倾其财力，为了二哥朱镜军的事跑东跑西，难道都付诸东流了？想到这里，朱镜如内心又生起家人的气来。要知道，自己从二哥出事，就再也没有见到过他。朱镜军的宣判情况家人应该早就知道了的，但是没人告诉他。二哥直到被执行过了，不说实在过不去了，才给他写信告知一下。早知二哥会判这么重，自己说什么也要在他被执行之前看他一次。

朱镜平在信上还说："事情已经发生了你也不要太上心，毕竟这不是我们能左右的，你二哥之所以被判重刑，是因为正好赶上了国家对经济犯罪严厉打击的政策，若按以往，是怎么也不会判极刑的。"这几年，随着改革开放的深入开展，经济犯罪呈上升趋势，为了为改革开放保驾护航，国家严厉打击了经济犯罪和黑恶势力犯罪。前些天《法制日报》和《青岛日报》同时登载了朱镜军被处以极刑的消息。

朱镜如知道，本市的某公安局局长也是在这个时候被打击，判了多年的刑，其弟弟也因是黑恶势力判处极刑。

每个人，真的是一粒微小的浮尘，左右不了自己的人生轨迹。当年自己离开上庄去训新兵时，根本想不到自己再也没有机会回到上庄；更想不到自己当新兵时二哥朱镜军来青岛上庄营房看自己，竟也是此生的最后一面。

朱镜如突然又感到了一种无助，工作的辉煌与家庭变故的暗淡同时笼罩着自己，父亲不在了，二哥又突然这样离世，朱镜如不知道自己的母亲会怎么面对，不知道能不能接受这样的现实。想到这些，他的内心也压抑得透不过气来。

秦梦瑶来部队越来越频繁了，对和朱镜如的感情也越来越认可。朱镜如担心秦梦瑶知道自己家的事后会对自己有不好的看法。但给她如实说了家里的事后，秦梦瑶竟不以为然，对朱镜如说："那也是没有办法的事，你家人也不是没有尽力。"朱镜如说："我家里出了这么多事，你跟了我不知道能不能过得幸福。"秦梦瑶就奇怪地反问："我秦梦瑶是要嫁给你朱镜如的，和你朱镜如过日子，又不是嫁给你家和你家过日子，那怎么会影响我们的幸福？"这一番话说得朱镜如十分感动，觉得上天待他还算不薄，安排这样一个善解人意的女孩子在身边，自己压抑的情绪总算得到了一种释放。

见秦梦瑶没有动摇对自己的感情，朱镜如及时向营长盛建堂做了汇报。盛建堂听了很开心，说："要是这样的话，你还是应该尽快给你家人说说你和小瑶的事，抽个时间，带着小瑶回河南吧！让你家人见见，这是一辈子的大事，好让你母亲心安。"

朱镜如问："那秦团长那里？"

盛建堂说："那个你就不用担心了，我和秦团长一直沟通着，他们夫妻两个对你印象很好，你没事也多和小瑶去看他几次。再说，秦团长是个很开明的人，他不会过多干涉女儿的抉择，你只要搞定秦梦瑶，其他都好说。"

于是，朱镜如就给三哥写信告诉了自己和秦梦瑶的情况，准备抽时间带秦梦瑶回去看看。母亲贾青芝知道后自是高兴。又过了一个多月，部队不是很忙了，朱镜如就请了几天假，带秦梦瑶回了河南。

秦梦瑶也很重视这一次河南之行，毕竟她从内心已选定了朱镜如，与未来婆婆见面是早晚的事。出发之前，秦团长和爱人张梅对秦梦瑶是千叮咛万嘱咐，生怕她不懂事，出现差错。秦梦瑶很不耐烦地说："我不是个小孩子了，自是懂得道理的，你们就不用操太多心了！"把张梅噎得到嘴边的话收了回去。

火车叮叮咣咣地跑了近二十个小时，到达了漯河。二人又乘坐长途客车到了湛山市，到了三哥朱镜锋家。朱镜锋和三嫂万爱红告知朱镜如，因为不能确定朱镜如什么时候能到家，母亲贾青芝前几天回沙南县老家了。万爱红劝朱镜如二人住下，第二天再回老家见母亲。朱镜如想到请假时间短，不想多耽误时间，就谢绝了三嫂万爱红的挽留，打了辆出租车回到老家文店镇。不想到家后，那间仍然没有院墙的东配房却锁着门。朱镜如判断母亲应该是去同村的二姨家去了，于是带着秦梦瑶到同村的二姨家，母亲果然在那里。看到朱镜如和秦梦瑶回来，母亲贾青芝欣喜非常，笑得合不拢嘴。秦梦瑶和众人都见了面，朱镜如也做了介绍。

姨父对朱镜如说："小如，你妈早就说你们近些天要回来，天天念叨，没想到今天可就回来了！"又转头对贾青芝说，"看你这个老婆子挺有福的，媳妇几千里地来看你来了。"贾青芝却说："那是我儿子好啊！是我儿子领回来的！"听贾青芝说这话，姨父便故意拉下脸用一丝夸张的鄙夷表情说："你这个老太婆不是我说你，真不会说话，这明明是媳妇好，才会几千里地回来看你。媳妇不好你儿子好有什么用？当儿媳妇的面只说自己儿子好，早晚不受儿媳待见！"

贾青芝做了个捂嘴的动作，说："看我一高兴说话都不会说了。"

秦梦瑶听了打着圆场说："阿姨说得也没错，当然是镜如好了，镜如不好我怎么会跟他回来？"

大家一阵笑。姨父姨妈看秦梦瑶人长得标致，说话又恰到好处，自是觉得十分满意。

在家里停了几天，朱镜如带秦梦瑶和大哥朱镜平，以及亲友都见了面。短短的几天里，看到母亲贾青芝和秦梦瑶相处得也很好，心里也是十分舒坦，心想总算解决了母亲心头的大事。三哥朱镜锋和三嫂万爱红对这未来的弟媳也很看好，也让朱镜如更是开心。在朱镜如回部队前的那天晚上，母亲贾青芝把朱镜如和秦梦瑶叫到里屋，悄悄说："小如，我们家里出了这么多的事，钱花出去了不少，你们若结婚，我也给你们拿不出多少钱来。原先县城的房子卖了后，还了不少为你二哥跑事借的钱，也剩了一部分，到时候给你们，算是家里的一点儿心意吧！"

朱镜如听了心里又是一酸，说："您留着自己用吧！我在部队又花不着什么钱。"

眼看要到归队的时间了，朱镜如就带秦梦瑶回到了部队。

却说那秦梦瑶回到即墨后，越发对朱镜如产生了好感，加上自小就在部队生活，对军人有着魂牵梦萦的情愫，于是有事无事便往留村营房跑，在朱镜如面前更是小鸟依人般温柔体贴，对二人的未来也有了更多的憧憬。朱镜如也是增加了去秦团长家的次数，二人的感情升温迅速，秦团长夫妇对朱镜如也越来越满意，竟有了让二人早点儿结婚的念头。

但是两人若要结婚，始终绕不开房子这一话题。朱镜如家中自从二哥出事以来，在经济上早就由小康跌到了贫困线之下，靠排长级别的工资来买房，终究是杯水车薪。父亲离世，母亲一人生活，自己又不愿向兄嫂们张嘴，买房仿佛是一个遥远的梦。秦梦瑶虽然没有直接要求朱镜如先买下房子，但有意无意也说起过结婚后不想和父母住在一起的话来。朱镜如原来本不想这么早找女朋友、结婚，实在没想到能遇到秦梦瑶这样温柔可爱、知书达理的女孩，打乱了自己的计划，让自己不得不这么早面临买房这一大事。这秦梦瑶又是部队驻地的人，若是在老家找对象，老家那一套房子还有不卖的可能，至少不会出现要结婚了连房子都没有的事来。

这着实让朱镜如烦恼。

没想到秦团长对此倒是看得很开，一次晚饭后专门和朱镜如到墨河边散了步。两个男人间说话倒是直接了许多，秦团长安慰朱镜如说："你们买房的问题不要想太多，你家里那边能支援多少支援多少，不支援也不要强求。有房子结婚，没房子就不结婚了？不说以前，就说现在的部队，不是有很多干部直接在连队结了婚？只要你们两个感情好，你对小瑶负责，房子你们以后可以共同努力嘛！"朱镜如听了，不禁对秦团长又尊敬几分，心想这做领导的与平常人的确不同，没那么多刻薄的事。只是担心没在结婚前买上房子会让秦梦瑶心里不快，秦团长又劝朱镜如不要担心，说小瑶也是内心善良的人，不会在这上面太为难他的。

秦梦瑶果真没有计较朱镜如家庭的贫困，甚至订婚时，也只是要求朱镜如买了一枚胸针作为信物，又让朱镜如感动不已，心想，这辈子无论如何，也要对秦梦瑶好。

于是，在盛建堂的张罗下，朱镜如与秦梦瑶于年底在城阳举行了婚礼，暂时和秦团长住在一处。

第三十七章

冯清泉被遣送回原籍后，赵友发和邵崇湖依然在三连大刀阔斧地按自己的思路开展工作。邵崇湖在管理上还是以情带兵，朱镜如感觉他更多的是以"义"带兵，义气至上，带兵的感觉多少有点儿"痞"味，遇到几个不听招呼的辽宁籍老兵，他甚至像新兵班长揍新兵一样动粗。高兴的时候，在连队就摆起了酒场，喝起酒来仍旧豪爽得要命。朱镜如记得有一天晚上连队就寝哨响后，忘了什么原因，喝了点儿酒的邵崇湖在一楼门厅里对朱镜如大声斥责，连队战士大都没有睡着，能清清楚楚地听到，朱镜如感到自己的自尊心受到了伤害，于是也大声地和邵崇湖争吵。邵崇湖一下子没有反应过来，有点儿发蒙。第二天邵崇湖马上又找到朱镜如，说："镜如啊，昨天晚上我喝点儿酒说话时有点儿急了。"朱镜如明白那其实是指导员在向自己道歉，但心里还是有气，就面无表情，没有说什么。其实朱镜如已经很后悔那晚自己顶撞邵崇湖的行为，后来更后悔邵崇湖找自己谈话的时候没有干脆利落地向邵崇湖承认自己的错误，自己内心对邵崇湖一直很尊敬，还是太年轻考虑不够周全，以至于自责良久。

虽然赵友发、邵崇湖对连队尽职尽责，想把三连带出来，但目前三连的底子弱，战士的思想太不稳定，甚至连配齐骨干都成了问题。没有思想过硬的骨干人选，这让邵崇湖伤透了脑筋。营长盛建堂显然注意到了这个问题，和邵崇湖对三连无中坚力量的顽疾专门研究对策。最后的意见还是想办法让本连部分老兵发挥出作用，鼓励他们在连队起到带头作用，要敢于压担子，同时在政治待遇和立功受奖上向他们倾斜。

邵崇湖没有因为朱镜如和他吵架而感到有隔阂，在选择骨干的问题上，很注意朱镜如的意见。在一个连务会后，邵崇湖叫住朱镜如，说："镜如，你等一下！"

等骨干离开会议室后，邵崇湖说："镜如，我正在为我们连的骨干配备伤脑筋，能使用的实在捉襟见肘。你是从战士直接提干的，有扎实的群众基础，我想听听你的意见。"

朱镜如见邵崇湖说得诚恳，知道邵崇湖是真想听到基层意见的，但还是怕自己的意见不妥，就略微沉思了一下，说："指导员，我站的高度毕竟有限，理解肯定会片面，也不见得对。"

邵崇湖让朱镜如坐下，点了一支烟，深吸了一口，说："镜如，你也不要谦虚，你在三连时间长了，三连的情况你看得比谁都清楚，你尽管说就是，我会综合考虑的。"

朱镜如见邵崇湖这么信任，也就放下了思想包袱，说："指导员，我觉得我们三连这种状况由来已久，至少，在你来之前就存在了。我从当新兵开始就在三连，这也快五年了，还真感觉到了不同。我记得我当第二年第三年兵的时候，连队的战士不把工作干得很出色，根本没有机会当上班长副班长。现在倒好，部分老兵不思进取，不愿当班长，也找不到当班长的合适人选，总不能让新兵去干吧！"

邵崇湖说："能用的骨干少，这真是三连目前的薄弱环节。但是，还只能从这批战士中寻找有责任心的来担当。"

朱镜如又说："指导员所说极是，营里不可能把其他连队的好骨干调过来。我觉得，我们连的部分第三年度兵还是很不错的。这批兵中像徐静伟这样能担大任的毕竟是少数，但是像张朋林、佟万利等也是璞玉，雕琢一下绝对是好料。他们在连队一直以后进兵的形象存在，自己也早就破罐子破摔了。如果连队给他们希望，再根治掉他们身上的顽疾，还用担心我们连队的骨干力量薄弱吗？"

邵崇湖说："镜如，我也正想这样，对第三年度兵，确实需要下大力气，把他们雕琢出来，举一反三，提高连队管理工作。你觉得哪个同志的转变工作最容易见成效？"

朱镜如不假思索地说："当然是张朋林，在这个同志身上，只需稍微下点儿功夫，必见成效！"

张朋林是五班老兵，在当时连队干部战士的眼里，张朋林工作不怎么积极，训练也很一般，五班长对他的管理也感觉无从下手，是个很让人头疼的稀拉兵。也许是连队风气的原因，张朋林在连队似乎一直没有进取心。其实，朱镜如一直认为，张朋林也是个很有头脑的战士，只是

213

因为不明的原因一时陷入了沉沦。

邵崇湖果然听了朱镜如的意见，下了决心从张朋林着手，通过做工作提高本连战士的集体荣誉感和上进心，一步步地解决三连"可信赖的骨干少、难管理的老兵多"的问题。邵崇湖独辟蹊径，先是以了解战士的思想为由找到张朋林，让张朋林在连队感到了信任感。同时给予张朋林更多的理解和重视，听取他作为老兵对连队管理的看法。这一招很快起到了作用，张朋林本来以为自己留给连队的印象已经低到了冰点，很可能在部队就这样稀稀拉拉地度过这三年，不会有什么成绩。没想到受到连首长的重视，觉得自己还不是被边缘化的差兵，还可以为连队做些贡献，心里的责任感便日益剧增。邵崇湖又不失时机地对张朋林寄予希望，提出要求，说希望你张朋林能有一个大的转变，成为一个后进转变为先进的典型，在三连树立一个标杆，以期在三连翻身仗上起到出其不意的作用。

张朋林工作积极性明显提高了，一直关注着的盛建堂营长在全营军人大会上对张朋林的工作提出表扬，并作为营典型号召全营向张朋林的工作积极性学习。张朋林一时间在三营名声大振，这对于三连的管理的确起到了很好的作用。

接着，邵崇湖又给张朋林压担子，问张朋林若当班长了会怎么管理。没想到张朋林回答得头头是道，这让邵崇湖对张朋林更有信心。

不久，得到盛建堂同意，邵崇湖和连长赵友发决定给张朋林压担子了，直接任命他为六班班长。这在三连可是引起了震动：张朋林，连一个副班长都不是的老兵，而且曾作为后进战士被连队打压两年，怎么可能被提拔为班长？

事实证明这个决定是正确的，被任命为班长后的张朋林，的确能够身先士卒，带领全班战士圆满地完成连队交给的各项任务。三连的风气逐渐有所改变，连队建设也蒸蒸日上。很快，张朋林成为了中国共产党预备党员，对连队后进战士有很大触动，后进战士转变的更多了。之前表现一般的佟万利等都有了很大的转变，并为连队做出了不少贡献，最终也被连队起用当了班长。

年底退伍前，高炮旅的军民共建单位青岛双星鞋厂继续和三营达成了共识，希望部队把优秀的退伍老兵推荐到双星工作，以加强鞋厂的管理。盛建堂又召开三营军人大会，退伍老兵有去双星鞋厂意愿的，到营

214

里报名，营党委将从中择优挑选，推荐到双星鞋厂。退伍战士中报名的也很多，最后，盛建堂把张朋林等人推荐到了双星鞋厂。张朋林到双星鞋厂后，被分到了一个分厂里，由于工作踏实，能干会管理，竟然很快就被任命为副厂长，负责安全管理工作。

这一年，三连全面建设在赵友发和邵崇湖的努力下已经有了起色。连队在这一年完成的工作任务相对较多，除了正常的训练，还有徐静伟带领部分战士到青岛某厂的施工，营房里的小工程也很多，比如营房西侧的道路整修、围墙的施工等。一段时间内，一排训练火炮，二排完成施工工作，年底也只有一排参加了潍北实弹射击。

这一年的 10 月份，朱镜如被安排去东营市接兵，错过了去潍北靶场实弹射击，也没有赶上老兵退伍工作。

多年以后的一个午夜，安徽籍 1995 年兵陈刚突然给朱镜如打来电话，告诉朱镜如一个令人悲痛的消息：已经转业到即墨市某单位的老指导员邵崇湖，在一个晚上突发急症，遂宣告不治。听到这个消息，朱镜如也是惊愕之余倍感惋惜。英年早逝，不禁让人感慨人生叵测，我们谁也无法把握脆弱的人生，唯有过好每一天，才是对自己生命的一种尊重。

陈刚在电话那边哭得不成样子，不停地说邵崇湖指导员是个好指导员，在连队对他很关爱，人走了实在接受不了，连看望的机会都没有。

朱镜如劝陈刚说："既然悲痛无法挽回既成的事实，就让我们用思念来缅怀过去的美好吧！"

年底，朱镜如这批兵中，除了朱镜如已任职排长外，蓝俊峰等人还在军校就读。马金印、王红涛、贾耀明等人服役已满五年，如果不能提干或转志愿兵，就要退出现役。农村出来的战士，自然想留在部队转志愿兵，因为这样服十几年役后转业到地方后就可以由政府安排工作。按往年的情况，在部队转个志愿兵也是很难的事，不找人活动基本是转不上的。没想到时光流转，万事轮回，轮到马金印他们时，转志愿兵竟变得格外容易。一个原因是高炮旅是一个兵种旅，需要大量的技术骨干，所以在司机、技修、专业骨干等专业上需求岗位很多；另一个原因，也是最重要的原因，同年兵中大连兵和德州兵都是城市兵，本身回到地方就会安置工作，他们中的大多数早在两年前服完三年兵役时就退了伍，很少有人超期服役。这样一来，河南兵转志愿兵的竞争就少了许多。到后期局面甚至反转了过来：多个单位出现了转不够的情况，还得由组织出面做工作让部分战士留下，这倒是多年未遇到的事。

于是马金印、王红涛等二十几人选择留在了部队，成了志愿兵。

但两年前就退伍的乔无忌却出了事：服役满三年后，乔无忌觉得超期服役没什么前途，就选择了退伍。退伍后乔无忌果然如自己之前所言，没有回他贫瘠的老家，在青岛某企业打工。只是自己没什么技术，在企业里受不到重用，也没混出什么名堂。前途渺茫之际，正好赶上部队和青岛双星鞋厂第一年共建，于是又回到部队，以当年退伍兵的名义进入了双星集团。一年后乔无忌在双星集团下属某单位的保卫科任副科长。本来前途美好，不料乔无忌心生贪念，竟然伙同单位里的保安，偷盗单位的财物。单位发现财物被盗后，马上报了警。公安部门一介入，很快查出是乔无忌伙同他人监守自盗。后来由于可以认定乔无忌偷窃的物品数量不大，加上双星集团不想深究，毕竟一个单位自己保卫科内部出了事，若追得急认定的金额足够，乔无忌就要面临刑事拘留并被判刑，这样影响就大了，单位也不太光彩。于是就按初期被认定的盗窃金额让派出所拘留了十几天完事。

从拘留所回来后的乔无忌万念俱灰，在青岛转了几日，无处可去，身上又没有钱，饿了就捡些游客吃不完的饭菜。实在没法了，才徒步几十里，来到高炮旅。见了朱镜如，乔无忌抱着朱镜如就失声痛哭。朱镜如见乔无忌两年不见竟成了这样，大吃一惊，赶快给乔无忌找了身干净衣服换上。问了乔无忌当前的情况，朱镜如也是叹息不止，又对乔无忌万般规劝。等乔无忌平静下来，朱镜如把乔无忌安排在留村的一个小招待所住下。闲暇之时，朱镜如就陪乔无忌谈心。如此几日，乔无忌情绪好了一些。无奈部队生活节奏紧张，朱镜如也无法长期收留乔无忌。又过了数日，乔无忌感觉在青岛无甚依靠，料想也不会有什么出路，就想去投奔在河南开封搞建筑工程的二舅。临走前，非要朱镜如和他一起到上庄营房北侧鹰嘴山的藏兵洞去看看。由于同年兵蓝俊峰正在上军校，孙茗山第四年没有考上军校也退出了现役，所以只有朱镜如陪乔无忌去了藏兵洞。二人在大留村打车去大龙嘴，出租车司机却嫌地处偏远，不愿送两人去。朱镜如好说歹说，又加了回程的路费，司机才勉强答应。二人沿当年入伍第一天去上庄的路线，一路颠簸到了大龙嘴村。途经上庄营房时，朱镜如竟不敢多往营房里看，那记载着他激情岁月的营房如此的荒凉，以致朱镜如胸口发闷，呼吸艰难。乔无忌更是一路默默无语，朱镜如知他心情压抑，也不再与他说话。二人上了鹰嘴山，到了藏兵洞的洞口，乔无忌神情恍惚，嘴中喃喃自语。片刻，二人接着再往里走。朱镜如心里担心，对乔无忌说："藏兵洞里阴暗潮湿，好多年未进过了，不知里面的情况，我们两个人还是别进了吧！"乔无忌没有接话，坚持往洞口里面走了两步，才在朱镜如的规劝下停住了脚步。

二人终究没有进入藏兵洞。

出洞后，二人又沿东侧下山路线，走到了当年几个人野餐的开阔地。乔无忌坐在原先几人坐的号称三生石的石台边，时而表情发呆，时而看着十余米外的重生崖，不知在想着什么。看看时间不早了，朱镜如就劝乔无忌离开。乔无忌又站在悬崖边，深思良久，又对着深渊长啸数声，这才依依不舍地离开重生崖。

随后，朱镜如把乔无忌送到青岛火车站。临上车前，朱镜如拿出四百元现金递给乔无忌，说："无忌，这钱不多，是我刚发的工资，你拿去暂用吧！"乔无忌也没有谦让，接过钱，装在口袋里，对着朱镜如凝视良久，终于开口说了话："镜如，不是你，恐怕我早就离开这个世界了，我的路已经绝了……"话没说完，竟然又泪眼闪烁，于是转过身去，不再说话。朱镜如一阵后怕，想到去重生崖时，乔无忌果然是做着生死斗争，好在最终乔无忌选择了理智。朱镜如拍拍乔无忌的肩，说："无忌你说什么话呢？以后的路还长着呢！忘了我们三人当年在鹰嘴山上的誓言吗？苟富贵，勿相忘！我还等着你发达了好好帮衬帮衬我呢！"

乔无忌听了，眼圈又红了，犹豫了一会儿，才对朱镜如说："镜如，我本无脸面给你说了，但是我还是忍不住，现在不说，以后也许没有机会了！"

朱镜如很纳闷地问："什么事，这么神秘？"

乔无忌叹口气说："镜如，我以前做过对不起你的事！"

朱镜如很疑惑地看着乔无忌。

乔无忌继续说："镜如，你还记得你提干时被人举报的事吗？"

朱镜如听了，瞬间明白了，笑了笑，又拍了拍乔无忌的肩，说："无忌，你永远是我的好兄弟！过去的事都过去了，让我们忘掉吧！"

乔无忌表情复杂地看着朱镜如，不再说话。稍停顿了一会儿，心一横，抹抹眼睛，转过身，头也不回，走进站台上了火车。

第三十八章

中尉司务长张锡岭到三连报到，意味着三连的管理已走出了低谷。这一年三连的干部队伍又有了大的调整：连长赵友发因任职年限的原因调离三连，由作风过硬、雷厉风行的刘福能接任三连的连长。张广华接替邵崇湖担任指导员，邵崇湖到五营担任营部管理员。三连的干部队伍更加团结，连队管理呈上升势头。

冯清泉被遣送回原籍后，三连司务长的位置空缺了几个月，其间司务长的工作一直由副连长刘典章兼任。新任司务长张锡岭是1988年度兵，看起来身材魁梧，体格健壮，两眼炯炯有神。司务长张锡岭是一个非同一般的人物，不但在工作上协调能力很强，上下级关系也处理得很融洽。他入伍后先后到特务连、旅招待所工作，1989年考入湛山市士官训练大队，毕业后回到招待所任职，服务中心成立后就去当会计。来三连上任前，张锡岭刚刚回到湛山市司务长训练大队参加了司务长轮训，身份由志愿兵转为干部。让朱镜如感到佩服的是，张锡岭培训回来后，并没有到政治部报到，而是先找到旅长张百列，汇报了个人的集训情况，并希望旅长能根据他的情况安排合适的岗位。朱镜如觉得这就是情商高的一种表现，张锡岭的做法一下子就拉近了自己与领导的关系，任何一个首长，看到自己的兵这么谦虚，绝对会有不同的感受。旅长分析了张锡岭的情况，说："三营三连底子薄，刚刚有些起色，你去三连锻炼锻炼，协助三连党支部把三连带出低谷吧！"于是张锡岭于1995年12月份来了三连。

高炮旅于1991年就成立了服务中心，目的是为方便基层，为基层官兵服务，同时规范经费管理，节约经费开支，对基层连队伙食费等实行统管。主要运行方式是采购加工主副食品，按原价供应连队。不仅如此，服务中心还在留村营房设有军人服务社，类似地方的小商店，供应

218

官兵日常生活用品，又设立了快餐部以解决官兵个人接待，方便临时家属来队就餐。朱镜如知道，全旅各营连的司务长都要和服务中心打交道，能在服务中心任职，没两把刷子是干不成的。

而提干之后任职排长的朱镜如，总觉得自己是很混沌的存在，思想远不如张锡岭那样成熟。也许是二哥出事后家道没落，让他在无形中变得自卑，或许还有其他还弄不清楚的原因，导致一直不能很好地融入高炮旅这个集体，整天犹如无头苍蝇般地瞎哼哼，没有一点儿自己的思想和目标。以至于多年以后回首往事，朱镜如总能发现当初的自己有多么的不尽如人意，心想若时光能够重来，一定会有很多正确的选择，少了很多没必要的遗憾，人生的每一步也会走得更好。但是时光飞逝如箭，断无回转可能，即便有朝一日可以穿越回去，也许早已心灰意冷，看破昔日红尘，那曾经的过去，只不过是大千世界中的一缕浮尘，注定会烟消云散。只是朱镜如经常会感叹为什么像张锡岭这样的人，为人处世经验老到好像就是多年以后穿越回去的一样，每一件事都拿捏得那么准，每一个关键的节点都把握得那么好，以至于在他自己的人生道路上，总是那么游刃有余。朱镜如就觉得张锡岭一定有异于常人的某种天赋，得到过高人的指点，获得了人生的秘籍。

而同是排长的李建华对朱镜如的这种自责及自卑不以为然，闲暇之时听朱镜如语气神态露出悲观之意，便劝导道："镜如，我看你是当班长时当得太优秀了，现在提了干当排长还想着像班长一样身先士卒，肯定会不适应了！你难道没看出来，当班长和当排长完全是两码事，班长是兵头将尾，在连队管理中起着重要的作用。而排长在连队的管理环节中就可有可无了，你看很多连队排长缺编，连队不一样运转得呱呱叫？即使是排长不缺编，连队的管理也往往是连首长隔过排长直接管理到班长。你不要以为是连队轻视你，实在是为了减少管理层级提高管理效率。所以当排长一定要摆正位置，心态平和，多学习多观察，不影响连队命令的上传下达，多考虑些自己的事，这才是排长之道。"

朱镜如听了，笑道："我明白了，怪不得连长刘福能总是在全连点名时批评你，而且毫不留情面，你也不生气。这也与连队首长抓好班长队伍忽视排长队伍的管理理念分不开吧！"

李建华也付之一笑说："那有什么生气的。"

刘福能是个很有个性的连长，走路带风，说话硬气，带起兵来有点

219

儿"匪"性。刘福能就任三连连长后不久，高炮旅又承担了即墨的光缆施工任务。接到任务后，三营在营长盛建堂的带领下进驻到即墨市北郊的213省道附近，三连临时驻地为即墨北的一所小学内，任务是沿213省道西侧，开挖即墨到灵山一段的光缆沟。

那几年正是光纤通信发展最快的时候，全国范围内掀起了大范围的铺设光缆的高潮。高炮旅经常整建制地拉出去，吃住在提前联系好的村庄、学校里，进行光缆开挖施工。

按施工要求，光缆沟要挖一米二深，底部宽度四十公分，上部就更宽了，因为人要站在沟里施工。这段光缆施工虽然看起来没多大的工程量，却是一块难啃的硬骨头，因为即墨以北的土质坚硬，除去浮土，下面是很硬的黏土碎石层，不走运的话还会遇到大石头。战士们用的工具也是铁锹、镐头、钢钎、大锤等最原始的工具，这对于每个战士来说，都是一个艰难的挑战。

四班在施工第一天分得了五十米的施工任务。班长徐静伟为了加快进度，在班里开展了小竞赛，把任务细化到了个人，每个人要挖出七米长光缆沟来。施工开始后，班里人与人竞争，班与班也在竞争。偏偏四班的地段出现了碎石土质，极大地影响了施工的进度，让争强好胜的徐静伟为之头疼。朱镜如见了，心中着急，不想让二排落后于一排，就希望徐静伟按自己的思路，在别人休息的时候加班干。果然，徐静伟领会了意图，朱镜如本以为四班会在连队收工带回后多干一会儿，谁知在连队吃了晚饭后，徐静伟带领四班去了施工现场，点上蜡烛夜战，一直干到了凌晨。进度上去了，战士们却累得直不起腰来，手上也磨出了血泡。李建华见了，对朱镜如说："镜如，你我就不要给班长们再施加压力了，他们干得够累了，不是干完这一段就结束任务了，后面的活儿还多着呢！战士们累趴下怎么办？还要循序渐进地完成才好。"

朱镜如笑着说："这不是和你们排竞争嘛！进度慢了不就落在你后面了？"

李建华仍是摇摇头，说："镜如，一个三七高炮连就这两个排和一个指挥班，你说我们两个排怎么竞争？现在是以连队为单位在施工，一个连内是七个班的竞争，一个旅内是连队单位的竞争。如果是以排为单位外出执行任务，那么你可以都说了算。我看这样，明天我们两个也分一段，减轻些战士的压力，怎么样？"

朱镜如听了，说："你说的有道理，就这么办！"

第二天，连队新分施工任务时，朱镜如和李建华各分了一段。司务长张锡岭见了，也要求加入二人的竞争。三人各分了七米后，抢起胳膊就拼了起来。结果是张锡岭的战斗力根本无人可比，他膀大腰圆，很快就甩出朱镜如、李建华一大截子，赢得连队战士阵阵喝彩。在全连连续施工劳累过度、战士士气不高的时候，三个干部之间的竞争倒是提高了战士的士气。

连长刘福能平时对连队管理严格，对班长排长批评起来一点儿面子都不给。哪个班进度慢了，或是哪里出问题了，马上就是一顿严厉的批评。在连队管理中刘福能虽然没有多少思想工作去做，但是也有一定的工作方法，能很快看到事物的本质，并拿出可行的解决方案。如果在战时，刘福能一定是个出色的军事指挥员。

但是，刘福能的高压管理也让部分干部战士有些接受不了，加上施工紧张，战士身心疲惫，部分战士就有点儿受不了了。有一天早上起来，有一个1996年湖北籍的新兵周士玉不见了。这个新兵其实平时表现还是不错的，也是朱镜如器重的一个新兵，只是刚下老兵连不久，就要参加这么大的工程，身体瘦小很不适应，加上连队思想工作做得不够充分，周士玉表现就不太稳定。刘福能马上安排人员去车站寻找，朱镜如带领孟庆星乘车到即墨汽车站，逐一车次查找。在一辆正要出发的客运车上，朱镜如看到了脱下军装只穿着毛衣的新兵周士玉坐在车窗旁，一脸木然。

朱镜如赶快招了招手，客运车停了下来，朱镜如径直上车，到周士玉跟前，拍拍他的肩膀，轻声对他说："小周，跟我下车！"新兵看到朱镜如，一下子就哭了，一句话也没说，手里攥着作训服跟着朱镜如下了车。朱镜如带着他吃了点儿饭，之后，问他还回不回去了，新兵竟不顾旁人，"扑通"一声给朱镜如跪下，又是哭着对朱镜如说："我对不起你排长，我给你丢脸了，我知道错了，再苦再累我也不回去了！"

朱镜如马上把周士玉拉起，说："这是干什么？知道错了改了就好，回到连队我保证没人因为这件事嘲笑你！"

于是朱镜如带着周士玉回到工地。

本以为逃兵事件后连长刘福能会改变些对战士的工作方法，谁知刘福能还是一如既往地用自己的方法带兵，还是经常在全连面前对李建华提出批评，朱镜如感到了一丝丝压力。终于有一次在施工现场，全连收工带回后，刘福能因施工方面的原因，劈头盖脸地批评起朱镜如来。朱镜如十分不满意他过于严厉，于是和他狠狠地吵了一架。好在只有文书王玉军在场，没有什么坏的影响。

一排长李建华劝朱镜如说："刘福能就是这样的工作方法，人倒是不错的，作为连长，刘福能也是个能啃硬骨头的军事干部，我们配合好他的工作就是，你看他无论怎么批评我，我都不会在意。"

想想也是，刘福能批评李建华时总当着全连的面，当时朱镜如听着，心想要是那样批评自己，自己早就蹦起来了。现在想想也真好笑，还是自己城府不够深，作为排长无论如何是不应该和连长吵起来的。

但刘福能似乎也不生气，过后该怎么样还怎么样。这又让朱镜如也很后悔自己的顶撞，以前是顶撞指导员邵崇湖，现在是顶撞连长刘福能，真不知自己在连队首长眼里会是一个什么形象。要说一个连队的管理也是不容易，特别是三连，应该需要刘福能这样的干部，如果穿越回去的话，朱镜如绝对不会和刘福能争吵，也许会成为他更得力的左膀右臂。

张锡岭在三连干了两年多的司务长，后来又回到旅服务中心当主任。高炮旅解散后，他先是在山东高炮预备役师任职，后改任沂南县武装部政委。转业后安置在青岛某单位，副地级实职领导，前程似锦。

第三十九章

结婚后的排长朱镜如生活幸福，工作顺利，并平稳地度过了排长阶段。这年6月，任职排长才两年多的朱镜如竟然提升为副连长，让朱镜如更加意气风发。以高炮旅的干部调整规律，不出所料的话，最快半年朱镜如就有可能代理连长，即便是晚一年代理连长，也会是高炮旅最年轻的连长之一。朱镜如的事业前景美好。

但是朱镜如很快有了学习进修的机会：8月上旬，朱镜如接到旅政治部通知，于8月底和二连副连长刘军、四营排长杨振军三人一起到济南陆军学院进行为期三年的进修。其中在校学习两年，最后一年仍是回部队实习。政治部也在做出决定之前征求了个人的意见。

政治部征求个人意见时，朱镜如心中疑惑，不知道这次进修在个人成长中的作用，就问了连长刘福能，刘福能说："这是好事情，当然要去了！这是提干起来的干部必须走的路。你提干后还没有文凭，对以后的个人发展不利。这次进修虽说是学制三年，实际只上两年，还带着工资，多好的事。"

朱镜如说："去上两年学，会不会耽误进步？"

刘福能扳着指头对朱镜如说："你眼光不能看这么近，你算算，你当兵三年就提干，刚满四年就是授了少尉军衔的排长了，够快了。而正常考上军校的，这时候才刚刚上了第一年军校，还要两三年才能毕业回来任职，你已经比他们早了几年了。你这又提了副连长，还带着工资，去上学的话两年后回来正好可以调成正连长，这样从你当新兵算起，第六年就能当上连长，应该很快了吧！你如果不去进修，虽然能在提升正连时更快一些，但因为你少了文凭学历，到营职以上你的优势就没有了，那时候别人都有文凭学历，你只是高中，肯定会吃亏的！"

听刘福能这么一说，朱镜如也感觉去济南陆院进修是很不错的一件事，于是高高兴兴地做好了进修的准备。确定去陆院进修后，连队就再不安排朱镜如的工作。看看离报到时间还早，朱镜如就想回河南看看母亲，毕竟一上学就是半年不能回家。秦梦瑶听了，对朱镜如说："镜如，我也和你一起回河南，看看老人。正好我们也该买房子了，手里也缺钱。上次你母亲不是说老家县城的房子卖了后，要给我们一部分，如果给了，我们会轻松很多。"

朱镜如说："小瑶，你当然要和我一起回去。只是老母亲那钱，我是从来没想过要的，她一个人也太不容易！"

"我们不也是正作难的时候嘛，再说老人我们是要赡养的，我们用了钱也不会白用。"

朱镜如说："先回去再说吧！"

秦梦瑶想到这次回去，自己已是儿媳妇的身份了，心情与上次又是不同。临行前，还问朱镜如回去要带些什么看望老人。朱镜如说，随便买些就是了，老人关心的不是我们拿的东西，而是我们人有没有回去。看到秦梦瑶挺在乎和母亲的关系，想来以后的婆媳关系应该不会难处，朱镜如觉得和秦梦瑶结婚算是找对了人。朱镜如又特意问秦梦瑶："小瑶，等我从部队转业了，你是要跟我回河南呢还是留在山东？"秦梦瑶脸上现出迷茫，问："在哪里有区别吗？你到哪里我跟到哪里不就是了，就像我爸是东北的，我妈是湖南的，不是都跟着我爸走吗？"

朱镜如想想也有道理，以后的路不知道怎么走呢，纠结得太早了徒增烦恼。

只是回去后，事情似乎没有按照朱镜如的思路发展下去。

二人回到河南后，母亲贾青芝还是在三哥家里住，三哥朱镜锋很是热情，说虽然家里的房间不多，但还是在家里住下吧，也方便。朱镜如也未再作推辞，就在三哥家凑合着住下了，倒也热闹。过了几天，朱镜如在秦梦瑶的催促下，抽了个空儿给母亲提起在即墨买房手里钱不够，想让母亲凑一部分的事，母亲贾青芝听了，不置可否。直到三哥三嫂都出去后，母亲才把朱镜如叫到卧室，悄声说："小如，房子是卖了几万块钱，你父亲去世前为你二哥的事也借了不少账，我总要还一些。你大哥、三哥也因为你二哥的事，被公安局传讯，又是受罪又是出钱，我肯定要补偿他们一些的，免得你两个嫂子说闲话。你还不懂，都各自是一家人了，不是原来就你们兄弟几个，我说什么就是什么，也不会生气。"

秦梦瑶一直在客厅听着两人的谈话，听到在说钱的事，就走过来说："妈，我们没有别的意思，只是想着我们该买房子了，手里确实紧张。我听镜如说过，大哥和三哥是在家里的事上出了不少力，但我觉得您把他们弟兄几个养大了，家里有事他们出点儿力也是正常的。镜如当时在部队一个月才二十多元津贴，给家里帮不上什么忙，但他要是有能力了，家里有事他不帮忙我也不会同意！"

贾青芝本来觉得这是朱家自己的家事，又觉得朱镜军处极刑的事算是家丑，不想让秦梦瑶参与。见秦梦瑶过来插话，多少有些不开心，说："他们该不该为家里出力我自然知道，我自会公平对待！"

秦梦瑶却没有看出贾青芝的不满，又接过话说："妈，依我看，这镜如的事也是家事，镜如现在难一些，当哥的拉一把也是应该的吧！俗话说长兄如父，爸不在了，当哥的也应该把家撑起来的，镜如买房，他们凑些钱都不为过。现在倒好，不但不撑这个家，反而来分你们要给镜如的钱，不像哥的样子，也不公道！"

贾青芝听秦梦瑶说了这些直白的话，顿觉心里窝火，脸上也青一阵白一阵的。她没有想到秦梦瑶刚结婚没几天，竟会说这些话，就想挑自己哥哥的不是，难道想挑拨兄弟感情？

朱镜如看出母亲的不快，赶快对秦梦瑶说："小瑶，家里的事你不了解，你就别操心了，妈自有妈的主意！"

秦梦瑶心里倒是没什么心事，说话还是不经过大脑，自顾自地说着自己的道理："妈，您年纪大了，要那么多钱也没用，我们现在正缺钱，还不如把钱先给我们用，我们买了房子就把您接过去，我们生活在一起不是很好吗？"

贾青芝越来越不高兴，没好气地说："我一个老太婆能有什么钱？你们怎么总盯着这卖房子的钱？"

直到这时，秦梦瑶才听出婆婆的情绪有些不对。秦梦瑶自小在家娇惯，见婆婆对自己的语气有指责的成分，心里便有些情绪。

朱镜如看着秦梦瑶，轻声说："咱妈手里也没有什么钱了，父亲过世后，每月只有不到二百元钱的补助，由父亲单位发放，也只是勉强够生活……"

秦梦瑶提高了声音对朱镜如说："那不是有房子钱吗？先不还不行吗？等我们买了房子，该还的账我和你还不行吗？再说，这本来就是你朱镜如的房子！"

贾青芝最听不得的就是说这房子就应该是朱镜如的，那样显然是说她这做母亲的分朱镜如的钱给两个哥哥的事是错了。她陡然变了脸色，言语生硬地说："谁说就是镜如的房子！都有份儿！都是我儿子，我想怎样就怎样！谁能管得着？"

秦梦瑶被贾青芝戗得一时语塞，半天憋出一句话，说："镜如不也是你的儿子？"

"当然是我的儿子，这个还用你说？我家的事还要你管？"

秦梦瑶大概生来就从未遇到过这种训斥，在家从小霸气惯了，父母宠着，姐姐让着。本以为自己很注意和婆婆说话的语气，却没想到被婆婆这样狠狠地戗了回来，顿时蒙在那里，眼泪就在眼圈里打转。

朱镜如赶快让母亲也别说了，转过身把秦梦瑶拉到客厅里坐下。秦梦瑶的泪已哗哗地流了下来。

贾青芝心里也是憋气，自己在朱家一辈子了，还没人在家里挑战她的权威，如果不是老二朱镜军出事，老头子就不会走得那么早，自己在亲戚朋友、街坊邻居眼里依然高高在上，在家里更是绝对的权威。没想到这秦梦瑶不知天高地厚，和自己理论再三。贾青芝见秦梦瑶被朱镜如拉出去了，心里的火仍无处发泄，就在卧室里滔滔不绝地自言自语，继续数落起秦梦瑶的不是来。秦梦瑶在客厅听着，终于坐不住了，忽地站起身，往外跑去。朱镜如急忙追出去，在胡同里拉住秦梦瑶。秦梦瑶用力推开朱镜如，说："你让开！我千里迢迢跟你回到河南，可你连自己的老婆都保护不了，当着你的面受到你母亲的辱骂你都不替我说一句话！跟你这样的男人在一起还有什么意思？"

朱镜如如鲠在喉，好大一会儿才挤出话来，对秦梦瑶说："小瑶，也是我不对，没有处理好。你也别哭了，我知道这事不怪你。但邻居看到了不好，咱们先回去吧。"

"回去？我都被骂出来了，还怎么进这个门？你要走就和我一起走，以后永远不再回来；要不走你就自己留在这里吧！"

说完挣脱了朱镜如，快步向东跑去。朱镜如追上，不由分说把秦梦瑶一把抱起。秦梦瑶没法，在朱镜如背上擂了几拳，身体一软，伏在朱镜如肩上抽泣起来。

朱镜如带秦梦瑶在湛河转了半天，又陪她看了场电影，看把秦梦瑶哄得差不多了才回到三哥家。进屋后秦梦瑶一声不吭，直接走进卧室，躺下就睡。母亲贾青芝也感到自己说话重了些，见朱镜如从卧室出来，想问问什么，朱镜如摆摆手说："小瑶从小在家娇惯，没受过气，让她睡睡，抽空我再劝劝她。"

几天后秦梦瑶心情好转，似乎忘了和贾青芝的争吵。休假期满，朱镜如就和母亲道别，带秦梦瑶回到部队。

第四十章

回到高炮旅，干部科通知了朱镜如入学报到的时间，是当年的 8 月 30 日。朱镜如就收拾收拾个人物品，准备去济南陆军学院报到。要去陆军学院报到那天，秦梦瑶非要送朱镜如到济南，说是朱镜如去了院校，学习训练肯定紧张，再回来说不定就是春节了。朱镜如推辞不得，也就同意了。

于是二人到即墨汽车站乘坐城际公交离开了部队。只是，朱镜如又是没有想到，和几年前离开上庄营房一样，从离开高炮旅大门的那一刻起，他就再也没有机会一睹高炮旅那美丽的容颜。

到济南火车站后，朱镜如直接在火车站给秦梦瑶买了回程的车票，然后带秦梦瑶一起到陆军学院。到陆军学院后，朱镜如按入学通知书的要求，在学员十五队报了到。报完到，二人还是卿卿我我，但终要离开。朱镜如便要送秦梦瑶去车站，秦梦瑶却不肯。于是两人在陆军学院门口依依分手，秦梦瑶坐学院到火车站接站的大巴去了车站。等朱镜如在学员十五队安顿好后，看看还有时间，又担心起秦梦瑶来，就也乘坐学院接站的车去了火车站。在车站候车室朱镜如到处找秦梦瑶，却怎么也找不到。正在焦急之际，看见秦梦瑶迎面走来，一脸的苦相，见到朱镜如后立即抓住了朱镜如的手说："镜如快急死我了！刚才我都急哭了。"

朱镜如说："怎么啦？"

秦梦瑶难过地说："你是不是给我送车票来了？"

朱镜如一愣。秦梦瑶接着说："车票还在你身上呢！我见没有车票就急了，又跟着你们学院接站的车到了你们学校。到学校后你们队的人说你来火车站了，我就赶快打车赶来了！"说着又要流出泪水来。

朱镜如听了，赶快翻出衣兜，果然，车票还在自己的军官证里面。

朱镜如一边埋怨自己的粗心一边安慰秦梦瑶："小瑶别这样了，以后遇事不要急，大不了再买一张车票，再说我总要回学校的，今天你怎么也能找到我的！"

想到在火车站二人相互寻找对方，几乎错过，又对秦梦瑶说："回去后办理一个传呼机吧！联系方便些。"秦梦瑶点点头。

于是朱镜如一直送秦梦瑶上车，才返回学校。

济南陆军学院地处济南西郊腊山，其前身是信阳陆军学院，由于信阳市距军区机关较远，军区决议将陆院搬至济南腊山，更名为济南陆军学院。1994 年 9 月朱镜如预提军官集训时去的就是信阳陆军学院，那时学院已大部分搬至济南，只留一少部分教员在信阳。搬迁时苦了信阳籍或是妻女在信阳的干部，不少干部爱人已在信阳安排工作，或是直接找的信阳籍的结了婚，这军校一搬往济南，又成了两地分居，平添了许多牛郎和织女。

在信阳预提军官集训时朱镜如就听说过济南腊山的大名，记得当时有个战术教员说过，济南腊山条件艰苦，也是个兔子不拉屎的地方，去市里还要翻一座大的山坡，没有公交车，骑车推着走都很难。当然，经过多年的建设，济南陆军学院也有一定的规模了，81 路公交车从学院内发车直达市中心的大观园，出行很方便。也有人说，到腊山受训，可以理解为"兽"训，说的是陆院教员训练时，是把人当野兽来训练的，朱镜如没想到今天也轮到自己来这里"兽"训了。

副连长朱镜如和刘军、杨振军报到后，被编入不同的区队。朱镜如编在一区队三班，很快几个人就投入了济南陆军学院的学习训练中。

非常巧合的是，十五队的队长竟然还是朱镜如在信阳预提军官二十五队的队长胡永和。见了老队长，朱镜如和刘军都很高兴。胡永和知道干部队很难管理，但他是精于此道的，最终他在队里的威信最高，多年之后，大家都没有忘记他。

干部队一百多个干部，从正排到副营、从少尉到上尉都有，在部队都是素质高、能力强的优秀干部，并不像那些考来的学员那么平庸。但这些学员确实让中队干部伤透了脑筋。那句话"干部怕集中，战士怕分散"在这一学员队得到了很好的诠释。在各自单位个个都是顶呱呱的干部，集中起来学习真的会一个比一个操蛋。陆院的军事教员也为之头

229

痛，刚开始教员还总想整整这些学员，后来的一件事之后教员再也不说整十五队学员的事了。那是一次野外战术课，战术教员集合了三个队近四百人讲解战术要领并示范动作，讲完后并未博得十五队的掌声，却从十五队的队伍里传来窃窃私语。教员听到后有点儿生气，就从十五队抽出一个学员来对刚才的课目进行讲解示范。被抽的学员答一声"是"，就如脱兔般冲了出去，从出枪到匍匐讲解得头头是道，一下子把周围的数百人给镇住了，教员也看傻了眼。讲完之后，一阵短暂的寂静之后，哗哗的掌声经久不息。

其实教员忘了这批干部都是提干的，哪个不是在本单位出类拔萃的人物，何况他正好抽到五十四军一个白老虎团的优秀"四会"教练员来试讲。从那之后，大多数教员都对十五队的训练睁一只眼闭一只眼，惹得其他红牌学员队眼馋。

在熟悉了学院的情况后，朱镜如给回到城阳家里的秦梦瑶打了个电话，告诉陆军学院的基本情况。秦梦瑶却心情低落，感觉身体也不舒服，可能是怀孕了。朱镜如感到意外，问她怎么办，秦梦瑶说若真是怀孕，只有找时间打掉算了。朱镜如说："小瑶，如果是怀孕的话，我们就要了吧！你做掉还要伤身体。"秦梦瑶沉默了一会儿，冷冷地说："要什么要！要了不也是没人照顾？你还能天天在家陪我不成？你要是能转业回来，我就要；要是回不来，就不要再说了！"

朱镜如听了，顿时语塞。

秦梦瑶见朱镜如不说话，仍是用不耐烦的口气说："再说，我们要了孩子后住在哪里？难道还要住在我爸妈这里？你好意思我还不好意思呢！"

朱镜如知道秦梦瑶还在生母亲的气，而自己确实经济能力有限，没能给秦梦瑶一个窝，心中惭愧，也不知道该怎么劝秦梦瑶。于是叹了一口气说："小瑶，希望你考虑清楚了！买房子的事我们慢慢来，肯定会有属于我们的安乐窝。母亲上次没有把钱给我们，有她的苦衷，又是住在三哥家，说话都不方便，你要原谅她的难处。"

秦梦瑶苦笑了一下，没再答话。

朱镜如感到秦梦瑶的态度坚决，心里一阵难过。心想没让自己爱的人满意，就是自己的错，于是又对秦梦瑶说："我不在家，没人照顾你，要多保重。"秦梦瑶冷冷地说："你不用说这些了。"朱镜如听出秦梦瑶的口气很生硬，就问："小瑶，你到底怎么了？"

秦梦瑶说："没什么！我想了很多，还是那句话，你还是早点儿转业吧！我不想过这种劳燕分飞的生活了。"就挂了电话。

秦梦瑶的情绪明显低落。

又过了一段，朱镜如接到秦梦瑶的一封信，说的确是怀了孕，和姐姐秦梦欣一起去做了手术。也买了一部传呼机，告诉了朱镜如她的传呼号。朱镜如知道秦梦瑶做了手术后，心里很不开心，想联系秦梦瑶，秦梦瑶却似乎失去了联系一般，朱镜如给她打了几次传呼她不回，听不到她的一点儿消息。朱镜如心中更是着急，也有点儿生气。十几天后秦梦瑶总算回了电话，解释说心情不好，和姐姐去了青岛，散了几天心，也看到了朱镜如打的传呼，只是不想回。

朱镜如知道秦梦瑶心情低落的根源应该还是来自和母亲的争吵。事情虽然已过去了一段时间，但由于秦梦瑶一直都是和朱镜如待在一起，她还来不及独自思索。现在她回到城阳，独自一人时，难免会想这些事，加上她的亲戚、朋友在一旁煽风点火，她一定会受到影响，心情不会好的。

果然，一连几个月，朱镜如都感觉到秦梦瑶的淡漠。虽然两人之间的信件不少，但主要是朱镜如写的信。有段时间秦梦瑶甚至不想回信了，对朱镜如说："我不需要这些虚无的东西，觉得没意思，我需要的是爱情、陪伴、房子，而你朱镜如却不去主动争取。没有买房子让我在姐姐面前也感觉抬不起头来，不知道当初为什么那么爱你，为什么要和你结婚。"

朱镜如感觉秦梦瑶已经不是原来的秦梦瑶了。

更出人意料的是，在给秦梦瑶的一封信上，朱镜如提到了给母亲寄了一百元钱，秦梦瑶看后大发肝火，在回信上说你朱镜如背着我偷偷地给家里寄钱，说以前两人约定过不给你母亲寄钱现在又寄钱了，十足的言而无信的家伙，以后一分钱也不能给你母亲寄。

朱镜如简直不相信这是秦梦瑶本人的意思，但白纸黑字，这的确是秦梦瑶的笔迹。这实在让人不可思议，朱镜如真不知道秦梦瑶怎么成了这个样子，也不记得什么时候答应过秦梦瑶不给母亲寄钱这回事。但即便秦梦瑶要求过，自己也不可能表态，如果有这样的约定，自己良心是怎么也过不去的。

　　朱镜如突然觉得，两个人的人生观都已显出格格不入，这让朱镜如极度困惑。这是他们感情的一个分水岭，甚至决定着是分手或是继续。但朱镜如思考良久，还是不想分手：一是他有必要珍惜这来之不易的情感；二是他认为秦梦瑶的极端思想也是暂时的，她天生娇惯，突然受到母亲的打击，有些波动是正常的，只能用自己对她的爱来补偿，不能怀疑她的爱；再就是两人既然已结婚，作为丈夫就要包容妻子的一切，甚至要欣赏她的缺点，不能因为她的坏脾气而影响对她的感情。

第四十一章

12 月底，学院放了寒假，这也是朱镜如与秦梦瑶分别时间最长的一次。这次寒假让朱镜如觉得和秦梦瑶的相见是那么迫切，他相信分别只是空间上、情感上暂时的距离感，只要两人相聚在一起，那么，一切乌云便会烟消云散，爱情就会重新拥有明媚的阳光。

不到四百公里的距离，朱镜如乘城际公交几个小时就到了城阳。秦梦瑶早早地到了车站接朱镜如。她穿了件淡蓝色细格子的小风衣，裹不住青春和美丽。看到朱镜如后，秦梦瑶不顾路人的眼光，紧紧地偎在朱镜如身上。朱镜如感觉到了她热情而又发烫的身体。

可是这几个月来，秦梦瑶一直在与婆婆贾青芝的关系上与朱镜如纠缠，让朱镜如头疼不已。朱镜如的心却并不舒畅，总感觉到一种潜在的压力。回到城阳后，秦梦瑶又闭口不谈与婆婆的关系，似乎什么也未发生过，两人也似乎和好如初。倒是岳父秦志福找到朱镜如谈过几次，秦志福对朱镜如母亲和秦梦瑶争吵的事看得也比较辩证："房子之前是你父母要留给你的，虽然家里出了事，你两个哥哥都有房有家，你去争取也是可以的。不过还是要听你妈的话，不给你们也不要有太多的想法。我和你妈结婚的时候不是什么都没有吗？不是照样结婚。小瑶自幼娇惯坏了，任性，脾气又不好，你不要和她一个样，平时多疏导她些。"

考虑到秦梦瑶的情绪，这个寒假朱镜如没有回河南看望母亲。但是内心过意不去，就给母亲去了一封信，说军校放假时间短，今年过年就在山东过了，抽时间再回河南看您。母亲很快让三哥回了信，信上也只字不提和秦梦瑶争吵那件事，也像是什么也没有发生过一样。但朱镜如自己知道那次争吵会带来什么样的影响。朱镜如心想，也许这样的结果早晚会出现，只是自己根本没有料到。若是按母亲的意思和老家邻居的女孩结婚了，可能就没有这类问题了，毕竟那是她自己选的儿媳妇。但是又觉得不尽然，女人，实在是个奇怪的动物，让人捉摸不透。也许，只有青梅竹马的伙伴，彼此之间才会有最大的担待。

随信一起到来的是母亲贾青芝让三哥朱镜锋汇过来三万元汇款单，信中对朱镜如说这是卖房子的钱，还账后就剩下这么多，全给你们寄去，算是给你们买房尽些力，别的也指望不上我了。

当时城阳的房价一千多元，这三万能买近二十平方，一大间卧室的样子。朱镜如心里很不是滋味，不想接这笔钱。但是，秦梦瑶又非常需要，心想如果这笔钱能缓和秦梦瑶和母亲的关系，倒也是好事，于是收下了。

过完春节，秦梦瑶对朱镜如说："镜如，我再也不想和爸妈住在一起了，给咱爸妈说说，让他们也给我们准备些钱，加上我们自己存的，我们先买一套房子吧！"

朱镜如说："我们现在有多少钱？"

秦梦瑶说："你三哥给你汇过来这三万，加上你这次放假回来带的几个月工资，还有我们以前存的，一共有七万左右。"

"七万能买房子吗？城阳才由镇划区不久，房价还不算高，但也是近两千的价位了。"朱镜如觉得，要买房，钱上还是差得太多。

"所以也让我爸想想办法，然后再看看房子的情况吧！年前我就给我爸说过买房子的事，他说我姐那套房子离得近，我姐搬到青岛后一直空着，不如我们买下来。"

朱镜如知道秦梦欣那套房，位置不错，九十平的小三室，但价钱要有小二十万。心想若买秦梦欣的房子是再好不过了，或许还能暂时欠点儿账，只是这七万离房价也差得太远，于是对秦梦瑶说："先探探爸的口风再说！"

秦梦瑶却说："不，老爸好搞定，主要是我姐，要先跟我姐商量！说定了价钱后，看看缺多少，老爸再偷偷地周济我们几万，就差不多了，这还是老爸的主意，别让姐知道！"

看秦梦瑶的如意算盘打得还算合理，朱镜如就没再说什么。

于是，晚饭后，秦梦瑶就给姐姐秦梦欣打了电话，说了房子的事。秦梦欣在电话里说："小瑶，房子卖给你们是可以的，但房价我自己不能做主，还要和你姐夫商量一下。"

秦梦瑶听了有点儿不高兴，话没说完就挂了电话，扭头对朱镜如

234

说："这当姐姐的是什么意思？咱爸早就给她说过的，现在又给我来这一套，不想卖给我们说明白就是了！"

朱镜如正想接话，秦梦瑶的电话又响了，看是姐姐秦梦欣的电话，秦梦瑶"嘘"了一声，接了电话。原来姐姐秦梦欣怕自己妹妹生气，让朱镜如两人去她家里一趟，坐在一起商量商量。

挂了电话，朱镜如说："小瑶，你也别生气，他们毕竟是一家人了，要是你姐一个人肯定不会这么啰唆。我们明天就去吧！看看他们能要多少钱。这房子市场价估计是十七八万，要是能十五万左右卖给我们，就很不错了。"

秦梦瑶却摇摇头，胸有成竹地说："十五万？太高了！我才不会给她这么多。"

第二天晚上，秦梦瑶带着朱镜如来到了青岛四方区的秦梦欣家。到了之后，秦梦瑶直奔主题，说起房子的价钱来。秦梦瑶一口咬定给姐姐和姐夫十二万，而姐夫金玉良的意见是至少要十五万。朱镜如感觉自己说话太多也不合适，顺着秦梦瑶说的十二万附和了几句，就不再多说话。秦梦瑶给到十二万之后再也不松口，后来金玉良把房价定在十四万上，就再也不往下降了。朱镜如的心理承受也就是十四五万，觉得价钱也可以了，就给秦梦瑶使了个眼色。秦梦瑶却瞪了朱镜如一眼不让他说话，又对姐姐秦梦欣说这房价还是太贵，嘟囔着说自己妹妹买姐姐的房子价钱都不肯给降下来，真是不近人情。金玉良便说价钱已很低了，再说是精装修可以拎包入住，去年底有邻居愿意花十八万买下来，就是老爸说最好卖给你们才没有卖。秦梦瑶显然不愿听这些，磨了半天，泪都流了下来。大姐秦梦欣终于心软了，对金玉良说，十二万就十二万吧！谁让自己有这样一个说一不二的妹妹呢，是上辈子欠她的。

金玉良也只好作罢。

价钱定好，秦梦瑶又说钱现在不够，先给五万。

朱镜如以为是自己听错了，秦梦瑶是让朱镜如直接提了七万过来的。这姐妹之间这样搞价这样付款，让朱镜如大开眼界。但金玉良和秦梦欣显然早有心理准备，好像知道妹妹会有这一招似的，说先给五万也可以，但剩下的钱在三年内还上。秦梦瑶点了点头。于是朱镜如到一旁从袋子里取出五万交给金良玉，说："你点点吧！"金良玉说："那倒不必，等周一就给你们过户。"

说完，找了房门钥匙，递给了朱镜如。秦梦欣说："镜如，这房子现在就是你们的了，你们就可以收拾收拾，如果不想再装修，里面的家具我们也不动了，你们直接可以住进去。"

朱镜如又把钥匙递给秦梦瑶，秦梦瑶接过钥匙，对秦梦欣说："我们手里又没什么钱了，暂时不装修了！"

终于顺利地谈成了房子。

在回家的路上，秦梦瑶突然抽泣起来，对朱镜如说："如果不是你妈上次和我吵，没给我们钱，我们半年前就可以买姐姐这套房。那时城阳刚撤镇改区，人们对房价还没反应过来，最多给姐姐九万。现在半年工夫，城阳的房价上涨了许多，我们不但多出了三万，还要低三下四地在姐姐那里乞求，人都丢尽了。更可恨的是，你还和你母亲合伙骗我，你也说她没有钱了。我们不就是现在太难了，有钱还会想着跟她要吗？以后不管探亲还是什么的，休想让我随你回河南。"

朱镜如无法接话，秦梦瑶的话像一块巨石一样压在朱镜如心上，秦梦瑶与母亲之间的隔阂也成了自己的心病。朱镜如觉得，秦梦瑶犹如某种不能触碰的动物，一旦触及，记恨终生。

但愿时间能淡化一切。

一周后，朱镜如返回济南陆军学院。

第四十二章

济南陆军学院的干部队就是与红牌队不同，有部分学员已经结婚了，这就面临干部家属探亲的问题。在第一个学期就有干部家属带着孩子来学院看望，刚开始还比较轰动，后来见中队干部没有采取什么措施，来探望的就越来越多了。先是住在学院的招待所，一晚八十元，非常贵了。后来有人找到更便宜的地方，是在一墙之隔的航院，一晚也就是十几元钱，当然条件要差得多。再后来，更有脑筋转得快的，在学院南门处的任家庄租了农家的房子，不仅便宜，还可以免费使用房东的炊具，这下更方便了。最后发展到不管结没结婚，是不是对象，都往这里带。当然，你不得不佩服干部队学员的公关能力，按部分学员的话说：我们干部队连多么难攻的山头都攻下了，还担心攻不下这两座小小的奶头山？而中队干部是无法查证是不是你对象的。朱镜如同班有个室友，是当时某军区首长的儿子，就把从火车上认识的一个女孩带了过来，租间房子，也说是其女朋友，大家也心照不宣。这种状况一直持续到这一届毕业。

让十五队学员心潮澎湃的还有隔壁的计算机学员队。济南陆军学院这一年招收了一个计算机专业，这个专业拿的是济南陆军学院的文凭，却不穿军装，没有军人身份。朱镜如心想这一定是学院搞创收，私自扩招的专业。这个计算机学员队帅哥靓女云集，倒是丰富了十五队学员的业余生活，成了十五队学员评头论足的对象。说实话那些靓女在朱镜如眼里实在比秦梦瑶差了许多，要么是不会穿衣打扮，要么是没有气质。但不影响朱镜如参与到十五队学员的评判大潮中去，哪个哪个的身材标准，但丰韵不足；哪个哪个美女的胸部足够有料，但臀部却略显臃肿。很快隔壁的美女就被朱镜如过滤了个遍，竟没有一个如朱镜如意的。同室学员便说："你朱镜如眼挺毒的，这么多美女都不入你的法眼。"朱镜如笑笑，说："我朱镜如早已是久经沧海难为水的过来人了，这些女流之辈，都是凡人，真的不会入我的法眼。"

倒是计算机学员队的几个男学员与朱镜如成了朋友，那是因为他们和朱镜如一样是十足的足球爱好者。只要闲来无事，这几个男学员就邀请朱镜如在十五队北侧的足球场上切磋球艺。到济南陆院半年后，几个踢足球的主力在十五队学员王颖的撺掇下，让院办党委秘书王建民牵头，组织了济南陆院的足球队，朱镜如踢足球算是有了组织。其间虽然经常有业余比赛，也是不论胜负，唯开心至上。但只有两次比赛，让朱镜如记忆深刻：一次是王建民带队到腊山另一边的济南军区医高专，与医高专所谓的校队比赛，比赛竟然也很艰苦，朱镜如在比赛中独进两球，最后双方以一比一打了平局。朱镜如上下半场各进了一球，只不过上半场那个球朱镜如踢进了自己的球门。好在下半场，朱镜如将功补过，又踢进一球；第二场比赛，是与当年还属于中国甲 A 的山东鲁能泰山三队的比赛，朱镜如的球队不可思议地被鲁能三队灌进了八个球，人家还是放松地踢的。朱镜如这才知道，专业的还是不一样，在场上根本没有你业余队的话语权。

放完寒假回到学院不久，朱镜如在一次电话中对秦梦瑶说："你也请几天假来学院看看我吧！一下子分别半年也太长了。"秦梦瑶却不甚积极，说："早知道见个面都这么不方便，就不让你去那个陆军学院了，离得那么远，还要我跑来跑去！"朱镜如知道秦梦瑶喜欢那种卿卿我我、厮磨在一起的小资情调，不愿分居两地，就好说歹说，秦梦瑶才同意，说："我们单位工作实在太忙走不开，去的时间不会长，最多一星期吧！"朱镜如非常开心，就说："一星期就一星期吧！只要你来。"

于是秦梦瑶在 4 月初来到了济南陆军学院。朱镜如也像其他学员一样，事先从任家庄一户居民家租了一间房子，一周一百五十元。房东的电视机也给朱镜如搬了过来。虽然只停留了一周的时间，但两人已经很满足了。那一周，朱镜如除了上课都陪着秦梦瑶。

如果说在陆军学院的第一个半年是朱镜如和秦梦瑶感情危险期的话，那么剩余的一年半时间两人的感情则显得很稳定。

后面的两个学期，秦梦瑶都来陆院看朱镜如。一次来了半个月，另一次是毕业前的两个月，秦梦瑶从 5 月 1 日到陆院，一直待到朱镜如毕业。

秦梦瑶来济南陆军学院的时候，朱镜如觉得自己是幸福的，这时的他也能感觉出秦梦瑶是爱他的。于是又对两人的感情充满了希望，谁说两人没有美好的未来？

济南陆军学院里的两年，在朱镜如的人生旅途中也占据了重要的地位。两年中，学了不少知识，毕竟是一个军校；熟悉了更多的单兵武器，从各类手枪、步枪、轻重机枪到火箭筒，消耗的子弹无数；徒步行军的足迹踏遍了济南周围的山区。结业前的几个月，全部是在野外进行行军拉练、战术演习。南到泰山，东到莱芜、博山、章丘，每天行军几十公里。

朱镜如记忆最深的是在章丘阎家峪地区进行的野战生存和攻防演练，陆院的演习指挥部把几个学员队扔在一个大山谷里三天两夜，两边出口封死，断无出去的可能。三天两夜里学员们没有补给，都是自己寻找些野物来充饥，也没有住处，要用雨衣搭建简易的单兵帐篷，还要防止蓝军的偷袭。在演习中戏剧性的一幕在双方的战术行动中出现：攻防对抗中十五队的红军杨济斌带领的侦察小分队冒充导调员，告知蓝军指挥部位置太前出需要调整，从而俘虏了蓝军指挥所全体成员。俘虏带回后红方马上向演习指挥部报告，说演习可以提前终止了，我方已全部俘虏对方指挥机关，并通过电台将蓝方部队调动到我炮火控制范围，蓝军全军覆没。演习指挥部询问他们是怎么俘虏的蓝军指挥所。红军说，深入敌后是我军优良的光荣传统，虽然蓝方误以为我们是演习指挥部的人员，但在战场情况下每一种可能都会发生，蓝军应该预料到这些导调员有伪装的可能。指挥部研究后，判定红军获胜，预计一天多的行动仅一个小时就宣告终结。

枯燥无味的两年军校生活终于结束了。

济南陆军学院的结业典礼没有像美国西点军校的毕业典礼那样，把军帽抛向空中尽情地狂欢，但回到宿舍后，学员们用的另一种方式来狂欢或者是发泄：所有看起来无用的书籍及学校发的一些不再用的东西，都被学员们以西点的方式抛向了天花板，宿舍内很快一片狼藉，混杂着此起彼伏的狼呼鬼叫。学员中还有人断言："济南陆院，这个鬼地方，一辈子都不会再来了！"

两个平时有矛盾的学员在最后关头终于没有控制住情绪，于是在宿舍来了一场末日 PK，挥舞的拳头，用这最原始的方法来解决宿怨。学员们都忙着离开学院也没有人去调解，两个人打得天昏地暗，最终因场面无法控制招来了队长、教导员，两个学员差点儿受到处分。

　　但是，不可否认的是，这批学员注定会成为军队的中坚力量。在多年之后，十五队学员中出现了刘跃、王颖、柳华林、张传合等众多年轻的师、团级干部。朱镜如相信，中国人民解放军的将星也必定会在这些人中冉冉升起。

　　朱镜如在结业时倒是没有那种略显偏激的表现，但想到两年的"兽训"生活终于告一段落，再也不用为考试担心，不用挎着枪、扛着炮翻山越岭了，再也不用和秦梦瑶过分离的日子了，心情自是十分轻松。

　　然而，朱镜如不得不面对一个事实：中国人民解放军第二十六军高射炮兵旅，于 1998 年 12 月宣布解散。

　　是的，中国人民解放军二十六集团军的高炮旅被裁军精简了。

　　朱镜如在济南陆军学院的最后一个学期，听到高炮旅被精简的消息。那天，他一个人愣了很久，心里一下子感觉很空。从新兵入伍开始，朱镜如在那个部队生活了八年，那里记载着他的喜怒哀乐，有他苦涩而又激情的回忆，也有关爱着他的领导，自己本要再次回到高炮旅重新奋斗拼搏，怎么说解散就解散了？

　　朱镜如甚至不相信这个消息，联系了老部队的战友，才确认了高炮旅解散的事实：这一年，继 85 大裁军后，中国人民解放军又拉开了新一轮的裁军序幕。这次裁军历时三年，济南军区的六十七军撤销，所辖的高炮十旅划归二十六军，成为新的二十六军高炮旅。原二十六军高炮旅，也就是朱镜如的那个部队，整编成了山东预备役高炮师，旅长张百列晋升为山东省军区副参谋长，兼任预备役高炮师师长。

　　单位已不复存在，甚至因为单位解散，朱镜如的档案也不知去向，这让他更不知所措。毕业前问学院怎么办，学院答复让朱镜如自行去二十六军报到，档案有可能在集团军，至于分到哪里就很难说了。

　　没有了高炮旅，朱镜如对自己的未来感到了迷茫。

　　秦梦瑶知道朱镜如老部队裁军的消息后，更坚决地表明了态度，不希望朱镜如继续在部队待下去，对朱镜如说："镜如，你们盛营长也已经转业了，部队也不复存在了，你也转业回来吧！我不想你再过漂泊的日子了，我实在不想一个人孤单了！"

朱镜如听了，心中感动，知道秦梦瑶还是很想和自己厮守终生的。但还没来得及渲染情绪，和秦梦瑶说说心窝里的话，就感觉到了另一个不得不面对的现实问题：如果转业，我去哪里？

秦梦瑶的回答是："你当然是回青岛城阳，我们的家在那里，我的工作在那里，你说会去哪儿？难道要我回到河南？难道要让我继续受委屈？"

秦梦瑶的声音突然就情绪化了。

朱镜如一时无言，这是他之前未敢多想的事。就目前的状况，朱镜如实在无法下决心离开自己的故乡和亲人在城阳安家。沉默许久，才对秦梦瑶说："小瑶，要转业也是报到后在新单位才能考虑的事，我还是先到部队报到吧！"

秦梦瑶不置可否。

朱镜如陆军学院毕业时，三年大裁军还没结束。既然想转业，分在哪里都是一样，在裁军期间想转业应该不用太麻烦。再说，这么早就转业，并不是朱镜如内心所希望的。

于是二人一起回到城阳，和秦梦瑶的家人团聚了几日后，朱镜如才去了潍坊二十六军军部报到。

第四十三章

虽然二十六军高炮旅的解散让朱镜如感到分外失落，但即将到达新的单位，又让朱镜如感到一丝期待。

朱镜如报到的过程挺烦琐：先到二十六军干部处，当时二十六军军部还在潍坊，干部处的调配干事把朱镜如分到了步兵第一九九师。他当天下午就来到一九九师的驻地淄博。已很晚了，同行的还有济南陆院的同学王金友。眼看要报不上到，二人无处可去，就翻出同学录，见到陆院同学王颖在淄博，朱镜如就找了公用电话亭给王颖打了个电话。王颖很高兴地接待了两人，并安排在淄博的鲁中宾馆住了一晚。第二天朱镜如和王金友又到一九九师干部科报到，因王金友是步兵出身，被分到了步兵大功团，即五九五团。朱镜如是高炮专业，干部科把他分在了淄川高炮团，在位于孟机的五七炮一营二连挂了个副指导员的职务。朱镜如和王金友分别后，第一时间到淄川高炮团报到。

朱镜如对一九九师做了简单的了解：这是一支有着光荣传统的部队，号称红军第一师。1949 年开国大典第一个阅兵方队，就是该师组成的方队。其前身是 1933 年整编组建的中国工农红军第一方面军第一军团第一师，后改编为陕甘支队第一纵队。1936 年 1 月，恢复红一师番号。1937 年 10 月，扩编为八路军独立第一师。1937 年 11 月，兼晋察冀军区第一军分区。

从一九九师历来的番号就可以看出，多次整编后，这支部队总是以中国人民解放军序列第一的番号出现，记载着党领导下的人民军队的发展史。直到 1949 年 2 月，这支光荣的部队才编为中国人民解放军陆军第六十七军第一九九师，所辖五九五团源于 1929 年百色起义和 1930 年春左右江农民暴动组建的红七军一部，五九六团前身为晋察冀军区第三军分区第十二大队，五九七团前身为晋察冀军区平西军分区第十二、十六区队。

这真是一支有着光荣出身的革命队伍。

解放后这支部队同样身经百战，先是参加了抗美援朝作战，在朝鲜再次谱写了该部队的光辉历史；1985 年，一九九师又随六十七军赴滇轮战；1986 年 6 月，从云南战场回撤后正式定编为陆军第六十七集团军步兵第一九九师，执行北方甲种摩托化步兵师编制，编入六十七军坦克团、高炮团。1998 年 11 月，转隶二十六集团军，辖步兵第五九五团（大功团）、五九六团、炮兵团、高炮团和装甲团，五九七团改编为山东省军区济南预备役独立高射炮兵团。2003 年 11 月 30 日，缩编为摩步第一九九旅。2017 年 4 月，编为八十集团军合成某旅。

来到这样一支传奇的部队，朱镜如感到心潮澎湃，这是新兵入伍时懵懵懂懂地到达即墨上庄时所没有的感觉。

朱镜如到了高炮团一营二连。二连连长任红安，河南人；指导员是胡得彬，淄博本地人。

报到完之后，朱镜如操心自己的档案，问起一同毕业的杨振军，杨振军说他已打听到了档案存放处，就在原高炮旅旅部驻地的地炮团档案室，自己正准备去取，用不用一起取出来。朱镜如就让杨振军帮自己取出来，先放在还在店集服役的老乡宋爱军那里。看看营里工作训练也不是很忙，朱镜如就向营教导员说明情况，请了假去即墨店集取自己的档案。路过即墨原留村高炮旅时，朱镜如从营房大门口外看着曾经生活训练的地方，想起那激情燃烧的岁月，如今却人去楼空，心中不禁阵阵发酸。又想到自己离开故土后，一直如一粒浮尘一样四处漂泊，没有了亲人的关爱，犹如断了线的风筝，不知道会飘到哪里去。和秦梦瑶的感情也出现这么多的波折，自己的心更是因此没有定下来的时候，心里又是阵阵发慌。

朱镜如到即墨店集找到了还在店集留守的宋爱军。宋爱军转志愿兵后保送军校，上了两年后回到高炮旅任职，高炮旅解散时暂时在留守处。

宋爱军一米八的个子，长得五大三粗。宋爱军超期服役后，先是在第五年转了志愿兵，调到军务科纠察班，每天戴着钢盔，组织着纠察队员在旅大院纠察官兵的军容风纪。后因工作突出，被推荐到郑州高炮学院上了三年制的中专，毕业后分配到高炮旅任五七营的排长。

见到宋爱军，朱镜如仿佛见到了亲人，一阵激动。问起这几年一同来部队的几个战友的情况，宋爱军说除了考上军校成为军官的，其他的基本都随1998年这次大裁军回了原籍，不管兵龄长短，一刀切离开了部队。这对于志愿兵来说倒是好事，像王红涛、马金印等转了志愿兵的老乡，都不用服完那十几年的兵役，转业回去后还是按志愿兵安置政策来安置工作。蓝俊峰应该是高炮学院毕业分配到了五十四集团军荥阳高炮旅，好像在后勤部门工作。

朱镜如心想蓝俊峰去后勤部门倒是去对了地方，要是让他当个军事干部在基层，恐怕他还是吃不消，跑个五公里估计会被战士耻笑。

宋爱军取出朱镜如的档案交给他，又说："你去见见营长孙明启吧，他也分流到一九九师高炮团，这几天回来正收拾自己的东西，还没有去淄博。"

朱镜如听了，忙问："他也分到了一九九师高炮团？是什么情况？"

宋爱军说："孙明启营长的情况和你有点儿相似，在店集四营任营长二年后去了宣化炮院进修，进修结束回来后我们高炮旅却没有了。还好，被分流到一九九师高炮团三七炮二营任营长。你们分到一个单位，都是高炮旅的干部，相互好照应一些。"

朱镜如听了，觉得既然几百里地来到了店集，的确应该见见孙明启营长，于是在宋爱军的带领下，见到了店集那越发破旧的营房，见到了营长孙明启。

孙明启营长中等身材，说话声音洪亮，浓眉大眼，很有精神。知道朱镜如也分流到了淄川高炮团，十分高兴，对朱镜如说："我们高炮旅的干部素质高，到哪里干都没问题。"一副踌躇满志的样子。几个人坐在那里聊了半天，说起高炮旅从1985年组建到1998年撤销，这短暂十三年，历任三任旅长、三任政委，其间也发生了很多让人难忘的故事，又有多少血雨腥风般的日子让人难以释怀。谈论起来，几个人便收不住话匣子，为这激情燃烧的岁月而嘘唏不已。

临近中午朱镜如告辞时，孙明启却说什么不让走，要留朱镜如在店集镇吃了午饭，推辞不过，朱镜如就恭敬不如从命了，与宋爱军一起跟着孙明启来到店集小镇上。店集的饭店虽小，但味道还是很不错的，只是，高炮旅解散后，这里没了驻军，失去了往日的繁华。吃饭时孙明启还不忘嘱咐朱镜如到一九九师高炮团后要发挥高炮旅的作风，干出成绩，不给高炮旅丢脸。

朱镜如本来想着高炮旅已解散，自己在秦梦瑶的游说下，一直在犹豫到年底是不是趁着裁军转业，听孙明启这么一说，又彻底打消了转业的念头。

于是朱镜如先回到了淄川高炮团，虽然暂时挂的是政工干部，干的却还是军事的工作。

到一九九师高炮团不久，一九九师的"三长"集训开始了。"三长"集训是指师团长、参谋长、营长进行的年度军事集训。集训期间，要进行师"四会"教学比武，师辖五九五团、五九六团、五九七团和炮兵团等均选拔了教学尖子参加。

因初到高炮团，又没有职务，朱镜如自然没有参加集训的机会。但是一九九师的高炮团在选拔比武人选时，一直确定不到合适的人选和课目。捉襟见肘之际，二营长孙明启就把朱镜如推荐了上去，说朱镜如"四会"教学相对擅长，可以考虑让他代表高炮团参加。朱镜如的"四会"教学在高炮旅就有基本功，加上两年陆院的培养，所以参加比武不是问题。于是参谋长李德宏专门对朱镜如进行了考查，听了朱镜如的讲课，果然不同寻常，便确定朱镜如作为高炮团三个参加比武的人选之一。

确定了人选之后，就是确定比武课题。

朱镜如把题目定为"高炮分队抗击隐形飞机的对策"。因为是比武，所以对课件制作也提出了更高的要求，传统的 Powerpoint 已远远不能满足比武的需要。为了更高水平地制作出多媒体课件，朱镜如把制作软件的目光投向了 Flash5 和 Authorware。这两款软件各有所长，Flash5 是朱镜如的擅长，制作动画效果很好，文件又小；Authorware 也是课件制作的常用软件。但作训参谋魏涛建议朱镜如用 Authorware 来制作，因为一个课件的制作耗费大量的时间精力，Authorware 可以保护自己的产权不会随意被人窃取，况且魏涛在 Authorware 课件制作上有所专长。于是朱镜如采纳了魏涛的建议，决定用 Authorware 制作。虽然是个全新的软件，但朱镜如有一定的制作课件基础，加上有魏涛的协助，所以入手也很快。朱镜如又抽空和魏涛一起到兄弟单位取经，吸取他人的长处，最终制作成功了《高炮分队抗击隐形飞机的对策》这一多媒体课件。

和原二十六军高炮旅不同，一九九师的"四会"教学比武是安排在师"三长"集训中的，全师所有团长、参谋长、营长聚焦在一起考核观摩"四会"教学比武，实际上也是单位之间的一次竞争。各团的团首长都在现场，谁也不想让自己单位在比武中落后。所以参谋长李德宏非常关注朱镜如等三个比武课目，多次到现场观摩，共同研究细节，确保取得好的比武成绩。

　　最终，在师"三长"集训上的"四会"教学比武中，朱镜如又不负众望，获得了一等奖。这也是高炮团在一九九师唯一的一等奖，在场的团长王尊庆和参谋长李德宏顿觉脸上增色。

第四十四章

孙明启回到淄川高炮团后任三七炮二营营长，驻军地点在淄川区的双沟镇。孙明启到位不久，朱镜如就从一营二连调到位于双沟镇的二营四连，还是挂职副指导员，连长刘铁，指导员周保国，副连长方树帅。

初到高炮团的孙明启，很看不惯高炮团的作风，觉得从机关到基层连队都是松松垮垮的，不像部队的样子。对朱镜如还是寄予厚望，看到朱镜如因为裁军后提升受到影响而稍有情绪，就多次找到朱镜如谈心，劝朱镜如想开些，以后的路还长，要学会等候。也别急着转业，一是新的转业政策还未下来，万一转业了部队安置政策有了改变后悔都来不及了；二是以高炮旅的干部素质高，又不是没有发展，你朱镜如刚刚来高炮团不就为高炮团取得了比武一等奖？

孙明启分析的也有道理，从那年往后的转业干部都可以多拿几万元的住房补贴。那时的几万元，不是个小数目。至于说在这个高炮团有没有发展，却不是孙明启能预料到的，这个时候全军三年大裁军还没有完成，在高炮团的路注定不会太平坦。

当然，秦梦瑶带给朱镜如的压力倒是他不想转业的另一个原因。朱镜如到淄博一九九师报到后，秦梦瑶明显表达了不满，对朱镜如说："我不希望你继续在部队，原来老部队没有解散时，我们离得还算近，你随时可以回来。现在相距几百公里，我需要你的时候你总不在我身边。我不想过这种牛郎织女般的日子，你赶快转业回来吧！"

朱镜如明白，秦梦瑶还是属于依赖感很强的小女人，不管表现得多么强势，但从内心里，她需要朱镜如。而朱镜如却放不下年近七十的母亲，不想转业到青岛城阳。如果转业，是回青岛城阳还是回河南老家的矛盾马上就要面对。与其现在就和秦梦瑶为转业后去向一事闹矛盾，还不如把这个分歧的时间尽量往后推。

于是朱镜如不再考虑转业的事。

一段时间以来，朱镜如对秦梦瑶的态度感到摸不着门：分开的时候秦梦瑶对自己若即若离、无甚牵挂，让朱镜如感到两人的感情似乎到了分手的边缘；而相聚的日子两人如胶似漆、楚云湘雨，又让朱镜如感到自己的婚姻幸福美满。想来想去，朱镜如觉得一定是两人相聚少了，爱情需要陪伴，才会有精神上的升华。于是，来高炮团两个月后，征得了秦梦瑶的同意，朱镜如请了假，回到了城阳把秦梦瑶带到了高炮团。

到双沟镇营房后，朱镜如住在连队家属院。这里的家属房也是很简陋，一间房子中间隔了一道墙，外间是厨房，里间是卧室。住房条件差了点儿，但却是两个人记忆中很幸福的一段时光。连队通信员程远吉总是能送些菜到家属院，朱镜如和程远吉谈起来，才知道程远吉竟是湛山市下辖县的小老乡。这两年，一九九师高炮团接连从河南湛山市接兵，除了程远吉这批，第二年又从湛山市的湛河区招了一批兵。

让朱镜如意外的是，女儿，这次不经意地出现了。

虽然朱镜如和秦梦瑶都未做好要孩子的准备，但她自己不打招呼就来了，两人意见竟出奇地一致，都很期待着她的到来。

秦梦瑶买了许多关于孕期保健的书籍，每天都孜孜不倦地研究着。先天的母性使她的脾气有所好转。朱镜如突然有了天真的想法，也许有了小孩会唤醒秦梦瑶理性的思维，她肯定会因小孩而改变，幸福还是有希望的。

只是幸福总伴随着阴影，秦梦瑶对朱镜如说："我怀孕期间你绝对不能让我生气，否则影响了孩子你要负责。"

朱镜如敷衍道："放心，我全心地照顾你，更不会惹你生气的。"

秦梦瑶对淄博的印象和青岛相比差远了，说淄博太脏，从张博路上走一趟就要洗澡。特别是双沟镇营房的家属区在张博路东几十米的地方，晾晒的衣服不到半天就落了一层灰，雨水又少。其实淄博本是个工业城市，污染大是正常的，朱镜如站在三楼上往四周一看，视野内能看得见的大烟囱就达一百多个，触目惊心。

秦梦瑶来双沟镇营房第二天，连长刘铁对朱镜如说："镜如，晚上我们一起出去吃个饭！弟妹刚过来，算是为她接接风吧！"

连长刘铁是个作风硬朗的军事干部，身材偏瘦，目光刚毅。

想到刚来二营没多久，朱镜如对刘铁的热情有些不适应，就说："不用客气了吧连长！"

刘铁说："没事，就我们几个，指导员周保国和副连长方树帅，加上排长苗建锋。弟妹大老远过来也不容易，我们连队要对这样大力支持我们工作的家属表示欢迎！"

朱镜如问了秦梦瑶，秦梦瑶倒也乐意。于是，一行人在晚上去了附近的雨辰酒家。

雨辰酒家规模不算大，却也装饰别致。几个人上了二楼的一个房间，朱镜如看看房间门上雕刻着三个字：醉月亭，心想这饭店的房间名倒是很有诗意。

很快，酒菜就上来了。刘铁也是个爽快人，他坐在主陪位置，让服务员在高脚杯里倒满了酒，然后说："兄弟们，今天很高兴坐在这里，特别是副指导员朱镜如的家属过来了。这样，我带六个酒，这一杯酒大概有二两多，我分六次带完。然后再分专业训练，最后再协同作战！怎么样？"

朱镜如听了，心想这连长把喝酒和高炮分队的训练结合到一起了，但是也很形象，就说："连长一看就是酒精沙场的老手了，我们就按最高指示办！"

淄博的酒席规矩也接近国标，主陪坐在里侧，左右两侧是主副宾，主陪对面是副陪，周保国在副陪位置。通常主副陪都要带几个酒，每带一个酒都要说些祝酒词，或者是一个喝酒的理由。

看看已上了四个凉菜，刘铁就举起酒杯，对大家说："凉菜上来了，我们就开始吧！兄弟们，今天，非常高兴镜如的爱人来到我们条件艰苦的部队探亲，这也是为我们保家卫国做出的贡献。有一首歌中唱道，军功章啊有我的一半也有你的一半，就是说，没有家属们的大力支持，我们军人就无法在部队安心工作。所以，今天这第一个酒，我要敬我们副指导员朱镜如的爱人！欢迎她的到来！来，大家端起酒杯，干杯！"

秦梦瑶笑着说："谢谢刘连长，这是我们应该做的。"

苗建锋说："我喜欢大口喝，开始喝得少，最后一口闷。"

刘铁说："随你，只要六次喝完就行。"

几个人举起酒杯，都说着欢迎的话，把酒喝了。朱镜如倒是尽量平均，喝了六分之一的样子。

刘铁等大家放下酒杯，又说："这第二个酒，是祝贺美女准妈妈的，我也是刚听说，镜如爱人刚刚有了喜，这可是我们连队的大喜啊。镜如刚来我们连队就给我们带来了新人，预示着我们连队今年的工作必然芝麻开花节节高。来，为了镜如爱人，为了下一代，喝一个！祝贺他们！"

方树帅扭头问朱镜如："镜如，这是真的吗？也没听你说，这酒，该喝！"

朱镜如笑着点点头。大家纷纷说了些祝贺的话，各自又喝了一大口。

刘铁一轮下来，说了六个意思，带完了六个酒，大家的酒杯也都空了，气氛就有些活跃了。

随后作为副陪的周保国也带了六个酒，说了些希望家属能够支持我们在部队工作等等的话，之后就分头碰杯了，进入刘铁说的分专业训练。下来每个人也喝了不少。这时服务员上来，打开了卡拉OK。刘铁说大家唱唱歌吧。于是一群人借着酒劲，点了自己爱唱的歌，都扯着嗓门唱了起来。

秦梦瑶因为有身孕，其间一直没有喝酒，他们在唱歌时，秦梦瑶侧耳对朱镜如说了一句什么。

朱镜如未听清，又问了一遍，才知道秦梦瑶是想唱歌。就说："好吧！你唱什么歌？"

秦梦瑶说："就唱现在正放这一首吧！"

这时刘铁等人大概唱累了，坐在一旁聊。

朱镜如拉起秦梦瑶，走过去拿了话筒，递给她，说："试试！"

秦梦瑶唱的歌被刘铁等人降了不少调，秦梦瑶唱了几句，朱镜如感觉秦梦瑶的歌声与影碟里放出来的音调对不上，就说："小瑶，你先停下，我把音调升一些，调到和你唱的调相同再唱。"于是低下身，升高了曲调。秦梦瑶又接着唱。但朱镜如听听还是不在一个调上，于是说："小瑶，还不行，我再调调。"

刚要低身去调，谁知秦梦瑶把眼一瞪，怒发冲冠，大声地冲朱镜如喊："你这是什么意思？调来调去调什么？"

朱镜如一下子蒙了，不知她为什么突然生气，唯恐别人笑话，忙低声说："你别急，我是想把音调准。"

而这时他们几个早已被她的怒吼吸引了过来。秦梦瑶不但不收敛，反而声音更大了："你不想让我唱就别让我唱了，说升调降调干吗！"说完，把麦克风重重地摔在地上。

众人都被弄愣了，谁也不知道发生了什么事，忙过来劝。

秦梦瑶谁的话也不听："都别说了！"转身拿上外套往外跑去。

朱镜如心中的火气也瞬时上来了。思前想后没有一点儿冒犯她的地方，她突如其来的发威和过分主观的认定让谁也无法预料。大家都是高高兴兴来的，她非要把气氛弄成不可收拾的地步。于是冲着秦梦瑶的背影狠狠地说了句："缺乏修养的东西！"看着秦梦瑶下楼，也不去追她。

刘铁看出朱镜如也生了气，就说："镜如，你快去追追她吧！毕竟弟妹怀着孕，别让人家生气。"

朱镜如生着闷气，一时无法平复。后来还是方树帅起身，拉着朱镜如一起下了楼。出了饭店，已看不到秦梦瑶的踪影。二人回到连队家属院，看到秦梦瑶已回到了房内。秦梦瑶看到方树帅，像是什么也没有发生一样，说："进屋坐会儿吧副连长！"

方树帅摆了摆手，说："也不早了，你们休息吧！"

想着秦梦瑶肚里的宝宝，朱镜如强忍住了心中的怒火，未再和秦梦瑶理论，两人一夜无话。

秦梦瑶又在部队待了十多天，然后回了城阳。

第四十五章

12月份，老兵退伍新兵到来，中校营长孙明启上报了司令部，让朱镜如担任这一年的新兵连长。

很快就要面临年底的干部调整了。朱镜如去济南陆军学院前就是副连，上了两年学，其间没法调整提升，毕业后又在高炮团挂了半年，已经两年多的副连了。朱镜如想如果是在高炮旅，自己早就能提升为正连。但是部队裁编，到了新单位，团首长估计连你叫什么都记不太住，想调正连不会像在高炮旅那么容易。心里很希望晋升，又拿捏不准，就找营长孙明启取经。孙明启说："镜如，今年高炮团干部调整形势紧张，位置少，但年底二营会有两个指导员的位置缺编，但要提升的恐怕有十多个吧！不过你也不是没有提升的可能，可以努力一下，向领导汇报一下自己的想法。"

但朱镜如很讨厌干政工，自新兵以来自己不受政工干部待见，心中也是有了阴影。加上自己是军事干部提干的，于是就对孙明启营长说："营长，我希望能改军事干部，政工实在不是我的特长，也不想干！"

营长孙明启说："镜如，军事上的位置不多，连长都是去年刚调整的，没有人提升腾出位置。教导队长张忠亮倒是到了年限，估计要提升，全团也只有这个教导队长的位置了。要说你干着也比较合适，你刚来这里就在教学比武上取得成绩，去教导队应该很有竞争力。但是，我个人认为，教导队并不是一个好的单位，没人重视，不出成绩，这和我们高炮旅是不一样的。"

朱镜如却未想太多，觉得教导队也不错，反正比政工干部强。

副营长黄堂之当了六年连长，是个名副其实的兵油子，好不容易靠资历提升为副营长才一年时间，却是消极非常。黄堂之看朱镜如因为调整的事心神不定，就对朱镜如说："镜如，我看你为提升的事惶惶不安，看着都为你着急，你工作做得怎么样了？"

朱镜如叹口气说："能做什么工作？等领导安排就是了！"

黄堂之听了，摇摇头，说："兄弟，我觉得，你在这件事上不可坐等，须向领导汇报思想才行。"

朱镜如说："也找领导汇报过思想了，但不知怎么样，所以这几天不知道干什么，坐立不安的。"

黄堂之说："此言差矣！此汇报非彼汇报也，你要到团主要领导家去坐坐，让领导多了解你，让领导知道你要求进步的迫切心情。当然，不能空手去，这才叫汇报思想！"

朱镜如恍然："这才叫汇报思想？"

"对了，否则提升的就不会是你，你没听过'年轻是个宝，能力算个鸟，关系少不了'这句话吗？工作上有政绩不如有关系，若没有关系就看你自己维持了多少能用得着的关系，如果自己也没有维持到什么关系，那你只有靠送礼了。要知道现在人人都争着抢着早点儿调职，若调得慢了，成了老干部，就一步一步地慢了！你看我，不就干了六年正连吗？镜如，要下决心呀！"

"那我在高炮旅提干时可是靠工作靠成绩的！"朱镜如总是为自己的高炮旅而引以自豪。

黄堂之一阵哂笑，说："兄弟，你那是什么年代了，再说那是你们单位。你没听说一九九师是天下第一师、我们高炮团是天下第一团吗？兄弟，到了新单位要适应。要相信，天上不会掉馅饼的！"

朱镜如想：我不就多在济南陆军学院上了两年学嘛，难道自己有这么落伍？

于是朱镜如又小心翼翼地问："副营长，你说这种事找领导，领导不把你推出去？"朱镜如觉得让自己去领导家也是要一定勇气的。

"笑话！兄弟你真如河伯之观海，井蛙之窥天！哪有领导会把你推出来，谁变成蝎子都会蜇人！但要记着，到领导家切不可久坐，放上东西，说明想法后转身就走，准保事成。否则领导厌烦，又会耽误其他拜访者。"

朱镜如对黄堂之的话半信半疑，在高炮旅哪能听到有这些事情！这真是让自己长了见识，怪不得从高炮旅分流过来的一些干部总是说难以适应高炮团的环境，难道与此有关系？想想自己也白干了几年干部，对

253

这方面的学问研究甚少，真是无知。

朱镜如正想着是否按黄堂之所说的方式见见团首长，突然想到黄堂之也是干了多年的正连才提升上去的，就多了一个心眼，问："副营长，你这么精于此道，为什么当了六年连长才提升为副营长？"

黄堂之立刻尴尬地咳嗽了几声，有点儿难为情地说："那还不是我没有找关系送礼！你可不能像我这样啊！"

朱镜如忍不住要笑出声来，看着表情还有点儿不自然的副营长，说："那么，我真的按你说的找找首长？"

"当然去当然去！"黄堂之忙不迭地劝说着。

很费了一番脑筋，朱镜如还是没有按黄堂之说的去做，一是自己的任职年限到了，再就是自己刚来高炮团就在师比武上拿了个一等奖，也不是没有能力，领导觉得能胜任就提拔，觉得不够标准就等等，都是为党工作，为什么要钻营投机呢？

于是朱镜如只是到参谋长李德宏那里汇报了自己的思想后，就再也不问这些事了。

过了几天，团里下发了一个预提干部的公示，上面赫然写着朱镜如的名字，拟任职为团教导队长。朱镜如这才放下心来，心想这也不像黄堂之说的那样黑暗，自己并没有送礼，不照样被团党委列入提升对象了？

但令朱镜如想不到的是，第一批任职命令到了，却没有自己的名字。朱镜如连忙打听，原来教导队长张忠亮没有提起来，自然挡着朱镜如的位置，也就上不去了。

这下朱镜如左右不是了：自己刚分到高炮团，还没到干部调整的时候，一直是个代副指导员，本来就没有任职命令。现在这个副指导员的位置也任命为他人了，朱镜如又没有提升成，就挂在一旁，工作都不用参加了。

朱镜如觉得不是办法，就给参谋长李德宏打了一个电话。李德宏说："镜如，你的情况我知道，先去教导队当个教员，等着张忠亮提升了，你再接队长，你看怎么样？"

参谋长以这种口气与朱镜如谈话，让朱镜如感到十分感激，就说："绝对服从领导安排！"

于是朱镜如去了教导队，暂任教员。

最令人意外的是，到了年底，二营营长孙明启却被安排转业了。这年的转业量很大，是一级一级地研究的，确定一批转业，就研究一批干部的提升。孙明启本来很有希望提升为参谋长的，最终却未竞争上，一个原因是他这人实干精神强，对领导、机关还有基层的问题他从不给面子，当场就说出来，得罪了一大批人，主要是团一级的领导。据说另一个原因是济南高炮旅（原高炮十旅）的营长沈滋旺，家是淄川的，想回淄川高炮团任职，就找了原二十六军的政治处主任赵承风。当时赵承风已离开二十六军到山东省军区任政委。后来沈滋旺果真提升到高炮团当了参谋长，这就把孙明启给挤了，没调成副团。当然，这是坊间传闻，朱镜如也无法辨别真假。

后来实在没有位置，孙明启就转业回去了。走之前很气愤地对朱镜如说："这高炮团真不是什么人待的地方，风气差得没法和高炮旅比，我们高炮旅分流来的干部，就是后娘养的儿子。他娘的高炮团当面一套，背后一套，我还不在这里干了呢！"

发完脾气，觉得不好意思，又换了一种口气对朱镜如说："不过镜如，我虽然转业了，你还要好好干，前途还很光明，但你要好自为之啊！这高炮团，乃至整个一九九师，人与人之间就多了许多义气，少了许多原则，你不要受我的影响，要想办法适应新单位。"

朱镜如明白孙明启没有提升，心中不满，发些牢骚也是正常。心想孙明启若早知道自己在高炮团不受人待见，没有提升还被人排挤安排了转业，也不会劝自己留下来。

发生了这些事情，让朱镜如更加怀念即墨的原二十六军高炮旅。

第四十六章

朱镜如打起背包，到教导队报到，任教导队教员。

一九九师高炮团的教导队在一个很小的院子，原先是七十六军通信团的修理所，后来也曾改成服务中心。高炮团接管后就从院中间拉了一道东西的墙，把院子分成两部分，南院是家属区，北院为教导队。北院主体建筑是两层楼，还留着修理车间的痕迹。营院本来就小，拉了这道东西墙后，更显得狭窄了，而且出入教导队不能从南门走，只能走楼后的西门，经五七炮一营的大院。

其实不仅教导队的营房不像样子，高炮团全团的营房都是破烂不堪的样子，比二十六军高炮旅留村营房差了一个档次。想想自己刚入伍时也是在上庄那个破旧的营房待了两年，朱镜如就释然了。

队长张忠亮给朱镜如找了一个窗户向东的大房子，在二楼东侧，每天早早地就感觉天亮了，朱镜如应该是教导队最先见到太阳的人。

教导队的编制人员不多，干部有队长张忠亮、指导员杨卫民、副队长刘广胜、司务长高立侠，再就是两三个教员。另有几个炊事班、队部的战士，士官高冲、刘俊坤，义务兵王震东、李涛等。高炮团的教导队，实际上还被赋予了团养老院的功能，一些年龄偏大、提升无望的连排级干部，会安排到教导队当教员。教员袁忠就是在连队任指导员多年，不能提升，才安置到教导队来。胡欢的情况也是一样，年龄偏大，在教导队等待转业的机会。因为不被上级重视，教导队并没有配备区队长和教练班长，有集训任务时，临时从连队抽调骨干当教练班长。

指导员杨卫民，河南许昌籍，是让朱镜如感到情商很高的一个政工干部。只是时间太短，朱镜如没有来得及把他的本事学来。再说，有些东西不是你想学就能学的。

在教导队，平时没有学员集训时是很轻松的，每天就几个队干部、教员，以及炊事班的两三个人，人员一少就显得很不正规，没有了日常的训练。队长张忠亮还是急着找人要调副营，而朱镜如却稳坐钓鱼台。张忠亮就对朱镜如说："镜如啊，你怎么还不去找一找？看你一点儿也不急。"

朱镜如笑笑说："我才不去找！这是领导安排的事！你还是赶快跑你的事去吧！"

张忠亮说话既夸张又认真，摇着头恨铁不成钢地说："那可不一样，光我一个人跑是不行的！"

朱镜如说："难道要我为你跑不成？"

张忠亮瞪着大眼，不理解似的看着朱镜如说："镜如，你是真不明白吗？不是要你为我跑，而是我们一块儿跑，只有这样我们才都有希望！"

朱镜如就喜欢看张忠亮着急的样子，逗着他说："我这就不明白了，我跑不跑与你有什么关系？"

"那肯定是有了，你想呀，你找领导找得急了，领导能不想着办法给你调上来吗？你要当队长，我还能在这里继续干下去吗？肯定先把我拱走，才能给你倒出位置呀！所以，这事还要咱俩一起努力才行！"

朱镜如笑着说："原来是这样呀！那还真得麻烦张大队长赶快上去活动活动，你一升职，这队长不就空着了，我不就捡个漏？"

恨得张忠亮直咬牙，站起身来，摇头晃脑地在办公室里踱来踱去，又自言自语似的说："我们这些人啊，说白了都和团长王尊庆是一条线上的蚂蚱，王尊庆升职腾出位置了，参谋长李德宏才能当上团长，参谋长的位置空了，别人才可能有机会，下面才会有我们的戏！要不，我们都是白忙活！"

朱镜如把张忠亮按到椅子上坐下，倒了一杯水说："所以，团长王尊庆提不了副师，你张忠亮再着急有什么用？你又不能下个命令把王尊庆提成炮直部主任，所以，还是坐下来，喝杯水，让我们一起祝愿王尊庆团长早日美梦成真吧！"

这时高炮团又下了通知，一九九师于近期进行"三长"集训，与往年一样，要在集训期间进行"四会"教学比武。参谋长李德宏扒拉来扒拉去找不到人选，就还想让朱镜如参加。

一提起比武朱镜如就不禁心潮涌动，在这方面朱镜如有着自己都无法理解的争强好胜心，本想立刻答应下来，又突然想到秦梦瑶的预产期就要到了，二者的时间重合，如果参加比武势必无法照顾秦梦瑶，于是就和秦梦瑶商量。秦梦瑶一听立马变了脸，说："你平时和我分居两地、对家不管不问我就够窝心了，现在我该进医院了你还不陪我，你还算是男人吗？你还能尽你做父亲的责任吗？是你家里有人来帮我还是你给我找了保姆？你不要说这些话了！我看你还是赶快转业吧！"

一顿劈头盖脸的指责冲着朱镜如就过来了。朱镜如没有还手之力，不得已向参谋长李德宏说了自己的情况。张忠亮也给参谋长建议，说："朱镜如确实情况特殊，毕竟婆媳有矛盾婆婆过不来，家属生孩子也是大事，我看团里还有几个基层排长也很不错，选一个参加比武应该也没问题。"

参谋长虽然有点儿不乐意，最后还是同意了，但条件是让朱镜如必须把教练员比武用的教具研制出来，之后才能谈休假的问题。朱镜如说行，这个实在是小意思。于是朱镜如用最短的时间重新改进制作了三七炮"三炮手距离分划盘模拟装置""四炮手航路装定演示器"等教具，用以体现炮手操作间相互的影响。这两个装置在第二年被济南军区评为"科技进步一等奖"。

参加比武的人员确定下来了，是过来做保障的作训股参谋魏涛。安徽籍的魏涛本是四连的一个优秀排长，后来提升为副连长后就抽调到团作训股了，是作训股的主力干将。

见有了参加比武的人选，朱镜如放下心来，向团里提交了休假申请。假批了以后，朱镜如立即买了车票，返回城阳。在火车上，朱镜如一路都想象着即将出生的女儿的模样，沉浸在即将做父亲的喜悦中。下火车时，看见秦梦瑶挺着大肚子来车站接自己，着实让朱镜如感动了一番。

在孩子出生前，两人一遍又一遍地往周围几个医院跑，最后确定在人民医院接生。朱镜如特地订了个单间，有电话，有空调，想让秦梦瑶和孩子有个安静的地方休息。秦梦瑶飘逸的长发也剪成了短发，让她心痛了好几天。即将做母亲的她一直把幸福挂在脸上。临近生产的前一两天，秦梦瑶还非要和朱镜如照一张合影，照片中秦梦瑶挺着大肚子，一脸的自豪。

然而朱镜如注定要背负沉重的包袱，在入院前夕，秦梦瑶非常明确地对朱镜如说："怀孕、生孩子的事坚决不能给你家的任何人说，你家人也绝对不能见我家的任何人和孩子。"

　　朱镜如走出屋，不禁仰天长叹。他实在不理解秦梦瑶的报复心为什么这么强，不知道自己上辈子作了什么孽。为什么上天降临幸福的同时，又要让自己承受这些磨难。朱镜如甚至觉得自己也分裂成两个自我：幸福的自我和痛苦的自我同时存在，让自己备受折磨。

　　为了不影响孩子，朱镜如不得不暂时做出让步。

　　秦梦瑶在母亲那里受的气是朱镜如宽容秦梦瑶的原因，同时也成了秦梦瑶恣意妄为的源泉。

　　5月26日23时35分，两人爱情的结晶出生了，果然如之前B超检查的那样，是女孩。朱镜如想起秦梦瑶怀女儿四个月的时候做B超，问是男是女，那做B超的医生不苟言笑，但是对朱镜如说："你们以后没多大的负担……"朱镜如就知道一定是女孩了。

　　朱镜如希望自己的女儿如清晨一样清新，就给女儿取名为晨晨。陪在医院的是岳母张梅和秦梦瑶的姐姐秦梦欣。晨晨出生的那一刻，朱镜如觉得孩子太伟大了，能在母亲体内从一个小小的受精卵发育成这么大的生命，太不容易了；秦梦瑶也太伟大了，能孕育出两个人的爱情结晶来。护士把晨晨抱出来后，朱镜如抱着晨晨看个不停，内心的幸福感油然而生，对秦梦瑶说："小瑶，你看晨晨脸部的轮廓特别像我。"秦梦瑶也满是幸福的微笑，含情脉脉地盯着朱镜如说："为你生了一个小情人，这下你如意了？"

　　朱镜如得了爱女，心里开心，在家尽享天伦之乐，竟也乐不思蜀、无心归汉了。刚开始还没忘问问教导队的情况，问问张忠亮调职的事跑得怎么样了，过了几天，连问的欲望也没有了，也不再关心部队的动态。晨晨满月前，朱镜如义无反顾地揽下了所有的活，只是洗尿布就让他觉得没有闲的时候。好在是夏天，干得快，若是冬天，就更不方便了。朱镜如又借了摄像机，晨晨二十天的时候，为晨晨录了像，刻了光盘。

　　休假还不到一半时，朱镜如接到指导员杨卫民打的电话，电话里先是道喜，祝贺朱镜如喜获千金，朱镜如说了谢谢。杨卫民又用埋怨的口气对朱镜如说："你这一有千金就把兄弟们给忘了，也不关心政治了。"朱镜如就说："我现在新晋父亲了，哪有工夫操心其他事？"张卫民又卖卖关子，说："有好事也不想操心？"

朱镜如就说："会有什么好事，难道是魏涛比武也获得了一等奖？那可真得祝贺祝贺了。或是张忠亮的事跑成了？"

杨卫民笑着说："还真让你猜对了，魏涛的比武拿到了好的名次，张忠亮提升副营了，你的队长命令下达了，赶快回来上任吧！"

原来，团长王尊庆如愿调整到师炮直部任副师职主任，参谋长李德宏也就修成正果，提升为团长。于是，从上到下空出了一串的位置，张忠亮就提了副营，朱镜如也来了队长命令。

朱镜如知道杨卫民也是借机报个好消息，但自己并没有因为提升而感到特别兴奋。从去年 8 月份分到高炮团到现在，朱镜如已经被空挂了快一年了，也可能是心态成熟了，棱角也磨平了，这时提升为队长只能是水面上的一丝波纹。

但是对军营生活的渴望又在内心涌动，于是朱镜如又盼着假期赶快结束，好放下包袱回到部队一展风采。

第四十七章

返回了部队，朱镜如这个队长就走马上任。这时的预提班长集训时间已过半，朱镜如还没怎么进入情况，集训就已结束。教导队工作任务松散，让当了教导队长的朱镜如找不到任何激情，总是希望二十六军高炮旅的日子能昨日重现，以便回到战友们身边可以和他们同生活同训练。

就任教导队长不久，回到德州军分区的刘军联系到了朱镜如，听说朱镜如分在了一九九师高炮团，很奇怪地问："镜如你当时怎么没想着回高炮预备役师？"

朱镜如愕然，说："我们还可以去预备役师？"

刘军说："当然可以，你看杨振军离开济南陆院后分到二十六军，但他没有去二十六军报到，而是直接去了高炮预备役师。那里有很多高炮旅的干部，原高炮旅张百列旅长任预备役师师长，去了他不会不管我们。"

朱镜如问："那你怎么没想着去？"

刘军说："我家属在德州，不想让我去那么远，所以回家门口了。我不知道你要去一九九师，要知道我会提醒你的。"

朱镜如听了暗暗后悔，自己怎么没想到去预备役师找老首长张百列报到呢？如果回了预备役师，就和秦梦瑶离得近了，不会出现两地分居的情况，以后只用考虑回河南探亲的问题，现在是淄博、城阳、湛山三个地方跑，心力憔悴。自己也真的只会埋头干活不会抬头看路，难道真的是应了魏宗年说的，不站好路线终究要吃亏？

多年之后只要一想起这件事，朱镜如就懊恼不已。

朱镜如本想抽出时间多熟悉一下教导队的全面建设情况，协调好上下级关系，以便更好地开展下一步的工作，却来了一个军训的通知。说是为纪念领导人为济南交警题词五周年，公安部在济南搞了个以山东交警为主的交警大阅兵，淄博市的交警也要组成一个方队。而训练方队的任务通常是非部队莫属。于是这个任务从师里下到团里，团里又把这个任务交给了朱镜如。

这时候秦梦瑶已经带着两个月的女儿朱晨晨来到了教导队探亲，朱镜如本想多陪陪秦梦瑶和孩子，感觉两个月的军训时间实在太长，好在训练地点离部队只有十公里，也能在训练间隙回来看看妻女。

朱镜如接受了交警阅兵的军训任务，在全团范围内挑了十二个战士。只是各连队都不想让连队的骨干力量离开连队，所以抽调的战士军事素质一般，甚至还有个别炊事班的战士。朱镜如见了，不禁一阵摇头，担心这军训任务不能高质量地完成。高炮团的教导队建设目前距正规化还有很大的差距，每次集训都要从全团临时抽调教练班长，很不利于集训质量的把握，朱镜如决定尽快向团首长建议，加强教导队的建设，配备足够的骨干力量。但这次集训是来不及了，只好带着这参差不齐的训练骨干先行训练。

8月中旬，淄博交警把朱镜如一干人马接到了集训的地点：淄博市机动车驾驶教考中心。

这个教考中心朱镜如早有耳闻，它位于淄川西郊的商家镇，是淄博市投资几个亿建成的一个驾驶培训基地。而事实上它早已超出了这个范畴，仅是大门口竖的牌子就有十多个。原先这里是片荒山，面积很大，淄博交警分几次征地才征完，但还是有点儿小，后来又在邻近租用了一大块地，规模才到目前这样的状况。现在再也看不到荒山的影子，建得如世外桃源一般。院里有两个山庄，碧水山庄和卧龙山庄，每个山庄都湖光山色，建有数十栋错落有致的别墅。这些别墅的设计超前，每一栋都造型独特，绝无雷同。山坡上的植物园是夏日乘凉的好去处，花草树木云集。院内西部的幽林深处，是几个大型的机动车训练场，并有桥梁、涵洞、立交桥等多种路况，供驾驶训练用的公路有一百多公里，这些公路和别墅群交织在一起，风景独特，坐车在里面转上一圈要用很长时间。在半山坡上看到的据说是省财政厅的一处宫殿般的建筑，高大宏伟，虽未竣工，仍令人叹为观止。看来这里也是一个不可多得的避暑胜地。

淄博市对这次大阅兵十分重视，两个月的训练拨下来六十万元的训练经费，市局的领导要求在大阅兵中一定要拿到好的名次。交警支队刚找到一九九师协调军训的有关事宜时，师牟参谋长说："你们拿交警的衣服过来，说说标准，一切都不要管了。"而交警方面却认为这么大的活动让军人穿上警服去参加有点儿不合适，如果不小心被曝光了会得不偿失，于是没有同意这个方案。交警部门又专门成立了一个组织，由副支队长王新安任集训队队长，交管科长马立军任副队长，训练由高炮团教导队负责。

　　朱镜如一行十几人被安排在七号楼，来参加方队训练的交警也都住在这个楼上。这些交警都是从全市各个区挑过来的，大部分都是刚从警校毕业，年轻气盛。正因为是从警校毕业，他们养成的队列孤僻动作更难改正，训练起来比新兵还要难。为了方便管理，除朱镜如住单间之外，十二个战士都是和交警住在一块儿。很快，朱镜如就进入了状态。方队暂定十列，每列十二人，由一个战士带，剩余的替补由另外两个战士带。方队的排头兵是人高马大的新警张杰，张杰是标准的山东大汉，很不错的一个小伙子。训练采取先分练后合练的方法。为了提高效果，又专门请了两个从北京国旗护卫队退伍的仪仗兵做领队，但是这两个仪仗兵的步伐与整个方队显然不是一个流派，总是配合不到一块儿，让朱镜如很伤脑筋。好在两个仪仗兵悟性挺高，毕竟是千挑万选才进的仪仗队，很快就与整个方队融为一体了。

　　负责训练的交管科长马立军一直担心淄博方队最终的阅兵成绩，担心名次不如意会让领导不满意，这成了他的一桩心事。在一次训练间隙，马立军在朱镜如面前表达了自己的担忧。朱镜如听了，想到自己在济南陆军学院的几位领导应该会参与这次阅兵的评比，就对马立军说："马科长，要想让方队在大阅兵上取得好的成绩，我倒是有个主意。"

　　马立军科长声音洪亮，性格豪爽，办事利索。听朱镜如这样一说，马上来了精神："朱队，你有什么主意快说！这次大阅兵市局和支队给我压的担子可不小，阅兵的规模这么大，只是山东就有十几个方队，加上外省的七八个方队，想拿名次是很难的！"

　　朱镜如说："马科长，本来我们只是把训练工作做好就可以了，但是我也知道，如果阅兵成绩不好，你们交警支队脸上无光，我们高炮团也脸上无光。从现在看淄博交警方队处在不利的形势下，其一，青岛、枣庄等方队早在一个月前就组建了，我们淄博刚开始；其二，在资金投入上也比不上其他地市，有些方队的训练经费就有一百多万，我在参训干警中听到很多议论，嫌福利待遇不高，还不如上路罚几辆车赚些外快去，人心不稳；其三，还以青岛为例，帮助训练的全是潜艇学院参加过国庆大阅兵的学员，都经过一年多的正规封闭式训练。不是我瞧不起自己，我带的这些战士中，甚至有炊事班战士，在训练水平上想必不会比他们高吧！"

马科长说："倒也未必，我看你训练还是有一套的！"

朱镜如一笑，接着说："那是你高看了。实际上这些都不是主要的，不是起决定作用的因素。我知道若是在济南举行这个大阅兵，必少不了济南陆院这个军事学府出人来担任裁判，甚至阅兵地点都有可能在陆院。"

马科长说："你说对了，阅兵地点就预定在济南陆院。"

朱镜如又说："济南陆院能担任裁判的还有谁，只能是这方面的专家，也就是陆军学院共同课目教研室及所属的队列教学组了。不知马科长想过没有，如果我们请陆军学院队列教研室的教官来，略微给我们方队指导一下，那……"

朱镜如话语一顿，马科长立刻两眼发光，说："兄弟，我明白你的意思了！这真是个好主意，只是，你认识那些教官吗？"

朱镜如点点头，说："我上军校是在济南陆院上的，那时和济南陆军学院的教官相处得很好！"

"好兄弟！"马科长一拍桌子，"你这一番话真是及时雨！我正愁得晕头转向呢！那我们快快行动，你看看怎么去做工作。我给你派个车，你去那里联系一下，找个合适的时候，再把他们请来！什么时候去合适？"

"随时去都可以，如果你着急，明天就去！"

马科长毕竟是嗅觉很敏锐的人，对这些信息不会错过。再说交警阅兵有大把大把的经费，六十万不够可以继续申请，才不会在乎这些。第二天一早就给朱镜如派来一辆奥迪 A6，让政工科的姬科长陪同，向济南方向驶去。

淄博离济南有一百公里的路程，一个多小时就来到了济南，已是上午九点多一刻。朱镜如又来到生活了两年的地方，亲切感扑面而来，再也没有刚离校时那种急于离开的心情了。

在院门口，卫兵检查了朱镜如的证件，A6 就迅即进了校门。朱镜如远远地看到一个女警方队正在大阅兵场上训练，心想济南交警就是便利，肯定是把方队直接拉到陆院来训练了。他想看个究竟，便对姬科长说："我们直接到阅兵场女警方队看看吧！"

A6 在距女警方队约二十米的地方停了下来。透过车窗一看，组织训练的正是济南陆院的队列教员付军。这付军年龄比朱镜如大不了多少，对当年的十五队他是太了解了，也是与朱镜如所在的十五队学员打得最火热的一个。朱镜如心想倒也碰巧了，虽然要找的人不只是他，但早晚要见面的，便下车向他走去。

付军远远地认出了朱镜如，看到朱镜如突然出现在济南陆院，一副不解的样子。朱镜如心中还有事，与付军简单寒暄了几句后便说："付教员，我先去办点儿事，你把你的电话号码给我，一会儿我给你打电话，中午出去吃个饭。"于是要了电话号码。

付军有点儿摸不着门，说："怎么突然想来请我吃饭呢？还带了 A6 过来，有什么事吗？"

看到女警方队都晾在了一边，几个叽叽喳喳的漂亮女警正在往这里看，朱镜如一笑，说："济南的女警实在漂亮，让人眼花缭乱。你看妹子都着急了，你还是快去训练吧！中午再给你汇报，你可别不敢去啊！"

离开阅兵场，朱镜如等人又驱车来到学员十三队，找到了临时到基层挂职的教导员王建民。

这王建民却非寻常人物，原是院办党委秘书，文字材料水平很高，也算是陆院的一支笔了。此人是院主要领导的大红人，协调能力也很强，这时正下到基层代职，稍后会提拔重用。王建民也是个铁杆球迷，朱镜如在陆院时，王建民是陆院足球队的领队兼教练。全校二十多个学员组成一个足球队，也只有王建民能胜任。有他当领队，朱镜如他们可以保证有训练场地，有比赛用车，保障了球队的后勤各项事务。足球队在王建民的带领下很红火，在与济南医高专等周围院校、企业的比赛中，不管是主客场，陆院都踢得有滋有味的。当然，朱镜如与王建民的私人关系也很要好，因为他这人没有架子。在此之前朱镜如也曾来学院找他办过一点儿事，事办完了，他却非要请朱镜如吃顿饭，让朱镜如很不好意思。这次来，离了他协调还真不行。

王建民看到朱镜如到来，十分高兴。自是亲热地聊了一会儿，问朱镜如："这次和两位交警的朋友一起，是有事路过吧？"

朱镜如不好意思地说："兄弟我心中惭愧，在部队受人管辖，身不由己，总是有事了才过来。这次不是路过，是有事想请你周旋！"

王建民说："有事尽管讲，能帮上忙我会尽力而为的。"

朱镜如就把淄博交警阅兵军训及想请陆院队列教员指导的事向王建民说了。

王建民说："这事好办，负责这些事的是共同教研室的张副主任，也是担任过你们课的资深教员了。"

朱镜如当然认识张副主任，他曾代表我国参加了世界军事体育五项赛，获得团体第一，为我国军人争了光，是名副其实的世界冠军。

但朱镜如还是说："这事还要靠你来协调，你看这样行不行，你联系一下张主任，中午出去坐一坐。过几天再把张主任等请到淄博去，你陪同，到那边玩一玩，正好王颖等几个原来足球队的弟子也在淄博，如何？"

王建民说："这样很好！"

很快，王建民联系好了张副主任。原来张副主任原籍也是淄博，听说是淄博来了人，很爽快地出来了。见了面，打了招呼，张副主任说还能认出朱镜如。朱镜如心想这大概是客套话，因为他是教研室的副主任，朱镜如在陆院学习时当然会认识他，而他要认识不出名的朱镜如就有点儿难了。

午饭的地点定在经十路上的新泰大酒店。朱镜如先把付教员、刘教员送到酒店，又回头把张副主任和王建民接过来。姬科长坐主陪，朱镜如坐副陪，张、王分列主、副宾。

等酒菜上来后，姬科长看看朱镜如说："我们开始吧？"

朱镜如点点头："敬请姬科长主持！"

姬科长面向张副主任说："今天能和张主任、王秘书认识，实属荣幸。张主任是世界冠军，也是我们淄博人的骄傲，我这里先带一杯酒，为认识两位而干杯！"

张副主任忙说："哪里哪里，那都是年轻时的事了，好汉不提当年勇。不过今天由于镜如的联系，我们坐在一起，也是缘分，我很感谢，这酒我干了！"

众人皆干了杯。王建民说："趁大家还清醒，先说说正事儿！镜如，你把来意给张主任、付教员都说说，免得一会儿喝多了说不清楚。"

于是，朱镜如把来意给众人说了。张副主任听了，豪爽地说："兄弟，不就是想有个好名次吗？今天我和付教员都在，将来阅兵打分，我们几个都是评委！说吧！想要第几名？"

姬副主任听张副主任说得这么直白，一下子不知怎么接话了，看了朱镜如一眼。

朱镜如忙说："还要张主任和付教员到我们的训练现场指导指导，你们要是不指导，以我们的能力哪会想什么名次？你们去略微一指导纠正，一定会妙手回春，我们的方队才会有大的提升。至于名次，我们淄博方队会以最好的状态投入阅兵评比中去！"

张副主任听了，哈哈一笑，说了声："镜如说得好，这事我心里自有分寸，暂且不提它了。我们喝酒！"

一干人马又觥筹交错、推杯换盏起来。

第四十八章

回淄博后，朱镜如给马立军说了去济南陆院公关的情况，马立军很高兴。两天后的一个下午，朱镜如又去了济南，把王建民、张副主任、付军教员一块儿接了过来，马科长把他们安排在碧水山庄的明月轩。朱镜如给王颖打了电话，说王秘书来了，王颖很快就从淄博赶了过来。

晚上马科长照例为他们接风，几轮下去，张副主任受不住了，说："各位兄弟，不胜酒力，我不能喝了。"马科长说："第一次回到淄博，这酒怎么也不能少喝。"

张副主任直摆手，说："不行，不行！"

马科长笑着说："张主任，你没有听说过'女人不能说随便，男人不能说不行'这句话呀，看来这酒必须喝。"

王颖正吃着菜，听到马科长说这句话，扑哧一笑，差点儿呛着："马科长说话实在幽默，这女人太随便了那不和妓女差不多了，男人要是不行了肯定是没女人跟了。"

姬科长接过话说："我们马科长笑话很多，要不要让马科长给大家助助兴。"

众人均鼓掌。

酒喝得多了，朱镜如有点儿晕乎乎的，也不听他们在说什么，只是都举杯时也跟着举杯罢了。到最后，马科长兴致未尽，就联系一会儿到教考中心的游艺中心去打保龄球，不巧时间太晚管理员不在。这里的保龄球都是对内开放的，没有任务，管理员早休息了。于是马科长便送王建民等去明月轩。张副主任到了淄博老家，自然想要回家看看，马科长就派了辆车，把张副主任送回家去。

回到明月轩，王颖说："王秘书，到了淄博还能让您玩不好吗？这里打不成保龄球了，我带您去淄博去打。"

王建民说："算了吧！离淄博市区还远，不方便！"

王颖说："不就是二十来公里吗？现在才晚上八点多，要个车，二十分钟就到了。"非让朱镜如给马立军打电话要车。

马立军派了辆尼桑过来，再三叮嘱司机："路上小心点儿，不要太快！"

于是几个人就从教考中心出发，向淄博方向驶去。

王颖坐在副驾驶位置，后排朱镜如坐在司机的后面，中间是王建民，右边是付军。由于喝了酒，朱镜如很快就犯困了。正在迷糊中，突然听司机在喊："坏了坏了！"

朱镜如猛地睁开眼睛，隐隐约约看见左侧对面的快车道上一辆带拖挂的卡车迎面疾驶过来，车灯射出的强光使朱镜如只能模糊看见正前方的快车道上停着一辆无任何警示标志的大货车。眼看就要撞向大货车了，司机一个急刹车，轿车却眼睁睁地向左侧滑，左前轮挂在对面驶过来的拖挂车的车尾。车轮顿时飞了，车身猛地向左一侧摆，又向前面停的那辆车撞去。

朱镜如的脸重重撞在司机的后靠背上，脸上像被人打了一拳，但一点儿事也没有。剧烈的碰撞之后，是死一样的寂静，朱镜如忙看同车的人员，见一旁的王建民和付军都没大事，司机脸上却流了不少血，但很清醒。非常惊险的是，前面货车的拖挂一角已伸到王颖的副驾驶位置。朱镜如十分担心王颖，忙呼喊王颖的名字，王颖低声说："没事没事！"

朱镜如反应过来，说："赶快下车！"车门却打不开了，还是付军先钻出了车，从外面将车门撬开，几个人都钻了出来。看看那车，惨不忍睹：左前轮飞得无影无踪，车身前半部已散架了，车架也扭曲了。很难想象几个人能从这辆车上活着下来而安然无恙。

司机拿出手机，向马立军汇报了情况。马立军显然吃了一惊，大声问："人没事吧？"司机说没事，就听得马立军在电话里一顿臭骂，司机一声不敢吭。

几分钟后，马立军来到现场，把那违章停车的货车司机也是一顿臭骂。淄川的交警也来了。马立军让车上几个人赶快到邻近的淄川区医院检查。

做了检查，拍了CT，大家都没事，于是都放下心来。再也没心情打保龄球了。在回去的路上，看到那辆报废的尼桑车，大家又是一阵后怕。

王建民说："大家不要再担心了，我们几个也算是生死之交了！俗话说大难不死，必有后福，我们应高兴才对。"大家听了，都笑了，气氛顿时轻松起来。其实刚才的车祸中，受惊吓最厉害的就是王建民，虽然是夜里，朱镜如仍能看到他发白的脸，好久他才镇静下来。他说过他心脏不好。

一场虚惊！

朱镜如回到了教考中心的住处。因为朱镜如住的是单间，所以早就把秦梦瑶和晨晨接了过来。已是夜里十一时了，朱镜如推门进屋，看看母女俩已睡熟。朱镜如想还是去明月轩陪陪王建民吧，第一次来，就闹出了车祸这个事，就又来到明月轩，陪他们玩了一会儿，打了一会儿扑克后，就在明月轩睡下了。

第二天一早醒来，看王建民他们还在熟睡，朱镜如就回到了住处。秦梦瑶已经起床了。看到朱镜如回来，秦梦瑶却不言语，只是抱着孩子，背对着朱镜如一声不吭。朱镜如打了个招呼，刚想把昨晚的车祸告诉秦梦瑶，秦梦瑶突然转过头来，手里拿着一支早已准备好的圆珠笔，往朱镜如脸上猛戳。晨晨哇地哭了起来。朱镜如大吃一惊，边躲边问："小瑶你干什么？"秦梦瑶一手抱着孩子，仍一个劲儿地用圆珠笔在朱镜如脸上乱划："你一晚上没回来，到哪里的妓女院去了！还回来干什么！"

朱镜如一听，原来是误解自己了，就边挡边说："你先住手，等我说完你再打！"而秦梦瑶却如母老虎般用尽力气抓挠着朱镜如。朱镜如脸上已被划了几道。见她仍不停，朱镜如心中就有些气恼了。想昨天晚上自己出事，差点儿命都没了，到现在都有点儿后怕。本想回来平静一下，却被秦梦瑶不问青红皂白地抓挠了一番，着实丧气。于是朱镜如紧紧地抓住她拿笔的手，说："你停下来听我说行不行？"秦梦瑶见朱镜如竟敢抓住她的手不放，更来劲了，把孩子往床上一扔，大声地叫着，挥舞着圆珠笔，如同施展鹰爪大法。朱镜如紧紧地抱住秦梦瑶，大声说："你不要动手了好不好，你想干什么！如果觉得我哪里做错，不可饶恕，大不了我们离婚行吗？"

秦梦瑶听了这话，说："好，离婚！"这才转身抱了孩子，孩子早已哭得不像样了。

朱镜如赶快转身出去，心想这边马科长、姬科长等肯定是都听到了。这秦梦瑶实在是无理至极。早知道她有臆断皂白的习惯，凡事从不考究，只凭想象，不问事实，不计后果，但没有想到这次会这般耍泼，让人无法接受。

朱镜如一度感到了绝望。

淄博交警请张副主任、付教员等来指导训练是假，联络感情是真。付教员象征性地对方队进行了指导后，最后说了句："还是我们济南陆院出来的人靠谱，我看镜如把方队训得很不错了，你们再努一下力，我相信阅兵一定会有好的成绩。"

于是他们几人的活动就由交警安排，在博山的溶洞等地游玩了几日，自是日日宴请，临走时每人又送了一个大礼包。

姬科长说："过几天专程去拜访，再带些土产去！"

在大阅兵的那天，各地的交警方队云集济南，包括深圳、湖南等省市的警车方队、摩托车方队。好在陆院的阅兵场是具有一定规模的，足以应付大型的阅兵。阅兵前淄博方队并没想着要拿第一，那样也不现实，只是希望在二十几个方队中取个中等以上名次。淄博方队也踢得不错，挺争气，最后的结果的确让其他地市感到意外：大家都以为济南交警一定会是前一两名，因为这次阅兵就是为纪念领导人为济南交警题词五周年而举行的活动，这是政治，而且当时他们的阅兵方队组织者正是闻名全军的曹氏步伐的一代宗师——曹正军。但济南交警方队连前三都未进，最终的名次是枣庄第一，淄博、警校女警方队第二，青岛、聊城、深圳第三。

之前名不见经传的淄博交警方队果然一鸣惊人，取得了第二名。淄博交警皆大欢喜，胜利凯旋。

马科长代表淄博交警对朱镜如表示感谢，并为参加训练的教官们送了不少的纪念品。

第四十九章

淄博交警的阅兵结束后，朱镜如抽调的战士们回到高炮团教导队。朱镜如见了参谋长李德宏，把交警训练和阅兵成绩的情况向参谋长做了汇报。参谋长也早就得到了淄博交警阅兵方队超标完成阅兵任务的情况，对朱镜如的工作进行了肯定和表扬。朱镜如顺便向参谋长请求，说教导队没有按规定配备区队长和教练班长，一有任务就临时抽调人员，影响了集训效果。

参谋长听了，说："前几任教导队长都没有提出过要配备区队长和教练班长，你怎么上任不久就要求这些了？"朱镜如就说："这也是为了工作，教导队可是您参谋长的一亩三分地，您不管谁来管？"参谋长就笑着打发朱镜如，说："你朱镜如倒是挺会激将，但涉及人事调整的事不是个简单的事，需要团党委研究决定的，你等着吧！"

朱镜如本以为参谋长李德宏也只是随便说说，不会把人员配备当回事，毕竟这么多年都是这样过来的。谁知不久，高炮团竟然真的为教导队配备了两个区队长，一个是一营年轻的排长刘利，一个是计算机专业的二营排长谭善军。加上指导员杨卫民，副队长刘广胜，教员张辉、胡欢和袁忠，以及干部司务长高立侠，教导队的干部力量得到了空前的壮大。朱镜如不知道团党委为什么下了这么大的决心，问了参谋长才知道，近期军区各级对规范教导队做了具体的要求，借这个东风，教导队的编制才得以落实。

紧接着参谋长让朱镜如从全团物色有管理能力、组织训练能力的战士骨干到教导队任教练班长。朱镜如就与几个熟悉的连长沟通，但基层连长为本连工作考虑，都不想把本连的优秀骨干送到教导队来。朱镜如没办法，便根据自己掌握的情况，又私下征求了这些骨干的意见，把马理想、陈鹏举、靳未来、魏军等几个班长人选的名单报到了司令部，司令部军备股直接将这几个骨干调到教导队了。看着这些名单，朱镜如自己都笑了，这几个士官，几乎都是和自己一个市的小老乡。但想到自己全是为工作考虑，并没有太多的老乡观念，也就释然了。

但秦梦瑶依然是朱镜如深深的痛。

这次秦梦瑶来淄博，和朱镜如的关系并没有因为女儿而趋向稳定，反而是不和谐的音符频频响起。朱镜如一度以为，可能是秦梦瑶的精神出现了什么问题，或者说是哺乳期综合征。因为，秦梦瑶变得越来越八卦，在朱镜如面前不是说这个人怎么怎么了，就是说那个人如何如何了。教导队就那几个干部家属，最后到了没人愿意和她多交往的地步。猜疑心也越来越重，今天怀疑张三抱孩子时掐了晨晨，明天又怀疑李四训了晨晨。说得多了，朱镜如就急了，说："你怎么能凭空想象呢？你怎么知道是战士掐了孩子？做人不能瞎猜测，要有根据。"秦梦瑶也火了，振振有词地说："那孩子身上有一块青是怎么回事？他们上午抱过晨晨，不是他们掐的还会有谁？"

生活稍平静的时候，秦梦瑶又会无事生非，从朱镜如身上挑毛病，把朱镜如说得一无是处。最让朱镜如无法忍受的是秦梦瑶的约法三章：一、不准朱镜如把任何与工作有关的物品如文件、书籍、计划等带到家里；二、回到家就要为她和晨晨服务，不能干其他任何事！不能提有关工作的事；三、不能有比如喝酒、聚会、打扑克等外事活动，否则回来后不会轻易罢休。

朱镜如伤透了脑筋。

这一天，朱镜如接到大哥朱镜平的一封信。朱镜如屈指一算，为了不影响哺乳期的秦梦瑶，自己已有近一年未跟家人联系了。这一年的缓冲，是朱镜如对秦梦瑶做出的最大让步，是朱镜如想起母亲就感到愧疚的地方。这种愧疚加上对故土的思念，让朱镜如心里隐隐地痛，如同一道伤口一样不时地折磨着朱镜如，也不时地影响着朱镜如对秦梦瑶的感情。

朱镜如觉得自己的行为完完全全是个不孝行径。

信沉甸甸的，朱镜如打开了信。果然，大哥在信里强烈地谴责了朱镜如，说："虽然母亲和秦梦瑶因房子的事闹了不愉快，但你怎么能十个月不给家里写信，不知道老母亲多牵挂你吗……"

大哥的这封信让朱镜如心情陡然低落，沮丧地窝在躺椅上直不起身来。自己给秦梦瑶缓冲的时间实在不短。他觉得，有必要和秦梦瑶好好谈谈了。

秦梦瑶看到朱镜如心情不好，问："镜如，是谁来的信？"

朱镜如抬头看看秦梦瑶，说："大哥的。"

"他怎么来了信，你告诉他我们有孩子了？"秦梦瑶声音突然变得严厉起来，瞪着朱镜如，刹那间就失去了往日的温柔。

朱镜如第一次觉得面前的秦梦瑶是那么让人鄙夷，自己眼中那婀娜多姿的身影变得如恶魔一般，一张曾经感觉美丽无比的脸，也扭曲得如同狰狞的女鬼。

朱镜如一字一句地说："他们知道我有了孩子，难道不应该吗？"

"不应该！他们就不配！他们不顾亲情，他们算计你，你还要替他们说话……"秦梦瑶歇斯底里起来。

"别说了，"朱镜如打断了秦梦瑶的话，"我希望你知道，这个世界上除了爱情，还有亲情。我们两个的爱，是要建立在双方亲情的基础上的。如果要舍弃亲情才能保证爱情的美满，我告诉你，这样的爱情一定是不完美的，是残缺的！"

秦梦瑶实在不理解朱镜如竟会这样看问题，在她看来，自己的痛苦完全来自朱镜如的家庭，所以，他们是没有资格拥有对晨晨出生的知情权的。朱晨晨只能是自己一个人的私有品，自己可以随意处置，任何人休想染指。于是她咬牙切齿地对朱镜如说："你还知道我们的爱情是残缺的？如果真是残缺的，也是你和你家人一手造成的，与我无关！"

朱镜如气得咬紧了牙，他更无法理解秦梦瑶的思维模式，两个人的认识就像两条平行线，永远没有交叉重合的可能。秦梦瑶从不站在客观的立场看问题，让朱镜如感到一阵阵绝望。朱镜如摇着头对秦梦瑶说："梦瑶，你没想过自己的原因吗？我希望时间能淡化你心中的仇恨，我等了你将近一年时间，希望你醒悟，你还要让我等多久？你说他们不顾亲情，我现在的行为顾及亲情了吗？你一次次地挑战我的底线，我也一次一次调整我的底线，什么时候才是尽头？"

秦梦瑶用不屑的眼神看着朱镜如，冷冷地说："与其那样，我们还不如离婚！但前提是，你赔偿我青春损失费，少一百万元门儿都没有。"

朱镜如呆立在一边。

教导队的工作节奏明显不同于连队,有集训时,全体人员如同打了鸡血似的充满了活力,集训结束后又像是一群游兵散勇,稀拉得如同后勤兵。这也难怪,人是不能闲着的,当没有一个工作目标时,人就没有了斗志。但这样显然不利于管理,于是教导队在正常的集训任务完成后,总要被司令部赋予一些额外的任务,比如在每年9月份各级院校开学后的军训,通常还是朱镜如带领从全团抽调的战士去执行任务。

这一年朱镜如还接受了到东营市对胜利油田民兵进行高炮实弹射击的训练任务。这胜利油田的民兵高炮连,每年都要进行两个月的高炮训练,训练结束后还要像正规部队一样到潍北靶场进行高炮实弹射击。让朱镜如很意外的是在带领民兵连到潍北实弹射击时,竟然遇到陆院毕业后分配到德州军分区的刘军,刘军也带着一个民兵连到潍北参加实弹射击,这让朱镜如欣喜异常。更让朱镜如意外的是,刘军告诉他,由原二十六军高炮旅改编的山东省高炮预备役师也来到了靶场,这个师基本都由原二十六军高炮旅的干部组成,也是中国人民解放军的军官编制,平时没有预备役民兵时只有机关和干部的骨架,有预备役民兵时对民兵组织高炮射击训练。

朱镜如听刘军说老战友都到了潍北靶场,刹那间原部队的影像就在自己脑海里浮现,仿佛完成了一个穿越。朱镜如问老领导都来了吗,刘军说:"当然,师长张百列和参谋长纪树光都来到了靶场,还有一大批我们都熟悉的战友。"朱镜如又是一阵激动,说:"我们是不是要看看老首长?"刘军说:"当然要看的,首长们已经知道我们两人也来了,明天预备役师正好要进行大会餐,邀请我们两个去。"

马上要见老首长了,朱镜如内心充满着激动与不安,再也平静不下来,心想如果不是老部队整编,自己一定还是和原先熟识的战友们一起并肩战斗,也不会像现在一样多多少少有一些寄人篱下的感觉。心中又越发后悔,后悔当年去了济南陆军学院进修,以至于两年进修结业后部队已经整编完了,若是不去进修自己肯定能和战友们一起整编到预备役师。想着想着又埋怨起自己来,自己并不是没有机会,从陆军学院毕业后,完全可以不去二十六军报到,而是直接到预备役师找老首长报到,之后才是拿档案的程序。可是,自己偏偏没有想到。

怀着一种忐忑不安的心情,朱镜如和刘军在第二天晚上去了同在靶场不远的预备役师驻地。师司令部指挥帐篷宽大无比,被临时摆放了数张大桌子。师司令部人员及各团主官均到场，朱镜如看到了一张张熟悉的面孔。原军务参谋温书兴已升任二团的副参谋长，看到朱镜如后说："镜如啊，你毕业后怎么不回来？兄弟们可都记着你呢！你把我们都忘了吗？"一句话说得朱镜如泪水几乎要流下来。又遇到了同是原百炮一营的杨焕宇，两个相见，两双手使劲地握在一起。杨焕宇也是一样的热情，埋怨着朱镜如和刘军没有回到预备役师。

朱镜如又觉得自己真的就是空气中一粒微不足道的浮尘，做着布朗运动，从没有自己的方向，没有自己的思想。

遗憾的是，朱镜如没有见到师长张百列，说是师长临时有事，未到靶场参加聚餐。参谋长纪树光主持了这场盛宴，对朱镜如、刘军的到来表示欢迎。晚宴上，各类美味佳肴琳琅满目，啤酒海鲜的味道充斥在空气中，气氛热烈。朱镜如不一会儿便控制不住自己，被几个战友灌得找不到了北，害怕出洋相，会餐还没有结束，就趁着意识还算清醒拉着刘军逃离了帐篷。

第五十章

朱镜如和秦梦瑶的吵闹持续了一年，秦梦瑶偏激的心态决定着双方的冲突会频繁地发生，很难有平静的时候。不能带着秦梦瑶和女儿朱晨晨一起回河南，成为朱镜如心中的痛。

晨晨过一岁生日时，朱镜如又把秦梦瑶和晨晨接到了部队。两人又在部队生活了数月。在部队的时光，两人还算和谐。朱镜如知道，如果只是两人世界，秦梦瑶和自己厮守在一起也会很幸福的。只是眼看又近春节，朱镜如不得不再次面对让二人尴尬的问题。

一次晚饭后，朱镜如用商量的口气对秦梦瑶说："小瑶，孩子都一岁多了，这个春节，我带你和晨晨回趟河南。"

秦梦瑶突然明白过来似的盯着朱镜如，像是看一个外星生物一样打量着他，然后瞪着朱镜如说："我总算明白了，你天天给我和孩子献殷勤原来是另有意图！你不说我也知道孩子一岁多了，这一年多孩子你又带了多少？你想让晨晨看她，她又带了孩子多少？想见我的孩子，等下辈子吧！"这个问题上秦梦瑶依然坚定如初，时间没有让她有任何的改变。

朱镜如听了，心中着急，压着性子问："小瑶，你为什么不顾我的感受呢？你让我从道德、良心上承受这么大的压力，我会有好心情吗？这样对我们会有好处吗？"

秦梦瑶不屑地看了一下朱镜如，说："那你考虑过我的感受吗？她伤害了我，我也要让她不好受，让她尝尝她儿子不看她的滋味！"

朱镜如急得心乱如麻，但也不得不耐着性子。看到秦梦瑶的水杯，就站起来倒了杯水递过去，说："小瑶，你还是平息一下！你想想，你这样报复下去得了吗？你有没有想过，你这样做也是在拿我们的幸福做赌注！"

秦梦瑶把水杯推到一边，狠狠地说："少这样糊弄我！什么拿我们的幸福做赌注，你听我的不去看她不就行了吗？让她伤心去，就是要让她伤心！"

"那我呢？你伤害了她，难道你没有伤害我吗？我心情不好，我们会幸福吗？"朱镜如渐渐耐不住性子了。

"我们早就没有幸福了！她对我不好，就是你对我不好。对我不好，还想有美满的婚姻，想好事去吧！"

看着就要发疯的秦梦瑶，朱镜如也几乎要崩溃了。为什么会这样？自己满怀信心地去营造一个家，却得到这样一个结果。自己想用退让来等待秦梦瑶的改变，裂痕反而越来越深。

朱镜如和秦梦瑶在带晨晨回家的问题上剑拔弩张，各不让步。最后，朱镜如实在忍无可忍，带着衣物离开了教导队的家属院，住进了办公室，不再回家属院。

秦梦瑶看朱镜如此坚决，有些后悔，一次又一次地打朱镜如手机让他回去。朱镜如说："让我回去也可以，我需要一个完整的家，我们马上休假，我希望我的妻子、女儿陪着我回到老家；我希望我可以心安理得地和我的母亲共享天伦之乐；我不希望我母亲快入土的人了，到现在还没见过她这个孙女一眼。"

秦梦瑶答应了，但提出的条件是这次休假先回城阳，过一半假期后再回河南。考虑再三，朱镜如最终同意了。

于是朱镜如在春节前报了二十多天的年假，假批下来之后，和秦梦瑶先回了城阳。

让朱镜如没有想到的是，回到城阳几日后，秦梦瑶竟然反悔了，仍是不同意朱镜如带她们回河南，朱镜如甚至觉得秦梦瑶让他休假先回城阳是一个阴谋。岳母张梅看二人因为回河南的事闹得不可开交，便劝秦梦瑶和朱镜如一起回去看看婆婆，被秦梦瑶一阵抢白："你到底站在哪边？你看着你女儿去他家受气去？"

张梅叹叹气，无可奈何。

频繁的冲突不会有超过两天的宁静。很快有一天晚上秦梦瑶又一次不明原因地对朱镜如发脾气，接着又把朱镜如的迷彩包从家里扔到了楼梯间，对朱镜如说："这不是你的家，你回你的部队去吧！你回你的河南和你母亲生活去吧！"然后把朱镜如推到走廊，"咣"的一声关了门。

朱镜如万念俱灰，伤心地看了一眼冰冷的防盗门，不再说一句话，提起扔在楼梯口的迷彩包向楼下走去。出楼洞后遇到要上楼的岳母张梅，这次张梅没有坐视不管，死拽着朱镜如的包不让走。朱镜如只好说："妈，不是我要走的，是她！"

岳母说："那也不能走，你先把包放下，我给小瑶说去！"

朱镜如放下包，对抹着眼泪的张梅说："妈，我听你的话，我不走。你让我出去散散心吧！我过一会儿再回来！"

张梅不放心地说："孩子，你可别太放在心上，也怪她爸从小惯得她不像样子，使她个性太强了，又固执，现在谁的话也听不进去。但小瑶不是个有坏心眼的人，你可千万不要和她一样！我再进屋说说她，你要早点儿回来啊！"

朱镜如点点头，转头走开了。城阳日益繁华的大街上，灯火通明，夜色阑珊，而朱镜如一个人漫无目的地走着。茫茫人海，他无一知己；大千世界，却无处可去。

很晚，朱镜如才回到那个几乎破碎的家，见自己的迷彩包已被张梅放在客厅。晚上与秦梦瑶一夜无话。第二天一早，朱镜如提起迷彩包往外走，一岁多的女儿晨晨一看到朱镜如"啊啊"地打着招呼，拉住朱镜如的迷彩包放在地上，并坐在包上一动也不动，呈沉思状。朱镜如想把晨晨拉起，晨晨怎么都不起来。他心里一酸，心想可爱的女儿也不想让爸爸走吗？你以为爸爸愿意离开你吗？看着可爱的晨晨朱镜如几乎下不了走的决心。但想到秦梦瑶的无情，还是把晨晨哄起来，趁她不注意，提起包离开了这个家。直到坐在火车上，朱镜如才突然明白晨晨为什么坐在迷彩包上不起来：前几天从部队回家时，他和秦梦瑶一起让女儿坐在迷彩包上抬着走一会儿，晨晨当时很高兴。怪不得她坐在迷彩包上一动也不动，她以为朱镜如拿出迷彩包是要和秦梦瑶抬她，她的沉思状是在等待。想到这里朱镜如心里十分难受，真想走下火车，回去再和秦梦瑶一起抬抬女儿。又想要是自己能和秦梦瑶和睦相处，能和女儿共享天伦之乐，那该是多幸福的事！

可惜，这一切都是一厢情愿。

朱镜如一人回到了河南。回去之前，他已做好了挨骂的思想准备。

279

果然，到湛山市后，大哥朱镜平、三哥朱镜锋一起劈头盖脸地训斥了朱镜如一番，说："连一个女人都应付不了，还算什么男子汉？自己的孩子都带不回来，我们朱家又欠她什么？"

朱镜如一声不吭。母亲贾青芝倒是心疼朱镜如，说："算了，事情都过去了，不要再提了，以后镜如还要和她过日子。"

又问起朱镜如的情况，说起秦梦瑶的飞扬跋扈，三哥朱镜锋就又数落起朱镜如来，说："你还算是一个军官，遇到这么不孝顺的女人你都没法了？实在不行难道不会向部队政治部汇报吗？如果确实没办法，我看你们这个婚姻还是存在很大问题的，干脆散伙算了。"

朱镜如不是没有想过与秦梦瑶的前途问题，他一直处于极度的矛盾之中：一想到秦梦瑶歇斯底里河东狮吼的样子，以及对自己家人的态度，就不相信自己还能和这样一个极度陌生的人共同生活，于是朱镜如无数次地下了离婚的决心；但是一想到女儿晨晨，又无数次动摇了：离婚了，晨晨怎么办？她生活在一个不完整的家庭里，肯定会对她的人格造成一定的影响。她那么天真可爱，怎么舍得让她受到一丝伤害？

朱镜如苦苦地思索，没有头绪，不知道该怎么办。实在没有答案时，朱镜如就想：暂且这样考虑吧，秦梦瑶仍是我的妻子，即使海枯石烂，秦梦瑶仍是我的妻子，她现在是执迷不悟，或是鬼迷心窍，但她不应该永远不开窍，我是不是该再给她一个机会呢？我若不给她机会，谁还会给她机会呢？何况，除去她对母亲的不孝行径，她还是很爱自己的。另外，在这个世界上，她秦梦瑶其实只有我朱镜如一个爱人，包括她的父母、姐姐，其实都走不进她的内心，只有我一个人会宽容她，我如果不宽容她，谁还能宽容她呢？

当所有的人，大哥、三哥、母亲，包括表弟艳涛都劝朱镜如离婚时，朱镜如心里却越来越坚决地做出了决定：决不！什么人也不能代替自己做出决定，秦梦瑶是我的爱人，只有我知道她是需要我的，只有我知道她离不开我的宽容。我要做最后一次努力，更是为了晨晨。晨晨是无罪的，她不应当受到任何的伤害，她不应当比别人缺少哪怕是一点点的爱。为了能给晨晨一个完整的家，我朱镜如宁愿委屈自己！

朱镜如不知道是秦梦瑶鬼迷心窍还是自己鬼迷心窍了，但他想肯定有一个是，或者两个都是。想来想去，觉得还是冷静一段时间再说，也许，时间能治愈一切伤痕。

朱镜如从河南直接回到了部队。

三个月后，秦梦瑶突然打来电话，说晨晨马上要过生日了，准备带着晨晨到部队去过，问朱镜如行不行。朱镜如心里一热，说："当然行了，无论我们有多少争执，你依然是我的合法妻子。"秦梦瑶又说："等过完生日就把女儿给你留在部队，以后你就自己带着行了。"

朱镜如听了心里一惊，说："你把晨晨放我这里我怎么工作？"

"那是你的事！你也是人，我能带你也能带！"

朱镜如心想，这才平静了三个月，你秦梦瑶就又开始发难了。我下了多大的决心要挽回婚姻，你却又要想方设法为难我，我一个大男人带一个不满两岁的小孩子还怎么在部队工作？朱镜如突然就怀疑起自己的决定来。

于是心里一横，对秦梦瑶说："你想怎么办就怎么办吧！"

秦梦瑶果然带着晨晨过来了。

从车站接到她们母女俩，秦梦瑶便明确地说："明天过完晨晨的生日我就走，晨晨给你留下！我也要工作也要赚钱，我带了她两年，也该让你带了！"

朱镜如未多理会，带她们回到教导队家属院，安排了住处。秦梦瑶眼又瞪了起来："我这次不想住你这破地方了，这么差的条件，我要住宾馆，你给我开房间吧！"

看她盛气凌人的样子，朱镜如发自内心地厌恶，真不知自己有多高贵，便冷冷地说："女儿能住的地方你也能住！要想去你自己去吧！"

秦梦瑶没了言语。

第二天是晨晨的生日，上午二人带着晨晨出去玩了半天，中午有些累了，就带着晨晨回到了教导队，给晨晨买了一个小生日蛋糕，晨晨欢喜异常。下午，参谋长沈滋旺来到教导队，特意在教导队吃了晚饭，准备晚饭后以组织的名义找秦梦瑶谈谈心，了解二人的情况。沈滋旺知道一年来朱镜如和秦梦瑶的感情出了问题，大概也是想挽救一下朱镜如和秦梦瑶的婚姻。

饭后沈滋旺参谋长先是和朱镜如聊了一会儿，问了问基本情况，又说："镜如，作为军人，不只是你一个人奉献了青春，你的爱人、你的孩子都和你一起默默无闻地付出。你可曾想过，当同龄人都在花前月下卿卿我我之时，我们的另一半却承受着两地分居之苦；你可曾想过，她们有多少次在盼望你能陪在她们身边？有一首歌里唱着'军功章啊有我的一半也有你的一半'，就是最真实的写照。所以，你也要体谅爱人的难处，不要光想着离婚，这样对孩子也不好！你爱人秦梦瑶一定是气话，她要把孩子给你放这里也真不好办！一会儿你带着孩子出去转转，你把你爱人叫到你的办公室，我和指导员代表组织出面和她谈谈，做做她的工作！"

朱镜如说："好吧参谋长！谈谈也好，你们总以为我怎样怎样，她要能与我好好过我还会想着离婚？"

于是朱镜如带着晨晨出去转了一圈儿，直到晨晨喊着累了，才回到家属院。朱镜如看到参谋长和秦梦瑶的谈话还没有结束，就走到教导队院中，透过自己办公室的窗户，远远看见秦梦瑶在办公室里对着参谋长和指导员手舞足蹈地说着什么，情绪激动。朱镜如知道秦梦瑶还有很强烈的表达欲望，于是扭头回了家属院。

足足两个小时后，秦梦瑶才从办公室回到家属院。朱镜如还没来得及问怎么谈了这么长时间，都说什么了，就接到参谋长的电话，让朱镜如再去办公室一趟。朱镜如就把晨晨交给秦梦瑶，去了办公室。

参谋长见了朱镜如，深吸了一口烟，摇摇头说："镜如啊，没想到你爱人果真是太偏激！"

见朱镜如坐下后，沈滋旺又说："镜如，我和指导员一起，与你爱人谈了两个多小时，她娘的我也不想多说了，实在劝不下去了。我就总结两句话，第一句话：赶快与她离婚，这是你最明智的选择，也是老大哥的劝诫，老大哥支持你；第二句话，与她离婚要讲策略，她不会那么轻易与你离婚的！这个女人不简单！"

朱镜如不知道秦梦瑶为什么会给他们留下这么坏的印象，但想想也是正常的，秦梦瑶与任何人说话都是不讲逻辑的。于是说："谢谢参谋长！两个小时就让您得出了我用五年才做出的结论！您比我英明！更比我果断！也总算有人说我是对的了！"

指导员说："镜如，她现在非要把孩子给你扔这里肯定是想难为你，一个女人家不支持自己男人的事业，反而拖后腿，不可要！你离婚我也支持你！孩子她不养就留下咱自己养，总有办法的！有空你嫂子可以过去帮你！"

参谋长说："你爱人也真傻！不想离婚还这样折腾你。要是你孩子都能带得了要她做什么？谁还会要她？"

二人又劝慰了一番，句句触到朱镜如的痛处，想到几年来精神受到的煎熬，朱镜如不禁低头掩面而泣。见情绪实在无法控制，他就来到卫生间，倒了盆水洗去泪痕。偏偏泪水又不争气，哗哗地流了出来，朱镜如干脆将头扎进脸盆，让眼泪直接倾注在自来水里。许久，朱镜如才抬起头长出了几口气，感到了前所未有的舒畅。几年了，自己一直在离婚与不离婚之间矛盾、徘徊，那实在是一个痛苦的抉择。今天，朱镜如终于明白选择离婚并不是人人深恶痛绝的，恰恰相反，所有了解这段婚姻的人都对自己的优柔寡断表示不理解，包括参谋长。

朱镜如听任泪水涌出，让脸盆倾听自己无声的哭泣。

……

秦梦瑶将晨晨留在部队，一个人离开回了城阳。朱镜如不再犹豫，毅然向组织提交了离婚申请。

鉴于朱镜如的情况，团政治处认为朱镜如和秦梦瑶二人的确感情破裂，维持婚姻不利于朱镜如正常的工作生活，于是以组织的名义出面联系了城阳区法院，为朱镜如找了一个有经验的律师刘志明来处理这场离婚诉讼，并提供了准予朱镜如离婚的相关证明。

因为不在一个地市，刘律师就离婚一案与朱镜如在电话里做了很多沟通，了解了朱镜如的诉求。后来，刘律师又专门从城阳赶到淄博，与朱镜如做了详细的沟通，朱镜如给刘律师明确了自己的想法，一定要不惜代价，帮助自己逃离这折磨多年的婚姻。至于底线，也是唯一的要求，那就是要回女儿的抚养权，除此之外，不再主张房产等。刘律师了解到秦梦瑶不会轻易离婚的情况后，说："秦梦瑶到底因为什么不愿离婚，你一定要找到原因，这样我们好对症下药。不管什么情况，都要想些策略才行，不然进程会很困难。"

至于秦梦瑶为什么不离婚，朱镜如也感到难以捉摸。按秦梦瑶的心态，她感到和朱镜如的婚姻实在不幸福，朱镜如的家人让她无法面对，这样说来秦梦瑶应该愿意离婚才是。至于她说的要离婚就要赔偿青春损失费一百万，这显然是为朱镜如离婚设置的障碍条件，朱镜如怎么也给她拿不出一百万来。想来想去，秦梦瑶不离婚应该是在心态上不能接受离婚这一后果，或者说是暂时没有离婚的打算，也在煎熬之中。

朱镜如崭新的生活开始了！他成了全团唯一带着孩子服役的基层军事主管。

教导队的工作朱镜如当然一点儿也不能少操心，他觉得这是人生对自己的挑战，越是艰难，越是要干好工作，就不信自己渡不过这个难关。同事们对朱镜如也是非常关心。指导员爱人田晓慧更是常常过来看看，不厌其烦地给朱镜如说些带孩子应该注意的事项。后来田晓慧对朱镜如说："把晨晨也送到悦悦上的那个幼儿园吧，那里能招收小一些的孩子，还能学些东西，对孩子也好，我们家悦悦在那里上了一年了，离单位不远，我每天接送顺便一块儿都接回来了。"

朱镜如想想也是，于是田晓慧联系了那家幼儿园的园长。园长听了朱晨晨的情况，破例收了两岁多的晨晨，又找了一个有责任心的老师照看。

然而一听说去幼儿园，晨晨便不住地哭，紧紧地抱着朱镜如，说什么也不去。朱镜如心想晨晨知道要失去了妈妈，怕再离开爸爸，所以哭着闹着不走。好不容易到了幼儿园，趁田晓慧给园长协商晨晨入学的空儿，朱镜如就哄着还在哭泣的晨晨。见晨晨两臂紧紧地搂着自己的脖子，整个身体吊起来脚不着地地哭着，朱镜如心中难受，不得不蹲下身来，看着晨晨的依依不舍，想着这几年秦梦瑶与自己的争斗，眼睛又模糊起来。心想这一段时间自己是怎么了，感情这么脆弱，像女人一样。担心别人看到，朱镜如就赶快抱着晨晨到幼儿园的一个角落，对着晨晨说："乖孩子长大了，乖孩子不哭了！爸爸也不想离开你，爸爸天天想让你和爸爸在一起。乖孩子快别哭了，你看爸爸也要流泪了！"晨晨睁开泪眼看看朱镜如流着泪的眼睛，边哭边抬起柔弱的手臂，用衣袖给朱镜如拭泪。看着晨晨的动作，朱镜如越发不争气，泪水顿时如泉水般涌出。心里默默地想：我可爱的晨晨，我懂事的女儿，爸爸爱你！爸爸一辈子都不会离开你！

本来说要周托的，朱镜如想到晨晨以后也许就要没有母爱了，周托对孩子太不公平，自己宁愿累一些苦一些，也要多给她一些爱。于是又换成了日托，每天都是早上七点半将晨晨送到幼儿园，下午六点接回。

朱镜如给秦梦瑶打了个电话，说已经起诉离婚了。秦梦瑶很不相信的样子，说："真起诉了吗？没有一百万，起诉也不离婚！"朱镜如说："到时候法庭判决不是我们能左右的！"秦梦瑶仍是固执地说："判了也不离！谁判我和谁闹！"朱镜如心想你不想离婚为什么还这样对待我？不想离婚还把孩子给我扔到部队？于是也不再理会她。

就这样朱镜如过了一段辛苦的日子：白天一边忙工作，一边还要惦记着孩子；下午一下班就接晨晨回来，真是又当爹又当妈；晚上晨晨也需要照顾，总是睡不好觉；每天早上起床，朱镜如要到教导队带领干部战士出早操，就给晨晨说："你先睡会儿，爸爸出完操就回来！"虽然晨晨总是点头答是，但每次都自己起床，胡乱穿了衣服，刷牙，又给朱镜如接了刷牙水，挤了牙膏，然后缩着脖子、抱着自己冷得发抖的肩膀，磨蹭着去教导队找朱镜如。

没多久，朱镜如觉得自己憔悴了许多，身体明显比以前瘦了，精神状态也很不好，总是觉得累。

第五十一章

几个月后，一九九师接到命令，要开赴确山基地进行代号为"029"的实兵演习。早在6月份，参谋长就说过让朱镜如也随司令部参加这次演习，作训股的蒋新炎又征求朱镜如的意见。朱镜如担心晨晨，想自己走了晨晨怎么办。指导员看出了朱镜如的担心，说："不要担心，这一段时间晨晨和悦悦一起玩得像亲姐妹一样，有你嫂子晓慧在，就当是自己侄女放这里两个月，有什么不妥？偶尔忙的时候让留守的通信员多跑跑腿，接送接送孩子，你就放心演习去吧。"

想想军人是以服从命令为天职的，自己当然不能搞特殊，不能因为个人的问题耽误工作，于是朱镜如就下了决心参加演习。

部队在出发前进行了周密的计划和细致的准备。由于确山地区距驻地远，部队没有采取摩托化行军方式，而是铁路输送。铁路输送环节有很多不安全因素，多年前高炮团就在这个环节出了大的事故：1983年10月3日，团执行年度实弹射击任务，全团装备、人员铁路输送到达潍坊大迁河车站准备卸载时，因火车司机未按规定及时减速，列车与站台发生了剧烈的相撞，造成了重大事故，年仅三十五岁的时任团长丁芳聚被站台平板车的挂钩插入颈部及头部，当场牺牲，十几名干部战士从车上甩落，造成骨折等伤情，火炮和雷达指挥仪造成了不同程度的损坏。这是一个轰动全军的事故，事后丁芳聚团长被上级追认为烈士，火车司机被判刑。

这次铁路输送司令部不敢大意，司令部组织营连的干部骨干多次到站台进行装载和固定的训练，确保安全。因为朱镜如是加强到作训股做参谋工作，没有营连火炮编队的装载与固定等前期工作，所以出发前的准备工作也简单了许多。到了出发的那天下午，天下着雨，朱镜如整理好了随身行李，叫了辆的士，准备先去指挥连与作训股的人会合。当朱镜如把行李往车上放时，被晨晨看到，以为又带她出去玩，高兴地要帮忙。上车后与晨晨道别，晨晨也要跟着上车，田晓慧就拉住她。晨晨见不让她上车，就一手拽着田晓慧的手，两脚不住地上下跳着大哭起来，朱镜如的心又是疼得要命。

到了指挥连，看看物资准备得差不多了，离编队的时间还早，心里还惦记着晨晨，就对杨焕远参谋说："没什么事的话我先回去一下，家里还有点儿事没有处理完。"杨参谋说："很快就要出发去火车站了，你还要再回去？"朱镜如无奈地说："我刚才出发时，小晨晨蹦着哭着，我心早碎了……"

杨焕远听了，说："也是，那你快回去看看吧！"

毕竟是小孩，朱镜如回去看到晨晨时，晨晨正在和悦悦玩，早已不再哭闹了，像忘了刚才的事一样。朱镜如放心下来，又想早知不是马上出发，还不如带上晨晨到指挥连，然后再把晨晨送回来，晨晨也不会哭一场了。

于是又趁晨晨不注意的时候离开家属院，返回指挥连，当日午夜和作训的车辆完成编队，又进行了摩托化行军，到了火车站进行装载。次日凌晨五时军列出发。高炮团虽是小团，但还是用了三列军列才把全团所有的车辆、火炮装载完毕。

演习的日子十分紧张，朱镜如加强的作训股是演习期间最忙的指挥机关，整天都在绘制战场略图、堆制作战沙盘、制订战斗计划、传达作战命令。忙的时候，作训的几个参谋曾从上午一直忙到第二天凌晨六点；闲的时候，朱镜如便躺在司令部的帐篷里，看着晨晨的照片，一遍遍地想着在一起的幸福时光。每次给晨晨打电话时，晨晨总是用稚嫩的声音在电话里大声叫着爸爸，朱镜如心里就非常高兴。

临近演习结束前两天，朱镜如接到了嫂子田晓慧的电话，说："镜如，晨晨这一段进步很快，等你回来，你一定会感到惊喜的！"

朱镜如想到这一个多月里，指导员爱人一定很辛苦，就说："晓慧嫂子，多亏你和指导员在家照顾晨晨，我才能放心地出来演习。真的太感谢你了！"

田晓慧说："那没什么，都是应该的。不过，正想给你汇报两件事呢！一件是好事，一件是坏事，先听哪一件？"朱镜如听了忙问："不是晨晨的事吧？"田晓慧说："都是晨晨的事！"朱镜如一下子就急了，说："嫂子快说!"

田晓慧不紧不慢地说："好事是你的宝贝女儿被照顾得很好，你一点儿也不用担心!"

朱镜如担心地问："那坏事呢?"

"坏事是照顾你女儿的是你妻子，她来好几天了，指导员没让我告诉你!"

"什么!"朱镜如一下子直起身来，把一旁的杨参谋吓了一跳。

田晓慧说："莫紧张，这也许也是一件好事，毕竟妈妈来了，晨晨会更开心些吧!"

"她不会把晨晨带走吧?"朱镜如忙问。

"暂时不会，她本来要带走的，指导员委婉地说是你把孩子交给我们的，最好等你回来再带走，她无奈也就留下了!"

"不能让她带走!"朱镜如心想自己在起诉书上理由之一就是女方不支持男方工作，她把孩子带回去那理由不就不成立了吗?

终于到了可以返回的日子了。这两个月来，朱镜如是一天天地算着日子过的，越接近返回的日子，朱镜如渴望见到晨晨的愿望就越强烈。当朱镜如终于又踏在淄博的大地上时，他又一次体验了什么叫激动。

回到单位，高炮团也组织了一批人夹道欢迎，好像是迎接凯旋的将士。朱镜如无暇顾及，与欢迎的人群稍作寒暄，立即带着行李打车赶往教导队。走到家属区门口，见晨晨正站在门口，朱镜如忙下车抱起她。

可能是演习两个月的朱镜如晒黑了，身上又穿着迷彩服，晨晨也没想到爸爸会突然出现在她面前。当朱镜如要抱她时，她只是愣愣地看着朱镜如，不让抱，于是朱镜如想转身去出租车上把行李取回来。看着朱镜如要离开，晨晨突然明白过来似的，跑过来抱着朱镜如的腿大声哭起来："爸爸，爸爸!"朱镜如赶快回来抱住晨晨，不住地亲吻她。晨晨也是紧紧地抱着朱镜如，生怕他再走掉。

朱镜如抱着晨晨回到家属院，看到秦梦瑶，心里竟有一种亲切感，不禁暗骂自己是贱骨头。

秦梦瑶看见朱镜如，没什么反应，只是平淡地说："前几天刚过来时晨晨有点儿咳嗽，好像是支气管发炎了，带她看了病，吃了药，现在好了!"

朱镜如心想秦梦瑶一定是从电视里看到他出去演习了才来部队照看

晨晨的，心里便觉得热乎乎的，于是问："是不是你知道我有任务外出了才过来看晨晨的？"

秦梦瑶却冷冷地说："你有没有任务关我什么事？我只是想女儿了，过来看看，见你不在，就留下来看她几天。你回来了，我也该走了！"

朱镜如心里又凉了起来。

看秦梦瑶冷冰冰的样子，也不知是不是装出来的。朱镜如对婚姻是否真的已无可救药心里没底，想到临去演习前自己把晨晨一个人扔在教导队，内心承受了多大的煎熬，明知别人都有事在忙，不可能有那么多时间照顾好晨晨，但就是没想着给秦梦瑶说一声，因为当时心里憋着一口气：既然你能把晨晨给我扔下，再难我都不会再给你送回去！

朱镜如说："小瑶，我已起诉离婚了，你没接到起诉书吗？"

"真起诉了吗？我这一段时间就没在家，肯定接不到起诉书，你要想起诉就亲自把起诉书给送来吧！"

秦梦瑶冷冰冰的样子让朱镜如很不舒服，就也压下热情，换了副面孔说："那你很快就可以看到了！"

"随便！"

朱镜如捉摸不透秦梦瑶的真实心态，本不想再问，心里却又不甘，边收拾行李边问："小瑶，我想问你，你到底想不想离婚？"

秦梦瑶依旧冷冰冰地说："你不是都起诉了吗？还问这个呀！离就离，有什么了不起！你说什么条件吧！可以接受的话我不上法庭就和你离！"

"没什么条件，房子归你，女儿归我！我不能没有女儿。"

秦梦瑶冷笑一声，说："就这些？给你说明了，要想离婚的话我不会承担晨晨的抚养费！只要你同意这一点，我就同意离婚！"

朱镜如一听，心想真是峰回路转，秦梦瑶竟同意与自己离婚了，不再说要一百万青春损失费了。至于晨晨的抚养费，从来就没想过让她拿。真不知什么原因让她改变了主意。

正想一口答应，突然想到曾咨询过的刘律师说要有策略，便说："那怎么行呢？孩子是我们两个的，你怎么能不承担抚养费呢？"

"不同意就不离婚！"秦梦瑶很坚决。

"那只好法庭见了！"

"见就见！那我现在就走，等着你起诉！"

朱镜如忙拉住秦梦瑶，说："那么急干什么？我们现在还是夫妻，你好多天没和孩子在一起了，先陪着她，等这两天单位的事交代完我们就一起回去办手续！"

　　秦梦瑶想了想说："那也好！"

　　于是秦梦瑶就留下来，倒也风平浪静。

　　晨晨却不让朱镜如离开一步了，可能是朱镜如偷偷地离开去演习让女儿怕了，以为再一走又是很长时间。一连几天，只要朱镜如一出门，晨晨就拉住他，哭着闹着不让他出门。以至于演习回来的两个月内，每次出门朱镜如都得像地下工作者一样鬼鬼祟祟。晨晨已锻炼出高超的眼功和听功，不管什么时候朱镜如只要一有动作，就别想躲过她的眼睛与耳朵。遇到有人找朱镜如，朱镜如不得不走时，晨晨就百般阻挠，秦梦瑶拉着晨晨，晨晨抱着朱镜如的腿，挣不脱秦梦瑶时就会大声地哭着，用伤心的口气说："爸爸又走了，爸爸又不回来了！"听到这里朱镜如就十分内疚，心里阵阵酸楚，于是每次都又折回来，紧紧地抱着晨晨，不停地说："爸爸不走了，爸爸再也不走了，爸爸一辈子都不离开你了。"两个月的分别对晨晨来说不是很短的一段时间，这两个月晨晨只能在电话中感受到爸爸的存在，她缺少的这段父爱，自己应多给她补偿。宁愿不出门，宁愿推下所有的事，都要陪着晨晨。

　　终于有爸爸了，像是要把两个月的时光补过来似的，晨晨不知疲惫地、兴高采烈地拉着朱镜如在教导队的院子里到处跑。大院内洒满了晨晨欢乐的无忧无虑的尖叫与笑声。不管遇到谁晨晨都会指着朱镜如向人炫耀："这是我爸爸！这是我爸爸！"生怕别人把爸爸抢了去。在四百米障碍场，晨晨让朱镜如帮助她通过每一组障碍，与她捉迷藏，高兴得欢天喜地，不知疲倦。朱镜如一边被女儿的举动感动着，一边暗暗地想：以后真的不要离开女儿了。

　　秦梦瑶与朱镜如却是少了很多争吵，这是朱镜如没有想到的。有时朱镜如也与她开玩笑说："小瑶，你看我们多和睦，你非要这里找事那里找事的，闹得一家不安宁是何苦呢？我就不信家里有温暖会留不住我！"

　　秦梦瑶不屑一顾。

　　又过了几天，忙完了手里的事，朱镜如给城阳的刘律师打电话通报了情况。听朱镜如说秦梦瑶突然同意离婚了，刘律师也很惊奇，忙说：

"不管她是不是真同意离婚，趁她没改变主意之前回来！能带她直接到法院最好，在她没有反应过来之前，送达离婚起诉书和开庭争取一次搞定！"

朱镜如说："尽量让她去法院吧！回去后我随时和你联系。"

于是与秦梦瑶商量着回去到法院办理离婚的事，秦梦瑶很痛快地答应了。

第五十二章

当天下午，朱镜如一家三口还是有说有笑地回到城阳。岳母张梅听说外孙女儿回来，也来到了家里，抱着朱晨晨亲个不停。晚上张梅张罗着做了一大桌菜，一家人一起吃了饭，一派祥和气氛。

只是朱镜如感觉这气氛祥和得不正常，秦梦瑶并没有把两人的事告诉秦团长和张梅。

晚饭后回去，两人哄睡了晨晨，竟是一夜无语，朱镜如睡得还挺踏实。第二天早饭后，朱镜如对秦梦瑶说："走吧小瑶！"

秦梦瑶问："去哪儿？"

"法院呀！"

秦梦瑶斜眼看着朱镜如，似是不理解的样子，见朱镜如还是一脸正经，竟是笑着说："我不去，你想去你去！"

朱镜如问："怎么不去了？"

"我就是不想去了！"

朱镜如听了心里生气，说："不是说好的要去吗？你怎么又改变主意了？我都给律师说过了，都等着呢！你不是要起诉书吗？我们至少也要把起诉书取回来！"

秦梦瑶见朱镜如没有商量的余地，于是把脸一顿，气呼呼地说："去就去！有什么了不起？"她将晨晨给张梅留在家里，与朱镜如一同去了城阳区法院。路上朱镜如早与刘律师联系过了，所以直接去了民一庭的一间办公室。进入办公室后，看见刘律师已等在那里，还有一个微胖的中年男人、一个二十多岁的姑娘。

刘律师见两人进来，热情地让两人坐下，指着中年男人介绍说："这位是贾志仁法官，我们的案子就由他来审理。"又指着那二十多岁的姑娘说："这位是书记员李菁。"

接着刘律师将起诉书交给了秦梦瑶，说："这是朱镜如的离婚起诉书，现送你手中，请你过目签字！"秦梦瑶接了起诉书看了看，有些不情愿，但还是签了字。

贾法官表情很严肃，验证了双方的身份，说："现在法官、书记员、被告、原告及原告律师均在场，我宣布：朱镜如起诉秦梦瑶离婚一案，符合开庭条件，可以开庭！"

朱镜如没想到刚进屋就开庭了，原来一直以为很严肃很隆重，法官身着法官特有的制服，很威严地坐在判决席上进行断案，这才发现自己是看电视看小说看得多了，原来这法官不一定要着制式服装的。朱镜如又看看刘律师，刘律师朝朱镜如使了个眼色。

秦梦瑶也没有想到在这个办公室可以开庭，她只以为来法院是拿起诉书的。

贾法官问："请问被告用不用请辩护律师？"

秦梦瑶低声说："不用了！"

贾法官说："被告看过原告的起诉书了吗？"

秦梦瑶说："刚才看过了！"

"是否属实？"

"属实！"

贾法官又转向朱镜如："请问原告，起诉书是你的真实意思表达吗？"

朱镜如答道："是！"

贾法官又说："那好，根据《婚姻法》的有关条款，对朱镜如诉秦梦瑶离婚一案，依照法律程序首先要进行调解，请问原、被告确实要离婚吗？"

秦梦瑶听了不耐烦地说："我不需要调解！不用调解了！"多年以后朱镜如才明白，秦梦瑶当时说的不用调解，应该是不想让法官处理这个离婚案了，她当时还不知道当场就要出离婚协议。

贾法官问："为什么？"

秦梦瑶有点儿冲动，大声说："以后你们想怎么判就怎么判吧！还调解什么？我看你们会怎么判！"

"请被告肃静！"贾法官严肃地说，"调解是一道法律程序，不是你不想调解我们就可以不调解的，你不愿调解是你个人的事，而做调解工作是我们必须要做的事！"

秦梦瑶被戗得没了话。

293

朱镜如侧目看了一眼秦梦瑶，见她看似平静，实则紧张。为了掩饰紧张，秦梦瑶竟跷起二郎腿，极不自然地哼起歌来。朱镜如知道今天突然开庭对秦梦瑶来说没有任何思想准备，她想借唱歌来平静自己内心的不安。

想到这里，朱镜如心里突然心疼起秦梦瑶来。直到这一刻，他仍觉得秦梦瑶是自己的妻子，是自己一生必须照顾的人。与她生活了五年，别说是人，就是一把椅子、一支钢笔也早有感情了。但是，朱镜如感到了那种矛盾：好像爱她，可又实在不能接受她，这让朱镜如备受煎熬。这种复杂的感情一直折磨着朱镜如，一方面对她的做法恨之入骨，一方面是对她有无限的牵挂。

贾法官说："首先对你们进行调解，二位确实要离婚吗？是不是还有缓和的余地？"

朱镜如拉回思绪，回答说："我要求离婚！"

"被告呢？"

秦梦瑶迟疑了一下，也赌气似的说："我也要求离婚！"

贾法官对一旁记录的书记员说："记录：朱镜如诉秦梦瑶离婚一案，双方未达成和解，双方要求离婚！"

贾法官问朱镜如："原告对离婚有无条件和要求？"

朱镜如说："我要求抚养婚生女朱晨晨，女方承担抚养费，其他无任何条件！"

"请问被告对原告要求抚养婚生女有没有异议？"

秦梦瑶说："没有！"

贾法官说："原告被告有无共同债务？"

朱镜如与秦梦瑶都答："没有！"

"原被告有无共同财产？"

朱镜如说："有住房一套，位于城阳区正阳中路城子小区，婚后以秦梦瑶的名义购买。"

贾法官问："住房是双方的共同财产，这套房你们夫妻双方如何分割？"

秦梦瑶看了一眼朱镜如，没有说话。刘律师冲朱镜如摇了摇头，朱镜如目的就是要回晨晨，若再纠结房产，有可能就离不成了，于是说："我不主张房产，无其他共同财产！"

秦梦瑶还是没有说话。

贾法官问："原被告对离婚调解还有什么异议？"

秦梦瑶说："离婚可以，但我不能承担孩子的抚养费！"

"原告是否同意？"

朱镜如按刘律师之前的授意，略有迟疑地说："那不行！都是孩子的父母……"

"被告坚持不承担抚养费吗？"

秦梦瑶说："是的，只要不让我承担抚养费，我就同意离婚！"

刘律师见秦梦瑶说出了这种话，又冲朱镜如使眼色。朱镜如沉默片刻，说："同意！"

"那好！"贾法官说，"请原被告看看调解记录，有无不实之处。"

书记员把调解记录递过来，朱镜如简单看了一下又给了秦梦瑶。秦梦瑶却是反反复复地看了几遍，鼻尖上结满了汗珠。

都无异议。

贾法官见状，取出一份拟好的民事调解书进行宣读。

宣读完调解书后，贾法官问："两位还有不清楚的地方吗？如果没有，双方签字按印。"

朱镜如摇摇头，拿过调解书，签了字按了印。秦梦瑶也木然地签了字，按了印。

朱镜如看到刘律师松了一口气。

之后，贾法官要回了朱镜如和秦梦瑶的结婚证，当着两人的面把封皮撕下，将证芯归档。又把调解书给两人一人一份。完毕后，刘律师对朱镜如和秦梦瑶说："好了，你们二人现在已解除了婚姻关系！如果还有什么需要帮忙，尽管找我！乐意为你们效劳。"

秦梦瑶听了，有点儿意外地问："你是说，我和他这就算离婚了？"

刘律师说："这就是离婚了！"

秦梦瑶呆呆地问："怎么没有离婚证？"

贾法官用很平淡的口气说："调解离婚是没有离婚证的，因为民事调解书具备与离婚证相等的法律效力！"

秦梦瑶傻在那里，两眼现出迷茫。她实在没想到会是这样的结果，她以为离婚是个持久战，自己可以把握主动，想拖就拖。再说离婚怎么都要发个离婚证的，她怎么也想不到这法院就给了一张纸片，这竟然就算是离婚了。

其实这结果也让朱镜如没有想到：原想要拖个一年半年甚至更长时

间的离婚战，竟然迎刃而解。

两人各怀心事，不知怎么回到的家，一种沉闷的感觉。岳母张梅已做好了饭，四口人又是平静地坐在一起吃了饭。

只是秦梦瑶没吃多少就回了卧室。

平静得异常！

朱镜如也吃不下饭，跟着秦梦瑶来到卧室。见秦梦瑶已躺在床上，一双无神的眼睛噙着泪花。朱镜如心里也是分外难受，关了门，挨着秦梦瑶躺下，侧过身抱着她，说："小瑶，我知道你不想离婚，我也不想离婚！以前我有过无数次离婚的念头，最终都放弃了，这是因为我能感受到你还想和我过下去！可是你为什么遇事总是那么冲动？又怎么能把晨晨给我扔到单位？难道你没想到我工作上会有多被动？"

秦梦瑶抽泣着说："我把晨晨给你送去只是想为难为难你，让你知道我是多么不容易！"

"可你知道我有多痛苦吗？你总是想尽办法为难我，无休止地折腾我，以示你的存在，你从来没有想过怎么让我安心地工作。你想过你的行为有多伤我心吗？在家我只是你的私有财产，我不能见朋友，不能尽孝心，不能有亲戚。我在你的眼里，一无是处。我没了快乐，我和你沟通了多少次，你听进去过吗……"

秦梦瑶只是哭泣。

朱镜如继续说："我一直希望你能改！可是我失望了！这么多年，我生活中最大的困扰是来自你，是考虑着怎么应对你的发难。虽然如此，我还是不想离开你！我不愿离开你你知道吗？直到现在我也是这么想，只要我们能够过好，那一张离婚调解书算什么！我们可以再换成红色的结婚证！离婚只是让你明白我不再是你的附庸，不再只属于你一个人！我不只需要爱情，我还得有亲情！我不能成为不孝儿，让人唾骂！"

秦梦瑶终于控制不住，抱着朱镜如号啕大哭起来。朱镜如也控制不住自己，眼泪哗哗地流了下来。

这五年的婚姻却是这样一个结局。

哭了好久才平静下来。朱镜如给秦梦瑶擦了擦脸，两人坐起。秦梦瑶靠在朱镜如肩头，伤心地说："镜如，你知道吗？我看到法官撕扯我们的结婚证，就像在撕扯我的心一样，那么痛！那时候我脑子里一片空白，真想冲上去把它夺回来！五年了，我像宝贝一样保存着结婚证，生怕有一点儿磨损，却让那可恶的法官无情地撕烂了！"

朱镜如说："我知道小瑶，我知道你当时的想法。我看着你外表平静内心慌乱，心里特别心疼你，我都快忍不住停止那可恶的鬼把戏了！小瑶，你爱我，却不知道怎么爱，非要以恨的方式来表达。你那么细心地保存着我们的结婚证，却没认真地考虑过怎样维护我们的爱……"

秦梦瑶又抽泣起来："我没想到你真的要与我离婚！我一直以为你是吓我的！"

朱镜如说："傻小瑶！你把我折腾到什么地步了，竟没想到我会与你离婚，你无休止地折腾我，是因为我在无休止地纵容你。你以为我永远会像机器人一样继续纵容，我却以为你是在摧残我们的爱情，最终我们都判断错了。"

秦梦瑶说："你说回来去法院和我离婚，我还以为你是在吓我，我以为你只是回来吓住我，还让我去部队看女儿！"说完又大哭起来。

……

岳母张梅终于知道了真相，朱镜如看她眼里也噙着泪，但也没再劝什么，只是不停地叹息。这几年的离婚大战，岳母从来没说过朱镜如什么，只是一次次地求朱镜如不要和秦梦瑶一个样。

不管如何，婚已经离了，朱镜如也该离开这个家了。

两天后，处理完了杂事，朱镜如带着晨晨离开了城阳。

再见了，我经营数年的家！再见了，爱我的人，我爱的人！

火车没有座位，朱镜如抱着女儿坐在车厢接头处的地上。天气闷热，晨晨哭着喊热。朱镜如摸摸口袋，所有的积蓄和现金都留在城阳那个家里，口袋里只剩下了几元钱。于是给晨晨买了一瓶可乐，晨晨喝了几口，不再喊热，很快在自己怀里睡着了。

火车启动时，朱镜如接到秦梦瑶一个短信："祝你和女儿一路顺风！"

朱镜如心里一酸，眼泪立即流了出来。几年来没有哪一次的关心像这次一样让他震颤！

朱镜如回了信息："谢谢你，让我牵肠挂肚又恨之入骨的人儿！"擦了擦泪水，抬起头，朱镜如茫然地望着飞速离去的城市灯火，默默地说："从此刻起，我除了女儿，一无所有！"

第五十三章

朱镜如带着晨晨回到部队后，又把晨晨送到了幼儿园，好在教导队的生活节奏不是很快，朱镜如倒也能应付。

转眼到了年底，高炮团又面临着干部的调整。任队长已两年半的朱镜如也面临提升的问题。但这一年的形势特别严峻，部队持续裁减导致干部积压严重，到任职年限的多，腾出来的位置少。全团竟然只有四个干部转业，这是多年来不曾遇到的现象。

朱镜如分析一下自己的情况，怎么都觉得形势不乐观。指导员杨卫民说除非作训股长蒋新炎提上去了，再及时地找领导谈心，也许会有提升的机会。而此时司令部听说只有军务股长可能会空缺，但不是朱镜如的对口部门。军事口上要提升的除了朱镜如之外还有一连、二连、四连和导弹连的连长，以及几个参谋，难度之大非往年可比。

朱镜如想到自己在二十六军高炮旅是多么出类拔萃的人物，那么早就调了副连，便更加后悔陆院学习结束后没有去找自己的老部队，没有见自己的老首长，让自己陷入了进退维谷的境地。如果不是去济南陆军学院学习，朱镜如可能只用半年的副连长就能代连长，两三年后就是副营了。而这个高炮团，对外单位过来的干部还是比较排斥的：高炮旅的排长李建华和李剑亮也是在1998年10月分流到一九九师高炮团的，在这里任职了一年多的时间，李建华竟又被推到了一三八师高炮团，李剑亮的晋职也不太顺利。

朱镜如打算找找参谋长沈滋旺，至少，了解一下干部调整的情况，也是借机向领导直接汇报一下思想。于是在一个上午朱镜如去了参谋长家。

参谋长沈滋旺住在淄川，见朱镜如过去也很热情，知道来意后便很直接地说："你的情况，今年争取直接用起来，若确实没位置，就先到

298

作训股当参谋，过渡一下，6月份再调职！"

朱镜如很为参谋长的坦诚感动，说："没事的参谋长，无论能否提升我都很愿意跟着您干！"

随便聊了一会儿，想想参谋长都说到这份儿上了，朱镜如也不好再提什么要求，便离开了参谋长家。

事情的发展果然很不如意，全团转业的四个干部全是后勤及政工的，军事干部副营以上没有一个空位置。后来终于一营营长被安排去宣化炮兵学院进修去了，这个营长的位置空下来，被作训、军务、侦察三个股长争了个焦头烂额。一营的副营长韩晓光也掺和了进来。这三个股长中，作训股长蒋新炎干的工作是机关上下都公认的，作训股是司令部工作最繁忙的一个部门，特别是外出演习或驻训时作训的工作量更大，那时军务、侦察的参谋都闲得用打扑克来消磨时光。但蒋新炎的任职时间只有一年半，军务股长任职两年，侦察股长的任职时间最长，已达三年半，若再不提升也说不过去。全团人都在瞪着眼看着到底谁能当上这个营长。

正连以下也同样闹得沸沸扬扬，这时教导队正在组织连排军官进行"四会"教学集训，来参加集训的四连排长苗建锋非要请朱镜如出去小坐。朱镜如以集训期间不准喝酒拒绝了苗建锋，苗建锋却说："队长，我约你吃饭纯属个人感情，没有任何工作原因，队长大可不必过于小心。"苗建锋与朱镜如关系不错，朱镜如在四连挂副指导员时苗建锋是实习排长，那时他和连里的关系闹得很僵，朱镜如从中为他周旋了不少，他也是很感激朱镜如的。于是朱镜如没再坚持，叫上了教员张辉，去了金泽大酒店。酒过三巡后，干部调整问题又成了几人议论的话题。苗建锋一直问朱镜如："队长，该调整了吧？"

朱镜如说："今年的形势太严峻，往哪里调？实在没位置！"

苗建锋说："想办法找找领导，领导会给你想想办法的！"

朱镜如说："位置少的情况下，那是需要天时、地利、人和的。当然也要协调这样那样的关系，但这不是我的强项！我任职已两年半了，能不能提升，还是听团党委安排吧！"

苗建锋点了一支烟，很认真地说："队长，你千万别以为工作有成绩就是资本，虽然你连续两年获得军区级的表彰，虽然今年教导队全面达标，经受了集团军的检查验收，但，领导绝对不看这些！"

这苗建锋，是一九九师某团苗政委的侄子，据说靠其叔叔的提携，加上个人的努力，从战士保送上了军校。毕业后又分到高炮团，任排长一年多就调了副指导员。现在副指导员已满一年，大概又想着干指导员了。只是位置少，要竞争还是有一定难度的。

于是朱镜如转移话题问他："今年你有打算吗？调正职有把握吗？"

苗建锋一笑，说："这不也正在考虑嘛！想听听队长的建议。"

朱镜如心想，这个苗建锋还真是有想法，估计也做了不少工作了，就问："有你叔在那儿，给团里打个招呼，问问情况，应该没什么难度吧？"

苗建锋说："没那么容易，你也知道，今年我们团转业的干部太少，没空出什么位置来，他们才不会轻易答应呢！"

但苗建锋却显得胸有成竹，趁张辉出去上洗手间时，他转过身低声对朱镜如说："队长，你说我到底有没有希望？"

朱镜如说："事在人为，只要争取应该有希望吧！"

苗建锋莞尔一笑，自信地说："队长，我觉得今年应该有把握，谁提升不了我也能提升！"

朱镜如心里一激灵，问："为什么？"

苗建锋说："队长，这话我只对你一个人讲了，说实话我并没有把希望全寄托在我叔身上，那只能作为我比别人有利的一个条件。除此之外，高炮团八大常委我也跑了个遍！我付出多少，你想我提升不了谁还能提升？"

朱镜如听出了苗建锋的话外音，心想这苗建锋确实下了一定的决心，他四处活动加上他叔做的工作，还真是有可能的。

张辉回来后，几个人又聊了一会儿，碰了几杯酒，因还在集训期间，谁也没有喝多。

回到队里后，朱镜如遇到了副队长李广宏，问了问他的情况。任副职已两年多的李广宏极希望能调个正职干干。朱镜如说："连职以下会好些，你还要加把劲，位置有，看你争取不争取了！你看苗建锋任职才一年，就想干指导员呢！"

副队长听了不以为然，抖了抖手中的烟灰，冷笑着说："苗建锋能干指导员？就靠他叔能帮上多大的忙？就那两三个指导员位置，排十个也排不到他吧！团里怎么也要考虑影响吧！"

最后的结果当然出乎他的意料：几天后，首批提升的名单公示下来，苗建锋顺利地代了一营二连指导员。

副队长愤愤地说："这也太离谱了，苗建锋还一年一个台阶呢。一年多一点儿的排长就干了副连，副连才干一年就又干正连，这样下去，四五年后就是团长、政委了呢！"

旁边的教员胡欢操着湖南话说："这个你就不要抱怨了，你自问一下，你又找过多少领导去汇报？你都做了什么工作？"

副队长便不言语了。

营级干部的任免竞争激烈，最后果然是军务股长道高一丈，他力挫群雄，当上了一营营长。军务股长空缺由军务参谋出身的四连连长调上去接任。

军务股长满心欢喜地要去当营长了，无法提升的作训股长蒋新炎和侦察股长王润国却成了团里的大难题，团里也不得不慎重考虑这两个股长：侦察股长王润国，副营已任近四年了，工作作风也很扎实，不调实在说不过去。而作训股长蒋新炎却比他更有竞争力，任职时间虽然不到两年，却是司令部不可缺少的顶梁柱，参谋长都是拿他当副参谋长用的。

后来好在满腹牢骚的王润国通过各种途径调到了济南陆军学院，解决了正营，给团里缓解了压力。但作训股长蒋新炎仍是挂在那里。

看到高炮团的干部调整的形势这么紧张，朱镜如也心生疑惑，这几年大裁军的余波远远没有过去，大裁军后干部流动迟滞，积压的干部无处安置，即便在基层增加了诸如副指导员、副教导员等之前没有的编制，仍然解决不了干部多的问题，有预见者说，以后干部在一个岗位上任满四年以上将属正常现象。这种现象应该会成为一种常态：部队要精减要现代化，当然会淘汰一些旧的东西，当然需要有人做出牺牲。

回想从陆军学院回来这几年，自己的道路也是摇摆不定：受了秦梦瑶的影响，曾想转业回去。谁知天不遂人愿，遇到了踌躇满志的孙明启，加上自己的军营情结，最终改了主意，坚决地留了下来。之后与秦梦瑶的家庭战争又成了他的日常，使自己的军旅生涯并不那么称心如意，这晃晃荡荡的几年，不知会在自己的人生中占据多大的分量。

离婚后的秦梦瑶并未从朱镜如的情感世界里消失，毕竟是五年的感情了。五年的点点滴滴在朱镜如脑海里更加清晰起来。那些日子里并不是没有值得怀念的事情，秦梦瑶对他的好也让他难忘。有一段时间朱镜如常常在梦中突然惊醒，然后便有强烈的孤独感涌上心头，心里异常空虚。在一个午夜，朱镜如忍不住给秦梦瑶打了个电话，几句话后两人便对着电话痛哭流涕。秦梦瑶也说想他父女两个想得睡不着觉，睡着了也是天天晚上做噩梦，实在没办法了自己就喝些烈酒麻醉自己。朱镜如就劝她多和父母聊聊，多顺着父母的心情，别惹他们生气。

虽然两人都牵挂着对方，但要复婚还是让朱镜如恐惧，秦梦瑶给他带来的痛苦与恩爱一样让他刻骨铭心。秦梦瑶后来来过部队两次，不是说给晨晨送冬天的衣服，就是说纯粹地想晨晨了。当然，朱镜如看出来秦梦瑶对自己的思念。朱镜如就想知道她是不是很想复婚，但有一次问起秦梦瑶，秦梦瑶嘴里很盛气凌人地说："复婚？你知道我现在找对象的条件吗？三金一摩带房子，订金不少于十万！"

朱镜如听到了，又觉得秦梦瑶还是以前那个秦梦瑶，矛盾的统一体，这种性格不会改变的，自己不幸中的万幸，是在秦梦瑶没有反应之前与她办理了离婚手续，说什么也不能再陷进去。于是对秦梦瑶说："那你快点儿按你的标准找吧！我祝你幸福！"

朱镜如不想再拥有那些痛苦，宁愿失去那些恩爱。

这世界到处充满着矛盾。

第五十四章

进入8月，突然有消息说，一九九师要进行整编或裁减，淄川高炮团要撤销，这个小道消息很快传遍了全团。谁都不知道这个传闻的真实性，也无法预料裁减整编后个人会何去何从。如果真的裁减整编，一部分干部要提前转业，另外一部分干部要分流，将再一次面临抉择。

很快，一九九师的干部档案全部冻结，暂时封死了人员流动。按经验，这个举动正是裁减整编的前奏，一九九师似乎正朝着传闻的方向走去。大家议论纷纷，心里惶惶不安。

已是军务参谋的杨卫民倒是很乐观。俗话说"参谋不带长，放屁都不响"，杨卫民调任军务股参谋后，基本无所事事。由于爱人是博山区的，即便部队真的裁减，他也可以选择转业到当地，而不用天南地北的折腾。这天两人在团机关办事时遇到，相互寒暄了几句后，杨卫民就对朱镜如开玩笑说："镜如，我发现你都成了裁军专业户了，你到哪个部队哪个部队就裁，你是部队的一个魔咒吧！"

朱镜如说："怎么说？"

杨卫民掰着指头说："你看，你当兵期间去过信阳陆军学院集训，信阳陆军学院裁掉了；集训后你回到二十六集团军高炮旅，这个高炮旅解散了；后来分流到一九九师高炮团，现在高炮团又要裁掉了。这还不是裁军专业户？我看你还是快转业吧！要不你还会害人：你再分流到哪个部队，估计那个部队还得裁！"

朱镜如笑笑："你这戏说得倒也有点儿道理！"

朱镜如当兵这些年，国家加快了改革的步伐，部队编制也与国际接轨，逐渐朝着集成化迈进。师一级部队要整编成机步旅或摩步旅，这个旅级单位的兵种却是更多了，步兵、炮兵甚至航空兵都有可能在一个旅级作战单位内整合。所以大气候下，军队的整编裁军现象会越来越多。

但整编裁军的事总是让朱镜如遇到，还真是巧合。

杨卫民说得还不够，朱镜如曾就读过的济南陆军学院最后也是裁减掉了。但每每不巧中的不巧是，入伍这几年自己遇到的几次裁军，都是在即将提升的关键节点，分流到高炮团时，自己已是两年副连，面临调整，打乱了提升的节奏，耽误了不少进步的时间；现在任正连职教导队长已三年，早到了调整提升的当口，单位又可能整编掉了，朱镜如的提升就又被无限期延长，这让朱镜如不堪忍受：再优秀的干部也经不起多次裁军的折腾，换个单位挂两年换个单位挂两年，哪里还有进步的空间？

朱镜如不禁对自己的未来担心起来。自己从入伍开始，虽然十年的军旅生涯中也有诸多不顺，但毋庸置疑，自己仿佛就是为部队而生的，只要在部队这个集体，立刻就充满了热情。如果真的转业回到了地方，真不知道自己会干什么去。

想到这里，朱镜如突然想和蓝俊峰联系一下。朱镜如这几年由于工作漂泊，和蓝俊峰断了音信，不知道蓝俊峰有没有遇到裁减整编。几年前蓝俊峰还在郑州高炮学院上学时，朱镜如休假路过郑州，曾去学院见过他一次，他正面临毕业，有很多想法，比如个人问题，毕业后去向问题等。那时候蓝俊峰还是和高中同学关晓红保持着恋爱关系，关晓红的父母希望蓝俊峰能为关晓红买一套房子，这让蓝俊峰感到很为难，以当时的能力自己哪能买得起？朱镜如当时劝蓝俊峰说："人家当父母的养个女儿也不容易，这样想无非是希望女儿生活好些，你也不用指责人家父母，以后回去时多看晓红父母几次不就可以了？人心都是肉长的，看到你对她女儿好，那其他的就不算什么了，以后什么都会有的。"但从那一次见面后，朱镜如就不知道蓝俊峰的情况了。

一晃多年过去，这时候手机已陆续进入了平民的生活，联系就方便多了，朱镜如就想办法找到了蓝俊峰的手机号。联系到蓝俊峰后，才知道蓝俊峰1996年7月高炮学院大专毕业后，分配到了五十四军荥阳高炮旅任后勤部助理。朱镜如想这蓝俊峰倒是专业对口，如果他分在了基层连队，以他的军事素质估计也是麻烦事，分到机关当助理，倒是不用再摸爬滚打天天训练跑五公里越野了。

蓝俊峰接到朱镜如的电话很高兴，听朱镜如说所在部队屡次精减，现在又要裁减分流，前途又充满了悬念，也是唏嘘不已。朱镜如又问了蓝俊峰的个人情况，他果然是和关晓红结婚了，生活幸福，工作也很顺利。而且相对幸运的是，五十四军高炮旅躲开了裁军的历史巨轮，一直固若磐石地存在，蓝俊峰的军营之路还算平坦，早就顺顺利利地调了正连职助理，估计也要提升为副营职了。

其实，朱镜如一直觉得蓝俊峰在他的人生中都能够主动规划，干工作很有思路，清楚哪些是自己的特长，哪些是自己的不足，能够扬长补短，不像自己，经历了挫折，变得太佛系，把自己当成缥缈世界之一尘埃，随机漂浮了。

问了问孙茗山和乔无忌的情况，蓝俊峰就把二人的情况对朱镜如说了。让朱镜如没有想到的是，孙茗山竟然在退伍后圆了他的大学梦。

孙茗山从二十六军高炮旅退伍后，托人在县林业局找了个工作，工作很悠闲，整天无所事事。巧的是参加工作不到半年，县林业局有一个去省某个大专院校委培上学的指标，只是林业局家底薄，也不想承担几千元的委培费用，于是通知下去，谁想去郑州上学的话向林业局报名竞争，前提是个人承担委培费用，毕业后还要回到林业局，局办将根据报名情况研究上学人选。孙茗山觉得这对于自己的人生也许是个转折，于是东拼西凑找来了钱，报了名。幸好没有竞争者，别人都不想自己花钱，再说最后还是要回县林业局，还是那个工作。于是孙茗山顺利地上学了。

上学后的孙茗山知道这个机会来之不易，没有像其他学生一样只是混混日子，除了日常学习，也很注意和学校各级搞好关系。孙茗山自己也没想到还在学校遇到了让他心动的赵冬梅。这个赵冬梅是从某地级市的一个林业局委培过来的，舅舅是林业厅一个级别不低的官员。孙茗山觉得这个女人一定是自己需要的，于是展开了强烈的攻势，竟然很快把赵冬梅拿下了。因为都是成年人，二人很快确定了关系。又由于有赵冬梅舅舅那层关系，孙茗山毕业后竟能跟随赵冬梅回到洛阳市某林业局工作，脱离了经济发展落后的县城，这是孙茗山想不到的收获。

以后的发展似乎还可以，但也有曲折。洛阳市某林业局下属有一个农药厂，经济效益很差，要对外承包。孙茗山到洛阳工作后，感觉前途不合心意，于是在已成为他妻子的赵冬梅的支持下辞职，承包了这个农药厂。几年下来，在赵冬梅和她舅舅的帮衬下，销路不愁，农药厂效益竟然还不错，但是赚的钱大部分到不了手，都在林业局挂着账，林业局又把这些卖农药的钱都投在别处，哪里有钱给孙茗山。更让孙茗山生气的是，林业局看这个药厂起死回生了，于是又动了收回的念头。孙茗山想想自己赚的钱也要不回来，净干些无用之功，收回就收回吧，只要把欠的钱结清就行。无奈林业局拿不出这么多现金，就把郊区一块二百多亩荒地承包给孙茗山，以抵药款。孙茗山无法，也只得同意。看这块荒地实在没什么用处，孙茗山就在荒地上种上了树苗办了林权证。

随着城市建设的发展，孙茗山承包的荒地虽然偏远，不过眼看着要纳入城市规划范围。荒地周围已经陆陆续续有楼房矗立，荒地成了宝地。这一次林业局没有办法了，孙茗山手里有承包合同，办了林权证，林业局想收都收不回去。几拨有眼光的开发商来和孙茗山谈，要买下这块荒地，都被孙茗山挡了回去。那些年土地政策宽松，监管不严，再说有赵冬梅舅舅在后面斡旋，孙茗山和赵冬梅就动了自己盖楼的念头。于是，夫妻两个多方筹集资金，找人入股，在政府征用之前，自己在这片荒地临路盖了一批门面房。这个时间差恰到好处，不久，这片荒地被政府征用统一招标开发商。孙茗山获得了数目巨大的赔偿款，这也是他掘得的第一桶金。

而乔无忌也成为一个商业奇葩，在开封混得风生水起。乔无忌离开青岛后，就投靠了在开封的舅舅。先是在开封做着传销，经销一种叫"康福德"的摇摆机，赚了不少钱。后来乔无忌看出"康福德"是传销，怕政府打击，就又转向了和安利类似的一种直销，团队做得比较大，赚了不少钱。再后来转行开发楼盘，成为开封市一知名的房地产开发商。

看到一起入伍的战友们均事业有成，前途光明，朱镜如高兴之余不禁又彷徨起来，不知道自己的部队到底会不会整编，不知道自己的人生之路会通向何方。彷徨之余，就让蓝俊峰给出个主意。蓝俊峰说："镜如，不知道你的单位连续裁军，给你的事业带来这么大的困扰。真要觉得在部队发展空间不大的话，转业回到地方也是一个不错的选择。要知道，部队毕竟不是我们永远的家，终究要回到地方，你看回去的战友，除了孙茗山、乔无忌外，也有不少混得好的，就连汝州的延伟屹也当了当地政府的邮政局一把手了；还有一个战友朱俊岭在禹州开了个骨科医院，年收入也轻松就是几百万呢！是人才，到哪里都不会埋没的！我们军人，自有平常人没有的品质。"

朱镜如说："要我转业回到地方，内心真的不舍！"

让人意外的是，裁减整编的消息一直没有得到印证，反而是接到上级的命令，高炮团于当月赴青岛即墨的洼里地域进行渡海登岛演习。这个命令让包括团长李德宏在内的所有官兵摸不着门，弄不清部队是要整编还是要保留，有些以为部队要整编，早做好个人打算的军官，被这一纸军令打乱了节奏。

但军令如山，全团立即投入到渡海登岛演习的准备中去了。

朱镜如也给秦梦瑶打了电话，说了裁军的传闻及部队演习的事。秦梦瑶就用略微挖苦的口气问："你骗我说转业都说几年了，我耳朵都听腻了，也没见你转业回来。这次若裁军你是不是真的要转业了？"

"消息还不确切，一切等演习后才能知道。但是不管怎么样，我是革命一块砖，哪里需要哪里搬！作为一个军人，我会服从组织安排！"

秦梦瑶听了，语气变得尖锐起来，不耐烦地说："我就烦你姓朱的说这句话，对党对组织你每次都那么执着，你每次都那么热血沸腾。那你的老婆孩子需要你的时候你为什么从来不敢表个态？那几年你什么时候考虑过我和孩子？"

朱镜如无语。

见朱镜如不答话，秦梦瑶又换了缓和的口气问："如果组织确定你转业，你将会去哪里？"

朱镜如说："难道我还会有其他选择？按部队规定，我应该转业回河南。"

秦梦瑶叹了一口气，又问："你确定转业要回河南？"

"确定，我孤身一人，没有家，好在还有母亲牵挂我，只能回河南。难道还会回城阳不成？"

秦梦瑶半天无语。

朱镜如知道，如果自己说回城阳，秦梦瑶一定会接纳他。但秦梦瑶那么傲气，自己若不先说出回城阳的话，她秦梦瑶永远不会说出口，她把婚姻当战场，绝对不会屈服的。当然，他如果真的选择回河南，注定在今生与秦梦瑶彻底分道扬镳。

秦梦瑶沉默许久，鼻音加重了许多，呼吸急促起来，用略显伤心的语气问："如果你回河南了，我想晨晨了怎么办？"说着说着就在电话里抽泣起来。朱镜如心里难受，正要劝劝秦梦瑶，秦梦瑶却抽泣得越来越严重，接着又挂了电话。

见秦梦瑶这样，朱镜如也是呆立无语。

不一会儿秦梦瑶又打过来电话，情绪平静了好多，对朱镜如说："你这次又要去演习，晨晨在那里我不放心，孩子让我接回来先带着吧！我实在想她！演习后不管你去哪里我不会管，等你安顿好了，或者方便了，再来接孩子！以后，我见晨晨就不会太容易了！"

朱镜如也没再犹豫，说："你想接她过去就接过去吧！"

秦梦瑶说："那好！我明天就去淄博把孩子接过来。如果你在部队忙，我也可以让女儿在家门口的这个幼儿园上，你考虑考虑！"

朱镜如不置可否，说："你先接回去，上幼儿园的事随后再商量！"心里想着如果演习后安顿得好，还是想早点儿把晨晨接到自己身边来，晨晨是自己的心头肉，一天不见都难受。

秦梦瑶又说："那我明天上午就从城阳出发！应该上午十一点到车站，我就不出站直接买返程的票了。你把晨晨的衣服准备一下，一块儿送到车站来！"

朱镜如想起自己的一些书还在以前那个家里，就说："你来时能不能把原来我柜子里几本关于电脑的书和一些资料给我拿过来？"

秦梦瑶说："可以！我给你准备好。"两人也未再多说，挂了电话。

第二天上午，朱镜如准备好了晨晨常穿的衣服。还怕晨晨被秦梦瑶带走会不适应，就试着对晨晨说："晨晨，爸爸给你商量个事吧！"

"什么事？"晨晨瞪着大眼睛问。

"今天我们去见妈妈好吗？"

"妈妈？"晨晨听了立即提起了精神，"好啊！现在吗？"

朱镜如看了晨晨的反应，放下心来，说："就现在吧！"

"好！"

晨晨立即蹦蹦跳跳地跟着朱镜如往外走，路上还不停地问："妈妈在哪儿？妈妈在哪儿？"

朱镜如说："爸爸也没看到，一会儿到了车站你就看到了！"

毕竟是母女情深，晨晨与秦梦瑶也是几个月没见面了，提起妈妈还是那么高兴。

朱镜如带着晨晨到张博路打了辆车，直接到张店火车站。刚走进火车站候车大厅，晨晨就拉着朱镜如喊："爸爸你看，妈妈在那儿！"

朱镜如顺晨晨手指方向一看，果然是秦梦瑶站在候车厅旁的书亭边。晨晨眼这么尖，那么远就看到了妈妈。

晨晨挣开朱镜如，老远就大声喊着妈妈，举着双手开始往秦梦瑶那里跑。秦梦瑶嘴里答应着，蹲下身来伸开双臂迎着晨晨。晨晨一头扑进秦梦瑶的怀里，不住地亲吻，说："妈妈我想你了！妈妈我想你了！"

秦梦瑶的眼睛立即红了。

朱镜如心里更不是滋味。

看母女两个亲热了一会儿，朱镜如说："小瑶，这是晨晨的衣服，如果临时需要什么衣服，你就给她买两件！"把晨晨的衣服递过去后，又问，"给我拿的东西呢？"

秦梦瑶眼睛还是红红的，把晨晨放到地下，扭身从书亭边的木凳上取过一个包递给朱镜如，说："你要的书和资料全在这里面！"又拿出一个方便袋，"这是为你买的两件内衣，红色的，穿上它避邪！"顿了一下，又从包里取出一个精致的小礼品盒，说，"这里还有一个玉观音项链，我买了两个，你和晨晨一人一个，平时戴上它……"

朱镜如有些语塞："小瑶……"

秦梦瑶又从自己的包中取出几个药瓶递给朱镜如："还有你有胃病，你平时吃饭也不注意，这是给你买的药，也拿去吧！"

朱镜如望着秦梦瑶，默默无言。

秦梦瑶一直以她的方式对朱镜如关心着，但毋庸置疑，她是个婚姻失败者：她想牢牢地抓住朱镜如，却不料朱镜如离她越来越远。她的无端猜疑、反复无常让朱镜如不寒而栗。她以为有了婚姻做保障，朱镜如的一切都应该是她的，就可以对朱镜如恣意妄为，可以对朱镜如好，也可以对朱镜如坏，可以不顾朱镜如的任何感受。

相望了片刻，秦梦瑶问："那你今年春节又怎么过？"

此时离春节还有数月，朱镜如见秦梦瑶这样不着边际地问自己，知她心里希望自己回头。但想到曾经痛苦的日子，朱镜如就装着不明白秦梦瑶的话，苦笑着说："这不还早？你把晨晨接去了，我一个人不更好过？你就不要担心了！"

秦梦瑶嘴巴动了动，想说什么，但没说出来，低头看着晨晨，说："宝贝儿我们回去吧！和爸爸再见！"

晨晨立即一副慌乱的样子，抱着朱镜如的腿说："爸爸我们一起回去吧！你看外面热！"

朱镜如鼻子一酸："晨晨你和妈妈回去吧！爸爸还有事，过几天去接你！"

说完，拉开晨晨的手，提起东西扭头就走。

朱镜如知道自己不够坚强，一想到夹在狭缝里的晨晨就心痛！

第五十五章

高炮团渡海登岛作战的演习准备紧锣密鼓地进行着，团长李德宏在召开了动员会的基础上，又多次召集营连主管，强调了这次演习的重要意义，并要求全体官兵放下包袱轻装上阵，不要考虑部队是否裁减整编的问题，要以高标准的精神风貌、高质量的演习成果来完成这次演习，为一九九师交上一份完美的答卷。这次的演习行动，并没有让陷入裁减旋涡的官兵们感到反感，相反，所有人犹如注了兴奋剂一般，又对一九九师高炮团产生了希望。因为有小道消息，在对部队裁减整编的过程中，上级对一九九师及下属高炮团的去留问题上一直争议不断，一九九师作为一支有着光荣历史的红色队伍，关系着几代人连绵不断的革命情感。一些老干部老首长，无不跑前跑后，力争保住这支革命队伍的番号。而这次演习，据说会成为是否裁减一九九师及高炮团的一个重要砝码。

不几日，高炮团物资装备的准备已到位，全团人员整装待发，士气高昂。根据演习计划，高炮团配属步兵B师担任这次渡海登岛演习的蓝军，负责防御红军抢滩登陆时对空目标的拦截及蓝方部队的空中安全。

在预定的时间内，高炮团全团人马摩托化行军，准时行进到预定防守地域：青岛市即墨市洼里镇的一处滩涂地域。到达防守区域后，高炮团迅速占领阵地，在提前勘察好的海岸位置下架了火炮，修筑了炮位并做好了演习前的各项准备。

临时搭建的团作战指挥所里，伪装网并未完全遮挡住八月的骄阳。团长李德宏在指挥所召开的营连军事主官会上介绍了当前的敌我态势。根据军委的指示精神，全军各兵种应立足现有武器装备，打赢高科技条件下的局部战争。为检验提升各军兵种联合作战的能力，我战区组织实施实战化演习。第一阶段，所有参演部队不论红、蓝军都要进行为期半

311

个月的海训，以团为单位组织武装泅渡、冲锋舟兵力运送，及轻武器海上目标实弹射击等训练，解决旱鸭子不能下水和水上战斗力不强的问题；第二阶段，演习部队分为红蓝军进行渡海登陆作战演习，我高炮团则作为蓝军配属 B 师遂行防御任务，保证空中安全。

作训股很快就下发了海训的训练计划，全团即刻投入到了紧张又刺激的海训中去。

沙滩上，高炮团一营二连的官兵正在进行武装泅渡训练。展开训练的当天下午，二连连长高成宏对全连战士的游泳情况摸了底，结果让高成宏哭笑不得：一个连百十号人，竟有四分之一入伍前就是旱鸭子，根本不会游泳。这些战士只能从零开始，进行游泳训练。

加强到作训股的朱镜如随团长李德宏、作训股长蒋新炎巡察到二连时，远远看到二连部分战士正在排长李峰的组织下做着下水前的热身运动。排长李峰又特意找了铁锹，在沙滩上把沙堆成一个扣在地上的行军锅状的沙堆，一部分战士趴在这个沙堆上四肢划动，机械地做着游泳动作，很是滑稽。

李德宏问蒋新炎："这些都是不会游泳的战士？"

蒋新炎快步走近正在训练着的二连，叫了李峰。李峰只顾着训练，见团长等人过来，马上立正，准备停止训练并整队向团长报告。团长摆摆手说："不用报告了！说说你们连的训练情况！"李峰回答道："好的团长，我们连长带领全连会游泳的战士顶着潮汐训练泅渡去了。但还有三十名战士从未游过泳，无法跟随全连进行泅渡训练！连长安排由我在沙滩上进行游泳基础训练！"

团长听了，眉头紧皱，对李峰说："一个连竟然有这么多旱鸭子？你们这样训练效果怎么样？战士们能否短时间内掌握游泳的动作要领，形成战斗力？"

李峰回答说："报告团长，我们营不会游泳的战士较多，为了尽快形成战斗力，我营营长已通过各种渠道向当地驻军提出求助，明天会从地方请来几个思想素质高的游泳教练，协助我们进行训练！此事已向团政治部和司令部备案！"

作训股蒋新炎说："团长，李峰排长入伍前就是游泳健将，一营准备让他组织几个地方游泳教练统一对全营的旱鸭子进行训练。这个申请已经送到政委和参谋长那里了，估计政委、参谋长很快会与你沟通。"

李德宏听了，皱着眉头想了一会儿说："这一营也会想办法。我觉得在演习之前，倒是可以这么做，但要坚持两个原则：一是请的教练要清一色男性。二是在演习一周前，不得再有地方人员进入演习区域！"

蒋新炎说："是！"

在作训股的靠前指导下，高炮团的武装泅渡训练搞得有声有色。进行武装泅渡的战士基本具备了泅渡时的协同及要领。一周后，不会游泳的战士中，也有半数脱离了旱鸭子的行列。剩余仍不会游泳的战士，全团集合到一起，由朱镜如和一营二连排长李峰两人统一组织，继续在海滩近处进行最基础的游泳训练。在海训阶段，全团官兵熟悉水性，初期训练都只穿着军用大裤衩，不用全副武装。只是，不到一周的时间，战士的背部、脖子处就晒掉了一层皮，火辣辣地疼。

很快，第一阶段的海训就结束了，上级对各部队武装泅渡工作进行了考核。令人意外的是，在参演的四个师级单位中考核武装泅渡时，由二连排长李峰带领的武装泅渡突击队夺得了第一名的成绩，全团的通过率也在参演的团级单位中遥遥领先，让团长李德宏扬眉吐气。

总结讲评后，部队很快就要进行红蓝对抗的演习阶段。

洼里镇东海岸的沙滩外，是一片开阔的水域。往东部望去，一个小岛若隐若现。小岛叫田横岛，面积只有 1.46 平方公里，岛不大却很知名。据史书记载，在秦汉末年，群雄并起，刘邦手下大将韩信带兵攻打齐国，齐王田广被杀，原贵族田横起事自立为齐王，率领部属五百人战斗失利后逃亡海岛。后高祖召田横投降，田横死而不降，于赴洛阳途中挥刀自杀。岛上五百壮士听此噩耗，也集体自刎。后人为纪念田横及五百壮士的忠烈，遂命名此岛为田横岛。

晚十九时，设在洼里镇的军区演习指挥部内灯火通明，全体参加演习的军政主管正在召开演习准备会。总指挥长侯向武站在演习地域地形图前，向参会人员宣布演习背景："同志们，根据上级指示，我们战区在洼里地域进行红蓝双方渡海登岛的实战演习。现在我把红蓝双方的战斗态势向大家做以通报！"

作为这次演习的总指挥长，军区参谋长侯向武深感责任重大，这次演习是在军队体制改革的关头。演习前，甚至有同志认为没有必要在这个时候演习，部队都可能不存在了，演习有什么用？但首长们意见一致：裁减整编的确迫在眉睫，但战争却随时可能发生，总不能因为裁军就不打仗了吧！

侯向武拿着激光笔，一束红光指向地形图右侧："同志们，顺我指示方向看，这次演习，红军 A 师的攻击出发阵地，位于田横岛前出位置，具体兵力部属和配置可作为红军内部机密而由红军自行调整。红军的主要作战目标是：在航空兵、舰艇部队的协同下对洼里地域实施渡海登岛作战，夺取滩头阵地，并在友邻部队的支援下向纵深渗透！"

侯向武的激光笔往左一滑，又说："在地形图左侧，是一片滩涂地域，叫石龙滩，此地域是红军最适合抢滩登陆的突破口，登陆成功后利于后续部队支援，同时可向纵深发展。但蓝军在纵深处洼里地域驻扎两个陆军师的兵力实施防守。蓝军 B 师的作战任务：阻止红军 A 师的渡海登岛作战，将红军消灭在石龙滩等前海一线。若红军抢滩成功，则应集中兵力将红军前出攻击部队消灭在滩涂地域！"

说完，侯向武又面向参会人员，说："此次演习在常规作战的基础上实施，红蓝双方在导调员显示的战场态势下实施攻防演习。军区一级的演习目的是：通过演习，提高各兵种的联合作战指挥能力，为渡海、登陆作战积累作战资料，为未来可能发生的渡海登岛作战提供数据支持。希望红蓝双方听从导调员的指挥，安全、高标准地完成这次演习。大家对我的讲解，还有没有疑问？"

A 师一团团长张卫国提问："报告指挥长，在演习中是否全部按照导调员的指示实施演习？如果出现临时战机，是否可以随机而动？"

侯向武说："演习计划与总体态势设置由导调员组织，具体的战机，双方可以灵活把握，但要及时向导调员报告，并须经过导调员的批准！"

"明白了！"

又有几个主官询问了部分事项后，侯向武又说："时间关系，对大家的问题不再在会上解答。如果大家还有疑问，可以在演习开始之前随时询问导调组。攻防任务初步设定为十天，三小时后，也就是 8 月 12 日零时起算，从这一刻起十天内，红军可随时发起攻击，并自行选择攻击突破点。会后，各部队回到各自位置，进行战前准备和作战实施。"

演习指挥部的准备会结束后，B 师师长牟得升连夜召开了蓝军的紧急动员会，通报了主要防御方向和作战任务后，各部队严阵以待，派出了前出观察哨，启动了雷达，不间断地实施侦察，全师进入临战状态。

红军 A 师指挥员程定国，高高的个子，工作起来雷厉风行，被人戏称为程铁人。程定国根本不愿给 B 师喘息的机会，他认为，这次演习行动早超出了演习的范畴，在这次军队裁减整编的当口，如果演习表现不好，则 A 师很可能被裁减。所以，全师上下众志成城，同仇敌忾，在充分研究战法的基础上，争取迅速突破 B 师的防线，赢得首长的首肯。实际上，在第一阶段十几天的海训中，A 师的重点根本就没有放在武装泅渡上，A 师的驻地本就在沿海，战士们早就因地制宜地开展了海训，基本消灭了旱鸭子，部队集结后他们每一刻都在研究如何渡海登岛。所以，演习开始的第一时间，A 师的司令部就制订出了攻击方案，并很快布置到各基层单位。

渡海登陆作战拉开了序幕。

12 日凌晨三时，在田横岛上的红军某团攻击出发阵地，红军 B 师的九团三营八连连长司宏宇正在全连官兵面前做战前动员。司宏宇指着远处若隐若现的海岸对全连官兵说："同志们，大家顺我手指方向看去，正前方约三千米处的海岸线，正是我们要登陆的地方。现在的情况是：我军舰艇部队已在空军航空兵的掩护及电子干扰下，成功将我团先遣队秘密运送到距滩涂约三千米处的浅海处。为了不暴露我方的攻击意图，达成出其不意的攻击效果。上级命令我先遣队乘敌立足未稳之际，即刻武装泅渡到前方岛屿滩涂处，配合友邻部队在石龙滩方向进行抢滩登陆。同志们，考验我们的时刻到了，为了达到作战目的，我命令！"

看到全连官兵紧张而又亢奋，司宏宇继续说："全连以班为单位，利用冲锋舟向滩涂前进。前进中保持无线电静默，不得启动冲锋舟马达，注意观察敌情，以人力划动冲锋舟隐蔽，快速地抵达滩涂地域。前进时要注意：当接近敌方火力范围后，全体人员离开冲锋舟，利用冲锋舟做掩护，悄悄靠近。若中途被敌军发现，即刻发动冲锋舟，在我军空军的掩护下强行快速接近滩涂地域，无法使用冲锋舟时，放弃冲锋舟，强行抢滩登陆，争取完成登陆任务！大家有没有信心？"

"有！"声音低沉而有力。

"出发！"

各班排迅速将自己的冲锋舟推入海水中，人员上舟，战士们划动船桨，在黑暗中向远处的海岸线划去。

导调员接到红军上报于凌晨三时发动攻击的报告后，立刻向总指挥长侯向武汇报了红军的动向。侯向武吃了一惊，心里骂道："他娘的这个程定国，我这老骨头休息的时间都没有，这昨晚二十一时才刚开完演习准备会，估计 B 师的官兵还在睡梦中，你们红军可就发起了攻击！"但心中不免又对程定国的雷厉风行感到欣慰：从发布作战命令，到部队完成集结、动员，通常没个两三天是完成不了的，他程定国短短几个小时就实施了战前动员、准备物资、发起攻击，没有一个铁的纪律、顽强的作风，根本就无法做到。

第五十六章

　　却说高炮团二连排长李峰，入伍前喜爱游泳，且游泳功夫了得。在第一阶段的海训中，刚刚带领突击队员在演习指挥部组织的武装泅渡考核中拿了第一，成绩斐然，不免心中骄傲。这天晚上，李峰与连队两个老兵在一起说起武装泅渡的事，互不服气。两个老兵说："你虽然带领突击队取得了好成绩，但不代表你个人武装泅渡就比我们强。"李峰年轻气盛，对两个老兵说："我们话多无益，要不我们比试比试，看看谁游得远游得快！"两个老兵听了拍手赞许。于是三人趁连队二十一时就寝后，携带个人武器装备潜入海水中，一起向海中游去。而这一刻演习指挥部的演习预备会刚刚结束，三人并不知道零时起演习就要正式开始。很快一老兵体力不支退出了较量，李峰让他自行回连，剩下二人又较着劲儿向远处游去。李峰和老兵都想在耐力上赢过对方，所以也不急于甩掉对方，只当是消夏的一个夜间活动而已。谁承想游泳的耐力二人不相上下，竟无人感觉到疲惫，愈游愈勇，二人也不知游了多远，后来还是李峰技高一筹，领先老兵二十多米，但不知不觉中已偏离了方向。恍惚中，二人看到前方有一陆地，不知道是哪里。李峰便笑道："我看我们一时也分不出明显的输赢，不知前方是哪里，我们不妨上岸休息片刻，然后折返回去，谁先到达出发地谁才是胜者。"老兵听了也点头称是，于是二人就往岸边游去。快游到岸边时，远远听到一个指挥员正在队列面前讲话，二人也没在意，以为是友邻部队哪个连队搞泅渡夜巡，就继续往岸边游去。刚接近队伍，就见这一干人马把冲锋舟推入海水，战士上了冲锋舟，准备出发。二人走近随口问冲锋舟上的战士："这么晚还要训练？"冲锋舟上一个正在组织上舟的干部模样的黑影说："我们是突击队，你们是哪个连的？"二人还未在意，李峰答道："我们是一营二连的！也在乘着夜间加班训练！"

对方说:"原来是一营二连的,你们一营二连太舒服了吧!这次你们担任团属预备队,没有攻击任务,在岸上睡睡觉就算是参加演习了!我是三排长,不妨你们同我连一起对蓝军发起攻击,感受一下渡海登陆的刺激!"李峰听了,大吃一惊,这才明白自己是闯入红军地域了,面前的竟是己方演习的对手红军先遣队。老兵也是惊得说不出话来。李峰心想,幸亏是夜间光线差,要不自己的神情非要露馅不可。心里就弄不明白这夜间泅渡方向感为什么这么差,还好是误打误撞上了田横岛,若再偏一些方向游向深海说不定连小命都没有了。

原来,这支部队正是红军 B 师突击队司宏宇的突击先遣队。

这时红军先遣队就要出发,那三排长又问:"反正你们也是在渡海训练,干脆你们同我们一起去算了,去的话我排免费载你们!"李峰和老兵一嘀咕,抬起头说:"好嘞,我们两个就算加强你们了!"毕竟保命要紧,乘坐这冲锋舟渡海反而是省了体力,也不用担心再游错方向葬身大海,可以随红军的冲锋舟安全地回到陆地,于是上了冲锋舟,又趁乱扔了胳膊上的蓝军袖标。

二人上了冲锋舟,与舟上排长攀谈,方知红军已发布了作战命令,在第一时间对蓝军发起了攻击。李峰心里暗暗叫苦。好在参演部队服装都是相同的,红军八连战士怎么也想不到二人会是蓝军的人。二十几个冲锋舟在连长司宏宇的指挥下,分散前进。由于冲锋舟初期是靠人力划动,前进速度慢,一个小时后,终于抵近岸边。司宏宇命令全连战士跳下冲锋舟,以冲锋舟做掩体推舟前进。红军八连战士按命令呈战斗队形散开向岸边游去。李峰心中焦急,担心蓝军不知晓红军的战斗行动,如果偷袭成功,蓝军不就被抢滩登陆成功了?突然心生一计,就趁天黑,对老兵如此这般面授机宜。这老兵也是机灵,拿出冲锋枪,游到一边,把全身没入水面,冲着天空就打了一梭子空包弹。八连干部战士听到枪声均大吃一惊,不知出现了什么情况。李峰乘乱喊了声:"谁的枪走火了!"那老兵水性好,枪响后就不见了人,在水底又潜回李峰旁边,一同看笑话。

却说岸上的蓝军 B 师前指在接到军演命令后,也丝毫不敢懈怠,不间断地对海面进行搜索,但没有料到红军会这么迅速就强攻滩涂。加上冲锋舟未发动马达,蓝军雷达根本无法提前搜索到。但前哨还是很有警觉性的,当红军八连弃舟泅渡时,前哨通过红外线望远镜隐隐约约看到一片模糊的影子，但是距离太远，加上红军在海水中浸泡时间过长，身体发冷，人又在海水中，所以观测太不明显，观察人员也不好确定敌情。突然间，海面近处传来了冲锋枪射击声，前哨知道有了敌情，指挥所瞬间就炸了窝。警戒部队迅速上报了敌情，并拉响了警报。刹那间，数十个探照灯射向海面，海岸值班连队的冲锋枪也吐着火舌，空包弹"突突突"地射向了红军。

红八连连长司宏宇没料到即将登岸之际，出现了战士枪支走火事件，使突击行动暴露，这让司宏宇震怒非常。突击队本来担负着侦察任务，如果上岸顺利，就会用电台呼唤红军第一梯队依靠冲锋舟、飞机空投等方式迅速抵达岸边投入战斗，但枪支的走火使一切成了泡影。司宏宇不禁骂道："这是哪个狗娘养的走的火？"但是在黑暗中也来不及查看，只得仓促应战，但哪里是岸上蓝军的对手。蓝军的探照灯能照几百米远，红军八连的战士眼睛被刺得什么也看不清，而他们自己却成了最好的靶子。司宏宇开通电台，迅速呼叫后援部队。红军前指没想到自己的行动这么快就被识破，想启动空投方案，又担心天黑不利于飞机机动，方案不会被演习指挥部的导调组认可。于是下令红军突击队迅速乘冲锋舟后撤。

蓝军 B 师则在指挥发动反击的同时，向演习指挥部报告："我方在凌晨四时发现红军突击队进入我防御地域，我军已调整兵力火力，将红军突击队压制在滩涂内，红军伤亡惨重，请求指挥部，判定红军此次渡海登陆行动失败！"

演习指挥部回复："目前你方只是控制了红军的突击队，红军是否有大部队支援还待观察战场态势，此时判定胜负为时过早。"

很快，蓝军三团也出动了冲锋舟，冲向浅海处的红军。司宏宇命令全体队员返回冲锋舟，开动马达，快速撤回田横岛。但仍有部队人员被蓝军截停，成了蓝军的"俘虏"。

朱镜如所在的高炮团也迅速做好了战斗准备，但一直到结束，都没有发现对方有空情出现。后来按蓝军指挥部的要求，利用三七高炮平射精度高的特点，向浅海处使用枪代炮发射空包弹进行压制射击，被演习指挥部裁定击毁红军三艘冲锋舟的战果。

红军八连仓促撤离后，演习指挥部传来裁定："红军'8·12'突击行动失败，蓝军获得了主动！希望红蓝双方对此次突击行动进行总结，不要计较输赢。"

消息传来，蓝军上下一片欢腾。

但是，高炮团却在清点人员时发现少了两个同志，这一消息让团长李德宏吃了一惊。

二连连长高成宏在发现排长李峰不在位时，也未在意，因为他知道排长李峰是个军事素质好、政治觉悟高的优秀排长，同时也是一个游泳健将。但是直到战斗结束，仍不见二人回来，高成宏这才有点儿紧张，慌忙和指导员一起询问二排战士。有战士说，二排长和一个老兵在连队就寝后练习武装泅渡去了。高成宏听了，头一下子就蒙了，他知道在海里夜间武装泅渡，最大的问题是方向。在大海里夜间游泳周围没有参照物，就像轮船没有了航标，如果又是阴天没有星辰，独自泅渡的危险性是很大的。

高成宏看看时间，已是凌晨五时，东方已泛起了一丝亮光。这李峰若再不回来，则凶多吉少。虽然在演习中允许有一定的伤亡比例，但真出现了伤亡事故，演习成果再好，也是有污点的，而且，还要根据事情经过，处理失职人员。想到这里，高成宏越发紧张起来。二排的几个老兵，早就自发地到浅滩处寻找，但一无所获，二连笼罩在沉重的气氛中。

上午八时，高成宏看看李峰断无回来的可能，不得已，忐忑不安地向团司令部汇报了人员失踪的情况。

团长李德宏听到排长李峰和战士失踪的消息后，也是惊得眉头紧锁，急令作训部门即刻拿出搜救方案，活要见人，死要见尸。作训股立刻做出安排，要求各营在不影响火炮射击的前提下，组织弹药手和雷达、指挥仪等多余人员，及后勤人员组成了搜救组，在海岸附近进行拉网式搜救。同时出动数艘冲锋舟，由朱镜如带领潜水素质好的战士，在较远的海域巡查。这样忙了半日，也未见收获，团长李德宏的脸色越来越难看。

却说排长李峰，跟随红军八连突击队抢滩登陆，在千钧一发之际，命令老兵对空射出一梭子空包弹，暴露了红军的攻击意图，使红军功亏一篑，又让红军八连陷入了蓝军的射击范围，为蓝军立了一大功。他想乘乱被自己蓝方俘虏，或乘人不备潜回蓝军阵地，便故意落到红军八连

320

撤离的战士后面，不料被红军八连的三排长看见，慌乱中和老兵又被这位排长拉上了冲锋舟。排长发动马达，几分钟便撤回了红军的出发阵地——田横岛的前出位置。这时天已大亮，红军排长看李峰没有佩戴红军的袖标，以为是被水冲落，又找了两副红军袖标交给李峰，说："今天你们辛苦了，初战失利，估计连长要写出战斗纪要，说不定还要受通报。你们也赶快回你们单位吧！"

李峰哭笑不得，只得离开了红八连。两人无目的地走在田横岛上，老兵就问李峰："排长，我们怎么办？"李峰也无甚主意，只好对老兵说："我们见机行事吧！"二人在岛上刻意避开红军驻地，寻找方便下海泅渡的位置。不多久又转到田横岛中部，看到有红军部队正在训练，为防暴露，二人就从一旁的树丛中隐蔽通过。绕到田横岛南侧，在一开阔地突然看到停着数架无人机，李峰明白这些无人机正是红军实施攻击时提供空中支援及空情显示的利器。二人见无人机发射场只有两三名战士，隐隐约约听到一战士说："赶快进行发射前的检查，凌晨三时的行动我大队因为天气原因未能出动，刚接到通知，我们无人机大队要在下午三时前做好发射准备。"李峰听了，心想这红军午后还要卷土重来，本想上去利用红军的袖标一探究竟，但又担心再出事端，想赶快归队，把听到的军情报告给上级才是。就绕过了无人机发射场，到了岛屿南岸。却见南岸临海处全是悬崖，易守难攻。心想怪不得南部不设驻军，从此处上岛实在悬乎。

二人终于找到一处相对容易下岛的陡崖，小心爬下，好不容易才下到水中。

此时已快正午，天气晴好，空气透明度高，大陆依稀可见。李峰判断二人用两个小时，即可泅渡回蓝军阵地，于是和老兵一起下水向对岸游去。

第五十七章

却说朱镜如接到司令部安排，带领几艘冲锋舟在近海处搜救李峰二人。搜救了数小时，未见进展。朱镜如就让另几艘冲锋舟在北侧水域搜救，自己和一个战士乘冲锋舟再往深海处巡查。眼看离田横岛越来越近，再往前去就进入了红军的防区，有被俘的风险，就不得不停下冲锋舟，熄灭了发动机随波漂游。朱镜如四处张望，突然发现远处有两个黑点，定睛一看，是两个人在海面上奋力前进。心中一激灵，难道离田横岛太近，遇到了对方武装训练的官兵了？再仔细观察，未发现有更多的黑点，心想无非是二对二，我们又有冲锋舟，还怕他们不成？于是发动冲锋舟向两个黑点驶去。到了近前一看，惊得张大了嘴，原来两人正是李峰和那一老兵。朱镜如长出了一口气，慌忙把两人拉上舟，就和李峰紧紧地抱在一起。虽然只打过几次交道，朱镜如已经喜欢上了这个排长，从昨晚到现在十四个小时，所有人都以为李峰已经命丧大海，甚至尸骨难存，谁知两人却奇迹生还，不能不让人激动。

李峰把自己的经历向朱镜如简单做了汇报，朱镜如一阵后怕，说："太惊险了，你等着回去后团长剋你吧！你虽然有立功表现，但你自以为是，个人英雄主义严重，这是要不得的。要知道功劳归功劳，但你私自下海，让全团人为你担心，也够你吃不了兜着走的！"

李峰却不在意，说："朱队，知道我探到了什么消息吗？"

朱镜如问："什么消息？"

李峰神秘地说："我在岛上经过了红军的无人机发射阵地，得知一个重要情报，红军要在十五时左右再次对我阵地抢滩登陆，而且是多兵种协同！"

朱镜如问："这消息确切？"

"绝对确切，我们并未暴露目标！我们要赶快回去，向蓝军指挥部报告这个线索。"

朱镜如听了，心想这可是个重要的情报，这红军指挥员程定国果真与众不同，突击队遭遇失败，他不是整顿总结，而是第一时间组织下一次的登陆行动，让人摸不着门。这个情报重要，必须马上汇报。

驾驶冲锋舟的战士已掉转方向，发动了马达，冲锋舟向蓝军海岸冲去。朱镜如突然想到了什么，看了看手表，大声说："停！"

李峰忙问："怎么了朱队？"

朱镜如扭头看着田横岛，说："李排长，你说无人机发射阵地就在海岛南岸？"

"是的，田横岛地势南高北低，红军大部驻扎在岛的北部浅滩附近，便于设置攻击出发阵地，实施渡海登陆行动。而无人机阵地设置在岛屿南侧，地势较高，海岸线陡峭，利于无人机的发射，但相对远离红军驻地，阵地驻守人员也不多！"

朱镜如心里有了数，又想起自己在济南陆军学院演习时，自己所在的干部队冒充演习导调员，活捉了对方指挥所成员，这次，有了李峰之前的经历，似乎还可以深入腹地，即使不能活捉，也要把无人机阵地搅个天翻地覆。于是咬了咬牙，对李峰说："我们掉转船头，利用你们两个佩戴的红军袖标，把他们的无人机发射阵地给端了！"

李峰听了，马上明白过来，兴奋地说："太好了朱队，时间来得及吗？"

朱镜如说："来得及，这才刚刚十二时，我们从现在开始到回到我方阵地，有三个小时的时间，时间足够了！"朱镜如清楚，即使是在红军从田横岛发起冲击时蓝军获取情报，对蓝军来说也足够了。

李峰又看看冲锋舟上的人员，说："就我们四个人……"

朱镜如却说："这事只能智取，四个人都多了！一会儿我们三个人上岸，留一个人守在冲锋舟上接应，若两个小时不见我们三人回来，则自行离岛，脱离田横岛的视线后快速回到蓝军阵地，向我蓝军通报红军进攻的情报。"

李峰笑着问："朱队，我也要批评你这个队长了，你这是典型的个人英雄主义，这可是要不得的！我回去一定要向团首长举报你，你不怕回去会受到团长批评？你可要三思啊！"

朱镜如笑道："是不是你李峰害怕了？要不，你先泅渡回去？"

323

李峰笑着，又立刻挺直了腰板，说："还有我李峰怕的！"

二人哈哈大笑。

冲锋舟掉转了航向，缓缓地向田横岛南岸驶去，不多时冲锋舟就接近了田横岛南岸。朱镜如命令冲锋舟放慢速度，寻找合适的依靠点。很快，李峰就找到了原先二人离开岛屿的入水处。朱镜如命令冲锋舟操作员隐蔽在一旁悬崖凹处待命，又带领二人向岛上攀爬。三人披荆斩棘，穿过一大片灌木丛，终于来到了红军的无人机发射阵地。

三人躲在树丛中观察，只见阵地上并排停放着四辆无人机发射车，发射车上的发射架均呈战斗状态，无人机在发射架上直指苍穹。朱镜如知道这是最新装备的无人机，性能优越，续航能力强，既可对敌展开侦察，也可携带多种炸弹或制导武器独自遂行战斗任务。旁边还有几架 II 型航模，应该就是前几年朱镜如的高炮旅在潍北实弹射击时的航模。只是 II 型航模和无人机比起来，就是小巫见大巫了，估计是作为预备使用。朱镜如想，这些装备如何让它丧失作用，是当前的关键，总不能真用炸药把它炸了。

正想着，就见一旁的指挥车上下来几人，其中一个干部模样的对三个战士说："你们三人继续对发射架和无人机进行保养检查，确保发射前状态完好，我和副大队长一起到指挥所开会。"三个战士回答道："是，刘大队长！"说完，两个军官模样的人从发射阵地北侧离开。

朱镜如看了，和李峰对视了一下，说："天赐良机，我们有办法了！"李峰说："怎么行动？"

朱镜如指着红袖标说："一会儿我们三个绕到北侧入口，一个在外围观察，我们两个戴着红袖标进去，想法进入他们的指挥车，进入电脑指挥系统，让电脑无法使用，无人机不就成烂铁一堆了？"

李峰听了，说："这倒是个好主意，一会儿我们伺机而动！"

三人从树丛中绕到阵地北侧出口，朱镜如和李峰戴着红袖标向无人机发射阵地走去。几个红军的战士哪里会想到蓝军会有人渗入到岛上，看到一个上尉一个少尉到发射场，就向朱镜如敬了一个礼，问："二位领导是？"

朱镜如回了礼，说："我是红军 A 师演习指挥部的朱参谋，这是李参谋。行动即将开始，你们大队的无人机是这次行动的重要组成部分，首长们不放心，特地安排我们来检查你们战前准备工作做得怎么样了！"

这无人机大队本是外单位配属给红军 A 师的，与 A 师官兵倒不甚熟悉。战士见是上级来检查战前准备的，以为是行动前要进行的例行协调，忙介绍道："请领导放心，我们绝对配合好贵部的攻击任务，目前，我们已全部做好发射前的准备工作！"

朱镜如听了，说："我知道，刚才我们已通知你们刘大队长等人去指挥所开会去了，趁这个时间，我再检查一下你们的指挥车，你带我看一下！"

听到朱镜如说起刘大队长，几个红军战士更觉无异。为首的一个战士听了，说："好的领导，请跟我来！"

说着带领二人到了指挥车。指挥车内，四台操控无人机的电脑并排安放在操作台上，这些电脑均做了适应战场情况的加固处理。朱镜如在陆军学院学习时，曾专门对无人机操控进行过研究，他知道操作程序固化在电脑中，但是后台有一个通道，却可以改变或删除操作程序。

朱镜如问："会操纵吗？"

战士回答："会的！"

朱镜如说："打开电脑，我看一下系统的稳定性！"

战士依次打开四个电脑，并向朱镜如介绍系统情况，以及与无人机的匹配状态。朱镜如看了，点点头，说："很不错很不错！"又问，"无人机目前的状态呢？"

战士答道："已调试到临战状态，可随时发射！"

朱镜如对李峰一使眼色，说："李参谋，你和战士一起看看四架无人机的调试情况，检查细一点儿，看无人机大队准备工作做得不错，我就不下去了，你履行个程序，让这位班长带你看看，不过也得好好检查！"

李峰听了，心里明白，说："放心吧！这小事你就不用下去了，我去就行！"

战士不觉有异，见朱镜如表扬准备工作做得好，心里乐开了花，说："好的，我带李参谋检查！"

朱镜如看两人下了指挥车，放下心来。打开 1 号电脑，迅速进入了系统，找到系统漏洞，将 1 号电脑的控制软件彻底删除，只留下图标在桌面上。朱镜如轻车熟路，如法炮制，几分钟时间，四架无人机已成了摆设。

朱镜如不放心，又依次打开四台电脑的主机。这些电脑，为了适应战时需要，全是模块化设计。朱镜如将每台电脑的内存条拆除，只剩下一根勉强维持电脑的运行，如果蓝军发现控制软件被删除，可能会安装程序，这仅存的一条内存条只能勉强满足开关机的需要，看起来正常，却很有迷惑性。若是安装程序，足以让程序无法运行下去。

不多时，李峰已随战士检查完了无人机。看朱镜如神态自若地在指挥所里喝茶，就说："朱参谋，无人机状态良好，我们可以放心了，回去向领导汇报吧！"

朱镜如点点头，说："好的！"又对战士说，"很不错，看来刚才你们刘大队拍着胸脯说的话还是可信的。你们的操控电脑从现在开始就不要运行其他程序了，保持目前状态，免得出错！"

战士回答道："是的，朱参谋！"

二人离开了无人机发射阵地，出门后会同老兵，看四周无人，迅速钻入树丛中。李峰说："朱队，我的心都快提到嗓子眼了，怎么样，没问题吧？"

朱镜如笑笑说："我天天是干什么的？他们的无人机想恢复飞行，恐怕要到演习结束以后了！"

三人顺原路下了悬崖，冲锋舟还在原处。朱镜如看看手表，已是十四时了，便命令战士悄悄离开岸边，离远后，才开足马力，向蓝军阵地驶去。

却说朱镜如带着李峰回到高炮团指挥所，见到了团长李德宏。李德宏见到李峰竟然在失踪十几个小时后奇迹般地回来了，顿时长出了一口气。十几个小时以来，李德宏为了寻找李峰绞尽脑汁，正准备把人员失踪情况上报军区演习指挥所，在尽量不影响演习的情况下扩大拉网式搜索的范围，死也要把尸体打捞上来，没想到李峰竟然回来了。宽慰之余，一股怒气就上来了，不等朱镜如和李峰解释，把手往桌子上使劲儿一拍，大声骂道："你这个排长，真他娘的瞎胡闹，私自下海，目无纪律，演习结束后，少不了给你一个处分！"

李峰自知犯了错，让全团陷入了慌乱，就上前一步，说："团长，是我的错，您要是不解气，就打我一顿吧！"

李德宏说："你他娘的我还真想打你一巴掌，你靠前过来！我就军阀一次！你现在是一个大活人，我还有机会揍你，就是打你十巴掌，老子心里畅快！"

朱镜如看出团长李德宏也真的急了，这人安然无恙地回来了，他发顿脾气也是正常的。

那李峰竟然真的又上前一步，李德宏眼一瞪，说："你还真较劲了！你以为我不敢打你？"说完，一个巴掌打了上去。李峰挨了一巴掌，却不生气，嬉皮笑脸地退到一边。

朱镜如见团长消了气，这才上前，说："团长，李峰犯了错，他该罚，你人打也打过了，可是你若知道他立了多大的功，不知你会不会后悔这一巴掌！"

李德宏说："你朱镜如把他李峰救回来，我自会给你记一功！你倒是说说，他李峰又有什么功？"

朱镜如笑笑，说："团长，李峰立下的功，却是你想也想不到的。"于是，就把李峰误入红军八连，又一起武装泅渡并鸣枪示警的事说了。团长瞪大了眼睛，又拍了一下桌子说："这么说，他李峰倒是成我蓝军的救星了！"

"不只如此，李峰还截获情报，半个小时后，红军将从田横岛再次发起大规模的渡海登岛行动。团长，你觉得我们蓝军作战指挥部得知我们获取了这个情报……"朱镜如看着李德宏的脸色，不再说下去。

李德宏听了，脸色立刻凝重起来，足足看了朱镜如一分钟，才扭过头对蒋新炎说："即刻上报蓝军演习指挥部，我团获取情报，红军可能在十五时发起大规模渡海登岛行动。"又回头对朱镜如和李峰说，"如果这个情报属实，我真会给你们记功的！"

蓝军的演习指挥部反应迅速，作战命令即刻传达到了蓝军的参演部队。蓝B师师长牟得升针对红军可能进攻的方向进行了部署：一团正面配属在石龙滩的滩涂地域，利用岸基掩体掩护，做好战斗准备；二团欠一营在一团的左翼横门湾地域，预防红军转移攻击方向；三团布置在一团的右翼；高炮团在当前所在的位置做好战斗准备，并随时做好机动准备，以应付突发状况，团属防空导弹连前出配置在一团团指位置，对可能出现的红军武装直升机遂行射击；炮兵团配置在洼里镇位置；军区配属的武装直升机大队由师司令部指挥。

所有部队严阵以待，布好一张大网等着红军入网。

第五十八章

红军 A 师的营以上主官的战前动员会上，A 师师长程定国站在巨大的地形图旁，神色刚毅，目光炯炯有神。他还不知道对手已查获自己的攻击情报，并已经做好了战斗准备。这次师一级的战前动员会能开到营级主官，足以说明程定国对这次作战有多重视。程定国自信自己的队伍能在这次演习中得到最好的历练，通过战斗行动中的攻防演练，让自己的部队在组织协调能力上、战术意识上得到最大的提高，从而锻炼队伍，至于输赢并不是演习的重点。但程定国也相信自己的部队在演习对抗推演中能先拔头筹，占得先机。

程定国首先分析了敌我态势："同志们，今天凌晨，我师主攻团先遣队的渡海登岛行动受挫，未达成出其不意的作战意图，迫使我红军中止了大规模的渡海作战。目前的态势是：蓝军已判断出我军的作战决心，正在大规模调集军队向前沿输送，三日后，我抢滩登陆的严峻形势将数倍于当前。因此，师指挥部决定，我部迅速发起'雷霆行动'，在蓝军增援部队未到达之际，拿下海岸滩涂阵地，为大部队登陆扫清所有障碍！"

程定国手指向地形图，说："这次'雷霆行动'的兵力配置：我师主攻方向有重大调整，主攻方向调整为右翼的横门湾滩涂地域，由八团担任主攻任务；九团欠三营，仍在田横岛正对面对敌实施佯攻，以吸引蓝军的大部兵力，如果在战斗中发现蓝军在正面配置兵力弱小，则在团预备队三营的加强下，转变为主攻单位。八团则转为助攻继续吸引蓝军的大部兵力；最关键的是七团，将是'雷霆行动'的奇兵，其任务是：行动前三十分钟，秘密从田横岛东南部出发，乘冲锋舟向南绕行十海里，躲过蓝军的侦察，行至龙口岛水域，从王台山一侧秘密登陆。据侦察，王台山一带海岸险峻，只能单兵携带个人物资攀爬上岸，这对于七团来说，几乎是个不能完成的任务。但你们七团秘密登陆成功与否，是我军获胜的关键。王台山一线山势陡峭，判断蓝军不会在此驻扎部队，你团登陆后迅速集结兵力，沿疏港公路迂回到寨里村附近，再根据战场情况，适时增援八团或九团，伺机寻找并指引我导弹部队消灭蓝军的炮兵团！"

参会主官听了，无不佩服程定国的思路。八团团长徐克立问："我主攻方向上蓝军配置兵力火器情况如何？有没有空中支援？"

程定国说："经侦察，你团主攻方向横门湾目前为蓝军预备队驻扎，因为阵地狭小，不适宜登陆，所以蓝军配置兵力薄弱，但有增援的可能。横门湾守军另有掩体的保护，还装备有步战车。在行动中，你团将得到海军航空兵的空中支援，但协同指挥权由师演习指挥中心负责。"

徐克立听了，心中有了底气，说："我团坚决完成任务！"

程定国面向大家，提高了声音说："现在，我命令！"全体参会主官迅速起立，神情肃穆。

程定国继续说："担任佯攻的九团，于 12 日 15 时，由我方舰队掩护，准时到达预定冲击出发位置，并在我方岸基导弹部队的火力支援下抢滩登陆；担任主攻的八团，于十五时十分，在横门湾的预定位置完成抢滩登陆的准备；七团，务必于十五时三十分前到达寨里村实施战斗任务……同志们是否清楚？"

"清楚了！"全体将领斗志昂扬。

"各部队开始行动！"

军区演习指挥部。

总指挥长侯向武接到 A 师将于 15 时发起全面渡海登岛的行动汇报时，自言自语地说："这个程定国，雷厉风行的作风也的确让人折服。他是愈挫愈勇，刚刚第一轮次行动受挫，没有像往常那样好好去总结，就又发动了下一轮的全面攻击，这真是不按常理出牌，不知蓝军会不会及时应对！"

一旁的作战参谋刘大利突然说："报告总指挥，有新情况：蓝军刚刚上报战情，蓝军已截获了红军 A 师于 12 日 15 时对蓝军滩涂阵地发起全面攻击的情报！"

"蓝军已截获红军全面攻击的情报，这么快？"

"是的，蓝军已做好全面的应对，各团按预定的战斗位置配置完毕。为防止红军登陆前的火力支援，参战部队全部进入坚固掩体，火炮进行了伪装，以躲过红军第一波次的火力准备。"

侯向武听了，满意地笑了：这两个师长，果真是棋逢对手，将遇良才，双方都不是善茬，A师刚要全面登陆，B师就截获了情报，并做出了应对措施。真不知道B师是怎么截获情报的。

十五时，红军各部悄悄到达预定位置，在发起攻击前，红军指挥所向演习指挥部呼唤："演习指挥部！我红军各部已抵达预定冲击出发的位置，现在呼叫岸基导弹对我正面守备之敌进行炮火准备，呼叫岸基导弹部队对我正面守备之敌进行炮火准备……"

演习指挥部导调员回复："配属你部的岸基导弹部队正在进行炮火准备！火力已覆盖蓝军阵地纵深一千米、宽五百米的范围。但是，据观察员报告，蓝军已提前截获红军全面登陆的作战意图，蓝军阵地表面已无有生力量，所有人员均在掩体内躲避，红军的火力准备未给蓝军带来有意义的伤亡。"

师长程定国收到演习导调员的推演回复时大吃一惊，还以为听错了，说："这怎么可能，蓝军竟然截获了我攻击的情报并做好了准备，伤亡微乎其微，这B师师长牟得升难道是诸葛亮?"又得到确切回复后，不禁摇摇头。看来这次冲击，红军又未达成出其不意之效果。忙询问了七团的位置，得知七团已奇迹般地在王台山一带越过峭壁顺利登陆，未遇到蓝军，心稍放宽，随即命令七团加快向寨里村的行进速度。

十分钟火力准备结束后，红军九团的两个营迅速从浅海向滩头发起冲击。冲锋舟不再隐蔽，打开马达全速冲向海滩。蓝军B师一团旋即从掩体内冲出，依托构筑的工事对红军抢滩登陆之敌予以正面迎头痛击。导调组加入了新的情况：红九团发起冲击的官兵由配属的水陆两栖坦克部队引导；官兵在两栖坦克的掩护下向滩涂冲击，红九团的武器得到了加强，人员伤亡率下降。但防御的蓝军一团也加强了反坦克导弹，双方胶着在滩涂地域，一时都无法解决掉对方。其间，蓝军又调动了作为预备队的二团一营，欲集中优势兵力，将正面之敌消灭在滩头；炮兵部队也接到命令，把炮弹倾泻在正面海域中，以期在演习指挥部得到加分项。

却说横门湾的蓝军左翼二团听到友邻的一团在正面和红军交上了

火，急得手痒痒。但横门湾地势险要，礁石众多，指挥员料想红军不会选择在此处登陆，一干人马就掉以轻心，倒也清闲自在。谁承想横门湾海域一些巨大的礁石成了双刃剑，一方面能阻挡红军的快速冲击，另一方面也遮挡了蓝军视线，使蓝军无法看到红军的行动。这可帮了红军的大忙，加上红军八团的冲锋舟在靠近浅海前就熄灭了发动机，靠人力推动冲锋舟前进，潮水也慢慢上涨，浪潮声让红八团悄无声息地在离蓝军不足五百米的礁湾里集结完毕。

担任主攻的红八团，静静地等候进攻命令，如出笼的猛虎一般，势在必得。

演习指挥部导调组及时把红蓝双方的态势向侯向武总指挥长汇报："报告指挥长，当前红蓝双方的态势是：一、红军九团与蓝军一团在正面遭遇，蓝军已加强了二团一营，双方呈胶着状态；二、红八团已秘密潜至横门湾一浅湾处，随时发起攻击，而横门湾守军只有两个营，且蓝军未发现红八团已埋伏在自己的眼皮底下；三、红七团出其不意在王台山一带登陆，正急行军，十分钟后即可秘密到达寨里村。据判断，红七团可能会消灭蓝军炮兵团，然后东可与红九团，北可与红八团，对蓝军实施两面夹击，蓝军形势不妙，横门湾岌岌可危！"

侯向武若有所思，看着地形图，摇着头说："红军七团是一着好棋，可这蓝军左翼的蓝三团一直按兵不动，到底是什么用意？"

蓝军指挥所内，B师师长牟得升看着推演沙盘，心中焦急。高炮团虽然截获了红军发起全面渡海岛作战的情报，但除了正面出现的红军，其他方向均未发现红军踪迹。这洼里镇海岸线蜿蜒漫长，红军可能会在任何一个地点登陆，而按演习要求，自己的兵力只能配置一个师的编制，右翼蓝三团虽未发现有红军登陆，却不敢轻易出动。因为三团要在坚守阵地的同时，做好增援的准备，所以所有步战车均为发动状态，一旦有需要，会火速增援。

红军七团从王台山登陆并集结后，团长林学民命令全团干战除去湿漉漉的救生衣和不必要的装备，轻装上阵，一路往寨里村奔袭。没多久就接近了目标。前方侦察员突然无线电报告："团指团指，前方发现蓝军炮兵团阵地，前方发现蓝军炮兵团阵地！"团长听了，喜出望外，本以为要派小分队寻找蓝军的炮兵部队，却不想能迎头碰上，真是太幸运了。林学民马上命令："部队就地隐蔽，侦察员向师作战指挥所上报炮兵团的位置坐标，指引我导弹部队火力覆盖蓝军炮兵团！"

"是！"

却说蓝军的炮兵团在对浅海射击后，一时大意，未及时转移阵地，又被奔袭过来的红七团锁定了精确位置，引来了灭顶之灾。不多时，红军作战室向演习总指挥部报告："演习指挥部，红军发现蓝军的炮兵阵地，已指引我导弹部队将蓝军炮兵团覆盖，蓝军炮兵团已失去战斗能力！"

导调组立刻根据红军报告的炮兵团方位和观察员的观察，认可红军已呼叫导弹部队覆盖了蓝军炮团的战况，并做出了演习通报："蓝军炮兵团被红军导弹部队火力覆盖，已失去战斗力，蓝军炮兵团退出演习！"

B师师长牟得升听到通报，大吃一惊。作战指挥所一直在寻找其他红军部队的踪迹，却不想自己的炮兵团被神不知鬼不觉地消灭了。不用说，一定是红军渗透到了内陆。牟得升的汗立刻就冒出来了，急忙把目光投向推演沙盘。之前看到红军的正面主攻方向配置兵力明显不够，还在纳闷A师怎么不遵守渡海登陆时的作战原则，配属多兵种的优势兵力在主攻方向重点突破。再看横门湾的地形，心中又是一激灵：如果横门湾遭到红军攻击，横门湾只配属了两个营的兵力，加上可能渗透的红军接应，横门湾必定失守无疑。看到这里，牟得升突然明白了红军的作战企图，他们的主攻方向一定在横门湾，之所以横门湾当前未受到攻击，应该是在等待渗透到后方的部队以形成前后夹击。

事不宜迟，牟得升立刻命令配置在右翼的三团，留一个营驻守阵地，集结两个营的兵力，迅速乘步战车向横门湾方向机动，支援二团阵地。

第五十九章

却说蓝军 B 师师长牟得升觉察到自己的左翼危险，急调蓝三团的两个机械化步兵营向横门湾方向机动。但为时已晚，蓝军二团已受到正面横门湾红军的攻击，惊慌失措之时，又有一支来历不明的部队从其后方扑来，腹背受敌，顿时乱了阵脚。由于蓝军在横门湾本来就只配属了两个营，而红军七团和八团加起来六个营的兵力，形成了三倍于蓝军的态势，蓝军无法抵挡红军强大火力。很快，演习指挥部做出评判："蓝军驻守在横门湾的两个营在红八团和红七团的夹击下全军覆没，滩头阵地失守，红军占领了横门湾阵地，并依托阵地工事对蓝军防守反击，等待第二梯队通过横门湾。"

蓝军的作战形势急转直下，顷刻之间，已损失了两个团。

蓝军作战指挥所内的气氛压抑非常。师长牟得升通知师司令部，急令师属高炮团机动到横门湾地域，利用高炮平射精度高的特点，对红军占领的横门湾前沿工事进行压制射击，同时掩护随后增援过来的三团两个机步营，势必夺回横门湾的滩涂阵地。

李德宏留下肩射对空导弹连，按师指挥所的命令将三七高炮营和五七高炮营往横门湾方向机动。

红军七团消灭蓝军的炮兵团后，已经没有了炮火威胁，可以从容地和八团一起坚守夺取的横门湾阵地，只需要坚守一个小时，就可以等来在无人机大队掩护下的后续增援部队。这样，红军将彻底取得演习的胜利。

蓝军命运多舛。

此时，红军师长程定国终于长长地舒了一口气，命令七团、八团继续坚守刚刚夺取的横门湾阵地，九团继续强攻正面之敌，等待支援。同时，向演习指挥部报告："我部渡海登陆的第二梯队整装待发，将在无人机大队的掩护下，通过刚刚夺取的横门湾，清除滩头守军后，向纵深机动！"

演习指挥部。

侯向武指挥长密切关注着演习中红蓝的战场局势，这时的每一分钟，都是双方艰难的博弈。指挥部的观摩人员，也都盯着巨大的液晶显示屏上的战报，判断着红蓝双方的发展趋势。

刘大利参谋的视线从巨大的显示屏上移开，放松地靠在座椅靠背上，半转身对侯向武说："指挥长，我看蓝军大势已去，红军胜利在望。这一次的渡海登陆作战，会以红军的胜利而告终！"

侯向武却很冷静地说："刘参谋啊，要知道战场上的形势瞬息万变，不到最后一刻，就不会见分晓！"

说着，目光转向演习沙盘，指着横门湾地域对刘参谋说："你看，红蓝双方在两个战场都处于胶着状态，横门湾的红军虽然有兵力优势，但只能依托夺取的滩头阵地上有限的掩体作战，防护能力不高；而蓝军却有三团的两个机械化步兵营支援，士兵在步战车里作战，有着钢甲护卫，自是占了不少便宜，何况有高射炮对其进行平射，红军压力一点儿也不小；而蓝军正面之敌，如果没有后援及时跟进，是支持不了多久的！"

刘参谋瞑目思索了一会儿，点点头，说："指挥长所言极是，但是蓝军之后似乎没什么棋子可以走了，除了在红军第二梯队抢滩登陆时，蓝军根据演习计划安排，还会有一个武装直升机大队可以加入战斗外，再没什么砝码了。而红军，只需出动无人机大队，对蓝军的岸基目标进行定点拔除，并对红军第二梯队提供掩护，此次渡海登陆行动，则大功告成矣！"

侯向武点点头，说："所以，我们就等程定国师长下令第二梯队发起进攻了！但是，你难道没有发现，这已经过去十分钟了，程定国还没有下达命令，这期间的每一分钟，他的部下都在伤亡，红军单兵长途奔袭、武装泅渡，携带的弹药有限，还在不停地消耗，而蓝军是在自己的阵地，补给可以说是源源不断，这些，他程定国不会不知道，但是，他迟迟未对其第二梯队下达攻击命令，这个中缘由……"

刘参谋听了，也发现有些不对，说："也是的，这红军为什么还不出动无人机大队，时间拖得越长，他的后勤补给就会越跟不上，对他们的进攻可是不利啊！这程定国究竟在干什么？延误战机可不是他的作风！"

指挥长侯向武又摇摇头，这才往指挥椅上一靠，说："这是程定国操心的事情啊！如果没有新的导调内容的话，我们不妨坐山观虎斗，静观其变吧！"

红军的无人机大队迟迟不见出动，指挥部所有观摩人员都为之疑惑。

此时，B师师长牟得升却胸有成竹，他料定程定国已发现无人机大队被蓝军摧毁，断不敢贸然让第二梯队加入战斗。看到滩头两个阵地又胶着了十五分钟，牟得升才胸有成竹地向演习指挥部抛出了撒手铜，令作战室上报演习指挥部："蓝军战况汇报：一、蓝军高炮团组织的特勤组于红军作战实施前深入红军驻地，摧毁了红军无人机发射系统。目前，红军无人机大队已无法参与战斗，无法为红军的第二梯队护航；二、蓝军武装直升机大队到位。我武装直升机大队已满载武器弹药，加强到滩头阵地后，压制了滩头之敌，并对可能出现的红军第二梯队实施威胁！"

攻防局势突然变化，指挥部一阵哗然。

在红军稳操胜券的情况下，突然峰回路转，蓝军高炮团特勤组竟然于战前即深入敌后，完成了摧毁红军无人机发射阵地的大手笔，导致红军无法出动无人机大队，而且行动神不知鬼不觉，甚至让人怀疑它的真实性。

刚想坐山观虎斗的侯向武立刻坐直了身体，盯着大屏幕上的战报自言自语地说："B师高明！不知什么时候出了奇兵！怪不得程定国迟迟不下命令，原来他的无人机大队瘫痪了，红军第二梯队如果没有航空兵器的护航，在蓝军武装直升机的威胁下，将只能处于挨打状态，寸步难行！"随后又扭头对刘参谋说："刘参谋，这无人机大队是我军的先进武器，其技术在世界上遥遥领先，这本是红军雪藏的制胜法宝，难道真的被所谓的高炮团特勤组摧毁了？演习结束后调查一下这蓝军的特勤组是个什么玩意儿！"

"是！"

很快，演习观察员核实战况后回复指挥部："红军无人机大队指挥系统被他人侵入，彻底瘫痪，已无恢复的可能，只有六架 II 型高空航模携带侦察器材仓促起飞！"

蓝军高炮团早就听到己方探测到的空情预报，有六架飞行器向蓝军阵地突袭，团长李德宏命令迅速掉转炮口，在空中组成了拦截火力网。由于航模飞行速度慢，不像无人机那样有隐身功能，航模不敢深入，只能在浅海盘旋。高炮团又根据航模控制频段易受干扰的特点，连续发射强大的电子干扰信号，航模瞬间失去了控制，纷纷掉落浅海。

蓝军成功扭转乾坤。

看看大局已定，蓝军指挥所上报："指挥部，我蓝军一团、三团已在武装直升机的协同下在横门湾、滩头阵地占得主动；红军后续增援部队失去航空兵掩护，无法做出增援行动。"

红军作战指挥室，程定国脸色铁青，踱来踱去，狠狠地骂着无人机大队："他娘的无人机大队关键时刻拉稀，让我军计划功亏一篑！"

程定国怎么也想不到两次渡海登陆行动失败的原因，竟是蓝军高炮团无意的渗透穿插造成的。没有无人机的掩护，再增加兵力无异于自投罗网，程定国犹豫再三，最终没有下达第二梯队出发的命令。

演习指挥部做出评判："红军在夺取横门湾滩涂阵地后，未及时呼唤第二梯队增援，导致后勤补给困难，被蓝军武装直升机和机械化步兵团反制；红军无人机大队被蓝军摧毁，无法形成空中优势，第二梯队无法行动，滩头抢滩登陆的第一梯队成建制地被蓝军消灭或俘虏……综上，指挥部裁定，红军第二次渡海登岛作战，未达到预期效果！红军的'雷霆行动'失败！"

蓝军又是一片欢腾。

……

红蓝双方两次对决后，演习指挥部叫停了双方的演习行动，召开了演习部队营以上军事主官的阶段总结。总结会上指挥长侯向武代表演习指挥部对红蓝双方的演习成果进行了讲评，特别对红军七团的迂回穿插行动提出重点表扬，这个迂回穿插在短时间内给蓝军造成了巨大的损失，几乎在作战初期就要置蓝军于死地，这个战例我们要在实战中借鉴；同时对蓝军高炮团战前组建特勤组的做法做出肯定，若没有特勤组深入敌后让对方无人机瘫痪，最终的演习结果，蓝军必然要付出惨痛的代价。建议红 A 师和蓝 B 师，分别对相关人员做出记功的奖励。要求在随后的演习任务中，各单位要学习红七团和蓝特勤组的战术思想，在作战行动中能够解放思想、出奇制胜。

这红 A 师哪里会想到，所谓的蓝军特勤组，是由失踪官兵搜救组和失踪人员组成的。

但 B 师高炮团还是在指挥部会议后迅速做出反应，对朱镜如和李峰各记三等功一次，并号召全团干部战士学习两位同志英勇无畏的战斗精神和孤胆英雄精神。据说后来有人提出李峰私自下海的行为本身是典型的个人英雄主义，是否立功还要慎重。李德宏表态道："马克思说过，个人英雄主义是集体英雄主义的具体体现，当个人英雄主义能够拯救历史时，那我们就应该让这种英雄主义发扬光大！"

朱镜如不知道马克思是否说过这样的话。朱镜如觉得，这句话只是李德宏统一意见的一种领导艺术而已。

洼里地域的参演部队又恢复了演习训练状态。

正当各参演部队等待指挥部部署新的演习行动时，演习指挥部突然下达了让全体官兵目瞪口呆的命令：所有演习部队提前结束演习任务，以建制师、团为单位，以摩托化行军方式返回驻地，接受中国人民解放军大整编、大裁减。

第六十章

接到指挥部提前结束演习任务并迎接裁减整编的命令后，各参演部队的官兵反应强烈，大家知道，该来的，终究还是来了，但没想到会来这么快，会在这个时候。

撤离阵地前，演习指挥长侯向武在指挥部召集团以上军政主官座谈。座谈会上，平时热闹非凡的会场上寂静无声，参会人员心事重重。之前有个别同志问裁军的具体方案，被侯向武以军事秘密为由拒绝了，大家就知道，此刻问也是白问，只能等待方案下发。

侯向武看着大家，很沉重地说："同志们，我也知道大家的心情，很关心自己单位的命运。俗话说，铁打的营盘流水的兵，我们每一位，都注定是滚滚流水中的一分子。我也清楚你们的思想，每个人都过不了裁军这个坎，但是，我们也要看到，目前我军的编制体制有很大的弊端，作战单位兵种单一，协同困难，已经不能适应现代化高科技条件下打赢局部战争的需要。这样的状况我们该怎么办？该不该为我军的现代化进程贡献自己的力量，做出应有的牺牲？"

参会的军政主官们不禁议论纷纷，他们不知道自己的部队会是什么样的命运。

红A师的炮兵团团长黄柏站起来说："指挥长，有人说我团要成建制地裁减，我就有点儿想不开了，我们团自从建团以来，立下了多少战功，多少优秀的战士为了国家抛头颅洒热血。这次来青岛参加军区的渡海登岛演习，我们团可是憋了口气的，在演习誓师大会上，我团可不仅仅是为演习而演习，而是瞄准打赢高科技条件下的局部战争而准备的。演习中，我团干部战士热血沸腾，决心以实际行动投入到真正的战斗中去。可现在，演习还没有达到锻炼部队的目的，就让我们接受裁减，这在感情上实在接受不了！"

会场上又是一阵窃窃私语。

侯向武又看了看大家，等议论声平息些了，才又说道："同志们！这位同志说得对，我们每一支部队，都是血雨腥风中杀出来的，都有着光荣的历史。但是，这位同志，我要纠正你几句话：首先，你听到的小道消息不应该作为你的参考，是不是裁减，要以最终的命令为准；其次，我们提前结束演习，是配合全军的调整计划，不仅仅是我们这几个师、几个军的事，这是我党我军向前、向前、再向前的历史脉动；再者，这次渡海登岛作战演习，虽然没有按原定计划完成所有课目，提前结束了任务，但我认为，我们的演习是成功的，它为我们的作战指挥积累了很多宝贵的经验。可以看到，各师团的参演官兵在演习中精神饱满，斗志昂扬，这让我们看到了中国人民解放军必胜的军魂，它会伴随我军一步步壮大而永驻。我们也会看到，在我军的兵器发展史上，会有更多更先进的武器出现在演习甚至作战行动中，它必然会使我军最终崛起在世界军事之林！"

蓝 B 师的坦克团政委也说："我们这次来演习，全都是带着打上一仗的决心来训练的，都想着在我们这一代军人能赶上收复台湾，那是每个军人最大的荣耀！可是，我们的雄心却无用武之处！指挥长，我们能甘心吗？"

……

会场上的气氛渐渐热烈起来，越来越多的人开始发言。会场上的主旋律也从对裁军的恐慌转变成了各部队发展史的交流。

最后，指挥长侯向武又站起身来，会场静了下来，大家看着侯向武，似乎还能够感受到他身上散发出的激情。侯向武已在军区参谋长位置上任职多年，有消息说，若不是裁军，侯参谋长应该可以直接调任某大军区任军区司令员，但这次部队突然的变动，他的仕途也充满了不确定因素。

侯向武用饱满的热情大声向参会人员说："同志们！军队的改革是必然的，我军未来战争的作战单位将向减少层级、多兵种化的合成部队发展。当前，军区的裁减整编方案已经出台，在我军的发展史上，这是件大事！我们参演的四个师中，有的师需要整编成合成旅，有的师要全体转制为武装警察部队。还有些师团，会成建制地撤销编制。我们应该为我军的这些变化而感到自豪，感到光荣！这些变化，都是我军改革的历史巨轮前进和发展的印记，会记载到我军光荣的历史中去。我希望，这次裁军，不管牵扯到哪个单位，我们要认真对待，不要因为个人的小利益，看不到国家军队的大方向……最后，我宣布，渡海登岛作战演习圆满成功！各部队按计划撤出阵地！"

各师团摩托化行军的钢铁长龙，陆续撤离了洼里地域，所有演习构筑的工事一夜间被填埋推平，如同这里什么也没有发生过一样。

高炮团的摩托化行军编队，是在凌晨时分撤离的。团长李德宏坐在指挥车里，心情复杂。他在撤离阵地前明确接到高炮团的裁减命令，一九九师政委用平静的口气说："李德宏同志，这次裁减整编的最终方案中，一九九师将整编成一个机步旅，而师属高炮团，则彻底从中国人民解放军的编制序列里消失。"

高炮团确定裁减的消息，让李德宏心情沉重，这个神色刚毅的老兵，在当年撤离越战战场时，心情也没有这般悲壮。在那次越战的战斗行动后，李德宏胜利凯旋，意气风发，自己也将前途无量，迎接他的是鲜花和掌声；而这次演习后的撤离，虽然高炮团在配属 B 师的演习中表现良好，胜利而归，但，还是没有躲掉裁减的命运。高炮团裁减后军官们前途未卜，包括自己任职的这个团长，都有可能永远地离开这让人魂牵梦萦的部队。高炮团被裁减的这个现实，他连自己都转不过来弯，不知怎么担负起全团干部战士的思想工作。

想到这里，李德宏也不禁无可奈何地摇了摇头，扭转身对一同坐在指挥车里的蒋新炎和朱镜如说："看来，我们避免不了被裁减的命运了！"

蒋新炎和朱镜如竟也一时无语，不知道怎么接团长这沉重的话题。

李德宏又自言自语似的说："我们步兵第一九九师，历史悠久，我们高炮团也同样有着光荣的革命传统：高炮团的前身是炮兵基干团高炮营，于 1951 年抗美援朝前在山东淄博周村组建，同年 6 月就随一九九师跨过鸭绿江参加抗美援朝战争，主要担负掩护军指挥所和重点目标空中安全任务。1955 年 4 月，又奔赴福建前线执行对空作战任务。1960 年 10 月，开赴日照县丁家楼地区布防，执行伏击台湾蒋军低空侦察机任务。1985 年，又随六十七军赴滇对越轮战。可以说哪里有战斗哪里就有一九九师高炮团的影子。但是，这些辉煌，都过去了……"

说完，李德宏又叹口气，放倒座椅，半躺在座椅上，闭上眼睛，再也不说一句话。

是的，一九九师高炮团这些辉煌的过去，都将随着岁月的消逝而远去，所有将士的英勇事迹，也只能成为历史的碎片留存在档案馆里。但，红一师及高炮团的锲而不舍、勇往直前的精神却成为军魂的一部分，必定会在中国人民解放军的历史发展中留下光辉的篇章！

高炮团的摩托化行军编队蜿蜒了几公里，在夜色中前行。行军中各单位的车辆跟进紧密，除了发动机的声音，不得乱鸣喇叭。至天亮时分，高炮团已悄无声息地转移了数百公里，回到了熟悉的营房。

高炮团的所有单位归建后，均马放南山，刀枪入库。当然，战士对火炮车辆以及枪支进行了彻底的擦拭，之后高炮团的裁减整编工作全面展开。

全团干部召开了一轮又一轮的动员整顿会，都写了决心书。这其实也是表态书，是要求服从组织分配，不跑官要官，不在裁减整编期间做影响部队稳定的事，不妄发议论……

组织和基层干部逐一谈心，了解每个干部的思想动向。朱镜如不知道自己还能怎么去表态，对部队的感情，甚至超过了那个曾经的爱人，但，自己屡屡在提升的关口遇到裁军这样重大的变动，屡屡处在军旅生涯的十字路口上，这多少让朱镜如感到心慌。

按部队的裁减计划，高炮团裁减后，全团的战士全部退伍。朱镜如的几个小老乡靳未来、马理想、魏军、陈鹏举、孙俊涛、李润泽等人连第一期士官都没有到期，就可以提前退伍回家了，而安置待遇还不变，当然没有什么损失。而军官就复杂多了，面临转业，面临分流，不知道去哪里，不知道有没有位置，自然人心惶惶。

朱镜如选择了继续留在部队并服从组织分配。虽然，事业有成的孙茗山屡次劝说朱镜如早点儿转业，说地方也大有可为；虽然，自己只要转业回城阳，秦梦瑶立刻会接纳自己破镜重圆；但，朱镜如知道自己的梦在哪里，知道自己的心在哪里！

为了不使全团工作陷入混乱，也是为高炮团的历史画上一个完美的句号，司令部在裁减整编的最后阶段下发了阅兵训练计划，各营连组织裁军阅兵训练，在高炮团撤编前进行最后一次阅兵。

这是一九九师高炮团的最后一次亮相。所有官兵的情感都倾注在这一次阅兵中，训练不用动员，没有病号，每到上课时间，所有官兵都自觉地到达训练场。

这是一个军人最后的荣耀！

经过一个多月的训练和准备，整编工作进入了最后阶段，高炮团在一营营房内组织了大阅兵。全团干部战士个个心情悲壮，都知道这次阅兵之后，中国人民解放军作战单位序列，再无一九九师，再无一九九师高炮团。整个阅兵过程，没有以往的评委，没有了高昂的激情，只有沉重感在官兵的心头。

阅兵台下，以连为单位的阅兵方队站在指定的位置列队完毕，阅兵总指挥蒋新炎向全体官兵下达口令，整齐队伍，跑步行进至主席台下，向团长李德宏敬礼后大声报告："团长同志，步兵第一九九师高射炮兵团阅兵前列队完毕，请您检阅！"

团长李德宏慢慢地从主席台上站起，回了一个标准的军礼，命令："开始检阅！"而后，缓步走下主席台。

这是一支光荣的部队，这是一支钢铁的部队！

战士们那刚毅夹杂着彷徨的面孔组成了整齐而又肃穆的方阵，这静止而又骚动的画面，会雕刻在每个战士的脑海中。

高炮团最后一任团长李德宏首先走到第一个方队，这是由八个高大勇猛的战士护卫着的、一个巨大的军徽组成的方队。八个战士神色庄重，在闪亮的军徽照耀下昂首站立，容不得丝毫侵犯。李德宏面向军徽，一个立正，敬了一个沉重的军礼。良久，才缓缓地放下手臂。这闪亮的军徽，放射着每一个军人引以自豪的光芒，它必将在每个高炮团的战士心中永存。李德宏心情复杂，在军徽前凝视片刻，才向右转体，向下一个方队走去。

第二个方队，是四个战士护卫着的军旗方队。这面绣着"中国人民解放军陆军第六十七军高射炮兵团"字样的军旗，是在 1976 年 4 月 17 日，团增编五七高炮营后由六十七军授予的，当时编写的团代号是 54813 部队。增编的五七高炮营一、二连由二〇〇师高炮营三连、高机连组建，三连由二〇一师高炮营三连组建，均为五七高炮连。四连为四联高射机枪连，由原团三十七营高机连改建。营部以二〇一师炮兵团

342

160迫击炮营营部为基础组建。

李德宏对着军旗又是一个沉重的军礼。这面军旗，在这次阅兵后将永久地存入军史博物馆，这是最后一次出现在将士面前。

之后，李德宏开始徒步检阅每一个士兵方队。第一个士兵方队由一营一连组成，方队指挥员邵征连长看到李德宏走近后，即时下达了"敬礼"的口令。指挥员行举手礼，方队成员迅速摆头行注目礼。李德宏的脚步没有平时那么稳健，有些颤抖地在方队前走过。看着自己的战士，马上就要天各一方，大部分同志，这一生都不会再见到了。李德宏不禁湿了眼眶，向方队敬了一个军礼，大声喊着："同志们好！"声嘶力竭，仿佛只有这样，才能表达对自己官兵的敬意。

方队成员目送自己的老团长，他们也知道，这一画面，将永远印刻在自己的军旅生涯中，一行行泪水从不同的面孔上流过。这些面孔，随着团长李德宏的行走而摆动，向团长大声呼应："首长好！"

李德宏无法控制自己，用颤抖的声音再喊："同志们辛苦了！"

方队又呼应："为人民服务！"

排长李峰站在二连的方队中，他也满含热泪。这次阅兵过后，想让团长打自己一巴掌、踹自己一脚，都不太可能了。

……

团长李德宏依次检阅了所有由建制连、队所组成的阅兵方队，平时健硕的步伐显得步履蹒跚，这是一次最慢的阅兵式，他的目光要划过高炮团所有官兵，他要让所有官兵的形象印在自己的脑海里。

阅兵式结束，李德宏回到阅兵台。随着蒋新炎一声气壮山河的口令："分列式开始！"一个个阅兵方队，整齐一致地向右转体，等着指挥员的口令。

蒋新炎又大声地下了口令："标兵就位！"

四个战士头戴钢盔、持着上了刺刀的冲锋枪跑步到达主席台前预定位置，最后一个跑到位的标兵立定后，四个标兵同时自动向左转体，面向阅兵场。他们四人的站立位置，是方队转换步伐的节点。

接着，一个个方队，以齐步走向检阅区。通过第二个标兵时，方队指挥员大声下达口令："向右看！"指挥员行进间敬礼，方队成员齐步转换为正步的同时，整齐划一地把头部摆向主席台行注目礼，并迈着雄壮的步伐从主席台前走过。战士们刻意把脚重重地砸向地面，响得有些夸张，保障组成员也把话筒贴近方队战士的脚步，让这雄壮的节奏通过扩音器响彻云霄，仿佛只有这样才能释放高炮团战士的感情。李德宏，这个参加过越战、荣立过二等功的老兵再也控制不住自己，两行热泪顺着眼角流下，望着自己的队伍从眼前走过，那最后一个军礼许久也不曾放下。

分列式结束后，团长李德宏向全团做了最后一个简短的总结，蒋新炎宣布大阅兵结束，各方队带回。整个阅兵场没有掌声，高炮团最后的历史在这一刻定格。全团人员并没有及时带回，等团长和主席台上的首长离开后，所有方队都席地而坐，久久地停留在阅兵场，以这种方式向营房向高炮团作最后的告别。排长李峰指挥本连的方队唱起军营里的抒情歌曲《军中绿花》，刹那间，歌声带动了全团干战的情绪，所有人都不由自主地跟唱，那低沉的歌声便在阅兵场上空飘扬起来：

> 寒风飘飘落叶
>
> 军队是一朵绿花
>
> 亲爱的战友你不要想家
>
> 不要想妈妈
>
> 声声我日夜呼唤
>
> 多少句心里话
>
> 不要离别时两眼泪花
>
> 军营是咱温暖的家
>
> ……

魏涛、李峰和朱镜如三人站在一起，三双手相互交叉，紧紧地握在一起。朱镜如看着营房中那依然昂首指天的五七式高射炮，那种心慌的感觉又在心中蔓延开来。这十年，自己一直在漂泊中度过，似乎是一事无成。婚姻失败，事业坎坷，不知道以后命运会怎样。这种不稳定的漂泊感在内心发酵，加上战友们歌声的渲染作用，朱镜如心里一阵发酸，眼泪也不加控制地流了出来。十年前那个懵懂青年惶惶不安地孤身一人离开家乡，还不知道自己的未来在哪里，还不知道自己会成为谁，就随着时代的潮流在这条铁路线上咣咣当当地走向远方的迷茫；十多年后，原来的那个懵懂青年，依然要懵懂地回到原地，爱情、事业似乎都是过

344

往云烟，曾经迷茫的人生依然迷茫，曾经孤身一人的自己还是孤身一人！

这些年，自己都干了什么？

我是谁？我从哪里来？我又要到哪里去？

但想到自己军旅生涯中还要遇到第三个部队，朱镜如又心潮澎湃起来，不知不觉中又在微笑中站直了身体。回忆起秦梦瑶当年对自己的称呼，不禁在心里暗骂了自己一句："傻大兵！"

图书在版编目（CIP）数据

流水的兵 / 王爱兵著. - - 北京：中国文史出版社，
2021.10

ISBN 978 - 7 - 5205 - 3077 - 4

Ⅰ. ①流… Ⅱ. ①王… Ⅲ. ①长篇小说 - 中国 - 当代

Ⅳ. ①I247.5

中国版本图书馆 CIP 数据核字（2021）第 138081 号

责任编辑：卢祥秋
封面题字：文星传

出版发行：**中国文史出版社**

社　　址：北京市海淀区西八里庄路 69 号院　邮编：100142
电　　话：010 - 81136606　81136602　81136603（发行部）
传　　真：010 - 81136655
印　　装：廊坊市海涛印刷有限公司
经　　销：全国新华书店
开　　本：720 × 1020　1/16
印　　张：22　　　字数：342 千字
版　　次：2021 年 10 月第 1 版
印　　次：2021 年 10 月第 1 次印刷
定　　价：65.00 元